W0252748

HANS-JÜRGEN RUSCH

# Neptunopfer

**TÖDLICHE KREUZFAHRT** Bei einem Einbruch in die Bremer Kreuzfahrt-Reederei TransOzeana wird ein Wachmann lebensgefährlich verletzt. Oberkommissar Marc Müller – genannt Müller III – vermutet, dass Passagierdaten gestohlen wurden. Dieser Verdacht scheint sich zu bestätigen, als kurz darauf in der Reederei ein erster Erpresserbrief eintrifft. Wenige Stunden später stirbt auf dem Kreuzfahrtschiff RÜGEN, das zur TransOzeana gehört, der Mitreisende Ronald Helmers, als er während der Neptuntaufe in den Pool springt. Obwohl alle zunächst von einem Unfall ausgehen, verlangt der Kapitän polizeiliche Ermittlungen. Daraufhin wird Müller III zur Aufklärung des Falls auf das Schiff, das vor Helgoland liegt, geschickt. Und tatsächlich stellt sich am nächsten Tag heraus, dass Helmers auf gewaltsame Weise umgekommen ist …

*Hans-Jürgen Rusch, Jahrgang 1957, diente bis zur deutschen Wiedervereinigung als Marineoffizier in Peenemünde und Stralsund. Heute lebt er mit seiner Familie im niedersächsischen Umland von Bremen. Nach zahlreichen Artikeln in Fachzeitschriften und einem Sachbuch gab er 2008 sein Debüt als Romanautor. »Neptunopfer« ist seine zweite Krimiveröffentlichung im Gmeiner-Verlag.*

Bisherige Veröffentlichungen im Gmeiner-Verlag:
Gegenwende (2010)

HANS-JÜRGEN RUSCH

# Neptunopfer

*Kriminalroman*

GMEINER

*Original*

Besuchen Sie uns im Internet:
www.gmeiner-verlag.de

© 2011 – Gmeiner-Verlag GmbH
Im Ehnried 5, 88605 Meßkirch
Telefon 07575/2095-0
info@gmeiner-verlag.de
Alle Rechte vorbehalten
1. Auflage 2011

Lektorat: Claudia Senghaas, Kirchardt
Herstellung / Korrekturen: Julia Franze / Katja Ernst
Umschlaggestaltung: U.O.R.G. Lutz Eberle, Stuttgart
unter Verwendung eines Fotos von: Hans-Jürgen Rusch
Druck: Fuldaer Verlagsanstalt, Fulda
Printed in Germany
ISBN 978-3-8392-1128-1

*Personen und Handlung sind frei erfunden.*
*Ähnlichkeiten mit lebenden oder toten Personen*
*sind rein zufällig und nicht beabsichtigt.*

**Reiseroute der MS Rügen**

Bremerhaven (06.05.08) – Rotterdam – Helgoland – Esbjerg – Nord-Ostsee-Kanal – Stralsund (2 Tage) – auf See – Stockholm – St. Petersburg – auf See – Kiel (17.05.08)

Die Handlung erstreckt sich auf die Stationen von Helgoland bis Stralsund.

*

**Decksliste der MS Rügen**

Aufgeführt sind die Decks des Kreuzfahrtschiffes von oben nach unten.

| | |
|---|---|
| *Deck Nr. 7* | Sonnendeck in der Mitte des Schiffes und vorn über der Brücke |
| *Arkona-Deck (Nr. 6)* | Panoramaklub; Sonnendeck; Fitnessraum; Bordarzt |
| *Mönchgut-Deck (Nr. 5)* | Balkonsuiten; Bibliothek; Friseur |
| *Wittow-Deck (Nr. 4)* | Musiksalon; Spielsalon; Boutique; Pool-Deck (außen) |
| *Jasmund-Deck (Nr. 3)* | Eingang; Restaurant |
| *Vestibül* | »Treppenhaus«; erstreckt sich über die Decks 3 bis 6 |
| *Deck Nr. 2* | Start Joggingrunde (außen) |

*

## Charaktere

Aufgeführt sind die wichtigsten Charaktere mit ihrem Alter zum Zeitpunkt der Handlung im Mai 2008.

| | |
|---|---|
| *Ronald Helmers (43)* | Bauingenieur in der Firma InnoBau in Bremen |
| *Dagmar Sanders (29)* | Bauzeichnerin; Lebensgefährtin von Ronald Helmers |
| *Corinna Borowski (43)* | Regisseurin in einem Münchner Filmstudio |
| *Ferdinand Wolpert (43)* | Forstwirtschaftler; ehemaliger Schulfreund von Helmers |
| *Berit Wolpert (40)* | Inhaberin eines Reisebüros; Ehefrau von Ferdinand Wolpert |
| *Otto Löffler (63)* | Hauptkommissar der Kripo Stralsund |
| *Marc Müller (32)* | Oberkommissar der Bremer Kripo |
| *Renate Tilgner (75)* | Inhaberin eines Ingenieurbüros |
| *Alwin Tilgner (43)* | Deutschlehrer; Sohn von Renate Tilgner |
| *Christin Berger (12)* | Marc Müllers uneheliche Tochter |
| *Sabine Berger (30)* | Christins Mutter |
| *Harry Gronau (48)* | Landesbediensteter im Kultusministerium |
| *Gabriele Gronau (45)* | Ehefrau und Vorgesetzte (Referatsleiterin) von Harry Gronau |
| *Gerd Kaczmarek (41)* | Vorstandsmitglied des VfBI; Zwillingsbruder von Norbert |
| *Norbert Kaczmarek (41)* | Barkeeper im Hotel Neptun in Bremen; |
| *Pia Otten (35)* | Freundin von Norbert |

| | |
|---|---|
| *Vadim Utesch (48)* | Besitzer einer Tauchschule in Stralsund |
| *Holger Olbert (37)* | Chef der Bremer Reederei TransOzeana |
| *Ludwig Imhoff (30)* | Leiter Haustechnik der TransOzeana |
| *Undine Jagoda* | geheimnisvolles Idol von Ronald Helmers |
| *Traude Fischbeck (58)* | ehemalige Mathematiklehrerin von Marc Müller |
| *Paul Droste (57)* | Hamburger Immobilienmakler |

Weitere Informationen unter www.neptunopfer.de

# 0

## 13. Februar 2008 – Mittwoch

»Da hinten, das blond gelockte Mädchen, das ist Christin.« Ich deutete über den Schulhof zu der Zwölfjährigen, die allein in einer Ecke stand und fröstelnd die Arme vor der Brust verschränkte. Meine beiden Begleiter sahen hinüber.

»Ich weiß nicht, Herr Helmers«, erwiderte Harry Gronau, »ich sehe nur ein Kind, das seine Ruhe haben will. Immerhin gehts unter den anderen ziemlich rasant zu.«

Gronaus Teilnahmslosigkeit traf mich tiefer, als ich mir zugestehen mochte. Wie hatte ich ihn angefleht, mit hierher, zu diesem Schulhof in der Bremer Neustadt zu kommen. Sogar Alwin musste ich gestern Abend noch einspannen. Ihm war es schließlich gelungen, Gronau zu überreden. Und jetzt? Jetzt stand Alwin zwei Schritte neben mir, anscheinend ungerührt. Er kannte Christins Los und zog mit uns an einem gemeinsamen Strang. Seine Mutter hatte die Idee zur Gründung der Privatschule geboren – warum schwieg er?

Mein Blick wanderte erneut zu Christin, die steif wie ein Denkmal an ihrem Platz verharrte. Plötzlich horchte sie auf. Eine kleine Gruppe Schüler stand wenige Schritte von ihr entfernt. Die Mädchen und Jungen scherzten und spornten einander in ihren Gesten an. Christin lief hinüber, stellte sich dazu und schien einfach zuzuhören. Auf einmal richtete sich die Aufmerksamkeit der anderen auf sie. Christin sagte etwas, alle lachten und ein Junge schubste sie beiseite.

»Ihr Idioten!«, stieß Christin verzweifelt hervor und schlich mit hängendem Kopf davon.

Mich schmerzte der Anblick. Am liebsten wäre ich hinübergelaufen und hätte die rüden Schulkameraden zur Rede gestellt.

»Haben Sie das arrangiert?«

Gronaus Worte trafen mich wie ein Schlag ins Gesicht. Alwin sandte mir einen mahnenden Blick. Lass dich nicht provozieren, mochte sein Augenzwinkern bedeuten. Ich schluckte meine Wut herunter. »Nein, natürlich nicht.«

Gut so, lobten Alwins Augen.

»Eine solche Behandlung«, ergänzte ich, »erfahren hochbegabte Schüler auf vielen Schulhöfen. Einige Kinder treibt dieses Mobbing sogar in den Tod.«

Gronau fixierte mich mit zusammengekniffenen Lidern. »Denken Sie da an einen speziellen Fall?«

Ja, lag mir die Antwort bereits auf der Zunge; ja, ich denke da an einen speziellen Fall – ich denke an Undine. Aber ich zügelte mich. »Nein, nur so allgemein. Wir sind im Zuge unserer Projektplanung auf einige solcher Schicksale gestoßen.« Mit einem kurzen Nicken pflichtete Alwin mir bei.

»Ach, und an Ihrer neuen Schule sollen Fälle, wie der da hinten«, Gronau deutete in Richtung Schulhof, »unmöglich sein?«

»Ja. Hochbegabte Kinder erfahren bei uns eine besondere Förderung. Das habe ich ja in unserem Konzept ausführlich dargelegt.«

»Ich erinnere mich«, sagte Gronau mit nachdenklicher Miene und schaute auf den Schulhof, der inzwischen verwaist dalag. »Ich betrachtete Ihre Darstellungen bisher eher als … sagen wir mal … als erläuterndes Beiwerk. Ich lese so etwas in jedem Antrag. Sie scheinen es hingegen ernst zu meinen.«

»Sicher«, bekräftigte ich und sah zu Alwin, der mit ungerührtem Gesichtsausdruck zu Gronau blickte.

»Tja«, fuhr dieser fort, »dann frage ich mich, ob Ihre Finanzplanung den Anforderungen entspricht? Ich meine, wenn wir eine Schule in freier Trägerschaft genehmigen, tragen wir eine gewisse Verantwortung; eine hohe Verantwortung für die Kinder, die dem fundierten System unserer staatlichen Bildungseinrichtungen entzogen werden. Deshalb auch der ganze Aufwand mit dem Genehmigungsverfahren. Oder was meinen Sie, warum ich hierher gekommen bin? Ich nehme jeden Antrag ernst.«

Ich hörte kaum mehr hin. In meiner linken Brust spürte ich einen dumpfen Druck, ein Gefühl, als wolle mein Herz schneller schlagen, werde aber daran gehindert.

»Was erwarten Sie von uns?«, nahm Alwin erstmals das Wort.

Gronau schaute erneut auf den verwaisten Schulhof und wandte seinen Blick dann Alwin zu. »Ganz einfach: Um drei Jahre ohne staatliche Unterstützung zu überstehen und um jeden Ihrer Schüler spezifisch zu betreuen, da dürfte ein Etat von fünf Millionen Euro kaum reichen.«

Ich hielt die Luft an.

»Wie viel?«, fragte Alwin trocken, als erkundigte er sich nach der Abfahrtzeit eines Zuges.

»Sieben.«

In meinem Kopf brach eine Welt zusammen, wie ein Schloss aus hunderten von Modellbausteinen, das eine übermütige Kinderhand zertrümmerte. Zwei Millionen mehr! Wer sollte die aufbringen? Mein Blick wanderte zu der Stelle, an der vorhin Christin von ihren Mitschülern ausgestoßen worden war. Für sie käme unsere Schule zu spät; ich müsste sie enttäuschen und würde meinen Schwur an Undine brechen. Der Gedanke trieb mir Tränen in die Augen.

»Wenn wir sieben Millionen vorweisen«, fragte Alwin, »genehmigen Sie unseren Antrag?«

»Ich darf die Genehmigungen nicht direkt aussprechen, das steht lediglich der Referatsleiterin zu – die bisher immer meinen Empfehlungen folgte. Also Herr Tilgner – weisen Sie das Geld nach, dürften Ihrem Projekt keine Hindernisse mehr im Wege stehen.« Gronau schwieg, als hörte er in sich hinein. Schließlich nickte er. »Ja, das kann ich wohl so bestätigen, ohne nochmals die Unterlagen einzusehen.«

»Bis wann?« Alwins Frage klang sachlich.

»Na, sagen wir, bis Ende Mai. Sie wollen Ihre Schule ja pünktlich zum neuen Schuljahr eröffnen. Wenn ich in der Zwischenzeit alles vorbereite, erteilt die Referatsleiterin die Genehmigung in kürzester Zeit.«

Gronaus zur Schau gestelltes Entgegenkommen versetzte uns endgültig den Gnadenschuss.

»Abgemacht.«

Wie aus weiter Ferne drang Alwins Antwort in mein Bewusstsein. Was quatschte der Bursche da? Seine Mutter war mit ihren vier Millionen ans Äußerste des Machbaren gegangen. Unseren Anteil von einer Million würden wir in drei Monaten kaum steigern können. Ich starrte Alwin an. Anstatt einer Erklärung deuteten mir seine Augen: Halt den Mund. Er drehte sich zu Gronau und streckte ihm die Hand entgegen.

»Wir weisen sieben Millionen nach und Sie bewilligen unseren Antrag.«

»Ich reiche das Gesuch dann wohlwollend zur Genehmigung weiter«, korrigierte Gronau und schlug ein.

Was ging hier vor? Was redete Alwin?

»Na sehen Sie, Herr Helmers.« Gronau grinste mich an. »So räumen wir eine Hürde nach der anderen aus dem Weg. Das Lehrerproblem hatten Sie ja auch mit Bravour gelöst. Und wenn Sie verzagen, springt Herr Tilgner ein.« Er wandte sich meinem Auto zu. »Wir sollten unsere Exkursion mit diesem Ergebnis beenden.«

Während wir zu meinem Wagen liefen, zog ich Alwin am Ärmel und blieb mit ihm einige Meter hinter Gronau zurück.

»Was soll das?«, zischelte ich ihm zu. »Woher kommt das zusätzliche Geld? Zahlt das auch deine Mutter?«

»Nein. Ich besorge es.« Er schüttelte seinen Arm los und schloss zu unserem Gast auf.

Wenig später fuhren wir in Richtung Autobahn – Gronaus und Alwins Autos standen dort auf einem Parkplatz. Die Fahrt verlief schweigend. Gronau hing wie ein Walross neben mir auf dem Beifahrersitz; Alwin saß in sich gekehrt rechts hinten. Der mittägliche Verkehr floss ungewohnt spärlich über die Neuenlander Straße und forderte kaum meine Aufmerksamkeit. Woher wollte Alwin das Geld nehmen? Vor allem in dieser kurzen Zeit. Ich schaute in den Rückspiegel. Als kehrten wir übermüdet von einer gemeinsamen Wandertour zurück, lehnte Alwins Stirn an der Seitenscheibe. Seine Augen starrten unbeteiligt hinaus. Bluffte er? Aber welchen Nutzen sollte unser Projekt davon haben?

»Wie gesagt«, begann Gronau auf einmal zu sprechen, »genehmigen muss Ihren Antrag die Referatsleiterin.«

»Die Ihre Ehefrau ist«, antwortete Alwin von hinten.

»Ja, richtig. Das bringt Ihnen jedoch keinen Vorteil. Im Gegenteil. Um Gerede im Amt zu vermeiden, schaut sie bei *meinen* Vorlagen stets genau hin. Deshalb auch meine Nachforderung hinsichtlich Ihrer Finanzierung. Das verstehen Sie wohl?«

»Worauf wollen Sie hinaus?« Alwin richtete den Oberkörper auf.

»Ich habe da so eine Idee.« Gronau neigte den Kopf nach hinten, als könne er so besser mit Alwin sprechen. »Meine Frau und ich, wir sollten mal wieder in Urlaub fahren. Vielleicht Mitte Mai. Ich könnte sie dabei in entspannter Umgebung mit Ihrem Projekt vertraut machen. Aber *nur*, wenn Sie das wollen. Ist lediglich ein Gedanke von mir. Muss auch nicht die Welt kosten. Ich meine, wir reden über ein Gesamtprojekt von sieben Millionen.«

Was verlangte dieses Schwein noch von uns?

»Sie meinen«, bemerkte Alwin, »wir sollten einen Beitrag zu Ihrem Urlaub leisten?«

»Nennen wir es mal so: Sie spenden eine Summe, die rein zufällig den Reisekosten entspricht. Die Kontodaten gebe ich Ihnen rechtzeitig.«

»Wohin soll die Reise gehen?« Alwin klang, als diskutiere er mit Gronau die Farbe seines Jacketts. »Wie viel Geld müssen wir einplanen?«

Jetzt drehte sich Gronau zu Alwin um. »Wir wollns ja nicht übertreiben. Auf der Ostsee gibt es sehr schöne Kreuzfahrten, gerade im späten Frühjahr. Eventuell über Pfingsten?«

Ekel und Abscheu drohten mich zu ersticken. Ich brauchte ein Ventil des Abreagierens und schaute in den Rückspiegel. Hinter uns fuhr kein Auto. Mein Fuß trampelte auf die Bremse. Eine unsichtbare Macht schleuderte mich in den Sicherheitsgurt. Gronau, den Blick immer noch rückwärts gerichtet, flog seitlich in den Gurt, der auf seinen

Hals drückte. Der Wagen schlingerte. Ich lenkte gegen. Gronau röchelte. Ich presste das Bremspedal mit Gewalt nach unten. Aus den Augenwinkeln verfolgte ich den Kampf meines Beifahrers um Atemluft, bis das Auto endlich stand.

Gronau warf seinen Oberkörper herum und löste den Sicherheitsgurt. »Spinnen Sie?«

Sein Wutausbruch erfüllte mich wie die wohlige Wirkung eines Beruhigungsmittels mit innerer Befriedigung. Der Gegner, vorhin noch übermächtig und unbezwingbar, erschien mir in diesem Augenblick klein und verletzlich.

»Entschuldigen Sie, Herr Gronau – vor uns lief ein Mädchen über die Straße. Sie sah Undine Jagoda ähnlich.«

Gronaus Gesicht schimmerte bleich und hob sich kontrastreich vom dunkelgrauen Himmel des Fahrzeuges ab. Er starrte mich einen Atemzug lang an und öffnete die Seitentür. »Vielen Dank, meine Herren; ich steige hier aus.«

»Bitte warten Sie!«, rief Alwin von hinten und verließ ebenfalls den Wagen.

# 1

## 08. Mai 2008 – Donnerstag

Irgendwo schlug ein Kirchturm fünf Uhr. Den östlichen Horizont zierte ein breiter hellblauer Streifen; in einer halben Stunde ging die Sonne auf. Dieser Donnerstag vor

Pfingsten erwachte im besten Frühsommerwetter. Über die gesamten Feiertage hinweg sollte die sonnige Hochdruckwetterlage halten, wenn man den Meteorologen glauben konnte. Unmut beschlich Vadim Utesch. Er atmete tief durch. Beherrsch dich, mahnte er sich, Ärger im Einsatz führte in eine Katastrophe. Diesen Kerngedanken militärischer Kampfführung hatten ihnen die Ausbilder vom ersten Tag an eingebläut. Utesch war diesem Leitgedanken seither strikt nachgekommen, als Kampfschwimmer in Diensten der Volksmarine und auch später. Selbst heute, wo er mit seiner Tauchschule in Stralsund ein eher unaufgeregtes Leben führte, bestimmten Ruhe und Freundlichkeit sein Gefühlsleben – sie schärften die Sinne und kamen bei den Gästen gut an.

Utesch schaute erneut zum östlichen Himmel. Bei diesem Wetter hätte er über die Feiertage richtig Kasse machen können. Schweren Herzens hatte er all die Anfragen nach Tauchausflügen absagen müssen, nur weil die Nummer 1 der Operation die Tage um Pfingsten verplant hatte. Heute Morgen diese blöde Aktion hier in Bremen. Anschließend musste er von Cuxhaven mit dem gecharterten Motorboot auf die Nordsee raus, um dort pünktlich auf das Kreuzfahrtschiff zu treffen. Der Coup am Sonntag verdarb schließlich die letzte Chance auf irgendein Pfingstgeschäft. Na ja, er würde die Jobs erledigen, um die Nummer 1 endlich loszuwerden. Wenn alles klappte, verschwand die nächste Woche nach Südamerika. Hoffentlich auf Nimmerwiedersehen.

10 nach 5 sollte Utesch anrufen; ihm blieb noch eine Minute. Er steckte eine Klammer auf seine Nase und konzentrierte sich: Er musste unbedingt den immer wieder durchbrechenden sächselnden Dialekt unterdrücken. Schließlich wählte er auf dem Handy die von der Num-

mer 1 einprogrammierte Kurzwahl. Bereits nach einem Freizeichen meldete sich die Sicherheitsfirma. Der Name des Mannes am anderen Ende ging in dessen Genuschel unter.

»Ludwig Imhoff von der TransOzeana«, nannte Utesch den falschen Namen.

»Ah, Ludwig«, entgegnete der Wachmann in einem Ton, als spreche er zu einem guten Kumpel. »Du klingst aber komisch.«

»Erkältung«, erklärte Utesch lapidar.

»Ja, ja«, gab der Wachmann jovial zurück, »bei dem schönen Wetter muss man höllisch aufpassen. Wir haben halt noch keinen Sommer. Was kann ich für dich tun?«

Der Plauderton des Wachmanns sorgte bei Utesch für Erleichterung – er wusste, wie er den Kerl ansprechen sollte. »Ich muss in die Firma, schalte die Überwachung ab.«

»Was, jetzt noch?«, erklang eine erstaunte Stimme vom anderen Ende der Leitung. »In einer Viertelstunde endet die Schließzeit, dann darfst du sowieso rein.«

Den Widerspruch hatte Utesch erwartet. »Wir haben eine derbe Störung in der EDV. Die soll vor der offiziellen Bürozeit beseitigt werden. Sonst kann kein Mensch arbeiten. Da brauche ich jede Minute.«

»Wie du willst. Gib mir bitte die üblichen Daten.«

Utesch nannte das Geburtsdatum dieses Imhoffs und das Passwort.

»Alles klar, Ludwig«, bestätigte der Wachmann, »ich schalte jetzt ab. Du bleibst bestimmt über das Ende der Schließzeit?«

»Ja, ja und vielen Dank. So long.«

»Tschüss. Und gute Besserung, ich meine deine Erkältung. Über die Feiertage muss man fit sein.«

Utesch bedankte sich für die Genesungswünsche, beendete das Telefonat und zog die Klammer von der Nase. Der erste Teil seines heutigen Jobs wäre erledigt. Er schaute zum Haupteingang der Reederei, der verlassen auf der anderen Straßenseite lag. Wenn die Nummer 1 den Schlüssel besorgt hätte, könnte Utesch jetzt das Unternehmen durchziehen und ungestört in das Großraumbüro einbrechen. Aber nein, die Nummer 1 hatte gerade mal die Daten zum Abschalten der Alarmanlage besorgt. Auslöffeln musste er die Schlamperei und auf die Putzkolonne warten, um mit den Frauen reinzugehen.

Er überquerte die Fahrbahn und zog sich in die Nische eines Hauseingangs nahe der Reederei zurück. Dort streifte er blitzschnell seine Hosen ab und strich den knöchellangen Rock glatt, den er darunter trug. Ein streng gebundenes Kopftuch, flache Pumps und ein schäbiger Damenmantel verwandelten ihn in eine Frau. Seine stümperhafte Verkleidung hätte jeder Vogelscheuche zur Ehre gereicht; aber um zusammen mit den Reinemachefrauen in das Firmengebäude zu gelangen, musste es reichen.

Erneut sah Utesch auf seine Uhr – 22 nach 5. In drei Minuten ging die Putzkolonne rein, um pünktlich halb sechs mit der Arbeit zu beginnen. Er blinzelte um die Ecke. Vor dem Haupteingang der Reederei standen tatsächlich einige Frauen. Wenn er die Luft anhielt, hörte er ihre gedämpfte Unterhaltung.

»Also gut«, erklang kurz darauf eine barsche Männerstimme. »Alle da?« Ein leises Murmeln folgte, als ob der Kerl seine Schäfchen zählen würde. »Elf«, kam prompt das wohl unbefriedigende Ergebnis. »Wer fehlt? Eine der Neuen? Ich kümmere mich nachher darum. Wir müssen anfangen. Und denkt dran: Wir starten im zweiten Obergeschoss.«

Utesch fiel ein Stein vom Herzen. Fing die Putzkolonne oben an, konnte er in Ruhe das Großraumbüro im Erdgeschoss heimsuchen. Nebenan klapperten die Absätze mehrerer Damenschuhe. Utesch hastete die wenigen Schritte bis zur Reederei vor. In sicherem Abstand hinter der letzten Putzfrau schlüpfte er in die Empfangshalle. Der Kerl, der das Regime führte, war verschwunden. Während die Frauen die Treppe hinaufstiegen, eilte Utesch den Korridor entlang und betrat an dessen Ende das Großraumbüro, in das er einbrechen sollte.

Zahlreiche Schreibtische und eine lange Reihe von Büroschränken dienten als einzige Möblierung. Grünpflanzen verwandelten den Raum in einen lichten Dschungel, der für gute Deckung sorgte. Durch die breite Fensterfront drang lediglich die schummrige Morgendämmerung herein. Diese Beleuchtung kam ihm entgegen – er sah genug, konnte andererseits selbst schwer erkannt werden.

Unschlüssig wanderte Utesch zwischen den Schreibtischen umher, zog seine Gummihandschuhe an und überlegte, wie er seinen Auftrag erledigen sollte. ›Sie gehen in das Büro‹, hatte die Nummer 1 befohlen, ›inszenieren einen Einbruch, stehlen aber nichts und richten auch keinen Schaden an. Ihr Eindringen soll bemerkt werden, das Ziel des Anschlags indes im Dunkeln bleiben. Lassen Sie sich etwas einfallen.‹ Instinktiv hatte Utesch nach dem Warum des merkwürdigen Auftrags fragen wollen, seine Neugier jedoch bezähmt; je weniger er wusste, umso besser.

Einer der Schreibtische weckte sein Interesse. Lediglich eine schmale Akte lag exakt ausgerichtet am Rand. Gleich neben dem Monitor stand das Foto eines schätzungsweise fünfjährigen Mädchens, das in die Kamera strahlte. Utesch setzte sich auf den Bürostuhl und versuchte das Abbild der Frau, die hier arbeitete, in seinem Kopf entstehen zu lassen. Bestimmt eine alleinerziehende Mutter, dachte er, ein Bild des Vaters oder gar ein Familienfoto fehlten. Die Frau musste sehr ordnungsliebend sein, fiel Utesch auf. Selbst die papierne Schreibtischunterlage wirkte sauber und ordentlich. Braune Ringe von Kaffeetassen suchte man ebenso vergeblich wie graue Ränder, die von monatelanger Benutzung zeugten. Lediglich rechts oben entdeckte er einige Anmerkungen, fein akkurat hingeschrieben und teilweise durchgestrichen. Eine Notiz hatte die Frau winzig klein geschrieben und so an den Rand gequetscht, als wolle sie sie verstecken. ›Arkona-47Ö1‹ stand da. Ein Passwort? Das Passwort zum PC der Frau. Würde er diesen Rechner hochfahren und sich an die Daten heranmachen, hätte er seinen Auftrag erfüllt. Die Experten mussten den Zugriff anhand der Logdatei bemerken, konnten allerdings nicht feststellen, auf welche Dateien er es abgesehen hatte. Uteschs Blick fiel auf das Foto des Mädchens. Dessen Mutter bekam unweigerlich Ärger, wenn sie das Passwort so offen notierte und damit einen Datenverlust begünstigte. »Mach dir keine Sorgen, Kleine«, sagte Utesch und stand auf. Ein neutrales Ziel musste her.

Er ging zum ersten Büroschrank in der langen Reihe gegenüber der Fensterfront und öffnete dessen Türen. Dahinter verbarg sich ein Rechner, der eingeschaltet war. Utesch bewegte die Maus, der Bildschirm leuchtete auf und das Eingabefeld für ein Passwort erschien. Beinahe zwangsläufig schaute er zu dem Schreibtisch hinüber, an dem er eben noch gesessen hatte. Den PC hier im Schrank benutzten garantiert mehrere Mitarbeiter. Warum versteckte ihn die Reederei? Utesch trieb die Neugier. Er tippte ›Arkona-47Ö1‹ in die Tastatur und drückte Enter. Die Anzeige des

Monitors wechselte und zeigte diverse Ordner an. Utesch klickte sie durch; alle enthielten lange Excel-Listen mit Namen, Adressen, Telefonnummern und Rechnungsbeträgen.

»Ludwig?«, erklang ein lauter Ruf auf dem Korridor.

Utesch erschrak. Die Stimme draußen gehörte dem Mann vom Telefonanruf in der Sicherheitsfirma.

»Ludwig? Wo bist du?« Der Wachmann musste direkt auf die halb offene Bürotür zukommen. »Im Großraumbüro?«

Mit einem Tastendruck schaltete Utesch den PC aus, schloss den Schrank und huschte in die Mitte des Büros, um hinter einem der Schreibtische abzutauchen. Keine Sekunde zu spät – im nächsten Moment knarrte die Bürotür.

»Steckst du hier irgendwo im Dunkeln?« Schritte tappten über das Parkett. Hoffentlich verschwand der Wachmann nach einem oberflächlichen Rundblick wieder. Aber Uteschs Wunsch erfüllte sich nicht. Das Licht der Deckenbeleuchtung flammte auf. Die Tritte auf dem Boden klangen jetzt zaghaft, als würde der Wachmann einen sicheren Weg durch ein Moor ertasten.

Uteschs Kopf schaltete auf Routine um, ein Reflex, den er während der Ausbildung erlernt hatte, der ihm wieder und wieder eingebläut worden war, der zu seinem Wesen gehörte und auch heute noch in Gefahrensituationen funktionierte. Er tastete nach seinem Tauchermesser und zog es aus der Scheide.

Die Schritte kamen näher. Utesch spannte seine Muskeln. Genau neben dem Schreibtisch blieb der Wachmann stehen. Ein leises Knirschen der Schuhsohlen verriet seine Körperdrehung. Utesch besann sich, steckte das Messer ein und schoss hervor. Er trat an den Mann heran, der ihm den

Rücken zuwandte, und packte fest zu. Kurz darauf fing er den zusammensackenden Körper auf und legte ihn behutsam auf dem Boden ab.

## 2

»Wo lag der Kerl?«, fragte Oberkommissar Marc Müller. Er rieb sich das Kinn, angelte mit der anderen Hand nach dem Ende seines Zopfes und ließ die Haarspitzen unentwegt durch die Finger gleiten.

»Da hinten«, antwortete Jürgen Adamschik, einer der Kriminaltechniker, die an den Tatort gerufen worden waren. Er zeigte auf die Mitte des Großraumbüros. »Die Rettungssanitäter haben ihn gegen seinen Willen mitgenommen.«

»Ach so?«

»Der Wachmann war wohl bewusstlos gewesen und musste anschließend mit zur Überwachung ins Krankenhaus.«

»Was sollen wir hier?« Marc Müller schüttelte den Kopf. Am frühen Morgen hatte ihn Kriminaldirektor Herzog alarmiert – in den Geschäftsräumen der Kreuzfahrtreederei TransOzeana in der Bremer Innenstadt sei ein schwer verletzter Wachmann aufgefunden worden. »Für Einbrüche gibts Spezialisten im Präsidium.«

Adamschik rückte vertrauensvoll an Marc Müller heran. »Der Reedereichef soll ein Kumpel vom Alten sein. Mein

Team und ich, wir ziehen hier unser Ding durch und basta. Aufregen bringt doch nichts.«

Marc Müller gab dem Kriminaltechniker in Gedanken recht. Mit seinen 32 Jahren zählte er eher zu den jüngeren Kommissaren im Präsidium. Doch nach Otto Löfflers unerwartetem Weggang an den Strelasund warf der Chef ein Auge auf ihn. Eine Beschwerde käme da bestimmt schlecht an; noch dazu, wenn der Boss der Reederei ein Freund des Alten war.

»Habt ihr schon eine Idee vom Tatablauf?«, fragte Marc Müller an Adamschik gewandt; womit er sich in sein Schicksal ergab. »Oder von dem, was überhaupt vorgefallen ist?«

»Bisher siehts so aus, als sei der Wachmann einfach umgefallen. Er behauptet allerdings, überfallen worden zu sein. Wir konnten jedenfalls keine Einbruchsspuren oder anderweitige Anhaltspunkte für das Eindringen eines Fremden finden.«

»Arbeitet der Wachmann hier im Haus?«

»Nein, in der Sicherheitsfirma, die die Reederei überwacht. Er hatte den Alarm auf Anforderung des Chefs der Haustechnik abgeschaltet – eine Störung in der EDV müsse vor Arbeitsbeginn behoben werden. Zur Sicherheit war der Überfallene hergekommen, um die Reparaturarbeiten zu kontrollieren.«

»Das klingt aber nach Einbruch. Wurde etwas gestohlen?« Marc Müller schaute in die Runde. Das Großraumbüro vermittelte den Eindruck, als seien die Mitarbeiter aufgestanden, um die Polizei ungestört arbeiten zu lassen.

»Wir überprüfen das gerade.«

»Und was sagt dieser Hausmeister?«

Adamschik sah Marc Müller verwundert an. »Wir kümmern uns um die Spurensicherung.«

»Hätte ja sein können, dass ihr den Mann bereits gesprochen habt«, bedauerte Marc Müller. »Wie heißt der Hausmeister? Treibt er sich hier irgendwo herum?«

»Da hinten.« Adamschik deutete auf einen baumlangen Typ, der die Büroschränke an der Seite untersuchte. »Ludwig Imhoff arbeitet als Leiter der Haustechnik und nicht als Hausmeister – er legt Wert auf den feinen Unterschied.«

Marc Müller dankte Adamschik und lief zu dem Mann hinüber. Hoffentlich erhielt er von dem einen Ansatzpunkt für seine Ermittlungen; bis ein Bericht der Kriminaltechnik vorlag, konnte Marc Müller unmöglich warten. Der Einstieg in neue Fälle fiel ihm noch immer schwer, seit Hauptkommissar Otto Löffler vor gut einem halben Jahr weggegangen war. Unter der Obhut seines väterlichen Kollegen hatte Marc Müller die Ermittlungsarbeiten meistens mit einem Trick begonnen: Seine äußere Erscheinung glich eher einem Halbwüchsigen denn einem Kriminalbeamten; Müller maß gerade 1,65 Meter, hatte ein schmales Gesicht, dünne Lippen und kleine Ohren, flinke graue Augen und lange blonde Haare. Tauchte er früher an einem Tatort auf, hielten ihn die umstehenden Gaffer für einen neugierigen Jugendlichen, dem man ungeniert auf alle Fragen antwortete. Dadurch bekam er Informationen, die ihm als Kommissar verborgen geblieben wären. Diese Quelle dürfte in Zukunft versiegen, vor allem wenn ihn bereits die Absperrposten als Herr Oberkommissar begrüßten.

Ehe Marc Müller an Imhoff herantrat, verhielt er in seinen Schritten und blickte sich um. Das Großraumbüro vermittelte tatsächlich nicht den Eindruck, als hätte hier ein Einbruch stattgefunden: Die zehn Schreibtische standen in Zweierreihen, wie in einem Klassenzimmer, akkurat ausgerichtet hintereinander, die Bürostühle ordentlich davor. Einige Plätze sahen durch herumliegende Papiere und Akten so aus, als wäre der Mitarbeiter nur schnell zum Kaffeeholen gegangen, während andere Tische säuberlich aufgeräumt waren und lediglich ein Familienfoto oder Kaffeegeschirr an den Kollegen erinnerte. In der Luft hing der Geruch von Teppichen und PCs, gemischt mit der Feuchte der Grünpflanzen, die den Raum verzierten. An der langen Wand gegenüber der Fensterfront stand eine ununterbrochene Reihe von Büroschränken, die dieser Imhoff gerade kontrollierte.

Was sollte er den Mann fragen? Marc Müller verspürte eine unangenehme Nervosität. Imhoff war vorerst sein einziger Zeuge, wenn er vom Opfer des Anschlags absah. Imhoffs Aussage musste Hinweise auf die weiteren Ermittlungen liefern.

Ach, wäre Löffler nur hier – Marc würde auch wieder tapfer das Siegel Müller III ertragen. Als er zur Kriminalpolizei versetzt worden war, versahen bereits zwei Kollegen namens Müller ihren Dienst im Präsidium, und so taufte ihn Löffler einfach Müller III. Mit der Bezeichnung hatte Marc erst vertraut werden müssen, sie schließlich aber akzeptiert. Mit Löfflers Weggang war auch das Müller III verschwunden.

Marc holte tief Luft, lief zu den Büroschränken hinüber und sprach den Leiter der Haustechnik an. Imhoff drehte sich langsam herum. Er maß bestimmt zwei Meter, wog jedoch höchstens 80 Kilogramm. Die hagere Gestalt des Mannes erinnerte Marc an einen Storch.

»Ja?«, stieß Imhoff sichtlich genervt zwischen den schmalen Lippen hervor. Seine riesige Nase wippte dabei, als wolle sie Marc aufspießen.

Der nannte Namen und Dienstgrad und fragte nach dem vermeintlichen Telefonat mit der Wachgesellschaft bezüglich der EDV-Störung.

»Ich habe nicht angerufen«, entgegnete Imhoff mit vorwurfsvollem Unterton, als beschuldigte man ihn unberechtigt eines Vergehens. »In unserer EDV-Anlage gabs keine Probleme.«

Marc überlegte. »Heißt das, letztendlich kann jeder bei der Wachgesellschaft anrufen, sich als Ludwig Imhoff ausgeben und die lassen ihn rein?«

»Nein.« Während der Schließzeit des Unternehmens zwischen 20.00 Uhr am Abend und 05.25 Uhr in der Früh werde die Alarmanlage scharf geschaltet. In dieser Zeitspanne könne lediglich einer der Berechtigten den Zugang in die Firma erwirken.

»Wie funktioniert das?«

»Einer der Berechtigten ruft die Wachgesellschaft an, nennt seinen Namen, das Geburtsdatum und das richtige Passwort. Nur die Berechtigten kennen das. Anschließend gibt er denjenigen an, der ins Gebäude will und die Zeit, in der gearbeitet wird.«

»Und dann öffnet die Wachgesellschaft die Türen?«

»Nein. Dann schalten die lediglich die Alarmanlage ab. Einen Schlüssel müssen Sie schon selbst besitzen.«

»Das heißt, der ominöse Anrufer hat eigenständig aufgeschlossen? Wir konnten nämlich keine Einbruchsspuren finden. Wer verfügt alles über einen Schlüssel?«

»Die fünf Berechtigten aus unserer Firma, der Vorarbeiter der Putzkolonne und die Wachgesellschaft.« Imhoff klang gelangweilt, als hätte er die Auskünfte bereits mehrmals erteilt.

»Und diese Berechtigten, wer gehört dazu?«

Vier seiner Chefs und er selbst. Imhoff zählte die Namen auf.

»Sie geben mir nachher bitte eine Liste«, bat Marc. Die Herren musste er gesondert überprüfen. »Die Reinigungsfirma besitzt ebenso einen Schlüssel?«

Ja, die beginne jeden Morgen um halb sechs mit dem Saubermachen. Eine der Putzfrauen habe auch den verletzten Wachmann gefunden.

Marc hörte aufmerksam zu und machte sich Notizen. »Wann war das?«

Imhoff überlegte. Der Vorarbeiter habe ihn so Viertel vor sechs über den Vorfall telefonisch informiert.

»Warum Sie?«

»Ich zeichne im Hause für die Haustechnik verantwortlich; ich kümmere mich um alle externen Dienstleistungen, von den Reinemachefrauen bis zu Tauchereinsätzen bei Schiffshavarien.«

»Wann waren Sie hier?«

»Um 06.02 Uhr – ich habe extra auf die Uhr gesehen. Der Notarztwagen stand da bereits vor der Tür und der Wachmann kam gerade zu sich. Als der von einem Überfall erzählte, habe ich meinen Chef alarmiert.«

»Wohnen Sie in der Nähe?«, fragte Marc. »Ich meine, wenn Sie so schnell vor Ort sind.«

Auf einmal trat Imhoff verlegen von einem Bein auf das andere und schwankte dabei wie ein Baum im Wind. Schließlich verneinte er die Frage. Er sei bereits auf dem Weg hierher gewesen. 20 nach 5 habe ihn der Wachdienst angerufen, ob er die Abschaltung der Alarmanlage beantragt habe.

»Rufen die immer zurück?«

»Nein.« Imhoffs Ton eines genervten Gefängnisaufsehers

war dem Habitus eines Sünders gewichen. »Die Wachleute hatte gewundert, dass ich kurz vor dem Ende der Schließzeit das Abschalten der Alarmanlage verlangt haben soll.«

»Wann?«

»10 nach 5. Die Störung in der EDV-Anlage sei schwerwiegend und verlange nach sofortigem Handeln, so meine angebliche Behauptung. So ein Quatsch fällt niemandem aus der Firma ein, deshalb bin ich hergefahren.«

»Könnte einer Ihrer Vorgesetzten in Ihrem Namen bei der Wachgesellschaft angerufen haben?«

»Warum sollte er?«

»Wissen Sie das nicht?«, fragte Marc verwundert.

»Meine Bosse schulden einem Haustechniker keine Rechenschaft«, entgegnete Imhoff mit einem Gesicht, als hätte er in einen sauren Apfel gebissen. »Die blöden Antworten der Chefs erspare ich mir.«

Hinter dem Zweimetermann tauchte Adamschik auf. Marc erinnerte Imhoff an die Liste mit den Berechtigten und wandte sich dem Kriminaltechniker zu.

»Wir ziehen ab«, vermeldete dieser. »Verdächtige Spuren konnten wir keine feststellen. Dafür jede Menge Fingerabdrücke und DNS-Material, wie für Großraumbüros üblich. Wir bereiten die Auswertung lediglich vor. Falls ihr Vergleichsspuren findet, können wir schnell reagieren. In dem Büro hier fehlt nichts – zumindest nach dem gegenwärtigen Stand der Suche. Scheint so, als habe der Wachmann den Täter überrascht.«

Könnte sein, dachte Marc. Andererseits: Langfinger verschonen auch mal die Kronjuwelen aus der Museumsvitrine und begehren stattdessen kleine, unscheinbare Beutestücke. »Einbruchsspuren fehlen gänzlich?«, vergewisserte er sich.

»Auf jeden Fall ist jemand *mit* einem Schlüssel hier rein. Die Tür haben wir uns ganz genau angesehen.«

Marc nickte, dankte dem Kriminaltechniker und verabschiedete ihn mit der Mahnung, seinen Bericht so schnell wie möglich fertigzustellen. Das sei kein Problem, da kaum etwas drinstehen werde. Adamschik rief seine Männer zusammen und verließ das Büro.

Wieder allein holte Marc sein Notizbuch heraus und überlegte: Der Täter schlug wenige Minuten vor dem Eintreffen der Putzfrauen zu. Warum eigentlich? Warum ging er diese Gefahr des Entdecktwerdens ein?

Imhoff kam mit der Liste und reichte sie Marc. Der bedankte sich und steckte das Blatt ein.

»Dürfen die Angestellten an ihre Schreibtische?«, fragte Imhoff. »Ich meine zum Arbeiten und nicht nur zur Suche nach Gestohlenem.«

»Hm«, überlegte Marc; die Kriminaltechnik war bereits gegangen, also konnten die Kolleginnen an ihre Arbeitsplätze zurückkehren. Er gab die Erlaubnis, bat aber darum, weiterhin nach fehlenden Dingen Ausschau zu halten. Er werde noch ein wenig bleiben.

*

Missmutig rührte Marc in seinem Kaffee. Er saß auf einem Stuhl in der Ecke des Großraumbüros und beobachtete das geschäftige Treiben. Wie die Frauen sich überhaupt auf ihre Arbeit konzentrieren konnten? Ständig klingelte irgendwo ein Telefon, sprachen die Damen miteinander, liefen sie zwischen Schreibtischen und Wandschränken hin und her oder verließen den Raum. Trennwände zum Abgrenzen der einzelnen Plätze, wie man sie besonders aus amerikanischen

Filmen kannte, würden das Arbeitsklima bestimmt verbessern. Aber um das zu analysieren, saß Marc keineswegs hier; er sollte den Überfall auf einen Wachmann aufklären. Inzwischen hatte jede von den Mitarbeiterinnen im Büro ihren Arbeitsplatz samt PC überprüft, allerdings ergebnislos – keiner der Rechner war während des Einbruchs eingeschaltet worden. In den Schreibtischen fehlte ebenso wenig etwas. Gemeinsam mit Imhoff waren die Frauen alle Ordner im langen Aktenschrank durchgegangen und hatten einen vollzähligen Bestand festgestellt. Das Motiv des Einbrechers lag völlig im Dunkeln.

Marc dachte an Adamschiks Bemerkung, der Wachmann habe den Eindringling überrascht und sei deshalb auch angegriffen worden. Er würde das Opfer schnellstmöglich befragen müssen.

Was wollte der Täter hier?, fragte sich Marc. Er tappte völlig im Dunkeln. Ungeachtet dessen würde sein Chef, Kriminaldirektor Herzog, spätestens am Nachmittag Antworten verlangen. Und wenn er die schuldig blieb, konnte er ein Feldbett im Dienstzimmer aufstellen. Mitten in seine Überlegungen hinein klingelte das Handy. ›Christin‹ meldete das Display. Er nahm das Gespräch an. »Hallo, Schatz.«

»Grüß dich, Paps.« Christin klang traurig. Sie könne am Abend nicht kommen.

Marc fuhr der Schreck in die Glieder. Heute war der zweite Donnerstag im Monat, genau der Tag, an dem er nach Feierabend seine Tochter traf. »Was gibts denn so Wichtiges, das dich verhindert?«

Christin berichtete von einer Mathearbeit, die sie morgen schreiben würde, und da habe Mama sie zum Lernen verdonnert. »Zuletzt hatte ich doch eine Vier.«

»Na, dann musst du wohl deine Nase in die Bücher stecken«, erklärte er und blickte sich im Großraumbüro um. Blieb ihm genügend Zeit, um in diesem vertrackten Fall voranzukommen.

Christin klang erleichtert und lud ihren Vater für den folgenden Abend zum Essen ein. »Mama gibt einen aus, im Neptun.«

Schön, freute er sich insgeheim. So sah er seine ehemalige Lebensgefährtin auch mal wieder.

Christin war Marcs zwölfjährige Tochter aus seiner früheren Beziehung. Noch während seiner Ausbildung zum Kommissar hatte er die hübsche Sabine Berger kennengelernt. Schnell waren sie ein Paar geworden und hatten zusammen in einer kleinen Wohnung gelebt. Der Ehrgeiz, ein tüchtiger Polizist zu werden und bei der Kriminalpolizei anfangen zu dürfen, nahmen sein gesamtes Fühlen und Denken in Anspruch. Sabine fraß ihren Ärger zunächst in sich hinein; stellte ihn allerdings eines Tages vor die Wahl: entweder Polizist oder eine Partnerschaft mit ihr. Alle Beschwichtigungsversuche seinerseits nutzten nichts. Sabine blieb unerbittlich und so brach ihre Beziehung auseinander. Marc hatte ihre Hartnäckigkeit überrascht. Erst im vorletzten Jahr erfuhr er den Grund des Ultimatums: Die Nachricht von ihrer Schwangerschaft hatte in Sabine den Horror ausgelöst, als alleinerziehende Mutter mit Trauschein ihr Leben zu fristen. Und so hatte sie ihm eine Entscheidung abgetrotzt.

Als Marc vor anderthalb Jahren zufällig der damals zehnjährigen Christin begegnet war und von seiner Vaterschaft erfuhr, hatte ihn ein Gefühlsgemisch aus Angst, schlechtem Gewissen, Stolz und Vaterliebe in eine Schockstarre versetzt. Aber Christin hatte ihm eine Brücke gebaut und von Anfang an ihre Zuneigung geschenkt; sicherlich auch, weil Sabine all die Zeit ohne Partner gelebt hatte und Christin sich sehnlichst einen Vater wünschte. Marc hatte seither für ihren Unterhalt gesorgt und gleichzeitig eine echte Beziehung zu seiner Tochter aufgebaut. Er liebte zwar seinen Beruf, erübrigte dennoch jede freie Minute für Christin, wann immer sie ihn brauchte und soweit es Sabine erlaubte.

»Also gut«, beendete er das Telefonat, »dann sehen wir uns morgen. Und heute lernst du fleißig. Tschüss.«

Unvermittelt stand Imhoff vor ihm. »Auf der Insel haben wir was gefunden«, sagte der Haustechniker und deutete auf den Schrank, an dem er eben noch gewerkelt hatte.

»Insel?« Marc sprang auf. Die Nachricht verursachte ein Kribbeln in seinem Bauch.

»Ein spezieller Rechner im ersten Aktenschrank. Er besitzt keine Verbindung zum Firmennetz, ist damit halt die Insel. Dort legen wir personenbezogene Kundendaten ab. Beispielsweise die Passagierlisten unserer Kreuzfahrten.«

»Was haben Sie gefunden?«

»Einen zweifelhaften Zugriff.«

»Zeigen Sie.« Marc drängte Imhoff in die Richtung des fraglichen Aktenschranks. »Wer benutzt normalerweise den PC?«

»Na, alle Kolleginnen hier. Je nachdem, wer Unterlagen aufspielen oder ansehen möchte. Der Rechner läuft ununterbrochen, Tag und Nacht. Merkwürdigerweise war er jetzt ausgeschaltet, also habe ich mir die Log-Datei angesehen. Zur Zeit des Einbruchs gabs einen Zugriff.« Imhoff deutete auf die Liste zeitlich geordneter Datensätze auf dem Monitor. »Sehen Sie – um 05:36:47 Uhr hat sich jemand mit dem Passwort eingeloggt und um 05:39:42 Uhr den Rechner einfach über ›Netz aus‹ abgeschaltet.«

»Weil der Einbrecher vom Wachmann überrascht wurde«, stellte Marc fest. Möglicherweise hatte der den Eindringling gesehen. Und erkannt?

»Genau.«

»Wer kennt das Passwort?«

»Alle hier im Büro.«

»Na klasse.« Marc wusste sofort, wie der Einbrecher an den Zugangscode gekommen war. »Ein Passwort, das zehn Frauen kennen, ist kein sicherer Schutz«, dozierte er im Ton eines wütenden Professors, der seine Studenten wegen einer verpatzten Prüfung tadelte.

Imhoff zuckte mit den Achseln.

Das Problem brauchte Marc nicht mit dem Mann zu diskutieren. Zunächst interessierte ihn das Motiv des Einbruchs. »Und auf dem Rechner liegen Passagierlisten?«

»Ja, von allen Schiffen und von allen Reisen der vergangenen 20 Jahre.«

Passagierlisten? Passagierlisten könnten ein lohnendes Ziel für einen Einbrecher sein. Aber wofür? Der Gedanke, endlich ein mögliches Motiv gefunden zu haben, faszinierte Marc. Er schaute auf den Monitor. Beinahe drei Minuten hatte der Eindringling auf den PC zugegriffen. In der Zeit ließ sich einiges kopieren. Und gerade das zeichnete die Logdatei nicht auf.

»Kann ich gehen?«, fragte Imhoff und stand auf.

»Ja, ja, selbstverständlich. Wenn ich allein Ihre *Insel* untersuchen darf.«

# 3

»Da mache ich mit.« Ronald Helmers tippte mit dem Zeigefinger auf das Blatt, als wollte er es durchstechen.

»Du spinnst.« Dagmar Sanders schüttelte den Kopf.

»Warum? Die Gaudi einer Neptuntaufe habe ich seit meiner Kindheit nicht mehr erlebt.«

»Genau. Kinder rennen zum Herrn der Meere, lassen sich von ihm einseifen und unter Wasser tauchen.« Dagmar griff nach Ronalds Hand und versuchte ihn von der Anmeldeliste wegzuziehen. Auf dem Weg zum Frühstück hatte er gerade den Aushang neben der Rezeption entdeckt.

»Ach, Schatz – du erinnerst mich immer wieder an meine Mutter«, entgegnete Ronald mit einem Lächeln, schenkte ihr einen zärtlichen Kuss und machte seine Hand behutsam frei. »Zu einer ordentlichen Kreuzfahrt gehört eine zünftige Taufe. Schau mal, wie viele Leute mitmachen.« Er deutete auf die Liste, die bestimmt 30 Eintragungen zierte.

Dagmar verdrehte die Augen und ließ ihn gewähren. Vorgestern waren sie beide in Bremerhaven an Bord der MS Rügen gegangen. Der erste Eindruck vom Traumschiff hatte Dagmar ernüchtert: Wie Sommersprossen im Gesicht einer blassen Schönheit zierten zahlreiche Rostflecke den weiß gestrichenen Stahlrumpf des Schiffes. Als sie schließlich das Innere betrat, verflog die erste Enttäuschung: Ein lichtüberflutetes Vestibül, vier Decks hoch, mit einem gläsernen Aufzug und unzähligen Grünpflanzen, empfing die Gäste. Das Kreuzfahrtschiff traf genau ihren Geschmack. Gerade aus der Werft gekommen, versprühte die Inneneinrichtung den Charme des Unverbrauchten. Selbst die flauschigen Teppiche, die den Eindruck erweckten, jeden Morgen neu ausgelegt zu werden, beeindruckten Dagmar. Darüber hinaus die Suite, die sie bezogen hatten; aufgeteilt in Schlaf- und Wohnbereich, ergänzt durch einen Balkon. Auch weil das Schiff eher zu den kleinen zählte, hatte Dagmar sich bereits nach der ersten Nacht wie zu Hause gefühlt. Zwei von zwölf herrlichen Tagen lagen hinter ihnen und heute Nachmittag wartete ein weiterer Höhepunkt auf die Passagiere, der Besuch auf Helgoland. Zuvor würde allerdings diese blöde Neptuntaufe die mittägliche Urlaubsruhe stören. Dagmar hätte die Stunden bis zum Ankern vor der Hochseeinsel gern dem Sonnenbaden an Oberdeck gewidmet.

»Nun komm endlich, mein erwachsenes Kind«, quengelte sie. »Im Restaurant werden die besten Tische bereits wieder besetzt sein.«

Ronald bewunderte seinen Namen auf der Liste, steckte den Kugelschreiber ein, fasste Dagmar bei der Hand und zerrte sie hinter sich her. »Na, dann wollen wir uns mal beeilen.«

Das Restaurant im vorderen Teil des Schiffes bevölkerten tatsächlich Scharen von Gästen. Dagmar und ihr Begleiter würden schwerlich einen Platz finden.

»Komm, dahinten«, sagte Ronald, »da sitzt Corinna.«

Corinna Borowski und Ronald gingen als Teenager zusammen zur Schule. Seit Ende 2002 bereiteten sie zusammen mit einer Bremer Unternehmerin, deren Sohn und einem dritten Freund die Gründung einer Privatschule vor. Im kommenden Herbst sollte an der TimurSchule der Unterricht für 300 Schüler beginnen. Im Endspurt hatten die Beteiligten auf dieser Reise die letzten Details besprechen wollen. Aber leider reisten jetzt nur Ronald und Corinna auf dem Schiff. Da die beiden keinesfalls verzichten wollten, hatten sie Dagmar eingeladen. Ihre Freude über den unverhofften Urlaub hatten ernsthafte Vorbehalte getrübt: Zwölf Tage in eine Konservendose eingepfercht und dem Gestank von Diesel und Öl ausgesetzt zu sein, war ihr albtraumhaft vorgekommen. Um ihre Bedenken zu zerstreuen, hatte Ronald die geräumige Balkonsuite hoch oben auf dem Mönchgut-Deck gebucht, weit ab von Maschinenlärm und Dieselgestank.

»Wo bleibt ihr denn?«, fragte Corinna vorwurfsvoll, als Ronald und Dagmar zu ihr an den Tisch traten. »Am Beginn einer Kreuzfahrt fallen die Leute noch wie ein Volk hungriger Ameisen über alles Essbare her. Da muss man beizeiten am Trog sitzen, sonst bleiben nur die Krümel übrig.«

»Dann wollen wir uns mal sputen«, entgegnete Ronald und ging mit Dagmar an das Büfett. Wenig später saßen sie wieder am Tisch, eine duftende Tasse Kaffee vor sich, und genossen das reichhaltige Frühstück. Als diskutierte eine Runde geschwätziger Rentner, tauschten die drei ihre Erlebnisse vom gestrigen Landgang in Rotterdam aus.

Corinna Borowski versprühte auch heute Eleganz und Chic. Ihr blondes Haar, schulterlang, leicht gewellt und offen getragen, umrahmte das dezent geschminkte Gesicht. Solche stechend wasserblauen Augen, breite Wangenknochen und volle Lippen wünschte sich wohl jede Frau. Und ihre 43 Jahre, als Schulkameradin von Ronald musste sie gleichaltrig sein, sah man Corinna keinesfalls an. Bereits bei der Begrüßung im Kreuzfahrtterminal hatte sie in ihrem beigefarbenen Kostüm wie ein Topmodel aus der Masse der reiselustigen Urlauber herausgeragt. Neben ihr hatte Dagmar das Gefühl eines pummligen Backfischs beschlichen. Annähernd so groß wie sie wirkte Ronalds Schulfreundin deutlich schlanker. Nicht, dass Dagmar dick war, sie naschte jedoch gern und folglich plagten sie Gewissensbisse, die seit der Begegnung mit Corinna ein wenig Wasser in den Wein der Urlaubsfreuden träufelten. Zudem störten Dagmar mit einem Mal ihre Sommersprossen, sie empfand ihre Nase zu klobig, die Lippen zu schmal und den natürlich dunkelroten Ton ihrer Haare einen Schimmer zu vulgär. Immer wieder hatte sie die attraktive Geschlechtsgenossin mit einem Schuss Eifersucht im Hinterkopf gemustert. Flog Ronald auf solche Frauen? Die beiden kannten einander aus der Schulzeit und verbrachten bei den Projektbesprechungen so manches Wochenende im selben Hotel. Hatten sie früher etwas miteinander gehabt? Mit welcher Art von Männern ging die Borowski heute ins Bett? Immerhin lebte sie als Single und brauchte keine Rücksicht auf einen Partner zu nehmen.

Dagmar schalt sich eine argwöhnische Pute und drängte die albernen Gedanken beiseite. »Stell dir vor«, unterbrach sie den Plausch über die Erlebnisse des Vortages. »Ronald gibt mal wieder seinem Spieltrieb nach und nimmt an der Neptuntaufe teil.«

»Kein Wunder – unser Klassenclown muss schließlich einen Ruf verteidigen.« Corinna zwinkerte Dagmar zu. »Hast du ihm seine Kindereien noch nicht abgewöhnt?«

»Wir sind ja erst fünf Jahre zusammen.« Ronald schmunzelte, beugte sich zu Dagmar und schenkte ihr einen Kuss. »Meine Kleine übt aber fleißig, um aus mir einen anständigen Menschen zu machen.«

»Das gelingt mir wohl nie.« Dagmar verschränkte die Arme vor der Brust. »Nach der Taufe gehen die Albernheiten ja schon weiter: Anstatt in aller Ruhe Helgoland anzusehen, müsst ihr ein Wettschwimmen veranstalten; obwohl wir gerade mal fünf Stunden dort liegen.«

»Für so ’ne winzige Insel Zeit genug. Unser Aufeinandertreffen dürfte kaum mehr als ein paar Minuten dauern. Das kalte Wasser könnte ja Corinnas hübsche Frisur verderben.«

»Lästere nur, du Großmaul. Den Champagner wirst du heute spendieren.«

Im Vorfeld der Reise hatten Corinna und Ronald ein Wettschwimmen auf Helgoland in der eisigen Nordsee vereinbart. Der Verlierer würde den vergnüglichen Abend in der Bar bezahlen müssen. »Da fällt mir ein, du Streithammel«, fügte Corinna hinzu, »wir sollten die Wette schriftlich festhalten, nachher gibts noch Meinungsverschiedenheiten und unser Herr Ronald drückt sich vorm Löhnen.«

»Ihr spinnt«, fuhr Dagmar dazwischen. Die beiden kamen ihr wie alberne Kinder vor.

Ronald winkte ab. »Lass sie.« Er zog einen Kugelschreiber aus seinem Jackett, schrieb einige Zeilen auf eine Serviette und reichte diese Corinna. Die las den Text, strich etwas durch und setzte ein paar Worte hinzu. »So, jetzt stimmts.« Sie sah Dagmar an. »Verstaust du unsere Wettkampfordnung; gewissermaßen als Schiedsrichterin?«

Dagmar tat ihr den Gefallen und steckte die Serviette in ihre Handtasche.

Voller Freude klatschte Ronald in die Hände. »Das wird eine Gaudi. Und falls ich verliere? Auch egal. Ihr trinkt ja nichts. Da kann ich mir die Rechnung gerade noch leisten.«

»Ist wirklich blöd, dass Alwin absagen musste«, hakte Corinna ein. Alwin Tilgner gehörte ebenso zum verschworenen Kreis der Schulgründer wie Ferdinand Wolpert. Corinna rührte in ihrer Tasse. »Ihm können wir bei seinem Geschäft nur Erfolg wünschen. Er würde uns allen helfen.«

»Soweit ich weiß«, flüsterte Ronald im Ton eines Verschwörers und zwinkerte Corinna zu, »sieht die Sache gut aus.«

»Ach ja? Weißt du mehr?«

»Wartet nur. Auf dem Charlottenhof lüftet er das Geheimnis.«

Erst gestern hatte Ronald den beiden Frauen einen Überraschungsausflug auf den Darß in die Nähe von Prerow versprochen; am Sonntag, wenn das Schiff über Nacht im Stralsunder Hafen liegen wird. Den Anlass der Tour hatte er mit einem breiten Grinsen verschwiegen.

»Da stinkt es bestimmt nach Pferd – ist doch ein Reiterhof? Oder?«, maulte Corinna. »Was woll'n wir da?«

»Eine Überraschung erleben«, schwärmte Ronald.

»Charlottenhof? Charlottenburg wäre mir lieber.« Corinna trug ihre Abneigung offen zur Schau. »Ich hasse diese Gäule.«

»Entschuldigen Sie, Herr Helmers.« Ein Mann im eleganten Anzug war unbemerkt an den Tisch getreten. Eine tiefe Längsfalte auf jeder Wange und ebenso markante Längsfalten auf der Stirn gaben seinem Gesicht ein strenges Aussehen und betonten die große Nase und die breiten Lippen. Die überwiegend grauen Haare bildeten einen voluminösen und penibel geordneten Rechtsscheitel. Der massige Körper steckte in einem hellen Sommeranzug.

Vor ihnen stand Harry Gronau. Dagmar kannte ihn aus Ronalds Erzählungen über das Schulprojekt; er betreute den Antrag für die TimurSchule aufseiten der Schulbehörde. Die ernsten Züge des Mannes und seine hünenhafte Erscheinung bereiteten Dagmar einen unbehaglichen Druck im Bauch.

Gronau nickte den beiden Frauen kurz zu und wandte sich erneut an Ronald. »Ich muss Sie sprechen.«

»Wegen unseres Projekts?« Ronald stand auf. »Jetzt?«

Gronau lächelte Dagmar an. »Ich möchte wirklich nicht stören.« Er wendete den Blick zu Ronald. »Um elf?«

»Einverstanden – 11.00 Uhr auf dem vorderen Sonnendeck, da dürften wir bei dem Wind ungestört sein.«

»Also gut.« Gronau nickte einen Abschied in die Runde. Ronald streckte ihm die Hand entgegen, aber der Hüne übersah sie beflissentlich und ging.

»Was will Gronau von dir?« fragte Corinna.

Dagmar stellte sich dieselbe Frage. Ronald hatte ihr gegenüber stets versichert, alle Probleme in Bezug auf die TimurSchule seien aus dem Weg geräumt. Doch das abweisende Gehabe, das Gronau gezeigt hatte, schien Unheil zu bedeuten. Dagmar schaute in die Richtung, in die der Mann gerade verschwand.

»Was Gronau will?« Ronald hob die Schultern. »Keine Ahnung. Ich werds nachher erfahren.« Die Leichtigkeit seiner Worte wirkte aufgesetzt und die Stimme klang wie aus einem abgetakelten Lautsprecher. Die kurze Begegnung mit dem Beamten schien ihm zu Herzen zu gehen. Dagmar hatte ihn in den Jahren ihrer Bekanntschaft selten in solch einer Verfassung erlebt. Sie machte sich Sorgen. Im Moment allerdings weiter auf Ronald einzuwirken, wäre sinnlos gewesen. Um die Situation zu entkrampfen, wollte sie das Thema wechseln.

»Was machen wir nachher?«, fragte sie mit gespielter Fröhlichkeit. »Um zehn gibt es einen interessanten Vortrag über die Geschichte der Ostsee.«

Ronald zog die Mundwinkel nach unten.

»Lasst mich bloß mit diesem Vortragsscheiß in Ruhe«, protestierte Corinna. »Das Geld für diese Möchtegern-Wissenschaftler könnte sich die Reederei sparen und dafür die Preise senken.« Sie trank ihren Kaffee aus und stand auf. »Ich genieße lieber die Sonne an Oberdeck. Ein bisschen Farbe auf dem Körper gehört einfach dazu, ansonsten lästern die Kollegen nach dem Urlaub. Wir sehen uns beim Mittagessen. Und viel Spaß bei eurem Bla-bla-bla-Vortrag.«

Blöde Pute, dachte Dagmar und sah der davonstolzierenden Corinna hinterher.

»Willst du dir wirklich das Geschwafel anhören?«, fragte Ronald und streichelte zärtlich über Dagmars Unterarm. »Was hältst du stattdessen von einer entspannenden Stunde in der Sauna? Zu Hause drängelst du immer.« Ronalds unwiderstehliches Lächeln überzeugte sie.

*

Dagmars Arme umschlossen ihre angezogenen Beine. Sie hockte auf dem Bett und starrte verärgert zum Fernseher. Der Hollywoodschinken, den das Bordfernsehen gerade sendete, lenkte Dagmar kaum ab; die Handlung blieb ihr unbegreiflich, und die Dialoge empfand sie als albernes Gewäsch. Die Uhr zeigte bereits Viertel nach zwölf, und von Ronald fehlte noch immer jede Spur. Was hatte er mit diesem Gronau so lange zu besprechen?

In der Sauna hatte sich Ronald wortkarg und abwesend gezeigt. Sosehr er auch widersprach, Dagmar schob seine missliche Laune auf das bevorstehende Treffen mit diesem Beamten. Ihrer Bitte, den Kerl einfach zu ignorieren und den Urlaub zu genießen, war Ronald ausgewichen – Gronau sei wichtig und ein Gespräch von wenigen Minuten bedeute nun wirklich keinen Weltuntergang. Dagmars Fragen nach unerwarteten Schwierigkeiten bei der Schulgründung hatte er ignoriert. Im Gegenzug war sie aufgestanden und hatte grußlos die Sauna verlassen. Jetzt ärgerte Dagmar ihre alberne Reaktion. Wie ein pubertierender Teenager hatte sie reagiert. Ronald war seitdem nicht wieder aufgetaucht. Sie trank einen Schluck Orangensaft.

Die Kabinentür klapperte hinter dem Vorhang, der den Wohntrakt samt Eingang vom Schlafbereich trennte. Das musste Ronald sein. Er kam herein. Sein Gesicht zeigte überdeutlich Spuren von Müdigkeit und Erschöpfung. Die Sorgenfalten auf der Stirn zeugten von seinem Gemütszustand.

»Da bin ich.« Ronald kniete neben ihrem Bett nieder. Den Kuss hauchte er ihr kaum spürbar auf die Wange. »Entschuldige bitte. Aber es ging nicht schneller.« Er warf sein Jackett auf den kleinen Tisch und verschwand im Bad.

Unruhig vor Sorge richtete Dagmar den Oberkörper auf. Im Bad rauschte der Wasserhahn. Schließlich kam Ronald zurück, mit einem Handtuch über der Schulter. In seinen krausen Haaren glitzerten Wassertropfen. Das Grau an seinen Schläfen schimmerte silbern. Die braunen Augen, in denen ansonsten der Schalk glänzte, blickten traurig.

»Was ist los?«

Ronald winkte ab. »Lohnt nicht darüber zu reden.« Er warf sich auf seine Hälfte des Doppelbetts, ohne die Schuhe auszuziehen, und sah zur Decke empor. »Ich ruhe mich zehn Minuten aus, danach gehen wir zum Mittagessen.«

»Was war los?« Dagmar schüttelte seine Schulter. »Bitte, sag etwas!«

»Nichts.« Ronald schaute sie kurz an und starrte erneut die Zimmerdecke an. »Gronau und ich sind fertig.« Er schwieg einige Sekunden. »Wir können die nächsten Tage ungestört unseren Urlaub genießen.« Seine Stimme klang gebrochen, als kämpfe er gegen Tränen an. »Die nächsten Tage gehören dir. Versprochen.« Er verschränkte die Arme hinter dem Kopf. Sein Gesicht wirkte jetzt noch eckiger als sonst; die Nasenspitze thronte wie ein Felsvorsprung über dem Gesicht.

Dagmar rückte näher an ihn heran, bis sie seinen Atem auf ihrer Haut spürte. »Bitte sag mir, was vorgefallen ist. Ich helfe dir, wenn ich kann.«

Er sah sie schweigend an. Nur ein Wimpernschlag und ihm würden dicke Tränen die Wangen hinunterrinnen.

»Ihr habt mehr als eine Stunde miteinander gesprochen und dann schleichst du wie ein geprügelter Hund hier herein. Was ist passiert?«

Ronald schüttelte den Kopf und wischte mit dem Handrücken über die Augen. »Wir waren nach zehn Minuten fertig. Jetzt komme ich von Corinna.«

Seine Worte sausten Stockhieben gleich auf Dagmar nieder: ›JETZT – KOMME – ICH – VON – CORINNA.‹ Corinna, immer wieder Corinna! Warum ziehst du nicht zu deiner Corinna? Die Frage hätte sie ihm gerne entgegengeschleudert, aber eine unsichtbare Schlinge schnürte ihr den Hals zu. Kraftlos sank Dagmar auf ihr Bett und wandte ihm den Rücken zu. Aus dem Fernseher tönte albernes Gelächter. Dagmar fühlte sich verspottet. Sie drückte ihre Hände auf die Ohren und kniff die Augen zu.

Eine kurze Ewigkeit später spürte sie ein Rütteln am Oberarm. »Dagmar? Dagmar?« Ganz leise drangen Ronalds Worte in ihr Bewusstsein.

»Komm, wir gehen essen.«

Unbändige Wut packte Dagmar. Sie warf den Oberkörper herum. Ronald schreckte zurück.

»Wir gehen essen«, äffte sie ihn nach. »Wartet deine Corinna etwa?«

»Dagmar, bitte. Was ist denn passiert? Ich habe zusammen mit Corinna nach einer Lösung für unser Problem gesucht. Sollte ich dich damit belasten?«

»Du verstehst überhaupt nichts!«

»Jetzt mach aber mal halblang. Was ist eigentlich in dich gefahren? Erst dein Gezicke in der Sauna und nun hier *dieses* Theater.«

Sie sprang auf und sah ihn wütend an. »Wenn dir mein Gezicke den Urlaub verdirbt, zieh doch zu deiner Corinna. Bestimmt heitert sie dich auf.« Voller Wut zerrte sie ihren Blouson vom Kleiderhaken, warf noch einen Blick in den Wandspiegel neben dem Eingang und stürmte auf den Gang. Die Tür fiel mit einem dumpfen Schlag ins Schloss.

*

Das Pooldeck glich einem Rummelplatz. Als wollten alle 300 Gäste der Taufe beiwohnen, drängten sich die Menschen auf jedem freien Quadratmeter, bis hinauf zum Mönchgut-Deck. Neptun thronte inmitten seines Gefolges, während der Kapitän den Schlüssel für das Befahren der Weltmeere entgegennahm. Die gut 50 Täuflinge standen im Hintergrund. Ronald lehnte wenige Meter abseits an der Reling und verfolgte die Zeremonie. Seine Arme umschlangen fest den nackten Oberkörper. Nur mit einer Badehose bekleidet, schien er zu frieren.

Nach der Flucht aus ihrer Kabine hatte Dagmar in der kleinen Bordbibliothek die Regale nach interessanten Büchern durchstöbert und war erst kurz vor halb zwei in die Suite zurückgekehrt. Ronald musste da schon zur

Neptuntaufe gegangen sein. Noch den Türgriff in der Hand war ihr Blick auf den großen Wandspiegel neben dem Eingang gefallen. Ein riesiges Herz, mit Lippenstift gezeichnet, prangte auf der oberen Hälfte. Darunter standen die Worte ›Ich liebe Dich! Verzeih mir!‹ Ein angenehmes Prickeln in der Brust hatte sie verzaubert. Nach Sekunden der Besinnung war sie unter die Dusche gesprungen, hatte ihr gelbes Sommerkleid angezogen, ein wenig Make-up aufgelegt und war zum Pooldeck geeilt; allerdings zu spät. Bereits im Musiksalon, durch den man zum Ort des Spektakels hinausgelangte, hatten die Menschen dicht gedrängt gestanden. Dagmar hatte einen neuen Platz suchen müssen. Erst auf dem Mönchgut-Deck, zwei Etagen oberhalb des Schauspiels und meilenweit vom Geschehen entfernt, hatte sie eine Lücke zwischen all den Schaulustigen ergattert.

Die Zeremonie zog sich in die Länge – immer wieder prosteten Kapitän und Neptun einander zu und setzten zum nächsten Trinkspruch an. Ronald stand unverändert an der Reling und schien Schutz vor dem Wind zu suchen. Die Arme eng um den Oberkörper gelegt, trat er von einem Bein auf das andere. Da kam Corinna zu ihm und hängte ein Handtuch über seine Schultern. Dagmar versetzte die Geste einen Stich ins Herz. Sie hätte jetzt da unten an Ronalds Seite sein müssen. Eifersüchtig verfolgte sie die beiden, die angeregt miteinander sprachen. Corinna hob sich augenfällig von den umstehenden Gästen in Badesachen ab: Sie trug ein weinrotes Kostüm und hochhackige Riemchensandalen, als wäre sie zu einer Poolparty eingeladen. Dagmar schmunzelte. Wenn Neptuns Büttel sie packen und in ihrem Aufzug taufen würden, die unzähligen Fotoapparate und Videokameras bekämen ein mordsmäßiges Motiv geboten.

Ein Tusch unterbrach Dagmars Gedanken. Das Vorgeplänkel zur Taufe schien vorüber zu sein; die Täuflinge rückten vor, und die Gehilfen des Meeresgottes richteten ihre Folterinstrumente. Nur Ronald und Corinna standen ungerührt an der Seite, weiterhin in ihr Gespräch vertieft. Ronald dürfte damit einer der Letzten sein, die Neptun verarztete. So eröffnete sich für Dagmar gegebenenfalls die Chance, Ronald am Pool zu überraschen, wenn am Ende der Zeremonie die Leute auseinander liefen. Sie suchte nach einer Möglichkeit, an den Schauplatz des Trubels zu gelangen. Den kürzesten Weg über den äußeren Niedergang auf das Pooldeck blockierte eine unüberwindbare Mauer aus Schaulustigen. Ihr blieb lediglich die Möglichkeit, durch den Panoramaklub und über die große Treppe im Inneren der Decksaufbauten nach unten zu gelangen.

Bevor Dagmar aufbrach, warf sie noch einen Blick auf das Spektakel. Corinna tätschelte Ronald gerade die Schulter, lachte herzhaft auf und drängte sich am Rande der Reling in Richtung Musiksalon. Dein Kostüm wird ganz schön leiden, frohlockte Dagmar und zwängte ihren Körper rückwärts durch die Menschenmasse. Dabei trat sie gelegentlich auf Füße, erntete vorwurfsvolle Blicke und missbilligende Flüche, bekam Ellenbogen in die Seite gerammt und näherte sich langsam dem Eingang des Panoramaklubs. Endlich riss das Gedränge auf. Dagmar durchquerte den Klubraum, hastete den Verbindungsgang zum Vestibül entlang, am geschlossenen Studio des Bordfotografen vorbei, stürmte ins Treppenhaus und prallte dort auf eine Frau.

»Dagmar?« Corinna stand vor ihr. »So in Eile?«

»Ich will runter zur Neptuntaufe – Ronald überraschen.«

Ein Lächeln huschte über Corinnas Gesicht. »Habt ihr euch wieder versöhnt? Das freut mich.«

»Du weißt davon?«

»Als du vorhin beim Mittagessen fehltest, habe ich Ronald gelöchert, bis er alles erzählt hat. Entschuldige, in mir steckt eine neugierige Natur.«

Blöde Kuh, schoss es Dagmar durch den Kopf, musst du deine Nase überall reinstecken? Jetzt blieb allerdings keine Zeit für Diskussionen. »Du, ich muss runter«, sagte sie und zwängte sich an Corinna vorbei.

»Ich bin auch in Eile. Im Panoramaklub wartet ein Filmproduzent auf mich.«

Dagmar lächelte kurz und hastete dann die Treppe hinunter. Zwei Decks tiefer lief sie in den Musiksalon, um von hier auf das Pooldeck zu gelangen. An den beiden Ausgängen herrschte auch ein solches Gedränge wie oben. Dagmar stieg am Rande des Menschenauflaufs einfach auf einen Tisch. Die verglaste Rückwand ermöglichte ihr einen Blick auf das bunte Treiben draußen, das von lautem Gejohle und unablässig aufbrandendem Applaus begleitet wurde. Die ersten Täuflinge schwammen bereits im Pool, der letzten Station ihres Leidenswegs durch die Folterstationen, die Neptuns Gefolge bereithielten. Ronald stand inzwischen allein am Ende der Warteschlange und schien mit stoischer Ruhe seinem Schicksal entgegenzusehen. Bis ihn die Marter ereilte, vergingen bestimmt noch 20 Minuten.

Dagmar sprang vom Tisch, überlegte kurz, stürmte los und versuchte über verschiedene Wege auf das Außendeck zu gelangen. Die Zeit verstrich und sie irrte vergebens über das Schiff – überall blockierten Menschenmassen die Zugänge. Schließlich gab sie ihre unnützen Versuche auf, lief in den Musiksalon zurück, fasste sich ein Herz und nahm den Kampf auf. Endlich erreichte sie den Außenbereich. Im Pool brodelte das Wasser, als koche es – unzählige Leute planschten um die Wette. Dagmar sah zu Ronald, den jetzt einer der Büttel auf einen Stuhl zwang, ihm Gesicht und Nacken einseifte und den Schaum zu guter Letzt mit einem riesigen Messer abschabte. Schon packten ihn zwei andere Kerle, hielten seinen Kopf und flößten ihm eine Flüssigkeit ein. Ronald wehrte sich, wand den Oberkörper und würgte. Aber er saß in der menschlichen Schraubzwinge gefangen und musste schlucken, immer nur schlucken.

Ihr erstickt ihn ja, wollte Dagmar rufen, doch das Geschrei um sie herum riss ihre Worte wie ein Orkan davon. Sie nahm all ihre Kraft zusammen und drängte nach vorn – schier unüberwindliche fünf Meter trennten sie noch vom Schauplatz. Von einer stämmigen Nixe geschubst, taumelte Ronald zum Pool. Am Rand hielt er inne, beugte den Oberkörper vor und sprang ins Wasser. Dagmar standen die Tränen in den Augen. Wenn er gleich wieder auftauchte, wollte sie bei ihm sein und einen Kuss schenken. Mit Wut im Bauch drückte sie ihre Ellenbogen in die Umstehenden und drängte voran.

Plötzlich kreischte eine Frau in der Menge, ein Schrei von der anderen Seite folgte, dann ein zweiter, ein dritter und schließlich deckte ein Teppich aus Rufen, Wimmern und Johlen das gesamte Deck zu. Sekunden später rückten die Menschen auseinander, weg vom Pool, weg von Neptuns Gefolge, das innehielt und auf den Boden starrte. Verzweifelt suchte Dagmar in dem Chaos nach Halt und klammerte sich an der Reling fest. Ganz langsam ließ das Gedränge nach. Das Schreien wich einem vagen Gemurmel, so als würden Gerüchte über den Köpfen schwirren. Eine Schneise nach vorn war jetzt frei. Dagmar trat zu den Leuten, die sich wie an einer unsichtbaren Absperrung um den Pool aufreihten. Wo steckte Ronald? Bestimmt wusste er, was passiert war. Dagmar blinzelte an den vor ihr Stehenden vorbei. Auf dem Beckenrand lag ein lebloser Körper und ein Mann in Uniform beugte sich über ihn. Der Kapitän stand neben den beiden. Dagmar rückte näher und hielt mitten in der Bewegung inne. Ihr drohten die Beine zu versagen. Sie presste die Luft in ihre Lunge und zwang sich weiter nach vorn. Der leblose Körper auf den Planken trug dieselbe Badehose wie Ronald … es war Ronalds Badehose … der leblose Körper auf dem Boden war Ronald.

Der kniende Uniformierte richtete seinen Blick auf den Kapitän und schüttelte den Kopf. »Da kommt jede Hilfe zu spät.«

## 4

Marc saß im Büro über den spärlichen Akten zum Einbruch in der Reederei. Wie von Adamschik am Morgen angedeutet, boten die Untersuchungsergebnisse der Kriminaltechnik keinerlei Anhaltspunkte.

Selbst seine eigene Befragung der Reinemachefrau, die den verletzten Wachmann gefunden hatte, war ergebnislos geblieben. Ein verängstigtes Persönchen, eher einem Schulmädchen denn einer berufstätigen Erwachsenen gleich, hatte ihm gegenübergestanden. Sie sei noch nie zu spät gekommen und heute, gerade einmal 15 Minuten, da komme gleich die Polizei. Der Bus sei ausgefallen. Müllers Versuche, der Frau den wahren Grund seines Interesses zu erklären, schüchterten sie erst recht ein. Daraufhin hatte er den Vorarbeiter befragt. Der Mann hatte allerdings wenig Bereitschaft gezeigt, Marc zu unterstützen: Er habe den Haupteingang der Reederei fünf vor halb sechs geöffnet, wie alle Tage, und die Kolleginnen an die Arbeit geschickt. Das Gebäude werde stets von oben nach unten gesäubert – auch heute. Das Fehlen der besagten Nachzüglerin sei ihm natürlich aufgefallen. Ob jemand Fremdes mit der Putzkolonne die Firma betreten habe? Der Vorarbeiter hatte die Augen gerollt und bissig reagiert: Er müsse zwölf Frauen beaufsichtigen und habe für sämtliche Räume nur 50 Minuten, da sei keine Zeit, von jeder Lady am Morgen den Ausweis zu kontrollieren.

Die Nachlässigkeit des Vorarbeiters erleichterte natürlich jegliches unbefugte Eindringen in die Reederei. Marc hatte es ausprobiert – erst einmal hineingekommen, konnte man jederzeit ohne Schlüssel wieder nach draußen gelangen, die Türen öffneten sich automatisch. Damit war zumindest geklärt, wie der Täter ohne Schlüssel und ohne Einbruchsspuren ins Gebäude eingedrungen sein könnte. Andererseits trat eine neue Frage auf: Warum rief der Kerl 10 nach 5 bei der Wachgesellschaft an und verlangte das Abschalten der Alarmanlage, wenn er sowieso auf die Reinigungskräfte warten musste?

Marc schüttelte ob dieser Absonderlichkeit den Kopf, stand auf und ging ans Fenster. Der würzige Duft der blühenden Linden stieg vom Hof herauf. Unten bewegte sich kein Mensch an diesem frühen Nachmittag. Viele Kollegen bauten vor Pfingsten ihre Überstunden ab. Und er? Er kämpfte mit einem ominösen Einbruch. Marc sah zum Schreibtisch, wo die magere Ausbeute dieses Vormittags lag.

Auch die weiterführenden Erkundigungen waren wie das Hornberger Schießen ausgegangen: Keiner der Zutrittsberechtigten der TransOzeana hatte am Morgen die Wachgesellschaft angerufen oder wusste von einer Störung in der EDV-Anlage. Von wem kannte der Eindringling das Passwort und Imhoffs Geburtsdatum? Und wer hatte das Versteck des Inselrechners samt seiner brisanten Daten preisgegeben? An dessen Zugangskennung heranzukommen war kein Problem gewesen. Marc hatte die zehn Frauen in dem Großraumbüro überprüft: Immerhin zwei der Damen wussten das Passwort auswendig; vier verwahrten es auf einem Zettel in einer ihrer Schreibtischschubladen und eine hat das Passwort auf die Unterseite der Tischplatte geklebt, während drei es unter den Fuß des Monitors schoben – da kämen sie schneller ran, weil sie so oft an den PC müssten. Die Krönung des Leichtsinns hatte er bei der letzten Kollegin erlebt: Sie notierte den Code jedes Mal auf der Schreibtischunterlage, winzig klein und zur Tarnung zwischen anderen Notizen versteckt. Natürlich hatte keine der Damen gegenüber Außenstehenden den brisanten Inhalt des PCs erwähnt.

Marc schüttelte den Kopf. Was sollte er nachher Kriminaldirektor Herzog erzählen? Der würde toben – in der TransOzeana stahl ein Unbekannter offensichtlich Personaldaten, und der ermittelnde Kommissar tappte im Dunkeln. Dieser blöde Inselrechner. Warum ging die Reederei mit den Kundendaten nur so lax um? Am Morgen hatte Marc den Rechner untersucht und war auf hunderte von

Passagierlisten gestoßen. Jeden Gast, der in den letzten 15 Jahren ein Kreuzfahrtschiff des Unternehmens benutzt hatte, verzeichnete die Festplatte samt Anschrift, Telefonnummer und Kontonummer. Marc lief ein Schauder über den Rücken, wenn er an die Möglichkeiten eines Missbrauchs dachte. Als wollten sie ihn aufmuntern, zwitscherten unzählige Vögel im Geäst der Bäume. Stand er noch lange untätig hier herum, würde ihm Herzog nachher erst recht den Kopf abreißen.

Marc ging zurück zu seinem Schreibtisch und schaute auf die Liste der Berechtigten. Geschäftsführer Doktor Olbert, der Leiter Personal, der Chef Verwaltung, der Direktor Marketing/Vertrieb und letztendlich Imhoff kannten den Sicherheitscode. Hatte jemand von den fünfen sein Wissen an Unbefugte weitergegeben? Die Frage blieb vorerst unbeantwortet. Bei zwei der Herren hatte er gewagt, in dieser Richtung anzuklopfen. Beide hatten ihm sofort wegen übler Nachrede mit den Firmenanwälten gedroht.

Als Krönung seines erfolglosen Vormittags waren selbst die Nachforschungen in der Wachgesellschaft ohne greifbare Ergebnisse geblieben. Der verletzte Wachmann habe sich zwar seltsam benommen, wussten dessen Kollegen zu berichten, aber nichts gesagt. Schließlich sei er wortlos gegangen, um in der Reederei nach dem Rechten zu sehen.

Marc seufzte. Er hatte den Mann persönlich befragen wollen, gleich im Anschluss an die Stippvisite bei der Wachgesellschaft. Im Krankenhaus hatte man ihm allerdings einen Besuch verwehrt – der Patient absolviere noch einige Tests und brauche anschließend seine Ruhe, damit man ihn rechtzeitig zum Pfingstfest entlassen könne. Der Herr Kommissar könne morgen erneut vorbeischauen.

Marc rollte im Bürostuhl zurück und stand auf, um

erneut ans Fenster zu gehen; da klingelte sein Telefon. Kriminaldirektor Herzog rief von seinem Handy an. Bestimmt wollte der die Neuigkeiten im Fall TransOzeana wissen. Marc nahm ab und meldete sich vorschriftsmäßig.

»Kommen Sie sofort her! In die Reederei, zu Doktor Olbert. Aber schnell«, befahl Herzog und legte auf.

*

»Wo fange ich an?«, fragte der Geschäftsführer der TransOzeana.

Marc hatte einen älteren Hanseaten mit schütterem weißem Haar erwartet, wie man Reedereichefs eben aus Fernsehfilmen kannte. Aber ihm saß ein junger Mann von Mitte 30 gegenüber. Seine betont aufrechte Haltung und der offensichtlich maßgeschneiderte Anzug erzeugten dennoch eine autoritäre Distanz. Doktor Holger Olbert thronte regelrecht an der Stirnseite des Besprechungstisches, während der Kriminaldirektor und Marc links und rechts an den Längsseiten Platz genommen hatten.

»Erzähle einfach«, ermunterte Herzog seinen Freund. »Wir überlegen anschließend gemeinsam, was zu tun ist.«

Marc war nach dem Anruf seines Chefs unverzüglich zum Sitz der Reederei gefahren – wenn Herzog knappe Befehle erteilte, duldete er keinen Aufschub. An der Rezeption hatte ihn eine junge Dame erwartet und sofort in das Zimmer des Geschäftsführers begleitet.

»Die RÜGEN«, berichtete Olbert, »unser modernstes Kreuzfahrtschiff, bereist gerade Nord- und Ostsee. Heute Mittag fand eine Neptuntaufe statt. Genau wie immer. Die Mannschaft hat sich an die Vorschriften gehalten, versichert der Kapitän. Und ich glaube ihm. Jedenfalls kam dabei ein

Mann ums Leben. Nach dem Sprung in den Pool tauchte er leblos wieder auf. Der Bordarzt konnte lediglich den Tod feststellen. Wir gehen von einem Unfall aus – Herzversagen, oder so.« Olbert hielt inne und sah Marc an. Der schwieg, wollte den Reedereichef ausreden lassen. »Das Schiff läuft gerade Helgoland an. Der Kapitän drängt auf eine polizeiliche Untersuchung; er weigert sich, ohne amtliche Ermittlung weiterzufahren.« Olberts Mimik spiegelte dessen Missachtung gegenüber dem widerborstigen Schiffsführer wider. »Und da ich Walter kenne«, er nickte zu Herzog, »empfahl er …«

»Ich vermute einen Zusammenhang zum morgendlichen Einbruch«, erklärte der Kriminaldirektor. »Wie weit sind Sie da?«

Marc zuckte zusammen und überlegte hektisch: Am Morgen klaut ein Einbrecher Passagierlisten und einige Stunden später stirbt ein Mensch während einer Kreuzfahrt. Natürlich konnte Kommissar Zufall da die Finger im Spiel haben, was auch eher wahrscheinlich schien. »Sie haben da einen sehr umsichtigen Kapitän«, lobte Marc hölzern. Um von den dürftigen Ergebnissen abzulenken, breitete er weitschweifig sein Wissen um den Diebstahl aus.

»Siehst du«, kommentierte Herzog an den Reedereichef gewandt.

»Verdammt«, stöhnte Olbert. Seine gebräunte Gesichtshaut schimmerte um eine Schattierung heller. »An Bord befinden sich zahlreiche Politiker und Beamte aus den Bremer und niedersächsischen Landesregierungen. Wenn denen etwas zustößt … Ich darf nicht daran denken.«

Marc blickte zu seinem Chef, der Entschlossenheit demonstrierte: »Wir gehen der Sache natürlich nach – Oberkommissar Müller fliegt umgehend nach Helgoland.«

# 5

Nur allmählich, beinahe unmerklich wie das Morgengrauen an einem wolkenverhangenen Herbstmorgen, kehrte Dagmars Wahrnehmung zurück. Sie befand sich in einer großen Kabine; umgeben von undefinierbaren Geräuschen, verspürte sie zumindest den vertrauten Geruch des Schiffes in der Nase. Wie war sie hierher gekommen? Sie hatte keine Ahnung. Ronalds reglose Gestalt auf dem Rand des Pools und die Worte des Uniformierten ›Da kommt jede Hilfe zu spät‹ benebelten ihre Sinne.

»Frau Sanders?«, fragte eine sanftmütige Stimme. Dagmar richtete den Blick zu dem Mann, der ihr gegenübersaß. Die Augen schmerzten, als wären alle Tränen geweint.

»Frau Sanders, ich bin der Kapitän und muss mit Ihnen sprechen.«

Ja, richtig. Das war der Kapitän. Sie erinnerte sich an ihn, er stand neben Ronald, neben dem toten Ronald, als dieser Uniformierte die schrecklichen Worte aussprach, die schrecklichen Worte, die ihre Welt einstürzen ließen.

»Können wir uns unterhalten? Oder soll der Arzt Ihnen ein Beruhigungsmittel geben?«

Nein, ich will keine Medikamente. Ich bin doch ganz ruhig. Warum eigentlich? Ronald ist tot, liegt in irgendeinem dunklen und kalten Verlies und ich bin ganz ruhig. »Nein, danke.«

»Zunächst möchte ich Ihnen mein tief empfundenes Beileid ausdrücken.« Er stockte. »Unser Bordarzt hat den Tod von Herrn Helmers festgestellt.«

Sie merkte, wie ihr Kopf nickte. Die Stimme des Kapitäns klang tröstend, wie die des Großvaters, wenn er seine kleine Enkelin auf den Schoß nahm und mit Worten die Schmerzen aus den aufgeschlagenen Knien verjagte.

»Waren Sie mit Herrn Helmers verheiratet? Ich meine, Sie wohnten gemeinsam in einer Kabine?«

»Nein.« Dagmar stockte. Der Kapitän sprach in der Vergangenheit. Wie weit weg das wirkte? »Nein, wir leben ohne Trauschein zusammen.«

»Verstehe.« Der Kapitän räusperte sich. »Wir gehen zwar von einem tragischen Unfall aus, aber ich möchte die Todesursache zweifelsfrei feststellen lassen. Unser Schiff ankert vor Helgoland, innerhalb des deutschen Hoheitsgebiets. Die Bremer Polizei wird kommen und den Fall untersuchen.«

Ungläubig blickte Dagmar auf den Kapitän. Erst jetzt bemerkte sie seine gütigen Züge. Die blauen Augen in dem sonnengebräunten Gesicht gaben ihr Halt. Obwohl der Fahrensmann keine Ähnlichkeit mit dem Großvater hatte, eher einem Buchhalter glich, wollte sie ihm vertrauen. Immerhin unternahm er alles, um die Ursache von Ronalds Tod herauszufinden.

»Bitte verstehen Sie mich richtig: Auch wenn Herr Helmers Ableben schlimm genug ist, muss die Kreuzfahrt weitergehen. Offiziell sprechen wir von einem Unfall, den wir zutiefst bedauern; gleichzeitig setzen wir unser Programm planmäßig fort. Tenderboote landen gerade die Ausflügler an.« Er kratzte sich am Kopf. »Falls Sie von Bord gehen wollen, ich meine Abstand brauchen, die Reederei unterstützt Sie in jeder Hinsicht.«

»Danke.« Die Aussicht, den Kummer auf dem Schiff zurückzulassen und in der Geschäftigkeit des Alltags

Betäubung zu suchen, schien Dagmar im ersten Moment verlockend. Aber Ronald in seinem dunklen kalten Verlies im Stich lassen, käme ihr wie Verrat vor – nein, sie musste ausharren. Der Entschluss verlieh ihr auf einmal Kraft, riss den Schleier der Benommenheit fort. »Ich bleibe an Bord. Vielleicht kann ich der Polizei helfen.«

Der Kapitän atmete erleichtert auf, als wäre ihm eine Sorge von der Seele genommen.

*

Die frische Brise an Oberdeck vertrieb den Druck aus Dagmars Kopf. Die RÜGEN ankerte in sicherer Entfernung zum Anleger auf Helgoland. Alle Viertelstunde verkehrten Landungsboote vom Schiff zur Insel hinüber und kamen umgehend zurück. Die Silhouette der roten Felsen glänzte wie rostiges Eisen in der Nachmittagssonne. Gern wäre Dagmar hinübergefahren. Aber ohne Ronald? Nein! Das Schicksal verwehrte ihm den Besuch auf dem Eiland, ebenso das Wettschwimmen gegen Corinna. Der Siegessekt würde am Abend ungetrunken bleiben. Komisch, dachte Dagmar, mit Ronald war auch ihre Abneigung gegenüber Corinna gestorben. Hatte die Gefährtin sie eigentlich vorhin in die Kabine des Kapitäns begleitet? Ja, sie erinnerte sich: Corinna hatte auf einmal neben ihr am Pool gestanden und sie gestützt. Corinna könnte ihr helfen, wenn sie auf dem Schiff ausharrte, an Ronalds Seite.

Eines der Pendelboote erreichte soeben die RÜGEN. Ein Jüngling mit blondem Pferdeschwanz und einige Männer in weißen Overalls kletterten an Bord. Kam da bereits die Polizei? Sollte sie ihnen entgegengehen? Ach nein. Bestimmt suchten die Beamten erst den Kapitän auf. Dagmar würde auf dem Pooldeck warten – bei der Besichtigung des Tatorts fanden die Polizisten sie dort.

Und tatsächlich, die nette Kellnerin hatte ihr zehn Minuten später gerade einen Kaffee serviert, da tauchten die Männer auf. Die Gestalten in den Overalls wandten sich dem Pool zu, während dieser Jüngling mit dem Pferdeschwanz direkt auf Dagmar zusteuerte. Ein Schuss Enttäuschung trübte ihre Zuversicht; beauftragen die eine Nachwuchskraft, wenn es um Ronalds Tod ging?

»Frau Sanders? Ich bin Oberkommissar Müller – Kripo Bremen. Ich ermittle im Todesfall von Herrn Helmers und hätte einige Fragen an Sie.«

Dagmar deutete ihm, am Tisch Platz zu nehmen. Er folgte ihrer Aufforderung, angelte nach seinem Zopf und spielte mit dessen Ende. Nach einer knappen Beileidsbekundung wiederholte er dieselben Einzelheiten, die ihr bereits der Kapitän nahegebracht hatte.

»Wir gehen zwar von einem Unfall aus«, betonte er, »aber in meiner Untersuchung würde ich zunächst vom schrecklichsten Fall ausgehen – von einem Gewaltverbrechen. Ich möchte einfach alle Möglichkeiten in Betracht ziehen. Schließlich fährt das Schiff am Abend weiter.«

»Das wäre mir auch recht. Bitte fragen Sie«, entgegnete Dagmar und trank einen Schluck Kaffee.

»Berichten Sie ein wenig über den Menschen Ronald Helmers.«

»Da gibt es nicht viel zu erzählen«, begann sie. »Ronald studierte Ende der 80er-Jahre Bauingenieurwesen, damals in der DDR, in Cottbus. Vor fünf Jahren kam er in unsere Firma, in der ich als Zeichnerin arbeite. Die Geschäftsführung kündigte ihn als einen überaus erfolgreichen Projektmanager an. Die Kollegen begegneten ihm mit

Respekt. Ich auch. Ronald schien diese Reserviertheit der Belegschaft überhaupt nicht zu bemerken. Geschickt, taktvoll und eher zurückhaltend beteiligte er sich an Diskussionen und Gesprächen. Aber wenn wir irgendwo beim Bier zusammensaßen oder ein Betriebsfest anstand, taute Ronald auf. Er brauchte keine halbe Stunde, um die Leute mitzureißen.«

»Seit wann lebten sie zusammen?«

»Anfangs nahm er mich kaum zur Kenntnis, glaube ich.« Dagmar überlegte. »Bis zu jenem Tag im März 2003. Ich wartete am Flughafen auf meine Eltern. Das scheußliche Wetter hatte zu einer Verspätung geführt. In der beinahe verwaisten Halle lief mir Ronald über den Weg.« Sie lächelte ob der Erinnerung. »Wir verabredeten uns und zehn Monate später zog ich bei ihm ein.«

Kommissar Müller nickte, notierte einige Worte und schaute wieder auf. »Wenn ich Sie so erzählen höre, konnte Herr Helmers die Leute für sich einnehmen. Gab es Menschen, die ihm seine Beliebtheit leideten? Die ihm gegebenenfalls auch aus anderen Gründen feindselig begegneten?«

Die Frage weckte Dagmars Erinnerungen: Sie sah das zerfurchte Gesicht dieses Gronau vor ihrem inneren Auge, ihr klang dessen unfreundliche Stimme im Ohr und sie dachte an Ronalds Niedergeschlagenheit im Anschluss an das Gespräch mit Gronau. Was stand zwischen den beiden? Hätte Ronald mit ihr gesprochen, sie wäre jetzt klüger. Aber so? Konnte Dagmar den Namen Gronau in dieser Situation nennen? Ohne irgendwelche Fakten? Schließlich gingen alle von einem Unfall aus. »Nein! Soweit ich Ronalds Bekanntenkreis abschätzen kann«, sie schüttelte den Kopf, »gabs niemanden, der ihm nach dem Leben trachtete.«

Erneut notierte Müller etwas. »Hatte Herr Helmers Krankheiten, die seinen plötzlichen Tod erklären; ein Herzleiden oder eine Kreislaufschwäche?«

»Nein. Ronald war topfit. Als Bauingenieur sitzt man nicht nur am Schreibtisch. Da turnt man auf den Baustellen herum, bei Wind und Wetter, und packt auch mal mit zu.«

Der Kommissar warf seinen Zopf über die Schulter. Er wirkte auf einmal verlegen. »Entschuldigen Sie, wenn ich danach frage, haben Sie die Neptuntaufe miterlebt, ich meine …«, er räusperte sich, »die letzten Augenblicke im Leben von Herrn Helmers? Der Kapitän behauptet, Ihnen nach dem schlimmen Vorfall in unmittelbarer Nähe des Pools begegnet zu sein.«

»Nein!«, antwortete Dagmar vehement. Sie wollte die aufkeimenden Bilder bereits im Ansatz verdrängen. »Nein, ich habe nichts gesehen.« Sie verwies auf ihren ungünstigen Standort, erwähnte Ronalds Gespräch mit Corinna und schilderte ihre Odyssee über das Schiff, um Ronald nach der Taufe zu überraschen.

»Hm, verstehe. Und diese Corinna? Wie lautet ihr Nachname?«

»Corinna Borowski. Aber Corinna kann auch nichts gesehen haben, sie war zu einer Verabredung in den Panoramaklub gegangen. Ich hatte sie auf dem Weg dorthin getroffen.«

»Sonst jemand?«

Dagmar schüttelte den Kopf. »Niemand, den ich wüsste. Wir sind ja erst vorgestern losgefahren.«

»Verstehe.«

Einer von den Männern in den weißen Overalls trat an den Tisch. »Wir wären so weit fertig.«

»Und?«

»Nichts. Der Leichnam weist keine äußeren Verletzungen auf. Und die Menschenmassen, die zum Tatzeitpunkt …« Er warf Dagmar einen Seitenblick zu. »… die zum Zeitpunkt des Unglücks den Pool umlagerten, haben sämtliche Spuren vernichtet.«

»Danke, Jürgen. Wir hauen gleich ab.« Dieser Jürgen ging davon und der Kommissar wandte sich Dagmar zu. »Herr Helmers scheint tatsächlich einem Unfall zum Opfer gefallen zu sein. Um jegliche Eventualitäten auszuschließen, obduzieren wir den Leichnam in Bremen. Die Ergebnisse werden die bisherigen Ermittlungen bestätigen – da bin ich mir sicher.« Er stand auf. »Wir regeln alles Weitere mit der Reederei. Die informieren Sie bestimmt. Bleiben Sie an Bord?«

Ronald allein ziehen lassen? »Nein«, sagte Dagmar nachdrücklich und stand ebenso auf. »Ich möchte bei Ronald sein.« Sie überlegte kurz. »Letztendlich muss ich mich um die Beerdigung kümmern.«

Der Kommissar nahm wieder Platz und deutete ihr, seinem Beispiel zu folgen. »Bitte überlegen Sie, Frau Sanders.« Er sprach leise und eindringlich wie ein Bestatter mit den Angehörigen des Verblichenen. Sie möge ihre Entscheidung überdenken. Sie könne den Leichnam nicht begleiten. Und wann er freigegeben werde, hänge auch vom Ergebnis der Untersuchung ab. Wenn sich der Unfalltod bestätige und der Beisetzung nichts im Wege stehe, sei immer noch Gelegenheit das Schiff zu verlassen. »Hier an Bord finden Sie doch viel mehr Ablenkung. Und Ihre Freundin, Frau Borowski, hilft Ihnen.«

Corinna half bestimmt. Eigentlich leuchteten Dagmar die Worte des Kommissars ein. Zu Hause würde ihr nur die Decke auf den Kopf fallen. »Na gut, ich bleibe; aber Sie informieren mich über die Ergebnisse Ihrer Ermittlungen.«

»Selbstverständlich.« Der Kommissar beugte den Oberkörper vor und legte die Hände auf den Tisch. »Was steht denn alles so auf dem Programm?«, fragte er in einem netten Ton, als wolle er sie in den kommenden Tagen begleiten. Seine Anteilnahme weckte in Dagmar wieder die Freude auf die Reise.

»Esbjerg in Dänemark, Nord-Ostsee-Kanal«, schwärmte sie, »dann Stralsund mit einer Nacht im Hafen – dort fahren wir zum Charlottenhof …« Dagmar stockte. »Ein Reiterhof bei Prerow auf dem Darß. Ronald wollte Corinna und mich dort überraschen.«

»Aha.« Der Kommissar notierte sich wohl den Namen und steckte sein Notizbuch ein. »Auf jeden Fall bleiben wir in Verbindung.«

Dagmars Herz schlug wie ein Hammer in der Brust und bereitete ihr Schmerzen. »Bringen Sie Ronald jetzt weg?«, fragte sie mit zugeschnürter Kehle.

»Ja.«

Vor ihren Augen tauchte der leblose Körper auf dem Rand des Pools auf, der bleiche Leib mit Ronalds Badehose bekleidet. Dieses Bild verdrängte alle Erinnerungen an sein freundliches Gesicht, an sein Lächeln, an seinen strahlenden Blick. Und sie hatte sich nicht von ihm verabschieden können. »Darf ich ihn noch einmal sehen?«

*

Die letzte Begegnung mit Ronald war Dagmar erstaunlich leicht gefallen. Die Polizisten hatten ihn im Sarg so aufgebahrt, als würde er schlafen. Und sie hatten Dagmar einige Minuten mit ihm allein gelassen. Am liebsten wäre sie Ronald gefolgt. Aber was sollte sie in Bremen? Das Pfingstfest stand unmittelbar bevor und sie würde einsam in der Wohnung hocken, in der Wohnung, in der alles an ihn erinnerte. An Bord fand sie viel eher Ablenkung, von Corinna unterstützt. Nachdem die Polizei das Schiff verlassen hatte, war sie aufgetaucht und hatte sich rührend um Dagmar bemüht, dezent ihre Neugier unterdrückt, nur vorsichtig gefragt und den Unfall bedauert. Hier zu bleiben war bestimmt der richtige Entschluss gewesen. Einer musste schließlich diesen Gronau im Auge behalten. Sein Gesicht ging ihr einfach nicht aus dem Kopf. Am Abend war er von Land zurückgekehrt. Dagmar hätte ihn beinahe nicht erkannt. Quietschvergnügt hatte er die Damen unterhalten, die mit ihm im Tenderboot saßen. Die Ernsthaftigkeit, die gestern in seiner Stimme gelegen hatte, schien völlig verflogen. Kam Ronalds Tod diesem Kerl zupass?

## -1

**14. November 2007 – Mittwoch**

Die Vorfreude plagte mich bereits seit Tagen. Und jetzt schlug mein Herz immer stärker, je näher ich dem Ziel kam. Die Fahrt führte mich in Richtung Norden – zum späteren Schulgebäude, unserem Schulgebäude, der Heimstatt der zukünftigen TimurSchule. Der Hamburger Makler Paul Droste kümmerte sich darum, den Gebäudekauf ordnungsgemäß abzuwickeln. Heute wollte er mir das Objekt im Detail zeigen. Exposé und Fotos, die Droste im Vorfeld präsentiert hatte, versprachen einen absoluten Volltreffer.

Alwin hatte an dem Termin teilnehmen wollen, was seine Mutter aber wohl als Bevormundung ablehnte – ich trüge die Projektverantwortung und Herr Droste werde den Verkauf schon regeln. Alwin hatte sich überzeugen lassen. Also traf ich Droste nachher allein. Ich hatte den Makler bereits im Vorfeld kennengelernt und fand ihn sympathisch. Ihn umgab eine väterliche Aura; intelligent und zuvorkommend traf er stets den richtigen Ton. Außerdem vertraute ich ihm, schließlich wollte sein Sohn als Lehrer in unserer TimurSchule anfangen.

»In 300 Meter rechts abbiegen«, verkündete die Frauenstimme des Navigationssystems. »Danach haben Sie das Ziel erreicht.«

Die Häuser der Stadt waren inzwischen zurückgeblieben und ich fuhr durch eine ländliche Gegend, ob nun noch auf Bremer Gebiet oder bereits im niedersächsischen Umland verschwieg die Dame im Armaturenbrett. Rechts begann ein Wald, den ein Maschendrahtzaun umgab. Das musste das bewusste Grundstück sein. Ich fixierte die torlose Einfahrt, verlangsamte die Fahrt und bog ab. Ein breiter Schotterweg führte auf das Gelände. Buntes Laub bedeckte den Boden und die tief stehende Sonne blitzte zwischen den kahlen Bäumen hervor. Ich folgte dem Weg. Der kleine Wald ging in einen weitläufigen Park über und gab den Blick auf einen dreistöckigen Prachtbau frei. Ich hielt an und musterte das Gebäude. Wenn die Zimmer im Inneren halbwegs einen normalen Zuschnitt hatten, würden sie bequem 300 Schülern Platz bieten. Ich fuhr weiter und parkte meinen Wagen neben Drostes Mercedes, der schon auf einem kleinen Parkplatz an der Giebelseite stand.

Ich stieg aus und zog den Reißverschluss meiner Jacke zu. Über Nacht waren die Temperaturen merklich gefallen und hatten Raureif auf die Landschaft gelegt. Hier zwischen all den Bäumen hing der Geruch der letzten Regentage in der Luft. Ich atmete tief ein und schaute in die Runde. In dem Park konnten unsere Schüler ungestört herumtollen. Hoffentlich hielt das Gebäude keine unliebsamen Überraschungen bereit. Eine leichte Nervosität befiel mich. Langsam lief ich zum Haupteingang, dessen Tür offen stand. Im Inneren des Gebäudes führte eine breite Treppe in eine Vorhalle. Dort wartete Paul Droste. Ich stieg die Stufen hinauf und begrüßte ihn. Noch während er mir die Hand schüttelte, wanderte mein Blick in der Eingangshalle umher und folgte den beiden Fluren, die links und rechts abgingen. Die Wände würden wir vor dem Beginn des Schulbetriebs streichen lassen müssen, aber ansonsten vermittelte die Bausubstanz einen soliden Eindruck.

»Da erkennt man den Fachmann.« Droste lächelte. »Und was sagt der Herr Bauingenieur?«

»Das Mauerwerk scheint okay zu sein.«

»Das will ich meinen.« Droste fragte nach Alwin. Ich entschuldigte ihn. Droste nickte, legte mir eine Hand auf die Schulter und schob mich sanft in den linken Flur. »Dann lassen Sie uns mit dem Rundgang beginnen.« Während wir dem Korridor folgten, erklärte er: »Nachdem Frau Tilgners Ingenieurbüro im kommenden Frühjahr ausgezogen sein wird, gibt die Immobilie das Musterexemplar eines zukünftigen Schulgebäudes ab – Sie werden sehen.«

Zwei Stunden später kehrten wir zum Ausgangspunkt der Besichtigungstour zurück. Ich war begeistert. Die Bausubstanz schien wirklich das zu halten, was der erste Eindruck versprochen hatte. Sogar eine neue Heizung samt wärmedämmender Türen und Fenster waren vor fünf Jahren eingebaut worden. Wir brauchten tatsächlich nur Malerarbeiten ausführen zu lassen und konnten anschließend die Schulmöbel hineinstellen. Insgesamt hatte ich 25 Räume gesehen, die uns als große und helle Klassenzimmer dienen würden. Außerdem hatte das Haus im zweiten Obergeschoss einen Saal, der eine hervorragende Aula abgab. Neben den Klassenzimmern existierten bestimmt zehn Räume, die Verwaltung und Schulleitung beherbergen würden, und im Erdgeschoss konnten wir ein ordentliches Lehrerzimmer einrichten. Der Keller erwies sich als geräumig, trocken und warm. Hier musste im ersten Winter der Sportunterricht stattfinden. Eine Turnhalle sollte bis zum übernächsten Sommer entstehen. Die Genehmigung würde man problemlos bekommen, hatte Droste versichert, wenn sich der Neubau nahtlos in das Gesamtensemble einfügt. Das würde er. Eine grobe Idee geisterte mir bereits im Kopf herum.

Mit der Rückkehr in die Vorhalle keimte eine Frage in mir auf, belebte erneut meine Nervosität und verdrängte die Begeisterung über das Gesehene. Ängstlich schielte ich immer wieder auf Paul Droste, der seine gute Laune offen zur Schau stellte und munter drauflos plauderte.

»Wie hoch erstreckt sich der Marktwert eines solchen Schlosses? Eine Million reicht da nie und nimmer.« Mein Herz klopfte heftig.

»Warum fragen Sie?«

»Die Abmachung mit Frau Tilgner lautet – wir zahlen

ihr einen marktüblichen Preis, um das Schulgebäude juristisch unanfechtbar zu erwerben.«

Droste lächelte verschmitzt. »Man überschätzt oft den Wert einer Immobilie. Diese hier liegt weit außerhalb und besitzt in ihrem Zuschnitt eher den Charakter eines Zweckbaus. Sicherlich würde es nur wenige Interessenten geben. Obwohl, bis zu zwei Millionen könnte ich da schon herausschlagen.«

»Herr Droste? Zwei Millionen?«

»Keine Bange, mein junger Freund.« Droste legte mir väterlich die Hand auf die Schulter. »*Bis* zu zwei Millionen. Das würde auch nur ein so alter Fuchs wie ich schaffen. Nein, nein, die eine Million, die Sie an Frau Tilgner zahlen, ergibt schon einen üblichen Marktpreis, auch wenn er am unteren Rand liegt.«

Ich atmete erleichtert auf.

»Aber sagen Sie, warum wollen Sie das Objekt überhaupt kaufen?

»Ich lernte Frau Tilgner vor einigen Jahren kennen. Gemeinsam kamen wir auf die Idee, eine Privatschule zu gründen; im nächsten Jahr, wenn sie ihren 75. Geburtstag feiert. Mit dem Ingenieurbüro hat sie viel Geld verdient, das sie nutzbringend anlegen möchte.«

»In einer Privatschule.«

»Genau. Frau Tilgner konnte nur einen Sohn, ihren Alwin, bekommen, dabei hatte sie sich mindestens ein halbes Dutzend Rotznasen gewünscht. Die Idee Ihres Sohnes zu einer Schulgründung hatte die unternehmungslustige Dame überzeugt.«

»Aber warum wollen Sie die Immobilie kaufen? Sie gehört doch Frau Tilgner?«

»Nach einem persönlichen Schicksalsschlag hatte sie

mich eingeladen, bei dem Projekt mitzumachen. Mich interessierte die Sache. Nach der Rücksprache mit zwei Freunden wollten wir aber auch unseren Anteil leisten, gewissermaßen echte finanzielle Anteile erwerben.«

»Und da Sie lediglich ihr Erspartes zusammenlegen brauchten, konnten Sie Frau Tilgner eine Million bieten?«

Ich musste schmunzeln. Droste verstand es, einem die Worte aus der Nase zu ziehen. »Nein, leider nicht. Wir wussten aber, wie man die Summe *organisiert*.«

»Dieses *organisiert* verraten Sie mir allerdings nicht. Oder?«

»Nein, lieber Herr Droste.«

»Na gut.« Er ging einen Schritt auf den Ausgang zu. »Wir machen dann einen Vorvertrag und wickeln den Verkauf im nächsten Frühjahr ab.« Droste tätschelte mir die Schulter. »Ich bin auch gespannt, wie sich Ihr Projekt entwickeln wird. Jedenfalls wünsche ich Ihnen alles erdenklich Gute.« Mit den letzten Worten erstarb sein Lächeln. Er schaute zum Eingang. In meinem Rücken hörte ich Schritte und drehte mich herum. Danilo Droste, der Sohn von Paul, kam zögerlich die Treppe herauf. Ich hatte ihn im vergangenen Monat als Mathematik- und Physiklehrer für unsere Schule gewonnen. Durch seine Verpflichtung konnten wir den Mangel an Lehrkräften für die Naturwissenschaften überwinden. Gerade Pädagogen mit solch einer Ausbildung schienen in Deutschland rarer gesät als Meteorologen im Fernsehen.

»Danilo, du hier?« Paul Drostes Frage klang ernst.

Sein Sohn, ein hagerer großer Bursche, Mitte 30, unauffällig in seinen Gesten, erklomm die letzten Stufen und begrüßte uns. »Ich will zu Herrn Helmers.«

»Zu mir?«, fragte ich überrascht.

»Hast du noch immer nicht mit Herrn Helmers gesprochen?«, donnerte der alte Droste. Ich erkannte ihn kaum wieder.

»Nein.« Danilo senkte den Kopf, wie ein ungezogener Knabe, der dem Vater sein Sitzenbleiben beichtete.

»Worum gehts denn?«, fragte ich.

Danilo hob langsam den Kopf und schaute mich an. »Ich möchte von meiner Vereinbarung mit Ihnen zurücktreten.«

»Was wollen Sie?« Ich verstand kein Wort.

»Er wird nicht in Ihrer Schule anfangen«, antwortete der Vater für den Sohn. »Jemand anderes hat ihm eine bessere Offerte präsentiert.«

»Wer?«

»Nun erzähl schon«, drängte Paul Droste.

Danilo hüstelte und rieb sich verlegen das Kinn. »Die Schulbehörde hat mir ein Angebot gemacht, das ich unmöglich ablehnen kann. Sagt auch meine Frau.«

»Die zahlen mehr Geld?« Meine Verblüffung wich einer aufsteigenden Wut.

»Nicht direkt.«

»Was heißt das?«

»Sie bieten mir eine Perspektive als Beamter.«

»Das erklärt natürlich alles!«

»Ich muss an meine Familie denken – ich habe zwei kleine Kinder.«

»Die bleiben auch klein, bis Sie in Pension gehen«, schimpfte ich. Mein Ärger bahnte sich seinen Weg. Den Verlust eines Mathe- und Physiklehrers würde Harry Gronau zum Anlass nehmen, die Genehmigung unseres Antrags hinauszuzögern. »Wir haben einen Vertrag miteinander.«

»Aber nur einen Vorvertrag«, wandte Danilo Droste

ein und schaute mich jetzt trotzig an. »Wann bekomme ich eine feste Zusage?«

»Wenn das Projekt bewilligt ist, nächsten Mai.«

»Sehen Sie. Herr Gronau hat mir eine Anstellung ab Februar angeboten.«

»Wer? Herr Gronau? Herr Harry Gronau?«

Danilo Droste nickte.

Was ging hier vor? Gronau kümmerte sich um Privatschulen. »Der Herr besorgt Ihnen eine Stelle an einer staatlichen Schule? Und Sie werden Beamter?«

»Ja – ab Februar.«

»Haben Sie schon unterschrieben?«

»Nein. Herr Gronau schickt mir nächsten Monat den Vertrag.«

»Danilo! Da stimmt irgendetwas nicht. Gronau bearbeitet ausschließlich die Angelegenheiten um Privatschulen. Warum sollte der Ihnen einen Posten als Bediensteter besorgen? Bleiben Sie bei uns. Wir brauchen Sie. Sehen Sie sich um. Das wird das Schulgebäude. Hier können Sie hervorragend arbeiten.«

»Vielen Dank. Aber ich habe mit meiner Frau alles besprochen. Mein Entschluss steht fest – ich nehme die Stelle von Herrn Gronau.«

Jetzt half nur noch eins. »Danilo, bitte überlegen Sie gut. Falls Gronaus schriftliches Angebot ausbleibt oder unannehmbare Bedingungen enthält, gibt es kein Zurück zu uns – sollten Sie jetzt gehen.« Ich schaute auf Paul Droste; dessen ernstes Gesicht verriet sein Unbehagen.

»Ich bleibe bei meiner Entscheidung. Sie legen mir keine Steine in den Weg?«

»Es wird kein Zurück geben.« Auch wenn mich die Suche nach einem Ersatz unsägliche Mühen kostete.

»Ich wünsche Ihnen viel Erfolg.« Danilo nickte seinem Vater zu und stakste die Treppe mit hängenden Schultern hinunter.

»Tut mir leid.« Paul Droste kam auf mich zu. Er habe bereits vor einigen Tagen versucht, den Jungen umzustimmen. Aber sein Entschluss stehe offensichtlich fest. Die Ehefrau habe garantiert maßgeblich darauf hingewirkt.

Drostes Worte trösteten mich ein wenig über die erlittene Enttäuschung hinweg. Ich schaute mich in der Eingangshalle um und besann mich auf den Grund des Hierseins. »Ich hoffe, Danilos Absage belastet nicht unsere Geschäftsbeziehung.«

Das Lächeln kehrte auf das Gesicht meines Begleiters zurück. »Woher denn? Danilo muss allein wissen, was er macht.«

»Ich stehe aber zu meiner Aussage.« Ich sah zum Ausgang. »Danilo ist gegangen – es wird für ihn keinen Platz mehr an unserer Schule geben.«

»Sehen Sie, diese Verlässlichkeit schätze ich so an Profis. Und deshalb mache ich gern Geschäfte mit Ihnen.«

Da war sie wieder, die väterliche Aura, die mich so für diesen Mann einnahm.

Wir besprachen zum Abschluss die nächsten Schritte, und ich verabschiedete mich. Die Freude über das wundervolle Anwesen wollte nicht zurückkehren – selbst als ich im Freien noch einmal die Prachtfassade des Gebäudes bewunderte, nagte die Enttäuschung an meinem Ego. Ich stieg ins Auto und blieb nachdenklich sitzen. Danilos Absage beschäftigte mich, mehr als mir lieb war. Ich sah ihn die Treppe hinunterschleichen. Reagierte so jemand, der einen Traumjob annehmen konnte? Ich beschloss, zu Gronau zu fahren.

*

Der Beamte empfing mich jovial wie jedes Mal. Ob es Neuigkeiten gebe, fragte er gleich nach der Begrüßung. Ich berichtete ihm von dem Schulgebäude, das wir erwerben würden.

»Das sind ja wirklich erfreuliche Nachrichten«, lobte er und bat mich, an der Frontseite seines Schreibtisches Platz zu nehmen. Er komme mit der Bearbeitung unseres Antrags leider nur langsam voran. Aber wir hätten ja noch ein paar Wochen Zeit.

Gronaus Freundlichkeit entwaffnete mich stets aufs Neue. Obwohl ich ihn seit der ersten Begegnung vor fünf Jahren aus tiefstem Herzen hasste, musste ich jetzt mit dem Kerl wie mit den Wölfen heulen. Zum Glück schien er das damalige Aufeinandertreffen vergessen zu haben – heute brauchte ich ihn, brauchten wir ihn, um unsere Schule im nächsten Jahr eröffnen zu können. Und wir kamen nicht umhin, ein komplettes Lehrerkollegium vorzuweisen. Vorsichtig brachte ich die Sprache auf Danilo Droste und seine Absage. »Er behauptet, Sie hätten ihm eine Stelle angeboten.«

»Danilo Droste?« Gronau starrte auf seinen Monitor, als fände er dort einen Hinweis. »Ach ja, ich erinnere mich. Der Mann mit dem interessanten Lebenslauf – der Mann aus der Praxis, wie man so schön sagt.« Gronau begann zu referieren: Die Behörde bevorzuge solche Leute derzeit, um den Praxisbezug in den Schulen zu verbessern. Herr Droste biete alle Voraussetzungen, wäre noch jung und verspreche, ein erfolgreicher Lehrer zu werden.

»Aber wir hatten ihn doch bereits für uns gewonnen!«, bemerkte ich.

Gronau zuckte die Schultern. »Anscheinend haben Sie zu wenig geboten. Das erlebe ich immer wieder – die Privatschulen versuchen, die Kosten klein zu halten und vernachlässigen ihr Personal.«

»Wir nicht«, protestierte ich, »wie Sie unserem Antrag entnehmen können.«

»Offensichtlich sieht das Herr Droste anders.« Gronau lächelte süffisant, in der Art eines Amtsvorstehers, der dem Bittsteller vor seinem Tisch die Grenzen aufzeigte.

»Dürfen Sie das überhaupt?«, hörte ich mich fragen. Der Ärger gewann die Oberhand über meine Vorsicht.

»Was darf ich?«

»Ich meine, wir haben bei Ihnen eine Lehrerliste eingereicht, auf der Herr Droste stand.«

»Den ich abwerbe? Wollen Sie das sagen?« Gronau machte eine Pause, neigte den Oberkörper vor, stützte die Unterarme auf die Tischplatte und fixierte mich mit seinen Blicken. »Jetzt hören Sie mir mal zu. Wissen Sie, wer mich bezahlt? Der Steuerzahler. Und ich diene dem Steuerzahler. Dafür tue ich alles. Die besten Lehrer gehören an die staatlichen Schulen und nicht an Privatschulen, die die Bürger zusätzlich schröpfen.«

»Wir helfen sozial Benachteiligten«, wagte ich einen neuen Einwand. »Wir fördern deren Kinder, besonders die Begabten.«

»Die Überschrift Ihres Pamphlets verrät alles.« Auf einmal verbreiteten Gronaus Gesichtszüge eine schneidende Kälte. Aus seinen grauen Augen blitzten mich Eiskristalle an und seine tiefen Wangen- und Stirnfalten ähnelten Gletscherspalten. »Wie nennt sich Ihr Projekt? Timur – Schule!« Er riss die beiden Wörter auseinander, als spucke er sie auf den Tisch. »Der Name soll Programm sein?«

»Ja.«

»Na, was denn für eins?« Gronau warf den Kopf heftig zurück, als fordere er einen verstockten Schüler zum Sprechen auf.

Seine Aggressivität beunruhigte mich. Eine scharfe Erwiderung, die mir auf der Zunge lag, konnte eine Explosion auslösen. Also wählte ich einen möglichst sachlichen Ton. »›Timur und sein Trupp‹ ist der Titel eines Buches, das von der Hilfsbereitschaft Jugendlicher gegenüber Schwächeren handelt.«

»Der Schmöker ist eine kommunistische Hetzschrift. Sie beamen die Kinder in Ihrer Lehranstalt in die Zone, hinter den Eisernen Vorhang zurück: Ost-Stundenpläne, Ost-Lehrpläne und so weiter und so fort. Ich habe Sie durchschaut. Ihre ganze Truppe stammt doch von drüben. Sie wollen Ihre heile Welt des Stalinismus neu auferstehen lassen.«

›Die Hauptsponsorin wohnt Zeit ihres langen Lebens in Bremen‹, wollte ich einwerfen, zwang mich aber zum Nachdenken: Hatten wir Fehler gemacht? Nein. Unsere Berater hatten jedes Detail des Plans unter dem Mikroskop seziert. Frau Fischbeck, die eifrigste Helferin und heftigste Kritikerin, hatte das Konzept am Ende gelobt: Wer das Schulsystem Finnlands als leuchtendes Beispiel hinstellt, muss Ihre Schule voller Begeisterung genehmigen. Selbst den übervorsichtigen Alwin, ein vorzüglicher Pädagoge, hatten wir überzeugt. Nein, bestätigte ich mir – Gronaus Vorwürfe entbehrten jeglicher Grundlage. Aber so wie er sich gab, konnte ich ihm das unmöglich sagen.

»Dann lehnen Sie unseren Antrag doch einfach ab«, wandte ich ein. »Verbieten Sie das Projekt mit dem Hinweis auf Verfassungsbedenken.«

»Damit Sie mich anschließend vor Gericht zerren?«

»Ja, das würden wir fraglos tun.«

Das süffisante Lächeln kehrte auf Gronaus Gesicht zurück. »Sehen Sie, und deshalb lasse ich mir etwas einfallen.« Seine Haltung entspannte sich. Er schob seinen Sessel einige Zentimeter nach hinten und schlug die Beine übereinander. »Sie wähnen sich schon am Ziel? Vergessens Sies. Bis wir miteinander fertig sind, liegt noch so manche Prüfung vor Ihnen. In denen können Sie Ihr Durchsetzungsvermögen und Organisationstalent beweisen. Schließlich bin ich verpflichtet, Ihre Professionalität zu überprüfen. Der Schulalltag steckt voller Herausforderungen.« Er hob bedeutungsvoll den Zeigefinger. »Ich muss auch nach Jahren für die Nachhaltigkeit Ihrer Schule geradestehen.«

Das Duell war eröffnet. Wir nehmen den Kampf auf, Herr Gronau – wir werden Sie in Ihre Schranken weisen. Ohne ein Wort zu sagen, stand ich auf und lief zur Tür.

»Ach übrigens«, rief mir Gronau hinterher, »sind Sie sicher, nur Herrn Droste als Lehrer verloren zu haben?«

# 6

**09. Mai 2008 – Freitag**

Dagmar Sanders hatte Marc beeindruckt. Die halbe Nacht hatte er wach gelegen und über sie nachgedacht. Der Abschied von ihrem toten Lebensgefährten schien ihr neue Kraft eingeflößt zu haben. Viele Angehörige brechen bei der Konfrontation mit dem Verstorbenen zusammen, aber Frau Sanders hatte ihre Beklemmung abwerfen können. Marc angelte nach seinem Zopf und zwirbelte die Haarenden durch die Finger. Wenn die Obduktion einen Unfalltod bestätigte, konnte er zumindest diesen Fall zu den Akten legen. Er stand von seinem Platz hinter dem Schreibtisch auf, um einen Kaffee aus dem Automaten im Korridor zu holen. Wenig später zurück im Büro fand er Doktor Wallner vor, der den Obduktionsbefund brachte. Marc schlug die dünne Akte auf. Ronald Helmers war einem Genickbruch zum Opfer gefallen. Er sah den Gerichtsmediziner an. »Also eindeutig Unfall? Helmers springt ins Wasser, stößt mit dem Kopf auf den Boden und bricht sich das Genick.«

»Falsch! Lesen Sie nur weiter.«

Tatsächlich, da stand es: Der Leichnam wies typische Hämatome auf, die unzweifelhaft auf die Gewalt eines Dritten hindeuteten. Helmers war das Genick gebrochen worden, unmittelbar nach seinem Sprung in den Pool – Abwehrspuren fehlten ebenso wie Anzeichen von Wasser in den Atemwegen. Der Täter musste im Pool gewartet und Helmers überrascht haben. Wie ging das? Bei den Neptuntaufen, die Marc bisher erlebt hatte, durften nur die Täuflinge ein abschließendes Bad nehmen. War der Täter vorher ebenfalls durch die Hände von Neptuns Büttel gegangen?

»Haben Sie noch Fragen?«, unterbrach Doktor Wallner Marcs Gedanken.

»Nein. Ihr Bericht lässt an Deutlichkeit keine Wünsche offen.«

»Immer wieder gern.« Doktor Wallner deutete einen Bückling an.

»Ja, vielen Dank. Ein Unfalltod wäre mir lieber gewesen.«

Doktor Wallner zuckte mit den Schultern und verließ das Büro.

Marc fühlte sich wie ein Bergsteiger, der am Fuße einer unbezwingbaren Felswand stand. Er las den Obduktionsbericht ein zweites Mal. Als hätte ihn eine versteckte Nachricht im Text darauf hingewiesen, wurde ihm die Bedeutung des neuen Tatbestandes deutlich: Der Wachmann im Großraumbüro der TransOzeana und Helmers auf der RÜGEN gehörten beide als Opfer zu einem Verbrechen! Allerdings musste er nach zwei verschiedenen Tätern suchen; es sei denn, der Kerl war nach dem Einbruch in die Reederei auf das Schiff geeilt. Zwischen den Tatorten lagen vielleicht 200 Kilometer und die Tatzeiten trennten gut acht Stunden – für einen gut organisierten Killer kein Problem. Wenn er überhaupt auf das Kreuzfahrtschiff gelangen konnte. Aber einen zugestiegenen Passagier hatte der Kapitän gestern nicht erwähnt. Marc notierte seinen Gedanken, er würde dem nachgehen müssen.

Wie gings dem Wachmann eigentlich? Marc griff zum Telefon und rief im Krankenhaus an. Der Patient werde am Nachmittag entlassen. Ob er jetzt zu sprechen sei? Das könne nur der Stationsarzt entscheiden. Im Hörer erklang eine flotte Musik. Marc blätterte im Obduktionsbefund. Endlich verstummte die ungewollte Unterhaltung. Der Herr Kommissar dürfe den Patienten sehen, solle zuvor aber den behandelnden Arzt aufsuchen. Marc legte auf und verließ das Büro.

*

»Der Mann kann mir wichtige Hinweise zu einem Verbrechen geben«, bedrängte Marc den Mediziner sofort, als er dessen Zimmer betrat, »bei dem inzwischen ein anderes Opfer zu Tode kam.«

»Kein Problem.« Der Arzt hob abwehrend die Hände. »Sie können den Patienten sprechen.«

»Ach ja? Ich sollte aber vorher zu Ihnen kommen.«

Der Arzt zupfte sich an der Nase. »Wenn in Ihrem Fall ein Serientäter zu Gange ist und der einen Menschen auf dem Gewissen hat, interessieren Sie vielleicht auch meine Gedanken?«

Innerlich stöhnte Marc ob der Aussicht auf den zu erwartenden Vortrag. Der Geruch von Krankenhaus strömte selbst hier im Arztzimmer aus jeder Ecke. Seit einer Lungenentzündung, die ihn in seiner Jugend wochenlang an ein Krankenbett gefesselt hatte, hasste Marc die Ausdünstungen von Desinfektionsmitteln, Medikamenten und verschwitzten Patientenkörpern. Eigentlich wollte er schnellstens wieder weg. Um den Arzt jedoch nicht vor den Kopf zu stoßen, fragte er: »Ja, welche denn?«

»Ich habe mir die Hämatome dieses Wachmanns einmal genau angesehen – sie zeugen von medizinischer Sachkenntnis. Die Griffe wurden mit großer Präzision gesetzt, um den Patient für eine gewisse Zeit außer Gefecht zu setzen.«

»Was bedeutet das?«

»Der Angreifer wusste, wie er sein Opfer verletzen musste, um ihm das Bewusstsein zu rauben, ohne ihm das Genick zu brechen.«

»Sie meinen, ein Arzt käme für den Anschlag infrage?«

»Wäre denkbar. Neben Ärzten verfügen allerdings auch andere Berufsgruppen über solche Kenntnisse – GSG-9-Angehörige, Fallschirmspringer, Kampfschwimmer.«

»Hm.« Marc notierte die Informationen und überlegte: Der Täter auf dem Schiff hatte ebenfalls professionell zugeschlagen und Helmers keine Chance gelassen. War der Einbrecher tatsächlich auf die RÜGEN gelangt, um dort Helmers umzubringen? Elitesoldaten konnten garantiert ein Kreuzfahrtschiff entern. Im Moment brachten Marc diese Überlegungen kaum weiter, er wollte schnellstens zum verletzten Wachmann. Der Arzt gewährte ihm zehn Minuten, da dann die Visite anstand, während der jegliche Besuche streng verboten waren.

Zwei Türen neben dem Arztzimmer klopfte Marc und trat ein. Das vordere Bett war leer, während das hintere von einem Mann mittleren Alters belegt wurde. Er lag auf dem Rücken und starrte senkrecht nach oben. Marc ging zu ihm und stellte sich als Oberkommissar der Bremer Kripo vor.

»Habt ihr das Schwein?«, fragte der Mann, ohne seinen Blick von der Zimmerdecke zu nehmen.

»Nein, leider.« Verlegen angelte Marc nach seinem Zopf, ließ ihn aber sofort wieder los.

»Hoffentlich kann ich in meinen Job zurück.« Der Wachmann drehte langsam den Kopf in Marcs Richtung. »Der Kopf brummt wie ein Bienenkorb.«

»Der Arzt meint, Sie behalten keinerlei Folgen zurück«, log Marc.

»Ach diese Quacksalber, die lullen einen bloß ein, damit sie ihre Ruhe haben. Wenn man im Alltag klarkommen muss …« Er winkte ab.

»Der Stationschef gewährt mir nur zehn Minuten, Herr …?« Verflucht! Der Name stand in den Akten, die auf Marcs Schreibtisch lagen.

Der Wachmann machte keine Anstalten, seinen Namen zu nennen. Er schien Marc einfach zu ignorieren.

Also fragte er weiter: »Erinnern Sie sich an den Überfall? Oder haben Sie den Täter gesehen?«

Der Wachmann lachte kurz auf und nahm wieder seine Standardposition ein. »Der Mann war'n Profi, sag ich Ihnen.«

»Ach ja?«

»Ich komme zum Haupteingang rein …«

»Der war nicht verschlossen?«

»Klar, verflucht noch mal. Ich hatte doch einen Schlüssel.« Der Wachmann drehte sich auf die linke Seite und starrte Marc an. »Soll ich nun erzählen oder woll'n Sie mich weiter löchern?«

»Bitte erzählen Sie.«

»Also, ich sehe gleich Parterre, am Ende des Gangs, die Tür des Großraumbüros ist nur angelehnt. Passiert sonst nie. Ich Idiot rufe nach Ludwig, Ludwig Imhoff, der wollte ja nach der EDV sehen.« Er tippte einmal mit dem Zeigefinger an seine Stirn und verzog dabei das Gesicht. Ihn schienen wirklich Kopfschmerzen zu plagen. »Besser konnte ich den Kerl nicht warnen. Na jedenfalls bleibt alles still im Büro. Ich schiebe die Tür auf und niemand drin. Kein Ludwig auszumachen. Ich denke, bist de schon blöde, schalte das Deckenlicht an und gehe einige Schritte ins Zimmer rein, drehe mich zum Eingang zurück, da fliegt mir eine Hand vor die Augen und ich spüre einen Ruck im Genick. Danach gingen bei mir die Lichter aus. Wach geworden bin ich erst, als so ein Quacksalber neben mir hockte.«

»Sie haben also nichts gesehen?«

»Nein, wie denn? Der Scheißkerl hat mir die Guckerchen zugehalten.«

»Trug er Handschuhe?«

»Weiß ich nicht mehr.«

Marc kannte das. Opfer von Gewalttaten gaben selten sachdienliche Hinweise zu Protokoll. Der tief sitzende Eindruck vom Überfall und der Schock der Verletzung trübten die Wahrnehmung einfach zu sehr.

»Fiel Ihnen sonst etwas auf?«

Der Wachmann schien zu überlegen. »Nein.«

»Warum haben Sie das Büro betreten?«

»Ich dachte, der Ludwig werkelt da rum.«

»Warum sind Sie zur Reederei gegangen?«

Der Wachmann wälzte seinen Oberkörper wieder in die Rückenlage und richtete die Augen erneut auf die Zimmerdecke, als verfolge er dort einen spannenden Film.

»Überprüfen Sie jedes Mal die Kundschaft, wenn Sie die Alarmanlage abschalten?«

»Nee! Da würde ja keiner hinterherkommen. Wer soll denn das bezahlen?«

»Und warum gestern?«

»Weil mir die Sache komisch vorkam.« Ein flüchtiger Seitenblick streifte Marc. Der Wachmann schniefte verächtlich. »Da ruft der Kerl so kurz vorm Ende der Schließzeit an. Ich würde das verstehen, wenns brennt. Aber wegen so ’ner blöden EDV. Ob die nun zehn Minuten mehr oder weniger streikt? Wen stört das?«

»Haben Sie dem Anrufer Ihre Verwunderung mitgeteilt?«

»Na klar! Aber der bestand darauf, die Alarmanlage abzuschalten. Er müsse den Fehler schnellstmöglich finden. Wenn die Kollegen kommen, soll alles wieder laufen.«

»Also haben Sie abgeschaltet?«

»Was blieb mir übrig?«

»Der Anrufer kannte die vorgeschriebenen Daten?«

»Hätte ich sonst reagiert?« Die Antwort kam knurrig, als würden Marcs Zweifel den Wachmann beleidigen.

»Sie kennen Herrn Imhoff, ich meine seine Stimme? War er denn am Telefon?«

»Erkältung! Er klang total verschnupft. Ich habe ihm noch gute Besserung gewünscht. Zum Dank schickt das Schwein mich ins Krankenhaus.«

»Woher hatte der Einbrecher die notwendigen Informationen?«, überlegte Marc laut.

»Vielleicht wars jemand von der Reederei?«

»Nein, glaube ich nicht. Da muss irgendwo ein Sicherheitsleck sein – genau genommen, käme sogar Ihre Firma infrage.« Marc erwartete einen heftigen Protest, stattdessen schien der Wachmann zu überlegen. Seine Wangenmuskeln zuckten im Sekundentakt. Marc sah auf seine Uhr – ihm blieben nur noch zwei Minuten. »Na ja, wir werden das Leck finden«, sagte er beiläufig. »Dann kann derjenige, der hinter der undichten Stelle steckt, sich auf eine saftige Strafe gefasst machen. Schließlich gibts in dem Fall bereits einen Toten.«

»Einen Toten?« Der Wachmann schaute auf Marc.

Der berichtete vom Mord auf dem Kreuzfahrtschiff. »Wir gehen von einem Zusammenhang zwischen dem Einbruch in der Reederei und dem Verbrechen auf der RÜGEN aus. Der Profi, der Sie überfallen hat, kommt auch unbemerkt auf ein fahrendes Schiff.«

Der Wachmann nickte. »Da war noch was.« Seine Großspurigkeit schien völlig verflogen. Er klang jetzt wie ein verängstigter Angestellter, der seinem Chef eine Verfehlung beichten musste. »Vergangene Woche, am 30. April, kam eine Frau zur Kontrolle – vom Datenschutzbeauftragten des Landes. Sie legte ihren Ausweis vor und ich habe die Daten ins Wachbuch eingetragen. Danach begann die Überprüfung.«

»Wie hieß die Frau und war der Ausweis echt?«

»Anna Schulze. Haben Sie schon einmal einen Ausweis von den Datenschützern gesehen?«

»Nein.«

»Na also. Die Dame gab mir keinen Anhaltspunkt, unberechtigt bei uns reinzuschneien.« Der Wachmann erzählte weiter: Sie seien erst die Bestimmungen für die Aufbewahrung der Kundendokumente und Schlüssel durchgegangen und hätten anschließend die Unterlagen einiger Firmen kontrolliert.

»Auch die der TransOzeana?«

Der Wachmann nickte. Auf der Liste dieser Schulze habe auch die Reederei gestanden. »Als vorgestern dieser Anruf kam, erschien diese Frau Schulze sofort vor meinem geistigen Auge.«

Die Tür des Krankenzimmers öffnete sich. Eine kleine unscheinbare Schwester erschien. »Herr Kommissar?«

»Ja, ich weiß, die Zeit ist um. Ich brauche noch ein paar Augenblicke.«

»Die Visite beginnt. Wenn der Chefarzt reinkommt und Sie lungern noch hier herum, dann brauchen Sie das Krankenhaus nie wieder betreten.« Ihr Tonfall ließ keinen Zweifel aufkommen, die Drohungen wahr zu machen.

»Lassen Sie mal, Herr Kommissar«, erklärte der Wachmann. »Mehr fällt mir im Moment sowieso nicht ein. Zur Not rufe ich Sie an.«

»Wie sah diese Frau Schulze aus?«, fragte Marc schnell und rückte zwei Schritte in Richtung Tür, um einem Hinauswurf entgegenzuwirken.

»Schwarze schulterlange Haare, wie eine Asiatin, und

eine Brille mit ebensolchem schwarzen Rahmen. Ansonsten war sie dezent geschminkt, mit schmalen Lippen. Ach, und die Gläser der Brille haben die Frau fast entstellt, die waren dick wie Panzerglas.«

»Können wir ein Phantombild anfertigen?«

»Warum nicht?« Der Wachmann schien kurz zu überlegen. »Wann und wo?«

Die Schwester fasste Marc am Arm und zog ihn aus dem Zimmer hinaus. »Morgen um neun im Präsidium«, konnte er gerade noch herausbringen.

Unten auf dem Parkplatz notierte Marc die wichtigsten Informationen des Gesprächs in sein Büchlein. Zumindest hatte sich der Besuch gelohnt und er wusste jetzt, wie der Einbrecher beziehungsweise die Einbrecherin an die Codedaten zum Abschalten der Alarmanlage gekommen war. Er startete den Motor, da klingelte sein Handy. Kriminaldirektor Herzog rief an – der Oberkommissar möge sofort in die Firmenzentrale der TransOzeana kommen. Es gebe neue Erkenntnisse. Herzog warte im Büro des Geschäftsführers.

*

»Wir kennen inzwischen den Grund für den gestrigen Einbruch«, erklärte Herzog und schob ein Stück Papier über den Tisch. »Die Reederei wird erpresst.«

Marc war auf dem kürzesten Weg zur Firmenzentrale in der Bremer Innenstadt gefahren und saß jetzt dem Kriminaldirektor und Doktor Olbert gegenüber. Umständlich nestelte er in seiner Gesäßtasche, um die Untersuchungshandschuhe herauszuziehen.

»Sie können den Brief ruhig so anfassen«, belehrte ihn Herzog. »Ich hatte ihn auch in der Hand.«

Na prima, dachte Marc, der Chef vernichtete Spuren und er sollte es ihm gleichtun. Um Ärger vorzubeugen, nahm er das Papier mit bloßen Fingern und las:

›Beim Einlaufen der RÜGEN in Stralsund übergeben Sie mir 2 Mio. Euro! Andernfalls nimmt die Kreuzfahrt ein schlimmes Ende! Denken Sie an Ihre prominenten Gäste! Genaue Anweisungen folgen! Max‹

Der Brief hatte im Vergleich zu üblichen Erpresserschreiben einige Eigenheiten. Der Text bestand nicht, wie in Filmen gern dargestellt, aus zusammengesetzten Zeitungsbuchstaben. Der Erpresser hatte schlichtweg PC und Drucker benutzt. Als würde er den Brief einem Sehschwachen schicken, hatte er eine monströse Schriftgröße gewählt. Mindestens Grad 50. Und warum unterschrieb er die Nachricht?

»Wann haben Sie das Schreiben erhalten?«, fragte Marc.

Doktor Olbert setzte zu einer Antwort an, aber Herzog kam ihm zuvor: »Ging heute Morgen mit der übrigen Briefpost ein. Der Umschlag verschwand in der Poststelle oder wurde geschreddert, wie üblich.«

Klasse, dachte Marc. Die vernichten eine Spur nach der anderen und der Chef schien das als völlig normal anzusehen, so als redeten sie hier über eine ungerechtfertigte Rechnung von 100 Euro.

»Und da der Erpresser die Kontaktaufnahme zur Polizei nicht verbot, hat Doktor Olbert mich sofort verständigt«, dozierte Herzog im Ton vollster Zufriedenheit.

Der hätte lieber mich anrufen sollen, widersprach Marc innerlich, sagte allerdings laut: »Das war sehr umsichtig. Zumal mittlerweile das Obduktionsergebnis zu dem Toten auf der RÜGEN vorliegt.« Er erklärte die Ergebnisse, die ihm Doktor Wallner am Morgen präsentiert hatte.

»Furchtbar«, entfuhr es Doktor Olbert. »Ohne uns die Chance einer Antwort zu geben, tötet der Unmensch einen Reisenden.«

»Der meint es ernst«, belehrte Herzog im Stil eines gestrengen Oberstudienrats. »Wenn ich richtig informiert bin, handelt es sich bei diesem Helmers um einen gewöhnlichen Urlauber. Bestimmt geriet der zufällig ins Visier des Mörders; weil er an der Neptuntaufe teilnahm. Im Ernstfall dürfte der Verbrecher Politiker umbringen. Steht sogar hier: ›Denken Sie an Ihre prominenten Gäste!‹ Wir müssen jetzt schnell handeln.«

»Selbstverständlich sollten wir für alle Eventualitäten gewappnet sein«, begann Marc vorsichtig. »Aber der Täter lässt uns etwas Zeit zum Überlegen.«

»Ach ja?«, fragte der Reedereichef, während Herzog die Augenbrauen zusammenzog.

»Der Erpresser kündigt mit dem Brief lediglich seine Absichten an und erhebt die Forderung nach dem Geld. Sie müssen hingegen noch keine Bestätigung für die Zahlung oder eine anderweitige Willenserklärung abgeben. Wir warten einfach auf die nächste Anweisung.«

Herzog starrte ungläubig, als hätte Marc gerade den Dienst quittiert, räusperte sich und grapschte nach dem Erpresserbrief. »Zeigen Sie mal her.« Hektisch sprangen seine Augen über die Zeilen. »Und was schlagen Sie vor?«, fragte er schließlich.

Ja, was schlage ich vor. Marc grübelte verzweifelt. »Auf alle Fälle sollte die Reederei zum Schein auf die Forderungen des Erpressers eingehen, damit wir ihn bei der Geldübergabe festnehmen können.«

»Wir werden nicht nur zum Schein das Geld bereitstellen, wir werden zahlen«, stellte Doktor Olbert klar. »Oder meinen Sie, ich ruiniere die Firma mit solch einem Skandal. Wenn Sie das Schwein erwischen – gut; geht er Ihnen durch die Lappen – müssen wir halt den Verlust verschmerzen. Zur Not springt die Versicherung ein.«

»Danke für die Klarstellung«, lobhudelte Herzog, um sich augenblicklich Marc zuzuwenden. »Was wir in der heißen Phase zu tun haben, weiß ich selbst. Wie wir die Zeit bis dahin nutzen, sollten Sie uns erklären.«

»Wissen Sie«, fragte Marc in die Richtung des Reedereichefs, »ob noch alle Passagiere auf dem Schiff sind? Ich meine, nach der Tat lag die RÜGEN vor Helgoland. Der Mörder hätte von Bord gehen können.«

Doktor Olbert zuckte die Schultern. Er ging an seinen Schreibtisch, telefonierte und kehrte zum Tisch zurück. »Alle Gäste, die in Bremerhaven eingeschifft hatten, befinden sich noch an Bord. Aber die RÜGEN liegt gerade im Hafen von Esbjerg – Dänemark.«

»Hier könnte der Mörder verschwinden.«

»Quatsch«, moserte Herzog. »Der will in Stralsund die Beute kassieren. Der fährt bis dahin.«

Und was, wenn er einen Helfershelfer hat?, hielt Marc im Stillen dagegen, verkniff sich allerdings jedwede Bedenken.

»Wird er einen weiteren Passagier umbringen?«, fragte der Reedereichef.

»Das glaube ich nicht«, beschwichtigte Marc. »Mit einem weiteren Mord würde der Täter den Bogen überspannen und riskieren, kein Geld zu bekommen. Nein, er wird zunächst seine Forderung konkretisieren und die erpresste Summe einstreichen.«

»Warum hat der Verbrecher nicht gleich in seinem ersten Brief alle Anweisungen an uns auf den Tisch gelegt«, wollte Doktor Olbert als Nächstes wissen, »und eine Bestätigung verlangt?«

»Na, das ist doch klar!«, polterte Herzog los. »Der will …« Hilfe suchend sah der Kriminaldirektor auf Marc.

»Zunächst übt er Druck auf Sie aus«, erklärte der an Olbert gewandt. »Er lässt Sie im Ungewissen, lässt Sie quasi wie einen verurteilten Delinquenten mit unbekanntem Hinrichtungstermin schmoren.« Marc schaute noch einmal auf den Erpresserbrief. »Die geforderte Summe kennen Sie. Das Geld kann bereitgestellt werden. Die Art der Übergabe verschweigt der Täter und reduziert damit unsere Möglichkeiten zur Vorbereitung. Ich rechne erst morgen mit einer zweiten Nachricht.«

»Tja und Stralsund liegt weit weg«, seufzte der Reedereichef.

»Die Kollegen dort unterstützen uns«, erklärte Herzog. »Ich kümmere mich persönlich um die Formalitäten.«

»Aber die kennen nicht die Details, die wir zum Beispiel gerade besprechen.«

Marc überlegte einige Sekunden. »In Stralsund will der Täter abkassieren.«

»Wollen Sie da etwa hin? Kommt überhaupt nicht infrage«, protestierte Herzog. »Ich brauche Sie hier in Bremen.«

Die Abfuhr seines Chefs brachte Marc auf eine Idee. »Hauptkommissar Löffler arbeitet in Stralsund. Könnte der …«

Kriminaldirektor Herzogs Gesichtszüge erstarrten. »Vergessen Sies«, presste er zwischen den Zähnen hervor.

»Ich meine ja nur. Amtshilfe von den Kollegen in Mecklenburg-Vorpommern benötigen wir sowieso – Kommissar Löffler wäre der ideale Partner. Ich kenne ihn aus gemeinsamer Arbeit und wir telefonieren heute noch gelegentlich. Wir bräuchten keine großen Absprachen, und Missverständnisse blieben uns erspart. Die Zeit dürfte ohnehin knapp sein. Wann läuft die RÜGEN in Stralsund ein?«

»Übermorgen, am Pfingstsonntag. Morgen steht die Passage des Nord-Ostsee-Kanals auf dem Programm.« Doktor Olbert wandte sich an Herzog. »Ohne mich ungebührlich einzumischen, ich finde den Vorschlag von Herrn Müller gut. Eine optimale Zusammenarbeit über die Entfernung hinweg hilft wohl allen. Oder spricht etwas gegen diesen Löffler?«

»Nein, nein, Hauptkommissar Löffler ist ein erfahrener Kriminalist.« Der Kriminaldirektor schien innerlich mit sich zu kämpfen. »Also meinetwegen. Aber verantwortlich bleiben Sie. Und *Sie* berichten an *mich*.«

# 7

»Du kommst nie von mir los, was?« Otto Löffler freute sich über den Anruf seines ehemaligen Juniorpartners Müller III. Wenn er dessen erste Worte richtig verstanden hatte, ging es um Mord und Erpressung in Verbindung mit einem Kreuzfahrtschiff, das Pfingstsonntag hier in Stralsund einlaufen sollte.

»Ich kann euch leider nicht helfen«, beichtete Löffler in ernstem Ton.

Am anderen Ende der Leitung herrschte Ruhe – aber nur

für eine Sekunde. »Warum das?«, fragte Müller III beunruhigt.

»Ich habe frei; heute und die gesamten Feiertage.« Löffler grinste. »Meine Lisbeth wird mich unmöglich weglassen. Wir erwarten einen Staatsbesuch und da muss das Haus auf Vordermann gebracht werden.«

»Mensch, Otto! Willst du mich wirklich hängen lassen?«

Löffler konnte das Lachen kaum mehr unterdrücken. Er ließ Müller III noch ein wenig zappeln und erlöste ihn dann: »Meinst du, ich verpasse diese Gelegenheit? Erzähl schon.«

Der junge Kollege am anderen Ende der Leitung schien erleichtert. Seine Worte sprudelten wie ein Wasserfall während der Schneeschmelze. Löffler hörte geduldig zu und stellte gelegentlich Zwischenfragen, die Müller III hastig beantwortete. So gewann Löffler einen Überblick über die Vorgänge in Bremen und auf der RÜGEN.

»Den Papierkram für die Amtshilfe erledigt Herzog selbst«, schloss Müller III seine Auskunft.

Der Herr Kriminaldirektor persönlich, dachte Löffler. Seine Gedanken gingen in den vergangenen Herbst zurück. Damals bearbeitete er zusammen mit Müller III einen besonderen Mordfall, der die beiden Kommissare bis in die DDR der Wendezeit zurückgeführt hatte. Am Ende der Ermittlungen zerbrach Löfflers Vertrauen in seinen Chef Herzog und er war zusammen mit seiner Frau und seinem ehedem aus dem Osten geflüchteten Neffen Ivo nach Stralsund gezogen.

»Wenn da am Sonntag eine Geldübergabe stattfinden soll, immerhin gehts um zwei Millionen«, sagte Löffler ins Telefon, »dann muss der Herr Kriminaldirektor schnellstens um Amtshilfe bitten, ansonsten dreht sich bei uns kein Rad. Ich kümmere mich natürlich, was mir auch keiner verwehren wird, schließlich schlage ich mir die Feiertage um die Ohren. Aber um eine Geldübergabe im Auge zu behalten, bedarf es einiger Leute.«

Müller III wehrte ab: Herzog sei alt genug, um das Richtige zu unternehmen. Das werde schon klappen. Und wenn doch etwas schiefginge, könne er hinter dem breiten Rücken des Kriminaldirektors gut in Deckung gehen.

»Na, dann wollen wir mal hoffen, dass alles klappt«, bemerkte Löffler. »Bitte schicke mir alle Unterlagen, die du hast; per Mail. Besonders eine Kopie des Erpresserbriefs, auch die des zweiten, falls noch einer kommt. Gibt es in der Angelegenheit irgendwelche sonstigen Verbindungen nach Stralsund, außer als Station auf der Kreuzfahrt? Kannte der Helmers jemanden hier in der Stadt?«

»Nein. Aber sagt dir Prerow etwas?«

»Ja, liegt auf dem Darß, sozusagen um die Ecke. Warum?«

»Der Helmers wollte mit seiner Lebensgefährtin und einer Bekannten während der Hafenliegezeit bei euch zu einem Reiterhof dort in der Nähe fahren.«

»Hm.« Löffler überlegte kurz, schaute in Richtung Korridor, ob Lisbeth ihn hören konnte, und flüsterte dann: »So richtig interessant wirds ja erst am Sonntag beim Einlaufen des Schiffes. Um sicherzugehen, werde ich mir diesen Reiterhof vorher ansehen.«

»Bisher gibts aber keinen direkten Bezug zum Fall. Ich meine, wenn du zu Hause gebraucht wirst – wegen des Staatsbesuchs, bestimmt müsst ihr noch viel machen an eurer Bauruine in Zitter…«

»Zitterpenningshagen! Ich wohne in Zitterpenningshagen«, schimpfte Löffler, »Zitterpenningshagen, einige Kilometer südlich von Stralsund. Komm mich mal besuchen, dann weißt du, wo das ist. Und was heißt hier Bauruine?«

»Entschuldige. Wie stehts um euer Bauprojekt?«

Mit der Versetzung nach Stralsund hatte natürlich das Problem der Wohnungssuche ganz oben auf der Prioritätenliste gestanden. In einen dieser Plattenbauten, wie man sie überall im Osten fand, wollte Löffler keinesfalls einziehen. Zudem hatte Lisbeth unbedingt Ivo in ihrer Nähe haben wollen. Für den Bau eines neuen Doppelhauses in der Stadt fehlten Löffler die Mittel. Seine Ersparnisse musste er schonen, schließlich brauchte er ein angemessenes Polster für die nicht mehr so ferne Pensionierung. Ivo gefiel der Gedanke an einen Zusammenzug mit Onkel und Tante ebenfalls, und so durchforsteten sie das Stralsunder Umland nach einem passenden Objekt, immer weiter vom Zentrum entfernt.

In Zitterpenningshagen waren sie auf ein riesiges Grundstück mit herrlich alten Kastanien und einem scheußlich betagten Haus gestoßen. Letzteres hätte Löffler eher als Ruine bezeichnet, aber Ivo zeigte sich nach einem gründlichen Rundgang optimistisch. »Das kriegen wir hin!«, urteilte er lapidar. Und so hatten sie den Einzug gewagt.

»Unser Bauprojekt?«, nahm Löffler die Frage des Kollegen auf. »Unser Haus ähnelt jetzt beinahe einem Neubau. Fassade und Erdgeschoss sind vollständig renoviert und die Baumaßnahmen im Obergeschoss liegen in den letzten Zügen.«

»Dann kann ich ja wirklich bald kommen. Na vielleicht, wenn wir den Fall hier erledigt haben.«

»Lass uns loslegen. Wie heißt dieser Reiterhof?«

»Charlottenhof. Soll nahe Prerow liegen.«

»Das finde ich.« Löffler überlegte. »Und Helmers' Mörder treibt sich noch auf der RÜGEN herum?«

»Ja. Nehmen wir zumindest an, da niemand von den Passagieren fehlt. Allerdings besucht das Schiff gerade Dänemark. Die legen gegen Mittag ab. Da muss sich erst zeigen, ob alle Schäfchen wieder an Bord kommen.«

»Der Gangster garantiert, wenn er hier in Stralsund abkassieren will.«

»Sagt Herzog auch«, bemerkte Müller III mit sarkastischem Unterton.

»Danke für die Blumen. Aber warum beschränkst du den möglichen Täterkreis auf die Reisenden?«

»Weil …« Müller III stockte. »Du hast recht, der Täter könnte ebenso im Kreis der Besatzung zu suchen sein. Also gut, ermitteln wir somit gegen 500 Verdächtige.«

»Und wie? Habt ihr jemanden an Bord, der recherchiert?«

»Nein, natürlich nicht. Oder meinst du, Herzog gönnt mir einen Kurzurlaub? Gestern sahs ja nach einem Unfall aus. Die Lebensgefährtin des Opfers fährt mit, die will die Augen offen halten.«

»Wird kaum etwas bringen. Die Frau beschäftigen ganz andere Gedanken. Die betrachtet die Welt derzeit durch eine dunkelgraue Brille und übersieht die kleinen Hinweise, die uns helfen könnten.«

»Dann fahr du doch«, schlug Müller III vor.

»Genehmigt mein Chef ebenso wenig wie deiner. Außerdem erreicht der Dampfer in knapp 48 Stunden den Hafen hier – da müssen wir uns sputen, die Aktion für eure Geldübergabe vorzubereiten.«

Fürs Erste reichten die Informationen von Müller III. Die beiden Männer verabschiedeten sich und Löffler legte auf.

»Was? Du willst weg? Dir deine freien Tage samt Pfingsten um die Ohren hauen?« Elisabeth, Löfflers Lisbeth, stand im Türrahmen und hatte die Hände in ihre üppigen Hüften gestemmt. Ein Geschirrtuch hing ihr über der Schulter. »Du weißt, heute gibts viel zu tun. Morgen stellt uns Ivo seine neue Freundin vor.«

»Ich weiß. Aber wenn hier am Sonntag ein Schiff einläuft, auf dem ein Mörder hockt, und die Geldübergabe zu einer Erpressung stattfinden soll …«

Lisbeth zog schwungvoll das Handtuch von ihrer Schulter. »Ach du und deine ewigen Ausreden. Du machst ja doch, was du willst, und ich stehe mit allem allein da!« Sie drehte sich um und verschwand.

Hatte seine Lisbeth es mal wieder geschafft, ihm ein schlechtes Gewissen einzureden. Ungeachtet dessen musste Löffler an die Arbeit gehen. Im Telefonbuch fand er schnell den Charlottenhof. Dem Eintrag nach hatte die Anlage neben den Stallungen ein Hotel und ein Restaurant. Er notierte die Adresse, zog Schuhe und Jacke an und schaute in der Küche vorbei. Lisbeth füllte gerade die Waschmaschine. Löffler schenkte ihr einen Kuss.

»Komm nicht zu spät«, sagte sie in versöhnlichem Ton, »es gibt Heringssalat und Pellkartoffeln.«

Löffler lief das Wasser im Mund zusammen. »Na dann muss ich wohl pünktlich sein. So gegen sieben reicht?«

»Ja. Und nun hau endlich ab, du alter Drückeberger.«

*

Löffler fuhr auf den gut gefüllten Parkplatz des Charlottenhofs und stellte sein Auto ab. Die großzügig angelegten Stellplätze teilten das Anwesen in zwei Hälften: Auf der rechten Seite erstreckten sich Reithalle, Reitplatz und Stallungen, während links ein Karree aus zweistöckigen Gebäuden einen kleinen Park umschloss. Garantiert lagen dort Hotel und Restaurant, von denen Löffler im Telefonbuch gelesen hatte. Er lief hinüber. Ein Springbrunnen, Rhododendronbüsche und Bänke, eingehüllt in munteres Vogelgezwitscher, ließen Löffler an Urlaub denken, zumal gleich hinter den Häusern ein See zum Baden einlud. Ja, auf diesem Hof fanden nicht nur Reiter Entspannung und Erholung, dachte Löffler. Er sollte Lisbeth einmal hierher einladen. Aber was wollte dieser Helmers mit seinen beiden Begleiterinnen auf dem Hof? Da gab es in Stralsund mehr zu entdecken.

Löffler schlenderte durch den Park. Die Leute nutzten das herrliche Wetter – sie saßen auf den Bänken oder spazierten umher, während andere an den nahen Badesee pilgerten. Vor dem Restaurant blieb er stehen. Den Vorplatz füllten zahlreiche Tische; Sonnenschirme spendeten Schatten; die Gäste genossen Kaffee und Kuchen, einige bereits ein frühes Mittagsessen. Löffler überlegte, ebenfalls Platz zu nehmen, aber um hier in der Sonne zu faulenzen, fehlte ihm die Zeit. Er kehrte um und ging in Richtung Hotel. An der Rezeption nannte er Namen und Amtsbezeichnung und fragte nach einem Herrn Helmers, der am Sonntag den Charlottenhof besuchen wolle. Ja, bestätigte die Empfangsdame, Herr Helmers habe ein Doppelzimmer und ein Einzelzimmer für eine Nacht bestellt und einen Tisch für sieben Personen reserviert. Wen Herr Helmers als zusätzliche Gäste erwartete, wusste sie leider nicht.

Na bitte, wenigstens etwas, tröstete sich Löffler und lief zu den Stallungen auf der anderen Seite des Anwesens.

Eine junge Frau, mit Trense über dem Arm, kreuzte seinen Weg. Ob es auf dem Hof am Pfingstsonntag eine besondere Veranstaltung gebe, fragte er. Sie zuckte die Schultern. Nein. Es sei ja auch so genug los. Sie nickte in Richtung des vollen Parkplatzes. Aber jetzt müsse sie weiter; vielleicht könne der Verwalter mehr sagen. Sie deutete auf einen Herrn, den Löffler auf Ende 50 schätzte. Seine flinken Schritte, mit denen er den Platz vor den Ställen durchmaß, hätte er dem kleinen untersetzten Mann kaum zugetraut. Die grauen Haare wehten im Wind, und sein rundes Gesicht schimmerte rötlich. Er trug einen blauen Kittel und eine dunkelbraune Cordhose. Löffler lief auf ihn zu und stellte erneut seine Frage nach einer Veranstaltung.

»Hier gibts vorläufig gar keine Action mehr!«, schimpfte der Verwalter.

»Ach nein?«

»Die gesamte Anlage soll verkauft werden oder ist verkauft oder was weiß denn ich!«

»Und Ihnen gefällt das nicht, weil Sie möglicherweise Ihren Job verlieren.«

Darauf scheiße er. Ihn nehme jeder andere Betrieb. Aber er sei jetzt fast 30 Jahre auf dem Hof und gehöre beinahe zum Inventar. In seiner Arbeit für den Seniorchef habe er gute und schlechte Zeiten erlebt. »Der Senior stand hier alle Tage auf der Matte und redete mit den Leuten. Was denken Sie, wie oft wir drüben beim Bier gesessen und irgendwelche Verrücktheiten ausgebrütet haben. Vor fünf Jahren ist er dann verstorben, leider.«

»Ab da gings bergab?«, mutmaßte Löffler.

»Nicht gleich. Zuerst passierte gar nichts. Wir machten

einfach weiter. Das Geschäft im Hotel florierte zwar weniger, aber ansonsten? Wir fühlten uns in die DDR-Zeiten zurückversetzt; im Hintergrund kümmerte sich jemand und wir gingen unseren Aufgaben nach. Den neuen Eigentümer kannte niemand.«

»Sie als Verwaltungschef müssen doch einen Ansprechpartner gehabt haben?«

»Ja, irgend so ein Rechtsanwalt. Der ließ mich wirtschaften. Geld brauchten wir ja keins, weil Hotel und Restaurant genug abwarfen. Das, was am Jahresende übrig blieb, überwies ich auf das Konto des Advokaten.«

»So wünscht sich jeder Angestellter seinen Job.«

Der Verwalter schien Löfflers Einschätzung wenig abgewinnen zu können. Er zog die Stirn kraus. »Es gab viele Situationen, in denen ich wichtige Entscheidungen gern mit dem Eigentümer abgestimmt hätte. Ich kam mir in der Zeit wie ein Kapitän vor, der sein Schiff durch dichten Nebel zu steuern hatte.«

»Aber der Besitzer ließ Sie gewähren. Sie dürften einiges richtig gemacht haben?«

»Dachte ich auch, bis dieser Paul Droste im Februar auftauchte. Ein Immobilienmakler aus Hamburg. Der soll das hier verscherbeln.«

»Warum kaufen Sie das nicht? Wenn Sie den Betrieb all die Jahre geleitet haben, kennen Sie ihn.«

»Wollte ich ja.« Dieser Droste habe ihm sogar eine Kaufoption eingeräumt. Daraufhin habe er mit den Banken über einen Kredit verhandelt, Businesspläne erstellt und Gutachter beauftragt. »Ich hätte die zwei Millionen bekommen.«

»Zwei Millionen?« Löffler schaute in die Runde, als wolle er das Objekt taxieren.

»Zwei Millionen ist das hier schon wert«, bekräftigte der Verwalter. »Das haben die Banker auch gesagt.« Er stieß einen tiefen Seufzer aus. »Vorige Woche kam dieser Droste und setzte mir die Pistole auf die Brust. Es gebe einen weiteren Interessenten, der bis Pfingsten kaufen will. Da musste ich aufgeben. Die Bank braucht noch mindestens einen Monat, um das Geld zu bewilligen. Bei zwei Millionen müsse man gründlich prüfen, insbesondere, wenn das Darlehen in die Tourismusbranche fließe.«

»Dieser Droste wartete nicht?« Löffler spukte da so eine Idee im Kopf herum.

»Nein, Pfingsten sei der letzte Termin.«

Löffler nickte. Wollte der tote Helmers seinen beiden Begleiterinnen den erworbenen Reiterhof als Überraschung präsentieren? Oder gehörte ihm das Anwesen, und die kleine Gesellschaft kam zur Besieglung des Verkaufs her?

Der Verwalter kniff auf einmal die Augen zusammen, als wolle er Löffler durchleuchten. »Wem habe ich das jetzt eigentlich alles erzählt? Sind Sie der Käufer oder gar der Verkäufer?«

»Nein, nein.« Löffler erlöste den Mann von seinen Bedenken und stellte sich als Kriminalkommissar aus Stralsund vor. Ein zaghaftes Lächeln erschien auf dem Gesicht des Verwalters. »Bei Ihnen muss man vorsichtig sein; Sie spielen den neugierigen und vertrauenserweckenden Opa und unsereiner schüttet sein Herz aus.«

Löffler tätschelte ihm die Schulter. »Was denken Sie, warum ich die meisten meiner Fälle löse? Und in einer neuen Untersuchung gibt es einen Hinweis auf diesen Reiterhof.«

»Ach ja?«

»Ich darf leider nicht mehr verraten.« Wenn Helmers der

potenzielle Käufer gewesen war, dann bekam dieser rührige Mann hier wohl eine zweite Chance. Aber das musste sich erst zeigen. Löffler wollte keine falschen Hoffnungen wecken und fragte lediglich nach der Telefonnummer dieses Immobilienmaklers Droste. Der Verwalter gab sie ihm.

Löffler holte das Handy hervor und versuchte sein Glück, allerdings vergeblich. Einzig der Anrufbeantworter erbat eine Nachricht. Ohne ein Wort zu sagen, legte Löffler auf. Jeder Hinweis im Vorfeld einer Befragung würde diesen Herrn Droste gegebenenfalls beeinflussen.

Löffler bedankte sich für die Auskünfte des Verwalters und lief zu seinem Auto zurück. Dort angekommen rief er in der Inspektion an. Sein Chef hatte bereits von dem Hilferuf aus Bremen gehört und das Notwendigste veranlasst. Um drei werde es die erste Einsatzbesprechung geben.

Um drei?, überlegte Löffler, das passte gut. Somit würde er pünktlich zum Abendessen nach Hause kommen. Und damit nichts schiefging, bot er dem Chef an, sofort ins Büro zu kommen, um die Besprechung mit den Kollegen gründlich vorzubereiten.

## 8

Verärgert schaltete Marc seinen PC aus. Den ganzen Nachmittag hatte er beinahe vergebens nach brauchbaren Ansatzpunkten im Fall Helmers gesucht. Zum Glück hatte ihm Frau Sanders während eines kurzen Telefonats erlaubt, dem Haus des Opfers einen Besuch abzustatten. Sie hatte ihm auch ein Gespräch mit dem Chef der InnoBau vermittelt. Herrn Schmidt habe der Tod seines besten Bauingenieurs sehr mitgenommen und er empfange gern den Kommissar.

Marc hastete auf den Parkplatz, fuhr los und hielt einige Zeit später vor Helmers Anwesen im Deliusweg, in der Nähe des Rhododendronparks. Das freistehende Gebäude verriet bereits von außen den Beruf des Besitzers: Der kleine Palast aus Stahl und Beton konnte nur einem Mann vom Bau gehören. Marc parkte sein Auto auf der Straße und betrat das Grundstück durch das offene Tor. An der Tür empfing ihn der Hausverwalter; Frau Sanders habe ihn angewiesen, der Polizei freie Hand zu lassen. Er werde dem Herrn Kommissar das Haus zeigen und dann im Keller seine Wartungsarbeit an der Alarmanlage fortsetzen.

Im Inneren bewunderte Marc das durchdachte Konzept der Villa. Hier könnte er sich wohlfühlen. Allerdings blieben solche Prachtbauten zeitlebens außerhalb seiner Möglichkeiten – der Senat würde auch in Zukunft keine Reichtümer an die Polizeibeamten ausschütten. Mit knappen Worten nannte der Hausverwalter den Zweck jedes Zimmers und führte Marc in kürzester Zeit durch die drei Etagen. Am Ende des Rundgangs fragte Marc nach der Lebensgefährtin des Hausherrn. Ja, die Frau Sanders wohne gleichfalls im Haus, bestätigte der Hausverwalter. Bereits seit über fünf Jahren. Weitere Einzelheiten des Privatlebens von Herrn Helmers wolle er allerdings nicht erörtern. Er entschuldigte sich und ging in den Keller.

Marc stieg in das Obergeschoss hinauf, um sich in Helmers Büro umzusehen. Ein bis zur Decke reichendes

Regal bedeckte eine der Längswände des großen Raums. Fachbücher, zeitgenössische Belletristik sowie klassische Werke standen wohlgeordnet nebeneinander. Die Bibliothek durchzusehen würde viel zu viel Zeit verschlingen. Heutzutage versprach ein PC mehr Informationen. Marc fuhr den Rechner hoch und betrachtete das Hauptverzeichnis. Auch hier herrschte Ordnung. Ohne langes Suchen fand er einige interessante Verzeichnisse, die auf unterschiedliche Bauprojekte in der gesamten Bundesrepublik hindeuteten: Die neue Autobahn A 281 in Bremen war ebenso vertreten wie die ICE-Strecke Nürnberg-Ingolstadt und die 2. Strelasundquerung in Stralsund. Kam Helmers so weit herum?

Marc notierte die Projekte, öffnete anschließend den Ordner ›A 281‹ und sah einzelne Dokumente durch. Er verstand wenig davon: Immer wieder tauchten Begriffe wie Linienplanung, Umweltverträglichkeitsstudie, Zerschneidungswirkungen, Kreuzungsbauwerke und ellenlange Abhandlungen zu irgendwelchen Ausschreibungsverfahren auf. Ein Unterordner mit der Bezeichnung ›TS‹ erweckte sein Interesse. Er klickte darauf, aber ein Passwortschutz verweigerte den Zugriff. Langes Probieren würde unnötige Zeit verschwenden. Er untersuchte das Datenverzeichnis ›Sundquerung‹, das ebenso Fachchinesisch und ein geschütztes Unterverzeichnis ›TS‹ enthielt. Lustlos überflog Marc die zugänglichen Dokumente und stieß häufig auf einen bestimmten Namen: Gerd Kaczmarek. Über die Suchfunktion des Rechners erfuhr er, dass Kaczmarek als Vorstandsmitglied für den Verband freier Bauunternehmer und Investoren, VfBI, arbeitete. Marc klickte zurück und tatsächlich, im Ordner ›A 281‹ tauchte dieser Kaczmarek gleichermaßen auf. Schnell notierte er die verfügbaren

Angaben über den Mann und versuchte erneut, das Unterverzeichnis ›TS‹ zu öffnen. Leider führten all die Standardpassworte, die allgemein üblich waren, nicht zum Ziel. Also gut. Marc schaltete den PC aus; zumindest stand jetzt ein neuer Name in seinem Notizbuch. Möglicherweise konnte ihm Helmers Chef nachher weiterhelfen. Marc schaute die Front der Bücher entlang. Ob er dort doch ein wenig suchen sollte? Aber ebenso wie ihm der Gedanke gekommen war, verwarf er ihn – seine Zeit drängte. Er verließ das Arbeitszimmer.

Auf der zweiten Treppenstufe nach unten blieb Marc stehen und sah wieder zurück. Eigentlich müsste der Raum die nächsten Tage unberührt bleiben. Um ihn versiegeln zu können, fehlte ihm die amtliche Anordnung. Die würde er auch nicht bekommen. Vielleicht half ein selbst gefertigter Papierstreifen. Er lief erneut in das Arbeitszimmer, fand Papier und Klebstoff und versah wenig später die Tür mit seinem Privatsiegel: ›Verschlossen durch Oberkommissar Marc Müller – Kripo Bremen‹. So schreckte er eventuell Neugierige ab, ohne seine Kompetenzen zu überschreiten.

Bevor er das Haus verließ, informierte Marc im Keller den Hausverwalter, dass niemand Herrn Helmers' Arbeitszimmer betreten dürfe.

»Da hätten Sie schneller sein müssen.«

»Bitte?«, fragte Marc überrascht.

»Sehen Sie hier.« Der Hausverwalter betätigte eine Fernbedienung und der Monitor an der Wand flackerte. Das Bild zeigte das Treppenhaus. Rechts unten deutete eine Ziffernfolge auf die Uhrzeit der Aufnahme: 02.35 Uhr. Das Datum war das heutige. Im nächsten Augenblick kam ein Mann die Treppe herauf und verschwand im Arbeitszimmer. Der Hausverwalter stoppte die Wiedergabe.

»Wie ein Einbrecher hat der sich nicht bewegt«, stellte Marc fest.

»War auch kein Einbrecher.«

»Hatte die Alarmanlage angeschlagen?«

»Nein. Wenn man das Haus ordnungsgemäß aufsperrt, unterbleibt natürlich eine Alarmierung. Und Herr Tilgner besitzt einen Schlüssel.«

»Herr Tilgner? Wer ist das?«

Ein Bekannter von Herrn Helmers aus Hamburg. Der Hausverwalter habe den Mann noch nie persönlich gesehen; er kenne lediglich ein Bild des Herrn und wisse von dessen Befugnis zum Betreten des Hauses.

»Tilgner darf hier ein- und ausgehen, wann immer er will?«

Der Hausverwalter nickte mit einem säuerlichen Gesicht, als würde ihn gerade dieser Umstand stören.

»Was sucht der hier? Mitten in der Nacht?«

»Da müssen Sie ihn selbst fragen.«

»Wo wohnt dieser Herr Tilgner? Wie heißt er mit Vornamen?«

»In Hamburg.« Mehr wisse der Hausverwalter nicht.

*

Eine halbe Stunde später parkte Marc seinen Wagen vor einem modernen Zweckbau. ›InnoBau‹ stand auf einem blank geputzten Messingschild neben dem Eingang. Er klingelte, woraufhin der Türöffner summte. Im Korridor erwartete ihn bereits der Geschäftsführer, der sich als Stephan-Andreas Schmidt vorstellte. Die beiden nahmen im Besprechungsraum Platz, Schmidt schenkte Kaffee ein und Marc berichtete über den Mord an Helmers.

»Ich kann es immer noch nicht fassen.« Der Firmenchef schüttelte den Kopf. »Ronald war mein bester Mann. Als Bauingenieur machte ihm niemand etwas vor. Aber auch durch seine fröhliche und lebensbejahende Art löste er jeden Konflikt und klärte seine Probleme im Handumdrehen.« Schmidt seufzte. »Seit dem Anruf von Frau Sanders sitze ich hier und grüble, wie ich Ronalds Ausfall kompensieren soll.«

»Wenn ich Sie so höre, könnte man meinen, Herr Helmers hatte keinerlei Feinde.«

»Nein! Genau das verstehe ich nicht: Warum musste gerade er sterben?« Als wollte er seine Zweifel bestätigen, schüttelte Schmidt heftig den Kopf.

Für einen Augenblick überlegte Marc, ob er die Erpressung erwähnen sollte – entschied sich aber dagegen. Stattdessen fragte er: »Sagt Ihnen der Name Kaczmarek etwas?«

»Gerd Kaczmarek?«

»Ja, Gerd Kaczmarek vom VfBI.«

Schmidt kenne den Mann, der immer mal hier aufgekreuzt war, um für die Aktivitäten des Verbandes zu werben. InnoBau sei vor Jahren Mitglied geworden, allerdings zum Ende 2006 wieder ausgetreten. Der VfBI habe lediglich das Wohl der Großen im Blick. »Wir Mittelständler dürfen nur zahlen.«

»Warum sind Sie dann eingetreten?«

»Gute Frage, Herr Kommissar. Ronald kam seinerzeit mit der Idee und hat mich bequatscht.«

»Wann war das?«

»Hm?« Schmidt überlegte. »Genau, in Verbindung mit seiner Einstellung.«

»Und Herr Helmers kannte diesen Kaczmarek?«

»Ja, klar. Die beiden hatten unsere Mitgliedschaft im

VfBI eingefädelt. Zu einem späteren Zeitpunkt musste es Streit gegeben haben. Ronald zeigte eine permanente Abneigung gegen Kaczmarek. Tauchte der hier auf, tauchte Ronald ab. Er weigerte sich strikt, Kaczmarek zu begegnen. ›Ich setze mich mit dem an keinen Tisch – selbst wenn du mich abmahnst‹, hielt mir Ronald einmal entgegen.«

»Komisch«, bemerkte Marc. »Zu Hause auf dem Privatrechner von Herrn Helmers fand ich den Namen Kaczmarek mehrmals.«

»Ach so? In welchem Zusammenhang?«

Marc zählte die Bauvorhaben auf: Autobahn A 281 in Bremen, Strelasundquerung in Stralsund und ICE-Trasse Nürnberg-Ingolstadt.

»Das sind alles Ingenieurbauten, mit denen wir nichts zu tun haben. Unsere Projekte liegen ausschließlich im Hochbau.« Schmidt überlegte. »Jetzt, wo ich darüber nachdenke, widersprach diese Abneigung gegen Kaczmarek Ronalds Naturell.«

»Wie meinen Sie das?«

»Funktionären und Geschäftsleuten begegnete er stets vertrauensvoll. Ob das seiner Extrovertiertheit geschuldet war oder er engere Kontakte pflegte, entzieht sich meiner Kenntnis. So umgänglich und offen er auch war, über die Angelegenheiten außerhalb des Büros sprach er nie. Was ich aber weiß: Ronald kannte so ziemlich jede wichtige Persönlichkeit in der nördlichen Hälfte Deutschlands. Ich habe ihn darum beneidet und diese Tatsache ausgenutzt. Verträge kommen oft durch Beziehungen und Sympathien zustande und allein in dieser Hinsicht war Ronald für unsere Firma Gold wert.«

»Seit wann arbeitete er bei Ihnen?«

»Seit Januar 2003.«

»Und davor?«

»Davor war er als Teilhaber aus einem 100-Mann-Betrieb ausgestiegen.«

»Wie viele Mitarbeiter haben Sie?«

»38.«

»Ohne Ihnen nahe treten zu wollen; da hat sich Herr Helmers aber kaum verbessert.«

»Sagen Sie ruhig, er hat sich deutlich verschlechtert. Ja, das stimmt und ich verstand es auch nie. Beinahe halbjährig hatte ich ihm eine Partnerschaft angeboten, die Ronald stets abwies. Er würde schon nicht davonlaufen. Über die Gründe seines Verhaltens verweigerte er einfach jede Auskunft. Wenn ich ihn fragte, beim Bier oder während einer Dienstreise oder hier im Büro, er lachte mich aus und schwärmte von seiner Arbeit als Bauingenieur. Er wollte keine staubige Büroluft atmen, wie er betonte, er wollte Häuser wachsen und frohe Leute einziehen sehen.«

»Hm.« Marc trank einen Schluck Kaffee. »Habe ich Sie richtig verstanden, Ronald Helmers konnte durch seine Kontakte Aufträge akquirieren?«

»Genau.« Schmidt nickte. »Einige Monate, nachdem Ronald zu uns stieß und heimisch geworden war, stieg der Umsatz jedes Jahr in zweistelligen Raten. Einerseits sprach sich unsere gute Arbeit in der Branche herum und wir bekamen Folgeaufträge, aber andererseits wären zahlreiche Geschäfte ohne Ronald an der Firma vorbeigegangen. Wir hätten nicht einmal von ihnen erfahren. Selbst unmögliche Sachen zog der Kerl an Land. So zum Beispiel gestern erst.« Schmidt ging ins Nebenzimmer, kam mit Papieren in der Hand wieder herein und schob die zusammengeklammerten Blätter über den Tisch. Plötzlich hielt er inne, nahm das Dokument zurück und schaute darauf.

»Die Bestellung kommt ja von Kaczmarek.« Schmidt schüttelte den Kopf und reichte Marc die Unterlagen. »Der VfBI ordert eine Studie für 8.000 Euro?«

›Public Private Partnership (PPP) als strategisches Geschäftsfeld mittelständischer Bauunternehmen‹, lautete der Titel. Der Auftrag basierte, so der erste Abschnitt, auf einer Absprache zwischen den Herren Ronald Helmers und Gerd Kaczmarek.

»Ich denke«, bemerkte Marc, »Herr Helmers wollte Häuser bauen. Aber das hier riecht nach Papierkram und staubiger Büroluft. Und Helmers muss Kaczmarek gesprochen haben.«

»Wem sagen Sie das? Ich hätte Ronald gern selbst gefragt, was das soll.« Schmidt seufzte und fuhr mit den Händen über sein Gesicht, als würde er sich mit kaltem Wasser erfrischen.

Marc bat um ein Duplikat der Bestellung des VfBI. Schmidt hatte nichts dagegen und ging die Kopie anfertigen.

»Helmers lebte mit einer Ihrer Angestellten zusammen?«, fragte Marc nach der Rückkehr des Firmenchefs.

»Ja, mit Dagmar, die hatte mich auch angerufen. Das arme Mädchen; sie arbeitet bei uns als Bauzeichnerin. Ich war ganz froh ob der Beziehung, sie band Ronald stärker an die Firma.« Schmidt stutzte. »Wie geht es ihr eigentlich?«

»Sie hält sich tapfer. Eine Freundin steht ihr zur Seite.«

»Das ist gut.«

»Sagt Ihnen der Name Tilgner etwas? Herr Tilgner aus Hamburg?«

Schmidt verneinte. Wie bereits gesagt, Ronald habe nie über seine Privatsphäre gesprochen.

»Und die TransOzeana? Kennen Sie die?«

»Eine Kreuzfahrtreederei in der Stadt. Bei der hat Ronald doch seine Reise gebucht. Mehr weiß ich nicht.«

»Eine Frage noch. Konnten Sie in den vergangenen Monaten an Herrn Helmers eine Veränderung feststellen, ich meine in seinem Wesen?«

»Eine Wesensveränderung? – Ja. Am Anfang des Jahres, einige Zeit nach den Feiertagen …«

»Februar?«

»Genau. Ich hatte ihn aufgezogen, weil ich seine Faschingslaune vermisste. Ronald liebte den Fasching, um nach Köln zu fahren. Dieses Mal schien er keine Lust zu haben. Seine Arbeit erledigte er weiterhin gewissenhaft, aber ich traf ihn oft grübelnd im Büro an, regelrecht in sich gekehrt. Außerdem achtete er auf einen pünktlichen Feierabend; als würde er in seiner Freizeit dringende Aufgaben erledigen müssen.«

So langsam verlor Marc die Überzeugung, Ronald Helmers sei zufällig dem Anschlag des Erpressers zum Opfer gefallen. Allerdings vernebelte sich sein Umfeld immer mehr und eine Verbindung zwischen der Baufirma und der TransOzeana fehlte völlig.

»Mir graut vor der nächsten Woche«, stöhnte Schmidt. »Wie soll ich Ronalds Ausfall nur kompensieren?«

Marc kam ein neuer Gedanke. »Vorhin sagten Sie, Herr Helmers habe keine Feinde. Gegebenenfalls wollte der Mörder Ihr Unternehmen treffen?«

»Der Wettbewerb wächst ständig und die Investitionen gehen zurück.« Schmidt schien ratlos. »Aber glauben Sie wirklich, wir haben in Deutschland sizilianische Verhältnisse?«

»Vielleicht ein Verbandsmitglied? Oder dieser Kaczmarek selbst? Wo finde ich den eigentlich?«

Schmidt suchte Anschrift und Telefonnummer des VfBI heraus, machte Marc jedoch wenig Hoffnung – am Freitagnachmittag vor Pfingsten dürfte er niemanden mehr erreichen.

# 9

›Ich liebe Dich! Verzeih mir!‹

Dagmar saß auf der Kante ihres Bettes und schaute immer wieder zu den schwungvollen Buchstaben unter dem überdimensionalen Herz. Sie hatte Ronalds letztes Lebenszeichen längst fotografiert und das Kabinenmädchen gebeten, den Spiegel nicht abzuwischen.

Nach einer durchwachten Nacht hatte Dagmar am Morgen die Kraft zum Aufstehen gefehlt. Der Anruf dieses Kommissars Müller hatte sie noch tiefer in den Abgrund gestürzt: Ronald war eines gewaltsamen Todes gestorben – Genickbruch, von der Hand eines Dritten. Die Polizei ermittele bereits. Mit dem Einlaufen des Schiffes in Stralsund werde ein Hauptkommissar Löffler die Untersuchungen vor Ort übernehmen.

›Und in der Zwischenzeit – in den kommenden zwei Tagen? Hier an Bord?‹, hatte sie fragen wollen, war allerdings stumm geblieben. Die Ermittler wussten schon, was sie taten. Dagmar hatte sich für die Informationen bedankt und aufgelegt. Die Minuten oder Stunden nach dem Telefonat, ihr hatte jegliches Zeitgefühl gefehlt, waren die Gedanken Karussell mit ihr gefahren, bis eine Idee dem Spuk ein Ende bereitete: Halte selbst die Augen offen, bis der Kommissar auftaucht.

Der Geistesblitz hatte sie wie ein erfrischendes Getränk in größter Sommerhitze belebt und ihr über den Vormittag geholfen. Nach einer kurzen Begegnung mit Corinna, sie sollte ruhig allein an Land gehen, suchte Dagmar nach Harry Gronau – dem ersten und einzigen Verdächtigen, der ihr einfiel. Sie fand ihn in Gesellschaft zweier älterer Ehepaare in einem der Salons. Gronau im Mittelpunkt unterhielt die Runde mit irgendwelchen Geschichten. Auf dem Tisch stand eine Flasche Sekt. Offensichtlich beherrschte ihn eine ebenso aufgekratzte Stimmung wie gestern. Der Anblick hatte Dagmar in ihrem Misstrauen zweifeln lassen. Konnte ein kaltblütiger Mörder nur Stunden nach der Tat scherzen, lachen und andere unterhalten? In Filmen gaben die Killer nach ihren Verbrechen den besonnenen und zurückhaltenden Gentleman. Ihre Beobachtung stieß Dagmar in ein neues Tief – sie fühlte sich wie ein Kind, das einen dunklen Keller erkunden sollte.

Hier in der Kammer zu hocken, half ihr allerdings auch nicht weiter – eine Prise frische Luft würde ihr guttun. Sie stand auf, nahm Handtuch und Buch vom Sideboard neben der Tür, stieg zum obersten Deck hinauf und suchte nach einem Platz auf dem achteren Sonnendeck. Von hier konnte sie das Treiben um den Pool herum beobachten. Nur wenige Tische waren besetzt; die meisten Gäste nutzten wohl die Gelegenheit zu einem Landgang in Esbjerg. Die dänische Kleinstadt hätte Dagmar interessiert; bestimmt ließ sich in den Straßen und Gassen das Gefühl von Historie und Behaglichkeit wiederfinden, das sie mit dem Wort ›Dänemark‹ seit Jahren verband. Aber ohne Ronald?

Sie stand auf und stellte sich an die Reling. Der Hafen bot den Besuchern ein Gemenge aus Industrieanlagen und Backsteinarchitektur. Neben einem stattlichen Silogebäude, in grauem Beton errichtet, prägte ein roter Wasserturm im Hintergrund die Silhouette der Stadt. Das alte Zollgebäude direkt am Hafenbecken, Dagmar kannte es aus einem Reiseführer, schimmerte im purpurnen Glanz seiner Mauern. Sie schaute zur gegenüberliegenden Seite. Die Insel Fanö, gut eine Seemeile entfernt, grüßte mit Windrädern herüber. Sie wandte sich erneut der Landseite zu. Über dem Schiff flatterte eine Schar kreischender Möwen, und unten auf der Pier kehrten die letzten Busse von ihren Ausflügen zurück. In knapp einer Stunde würde die RÜGEN wieder auslaufen, mit Kurs auf den Nord-Ostsee-Kanal.

Auf einmal traf Dagmar ein kleiner Stoß in den Rücken.

»Oh, Verzeihung«, entschuldigte sich der Mann, trat ebenfalls an die Reling und legte die Unterarme auf den Handlauf. Ihr stockte der Atem. Da stand Harry Gronau, keine fünf Schritte entfernt. Dagmars Herz pochte heftig und der Puls dröhnte schmerzhaft in den Ohren. Sollte sie ihn ansprechen? Nach dem Grund seines gestrigen Gesprächs mit Ronald fragen? Vorsichtig wandte sie den Kopf zur Tür und schaute, ob ihm jemand folgte. Nein. Er blieb allein. Ihre Nervosität drohte Dagmar die Luft abzuschnüren. Wie würde er reagieren, wenn sie ihn ansprach? Sie atmete dreimal tief durch und ging zu ihm. »Herr Gronau?«

Er drehte sich zu ihr, lehnte den Rücken an das Geländer und lächelte sie an. »Ja?«

»Mein Name ist Dagmar Sanders, ich bin die Lebensgefährtin von Ronald Helmers.«

Sein Lächeln verschwand. Gronau presste die Lippen

zusammen, und seine Augen zuckten in Richtung Pool. Den Kopf hielt er reglos auf Dagmar gerichtet. »Ein schrecklicher Unfall, mein herzliches Beileid.« Er streckte Dagmar die Hand entgegen, die sie unbeachtet ließ.

»Es war kein Unfall, es war Mord.«

»Ach?«

»Ich möchte wissen, was Sie mit Ronald kurz vor seinem Tod zu besprechen hatten.«

»Nichts weiter. Warum fragen Sie? Und was heißt *kurz vor seinem Tod*? Wir haben uns bereits um elf Uhr, für zehn Minuten, getroffen.«

Gronaus zur Schau getragene Arglosigkeit reizte Dagmar. In dem Maße, wie ihre Verärgerung wuchs, fiel die Nervosität von ihr ab, beinahe als müsse der Körper die Gesamtheit der Gefühle unverändert halten. Diplomatie war gegenüber diesem Menschen fehl am Platze. »Ronald kam völlig niedergeschlagen zurück, und kurz darauf war er tot.«

Langsam, als überdenke er seine Bewegungen erst, richtete Gronau den Oberkörper auf. »Sie stellen nicht etwa eine Verbindung ...«

»Herr Gronau, Sie sagen einfach, was Sie mit Ronald zu besprechen hatten und gut. Welche Schlüsse ich daraus ziehe, überlassen Sie bitte mir.«

»Wie Sie wollen! Ich habe Herrn Helmers eindringlich gebeten, mich zukünftig in Ruhe zu lassen, andernfalls würde ich ihn wegen Bestechung anzeigen.«

»Wen wollte Ronald bestechen?«

»Mich! Er und seine verehrten Freunde bedrängten mich, ihren Antrag zur Gründung einer Privatschule zu genehmigen.«

»Das glaube ich nicht. Das Konzept war durchdacht, und die geforderte Summe von fünf Millionen stand bereit.«

»Sie hätten aber sieben Millionen beibringen müssen.«

»Wie viel?«

»Sieben Millionen.«

Dagmar drohten die Beine zu versagen. Sie war immer gegen Ronalds Nebengeschäfte gewesen. Jedes Jahr hatten er und seine Freunde einen sechsstelligen Betrag organisiert. So kam schließlich die eine Million für den Kauf des Schulgebäudes zusammen. Regelmäßig hatte sie versucht, ihn von seiner *Nebentätigkeit* abzubringen. Doch ebenso oft hatte er ihr erklären wollen, dass er das Geld Halunken und Gaunern abjage, um damit Gutes zu tun. An der Stelle war sie stets verstummt, weil sie die Details der Geldbeschaffung fürchtete, gleichzeitig die Idee einer karitativen Privatschule jedoch bewunderte.

Dagmar stierte Gronau an. »Sie haben Ronald gestern mit der Forderung nach weiteren zwei Millionen konfrontiert?« Deshalb war Ronald so deprimiert gewesen, schlussfolgerte sie im Stillen. Woher hätte er das zusätzliche Geld nehmen sollen?

»Irrtum.« Gronau lehnte den Oberkörper zurück und verschränkte die Arme vor der Brust. »Diese Forderung kennen die Herrschaften seit Anfang des Jahres. Und wie mir schien, wurde sie akzeptiert. Jedenfalls vermittelte Herr Tilgner während des damaligen Termins den Eindruck, die notwendigen Mittel aufbringen zu können.«

Die Antwort verunsicherte Dagmar. Wenn die Beschaffung des zusätzlichen Geldes keine Probleme bereitete, was war gestern dann vorgefallen? Sie überlegte und fragte: »Auf welche Art und Weise soll Ronald versucht haben, Sie zu bestechen?«

»Ganz einfach, liebe Frau Sanders: Er bot an, diese Reise hier für meine Gattin und mich zu bezahlen.« Gronau fuhr mit beiden Händen über sein stilvolles Poloshirt, als wolle er Falten wegstreichen. »Und jetzt entschuldigen Sie mich – bitte!« Er ließ sie wie eine verstoßene Geliebte stehen.

Unbändige Wut schäumte in Dagmar. Nach Gronaus Version hatte er kein Motiv für den Mord an Ronald. Sicher gehörte diese Darstellung zu seinem Märchen – er wollte die wahren Gründe seiner Auseinandersetzung mit Ronald verschleiern. Dagmar sah dem Mann hinterher, der in Richtung Niedergang zum Pooldeck ging. Sie überlegte fieberhaft: Selbst wenn Alwin Tilgner die zusätzlichen Millionen aufbringen konnte, gabs bestimmt Probleme. Na klar. So wars gewesen. Ronald hatte Gronau vor der Reise um eine Reduzierung des Finanzvolumens gebeten, was Gronau gestern abgelehnt hatte. Um sich zu wehren, muss Ronald eine Drohung ausgesprochen haben, die den Kerl in die Enge trieb. Aber welche?

Dagmar grübelte, suchte nach Verbindungen zwischen Ronald und Gronau. Plötzlich tauchte da dieser eine Name in ihrem Kopf auf. Sie kannte zwar keine Details – für einen Bluff musste ihr Wissen jedoch reichen. Dagmar rannte Gronau hinterher.

»Kennen Sie das Mädchen Undine?«, rief sie ihm aus einiger Entfernung zu.

Gronau erstarrte auf der Mitte des Niedergangs. Im Zeitlupentempo drehte er sich herum.

»Ronald hat mir alles über Ihre Schandtaten an Undine erzählt.« Dagmar trat der Angstschweiß auf die Stirn. Die einfach Frage ›Na, was denn?‹ würde ihre Finte auffliegen lassen.

Gronau kniff die Augen zusammen, kam die Stufen herauf und schob sein Gesicht auf Dagmar zu. »Mit diesen Märchen fing Ihr Herr Helmers auch an. Sie sollten gut überlegen, was Sie erzählen, wenn Sie etwas erzählen.« Er wandte sich von ihr ab, hielt jedoch noch einmal inne. »Ich empfehle Ihnen, den Mund zu halten.«

Ihre Blicke verfolgten Gronau auf dem Weg an die Poolbar. Er hatte es zugegeben. Die Erkenntnis begeisterte Dagmar. Gronau hatte indirekt eine Verfehlung an dem Mädchen Undine bestätigt.

»Darf ich mich zu dir gesellen?«

Corinna stand neben Dagmar. In einer luftig blauen Bluse und Leinenshorts gekleidet, die Haare zu einem Zopf gebunden, sah sie wieder hinreißend aus.

Dagmar freute sich über die Gesellschaft. »Natürlich. Lass uns da rüber gehen.« Sie deutete auf den Platz an der Reling, an dem sie vorhin gestanden hatte. »Wie war es an Land?«

Die beiden Frauen schlenderten hinüber. Corinna berichtete von ihrer langweiligen Shoppingtour durch die wenigen Geschäfte der Stadt. »Wärst du nur mitgekommen – du hättest Ablenkung gefunden und nicht an diesen Unfall denken müssen.« Sie lehnte den Oberkörper auf den Handlauf; Dagmar folgte ihrem Beispiel. Gemeinsam sahen sie auf die Pier hinunter, wo gerade einige Männer die Leinen des Schiffes loswarfen.

»Es war kein Unfall.«

»Wie bitte?« Corinna starrte Dagmar an. »Was heißt das?«

»Ronald wurde ermordet. Der Bremer Kommissar rief heute Vormittag an.« Die Bräune wich aus Corinnas Gesicht und sie schluckte heftig. Dagmar berichtete von den Neuigkeiten, die die Polizei zwischenzeitlich ermittelt hatte. Corinna hörte aufmerksam zu und strich sich immer wieder über die Unterarme, als friere sie.

»Worüber habt ihr gestern Morgen eigentlich gesprochen?«, fragte Dagmar.

»Ach, nichts weiter. Ronald bedauerte, dass du dich verspätet hattest.«

Die Worte versetzten Dagmar einen Stich ins Herz. ›Ich liebe Dich! Verzeih mir!‹, hatte er auf den Spiegel geschrieben und dann vergebens auf sie gewartet.

»Ich war beim Lesen eingeschlafen und kam zu spät«, versuchte Dagmar eine Rechtfertigung. »Du weißt ja, ich hatte nur noch einen Platz ganz oben in der letzten Reihe ergattert.«

»Ja, war mächtig viel los.«

Dagmars Blick wanderte unwillkürlich zum Pool hinunter, dessen glitzernde Wasseroberfläche ungetrübte Urlaubsfreuden versprach. Drei Kinder planschten voller Vergnügen im Wasser. Nichts erinnerte mehr an Ronalds Schicksal. Ausschließlich sie sah den leblosen Körper auf dem Rand liegen, sah den blassen Leib mit Ronalds Badehose bekleidet. Die Erinnerung trieb ihr Tränen in die Augen.

»Verzeih«, sagte Corinna. »Ich hätte dir dieses Thema ersparen sollen.«

Dagmar wischte ihre Tränen ab. Sie hatte doch mit Corinna reden wollen – ihren Verdacht gegen Gronau vertiefen. Aber sie brauchte noch einige Sekunden, um sich zu sammeln, und fragte daher beiläufig: »Wie war eigentlich deine Verabredung?«

Corinna winkte ab. »Kaum erwähnenswert. Ich hatte auf ein Gespräch unter Kollegen gehofft. Und was war? Der Hochstapler produziert Naturfilme.«

Dagmar schaute am Stahlrumpf des Schiffes hinab in das brodelnde Wasser, das zwischen Pier und Schiff aufgewühlt wurde. Als dränge ein mächtiger Strom die Bordwand vom Land weg, wuchs der Abstand zur Anlegestelle stetig. »Gronau kam vorhin hier vorbei«, sagte sie. »Ich habe ihn auf seine gestrige Begegnung mit Ronald angesprochen.«

»Und?«

Dagmar wandte ihr Gesicht der Gefährtin zu, gab den Dialog möglichst detailgetreu wieder und beschränkte sich dabei zunächst auf die Fakten. Ihren Verdacht und Gronaus Reaktion ließ sie unerwähnt. Am Ende fragte sie: »Stimmt das alles?«

»Nein! Das heißt teilweise. Damit unser Antrag glatt durchginge, verlangte Gronau diese Kreuzfahrt von uns.«

»Der Kerl forderte die Bestechung?«

»Ja, wir haben die Reise für ihn bezahlt.«

Dagmars Blicke wanderten zu der Stelle auf dem Niedergang, an der sie vorhin diesen Kerl eingeholt hatte. So langsam rundete sich das Bild ab. Blieb noch eine Frage: »Warum kam Gronau zu Ronald, um ihn zu sprechen?«

»Um ihm die Ablehnung unseres Antrags zu verkünden. Ronald ist ja gleich anschließend zu mir gekommen.« Corinna schwieg einige Sekunden. »Wie er erzählte, müssen die beiden eine ziemlich heftige Auseinandersetzung gehabt haben. Aber für Ronald brach eine Welt zusammen und er wehrte sich, drohte, die Machenschaften des Herrn Landesbediensteten an die Öffentlichkeit zu bringen. Gronau lachte ihn aus, und so gab ein Wort das andere.«

»Kennst du eine Undine?«

Corinna schaute ungläubig.

»Ronald hatte eine Undine erwähnt. Ist schon Jahre her. Ich glaube zu der Zeit, als er die Antragsunterlagen für die

TimurSchule ausgearbeitet hat. Er sprach damals davon, gegenüber den Behörden vorsichtig sein zu müssen. Er sei gerade an den Beamten geraten, dem er nie wieder habe begegnen wollen, wegen Undine.«

Als schwebte Corinna in einer fernen Welt, scheinbar geistesabwesend, starrte sie auf den Horizont und erzählte: Ronald habe das Schicksal einer Undine beschworen, als er mit der Idee von der TimurSchule gekommen sei. Regelmäßig habe er den Namen bemüht, um sie aufs Neue zu motivieren, ohne das Los des Mädchens zu erklären. »Diese Undine erschien mir wie ein Geist, den Ronald erfunden hatte.«

»Wann war das?«

»Ich glaube im Dezember 2002. Kurz vor Weihnachten war er extra zu mir nach München gekommen.«

»Das könnte passen.« Dagmar überlegte. »Ronald begann Anfang 2003 bei der InnoBau – für uns in der Firma völlig unerklärlich, warum er seinen alten Job gegen einen schlechteren in unserem Laden tauschte. Also muss 2002 etwas vorgefallen sein.«

»Mit dieser Undine.«

»Und mit Gronau«, mutmaßte Dagmar. Sie erwähnte ihren Verdacht, den sie Ronalds Widersacher an den Kopf geworfen hatte. »Der reagierte ganz komisch; als habe er Dreck am Stecken.«

»Wie du das so erzählst, könnte sein. Aber glaub mir, außer ihren Namen zu beschwören, hat Ronald nie etwas über das Mädchen erzählt.«

»Schade.« Dagmar flüchtete sich in Mutmaßungen: »Gronau brüskiert Ronald mit der Ablehnung des Antrags. Ronald will das nicht hinnehmen und droht die von Gronau geforderte Bestechung zu enthüllen. Gronau lacht ihn aus. Ronald spricht den Vorfall um diese Undine an. Was auch immer da geschehen sein mag. Gronau bekommt kalte Füße und schlägt nur Stunden später zu.«

Corinna verzog das Gesicht, als hätte sie auf einen Kirschkern gebissen. »Das darfst du unter uns so sagen. Aber hüte dich, deine Anschuldigungen laut herauszuposaunen.«

»Warum? Das mit Undine hat er mir doch selbst bestätigt.«

»Wir wissen leider nicht, was dahintersteckt. Und die Geschichte von der geforderten Bestechung kenne ich lediglich vom Hörensagen. Ronald und Alwin haben alles allein erledigt.«

»Gronau zog vorhin gleich den Schwanz ein. Der ist angeschlagen«, eiferte Dagmar. »Wir müssen nur nachlegen und ihn unter Druck setzen.«

Corinna schüttelte behutsam den Kopf und strich Dagmar zärtlich über den Unterarm. »Du würdest ihn in die Enge treiben und seinen Widerstand herausfordern. Um Gronau angehen zu können, brauchen wir mehr.«

Innerlich musste Dagmar der Gefährtin recht geben. Die beiden Frauen lehnten auf dem Handlauf der Reling und schauten schweigend auf das Treiben um sie herum. Das Schiff schwamm gerade in der Mitte des Hafenbeckens und nahm Fahrt auf. Hinter dem Heck quoll weißer Schaum im Grau des Hafenwassers empor. Schreiende Möwen kreisten darüber. Ganz langsam schob sich die RÜGEN in Richtung Hafenausfahrt. Unzählige Schaulustige standen auf allen Decks und hielten die letzten Bilder von Esbjerg mit ihren Fotoapparaten und Videokameras fest.

War Ronald in seinen Drohungen gegen Gronau zu weit gegangen? Aber die Freunde, unterstützt durch Frau Tilgner, hatten jahrelang auf ihr Ziel hingearbeitet und ein Vermögen zusammengetragen. Das Geld hatten sie irgendwelchen Leuten abgejagt. Dagmar überfiel ein furchtbarer Gedanke: Musste Ronald die Geldgier der Schulgründer mit dem Leben bezahlen? Hatte ihn ein anderer als Gronau umgebracht? Hatten die Schulgründer den Bogen überspannt? Wollte sie jemand auslöschen? Ronald war nur das erste … Dagmar stockte das Herz. Ronald war gar nicht der Erste.

»Wenn ihr so viel Geld organisiert habt«, fragte sie an Corinna gewandt, »seid ihr garantiert irgendwelchen Leuten auf die Füße getreten?«

»Meinst du eine bestimmte Gruppe?«

Dagmar schüttelte den Kopf. »Wie hast du deine, sagen wir mal, Geschäftspartner erlebt? Wie wirds den anderen beiden gegangen sein? Haben eure *Kunden* ihre Moneten freiwillig rausgerückt?«

»Nein, das sicher nicht.«

»Siehst du! Im Baugewerbe herrschen raue Sitten, wenn Ronald da an den Falschen geraten ist …«

»Du meinst …« Corinna brach mitten im Satz ab und blickte sich um, als fürchte sie, ein Neugieriger könnte zuhören. »Du meinst, einer von Ronalds Geschäftsfreunden hat ihn …«

»Du hältst Gronau ja für unschuldig.«

»Das habe ich nicht gesagt. Ich meinte nur, du solltest mit deinen Verdächtigungen vorsichtig umgehen.« Sie schien kurz zu überlegen. »Ronald nahm Lobbyisten unrechtmäßiges Geld ab und keinem Kollegen vom Bau.« Corinna drehte sich herum und lehnte sich gegen die Reling. »Lobbyisten scheuen die Öffentlichkeit. Meinst du, die begehen einen Mord? Um ein Tötungsdelikt aufzuklären, laufen Polizei und Staatsanwaltschaft zur Höchstform auf.

Nein, auf solche Publicity verzichtet ein echter Lobbyist. Soweit ich mich erinnere, hat Ronald nur moderate Beträge eingetrieben. Unser Spitzenreiter auf der Finanzierungsliste ...« Corinna brach ab und hielt erschrocken ihre Hand vor den Mund.

Als könne Dagmar Gedanken lesen, wusste sie sofort, was Corinna hatte aussprechen wollen. »Für Ferdi Wolpert bestand eine viel größere Gefahr.« Dagmars Kopf weigerte sich, die grausame Vorstellung zu Ende zu denken. »Das wolltest du sagen?«

Corinna nickte.

Ferdinand Wolpert war vor gut einer Woche ums Leben kommen. Er hatte in den Jahren am meisten Geld besorgt. Ronald hatte oft gerätselt, wie er das anstellte. Und dann starb er. Daraufhin hatte Ronald ernsthaft überlegt, die Reise auf der RÜGEN abzusagen. Aber die Polizei ermittelte als Todesursache eindeutig einen Badeunfall. Außerdem hatte Wolpis Ehefrau die Freunde beschworen, die Fahrt anzutreten. Also war alles beim Alten geblieben. Nachdem Alwin Tilgner ebenso abgesagt hatte, hatte Ronald den Entschluss bereut.

»Wolpert starb als Erster und Ronald als Zweiter?«

»Dagmar, du siehst Gespenster. Die Polizei hatte zweifelsfrei einen Badeunfall ohne Fremdverschulden festgestellt.«

»Wirklich?« Das Wort klang beinahe wie ein Hilferuf.

»Habe ich zumindest gehört. Du kannst einem ja richtig Angst einjagen.«

»Auf der anderen Seite«, versuchte Dagmar den schrecklichen Gedanken zu verjagen. »Kommt ein Serienmörder hier auf das Schiff? Wo alle Reisenden registriert werden.«

»Na siehst du.« Corinna schien aufzuatmen.

»Wenn wir nur etwas gesehen hätten! Ich meine, während der Neptuntaufe.« Der Vorwurf, zu spät gekommen zu sein, würde Dagmar wohl das ganze Leben verfolgen. Sie schaute in die Runde. Die RÜGEN passierte gerade die Hafeneinfahrt. Die Gäste an Bord fotografierten und filmten. Genau wie gestern, als sich hunderte von Kameras auf Neptuns lustiges Treiben richteten. Aber Moment mal. Ein winziges Fünkchen blinkte in Dagmars Kopf auf, das Fünkchen einer Idee: Vielleicht hatte ja einer der Urlauber Ronalds letzte Sekunden gefilmt?

»Ich ärgere mich auch über die blödsinnige Verabredung im Panoramaklub«, sagte Corinna.

»Brauchst du nicht«, erklärte Dagmar und verriet ihren Geistesblitz, während sie auf die zahlreichen filmenden Leute um sie herum deutete. »Wir müssen zu jedem Einzelnen gehen und ihn fragen, gegebenenfalls uns die Aufnahmen ansehen.«

Plötzlich entspannte sich Corinnas Gesicht. Die Fältchen um ihre Augen verschwanden, und sie sah Dagmar offen an. »Da werden wir nie fertig. Aber ich habe eine andere Idee. Komm, wir sprechen mit dem Kapitän.«

*

Der Musiksalon war beinahe bis auf den letzten Platz gefüllt. Corinna und Dagmar saßen in der ersten Reihe und schauten gebannt auf die Bühne, wo die Kreuzfahrtleiterin gerade die Bedingungen für den Wettbewerb bekannt gab. Corinnas Idee hatte auch die Schiffsführung überzeugt, die in unwahrscheinlich kurzer Zeit alles vorbereiten ließ.

»Zu unserem kleinen Wettstreit bekamen wir 21 Anmeldungen«, erklärte die Kreuzfahrtleiterin. »Eine stattliche Anzahl, wenn wir die kurze Ausschreibungszeit von nur drei Stunden bedenken. Aber Sie sind ja fix, meine lieben Gäste. Bevor wir nun das Spektakel der Neptuntaufe gleich 21 Mal erleben dürfen, möchte ich Sie bitten, sich zu erheben und gemeinsam des tödlich verunglückten Herrn Helmers zu gedenken.«

Dagmar freute die Geste – sie sah sie als gutes Omen für die bevorstehende Jagd nach ein paar Bildern von Ronalds Sprung in den Pool und dem Geschehen danach. Ein fingierter Videowettbewerb, wie ihn Corinna vorgeschlagen hatte, bot die beste Gelegenheit, ohne Aufsehen all das Videomaterial zu sichten. Und um möglichst viele Teilnehmer zu gewinnen, hatte die Reederei kostenlose Getränke spendiert und einen ersten Preis über 100 Euro ausgelobt.

Nach den Sekunden des Gedenkens bedankte sich die Kreuzfahrtleiterin, räumte die Bühne und nahm neben Dagmar Platz. Die Vorführung begann. Dagmar verfolgte die Bilder auf der Leinwand mit höchster Konzentration. Nach dem dritten Beitrag wandelte sich ihre Anspannung in Ernüchterung und weitere fünf Videos später in Enttäuschung. Die Gäste hatten lediglich den Beginn der Zeremonie gefilmt. Während der ausufernden Trinksprüche von Neptun und Kapitän waren die meisten Kameras abgeschaltet worden. Nur ab und zu zeigten die Aufnahmen einen Täufling, wie er ins Wasser sprang – aber leider nicht Ronald. Er hatte viel zu weit hinten gestanden, als dass ihn einer der Hobbyfilmer erfasst haben konnte. Man hätte sowieso kaum etwas erkannt, tröstete sich Dagmar schließlich, denn mit zunehmender Dauer des Rituals badeten immer mehr Menschen im Pool. Der vorletzte Streifen ließ Dagmars Aufmerksamkeit noch einmal auflodern. Obwohl die Augen schmerzten und der Kopf brummte, schaute sie konzentriert auf die Szene – der Pool erschien im großen Ausschnitt, samt der darin Badenden. Am Bildrand tauchte Ronald auf, wie er von zwei Bütteln zur Taufe geschleppt wurde. Doch wenige Sekunden später brach die Sequenz ab, und das Video zeigte eine Totale vom achteren Teil des Schiffes.

»Haben Sie etwas entdecken können?«, raunte die Kreuzfahrtleiterin am Ende der Vorführung Dagmar zu. »Ich konnte Ihren Lebensgefährten nicht erkennen. Tut mir leid.« Sie drückte Dagmars Hand, stand auf und ging zum Mikrofon auf der Bühne. »Vielen Dank, liebe Gäste für Ihre wirklich hervorragenden Beiträge. Verschaffen wir der werten Jury eine Viertelstunde Freiraum, um das Urteil über den besten Film zu fällen. Gönnen Sie sich, liebe Gäste, währenddessen noch ein Gläschen Sekt. Wir sehen uns nachher zur Siegerehrung.«

Die Show lief weiter. Immer wieder sah Dagmar den Videofetzen mit Ronald vor ihren Augen. Warum hatte der Hobbyfilmer nicht länger draufgehalten? In Gedanken versunken verließ sie den Saal. Draußen im Gang überfiel Dagmar tiefe Enttäuschung. All ihre Hoffnung, die sie in den Filmwettbewerb gelegt hatte, war im Musiksalon zerstört worden. Zwei Tränen kullerten.

»Kopf hoch, Mädchen.« Corinnas sanfte Worte spendeten etwas Trost. Dagmar tupfte mit dem Taschentuch über ihre Wangen und putzte sich die Nase.

»Es hätte wirklich klappen können, aber wir haben Pech gehabt. Bestimmt findet die Polizei Beweise. Der Schurke schleicht ja noch auf dem Schiff herum.«

»Ob ich der Polizei von meinem Verdacht gegen Gronau erzähle?«

»Solltest du vielleicht.«

»Kann ich ihn einfach so anschwärzen? Und wenn doch einer eurer *Geschäftsfreunde* hinter dem Verbrechen steckt?«

»Die Bestechung spricht gegen Gronau. Ronalds *Kunden* zu erwähnen, wäre sicher unklug. Wir haben keine konkreten Ansatzpunkte und kennen niemanden.«

Dagmar überlegte: Sie schildert lediglich die reinen Fakten, beschreibt Ronalds Begegnung mit Gronau, erwähnt die Bestechung und vermeidet jegliche Wertung. So erhebt sie keinerlei Anschuldigung. Die Geschichte von dieser Undine lässt sie einfach weg, schließlich fehlten ihr die Details. Was konnte man ihr dann vorwerfen? Die Schlussfolgerungen musste die Polizei allein ziehen.

»Ja, du hast recht«, resümierte Dagmar. »Ich rufe diesen Kommissar Müller an und erzähle ihm alles.«

Corinna umarmte Dagmar. »Das machst du richtig. Wir kriegen das Schwein. Wer auch immer das getan hat.«

# 10

Marc fuhr zum Hotel Neptun. Den freien Abend konnte er sich schwerlich leisten – aber das Abendessen mit seiner Tochter und Sabine durfte er unmöglich platzen lassen. Gegebenenfalls würde er zu einem späteren Zeitpunkt an seinen Schreibtisch zurückkehren, um nach Kaczmarek zu suchen. Helmers Chef hatte recht behalten – in den Büros des VfBI war niemand mehr gewesen. Nach einem vergeblichen Anruf hatte Marc einen Abstecher in die Innenstadt gemacht und vor verschlossenen Türen gestanden.

Christin wartete in der Hotelhalle. Als sie Marc erblickte, kam sie ihm entgegen. Ihre goldenen Locken umspielten die Schultern. Das Mädchen war verdammt hübsch, stellte er zum hundertsten Mal fest.

»Bist du mir böse?« Christin schenkte Marc einen Kuss und drückte ihn zur Begrüßung. »Meine Lernerei hat sich gelohnt. Der Test heute war richtig leicht, bestimmt bekomme ich eine Eins.« Christin nahm den Vater bei der Hand und zog ihn in Richtung Hotelrestaurant. »Mama freut sich, dich mal wieder zu sehen. Und Peter ist mitgekommen. Stört dich das?«

»Nein, woher denn«, log Marc. Er hätte den Abend lieber mit Christin und Sabine allein verbracht, doch gewissermaßen gehörte Peter Asmussen inzwischen zur Familie. Marc hatte ihn vor anderthalb Jahren im Zuge der Ermittlungen in einem Fall kennengelernt. Asmussen war ein netter Kerl, Christin mochte ihn. Der Gedanke bereitete Marc manchmal Herzschmerzen; er unternahm alle Anstrengungen, um die Vaterrolle an ihr nicht zu verlieren. Zum Glück zählte sie bereits zwölf Jahre und konnte gut zwischen Vater und Lebensgefährte der Mutter unterscheiden.

»Ich hatte schon Angst, du musst absagen«, plapperte Christin weiter. »Ich habe am Nachmittag im Präsidium angerufen und die Frau am Telefon sagte, du wärst unterwegs. Ist dein neuer Fall spannend?« Christins Worte sprudelten wie eine Gebirgsquelle. Marc faszinierte ihre Redseligkeit immer wieder.

»Ja, meine Ermittlungen sind ziemlich aufregend, ich bin gestern sogar mit einem Hubschrauber nach Helgoland geflogen, um auf einem Kreuzfahrtschiff zu ermitteln.«

»Was?« Christin blieb abrupt stehen. »Wurdest du abgeseilt? Wie im Film?«

Marc verneinte lachend. Während sie langsam weiterliefen, berichtete er vom unspektakulären Übersetzen auf einem Boot.

Schließlich erreichten sie den Tisch im Restaurant, an dem Sabine und Peter saßen. Christin nahm neben ihrer Mutter Platz. Die Gesichter von Mutter und Tochter ähnelten einander wie bei einer Frau, der man in verschiedenen Lebensabschnitten begegnete: die gleiche Lockenpracht, die gleichen blauen Augen über einer Stupsnase, die gleichen schmalen Lippen, der gleiche südländische Teint.

Marc bedankte sich für die Einladung und nahm auf dem freien Stuhl neben Christin Platz.

»Papa musste gestern mit dem Hubschrauber nach Helgoland«, berichtete sie. Ihre Wangen glühten rot. »Ist richtig spannend, was er zu erzählen hat.«

»Lass uns bitte erst essen«, bestimmte Sabine.

»Oh schade«, quengelte Christin. Die gestrenge Miene ihrer Mutter sorgte für Ordnung.

Nach der Bestellung unterhielten sich die vier ungezwungen. Christin erzählte von der Schule, die immer weniger Spaß mache, obwohl ihr das Lernen leichtfiel. Peter Asmussen deutete vorsichtig an, dass im Sommer eine Verlobung gefeiert werden könne. Marcs Blick beantwortete Sabine durch einen nichtssagenden Augenaufschlag. Mit dem Servieren des Hauptgangs verstummte die Unterhaltung. Als nach dem Dessert die Espressotassen auf dem Tisch standen und ein würziger Kaffeeduft in die Luft stieg, legte Sabine ihre Serviette ab.

»So«, bestimmte sie, »jetzt kannst du von deinen Abenteuern berichten.«

»Erzähl schon, Papa, musstest du auf Helgoland einen Mörder jagen?« Christin rutschte unruhig auf ihrem Stuhl hin und her. »Wie hieß denn das Schiff?«

»Oh.« Marc überlegte. »Ich glaube RÜGEN?«

»MS RÜGEN! Hast du da Ronald getroffen?«

»Aber Schatz«, mischte sich Sabine ein, »auf so einem Kreuzfahrtschiff fahren sehr viele Gäste mit, wie soll dein Papa da den Ronald treffen?«

Marc stutzte und schaute seine Tochter fragend an. »Was für einen Ronald meinst du?«

»Na Ronald eben.«

»Ronald Helmers«, erklärte Sabine. »Er hat …«

»Moment mal«, unterbrach Marc. »Redet ihr beide von Ronald Helmers, hier aus Bremen?«

»Hast du ihn doch getroffen?«, freute sich Christin. »Er wollte auch mit der MS RÜGEN fahren und mir etwas Schönes mitbringen.«

»Du kennst ihn?«

Ein scharfer Blick von Sabine ließ Christin verstummen. Ärgerlich schlang die Kleine ihre Arme um den Oberkörper und setzte einen Schmollmund auf, den selbst die Bardot nicht besser gekonnt hätte.

»Jetzt lässt du mich reden«, belehrte die Mutter ihre Tochter und fuhr an Marc gewandt fort: »Ronald Helmers gehört gewissermaßen zu unseren Stammgästen hier im Hotel.« Sabine arbeitete an der Rezeption des Neptun.

»Obwohl er in Bremen wohnt?«, fragte Marc.

»Ja. Er bringt regelmäßig Geschäftsfreunde bei uns unter und übernachtet auch mal zusammen mit seinen Freunden.«

»Warum? Ich meine, mit wem?«

»Solche Auskünfte darf ich dir bestimmt nicht geben.«

»Sabine, ich ermittele in einem Todesfall. Soll ich dich erst ins Präsidium vorladen?«

Christin starrte ihren Vater aus großen Augen an.

»Was für ein Todesfall?«, fragte Sabine.

Jetzt half kein Herumreden. »Dieser Ronald Helmers ist gestorben, gestern auf dem Schiff, während der Neptuntaufe. Die Obduktion beweist Fremdverschulden.«

Christin stöhnte laut auf und hielt sich gleichzeitig die Hand vor den Mund.

»Herr Helmers wurde ermordet?« Sabines Gesicht zeigte ihre Bestürzung.

»Woher kennt ihn Christin?« Marc sprangen die Gedanken wie auf einem Trampolin im Kopf herum. »Was wollte Helmers von Christin?«

Sabine streifte ihre Tochter mit einem sanften Blick. Dem Mädchen standen Tränen in den Augen. »Herr Helmers hielt sie für hochbegabt. Deshalb hänseln die Kinder in ihrer Klasse sie als Streberin.«

»Was?«, fragten Marc und Peter Asmussen wie aus einem Mund.

»Die anderen sind ja blöd«, wehrte Christin ab. »Ich komm damit klar.«

»Wie dem auch sei«, fuhr Sabine fort, »Herr Helmers wollte Christin aus ihrer jetzigen Schule herausholen und in eine Privatschule übernehmen, die im Sommer gegründet wird.«

»Eine Privatschule?«, entgegnete Marc ungläubig. »Was soll die kosten?«

Sabine schaute auf den Tisch und strich verlegen über das Tischtuch. »Den Betrag hat er bisher verschwiegen. Er würde das Schulgeld für Christin bezahlen.«

»Warum? Welche Absichten verfolgte der Kerl? Vielleicht hätten wir mal drüber gesprochen?«

»Ich erfahre auch jetzt erst davon«, protestierte Peter Asmussen. »Egal, wie teuer, für eine ordentliche Schulausbildung gebe ich jede Summe aus.«

»Ihr macht mir Spaß!« Sabine standen auf einmal ebenfalls Tränen in den Augen. »Ihr führt euch hier wie die Paschas auf. Wenn ich Geld brauche, melde ich mich.« Sie tupfte mit dem Taschentuch über ihr Gesicht und sah Marc offen an. »Die Pläne waren noch lange nicht spruchreif. Nach Pfingsten wollte Herr Helmers wieder auf mich zukommen. Und dann hätte ich schon mit euch geredet.«

Marc beunruhigte die Sache. Er sah zu seiner Tochter. Der Tod dieses Mannes traf sie sehr. Steckte da wirklich nur die Aussicht auf einen Schulwechsel dahinter? Marc wollte wissen, was da vorging. »Warum übernachtet der Helmers mit seinen Freunden bei euch?«

»Soviel ich weiß, jeweils für ein gemeinsames Wochenende – von Freitagnachmittag bis Sonntagmittag. Soweit mir meine Kollegin an der Rezeption erzählt hat, geht das seit einigen Jahren so.«

»Kennst du die anderen?«

»Nein, nur vom Sehen. Herr Helmers kümmerte sich um die Organisation.«

»Wollten die anderen etwas von Christin?«

»Nein.« Sabine schüttelte den Kopf. »Obwohl alle zusammengehören, redete lediglich Herr Helmers mit ihr.«

Davon will ich mich selbst überzeugen, dachte Marc, während er laut fragte: »Wie heißen die Freunde?«

»Muss ich dir das wirklich sagen?« Sabines Gesicht spiegelte ihre Zweifel wider.

»Ja. Ich ermittle in einem Mordfall.«

»Aber ich kann unmöglich Namen von Gästen preisgeben.«

»Bitte!«

»Da frage ich vorher lieber meinen Chef.« Sabine stand auf.

»Frag ihn. Und hier, nimm meinen Ausweis mit.« Marc reichte ihr seinen Dienstausweis. Als Sabine gegangen war, wandte er sich an Christin. »Woher kennst du diesen Ronald?«

»Ist er wirklich tot?« Tränen kullerten der Kleinen über die Wangen.

»Ja. Und ich muss herausbekommen, wer dahintersteckt. Dazu brauche ich jede Information.«

Christin schaute ängstlich zu Peter Asmussen.

»Du solltest sie in Ruhe lassen«, sagte er. »Oder warte wenigstens, bis Sabine wieder da ist. Christin ist doch ganz verstört.«

Spiel dich nicht so auf, fluchte Marc innerlich. Ich weiß, was ich meiner Tochter zumuten kann. Aber aus Rücksicht auf Sabine schwieg er. »Vielleicht hat Peter recht?«, erklärte Marc und strich Christin über die Haare. Danach saßen sie schweigend am Tisch, bis Sabine zurückkam.

Sie reichte Marc einen kleinen Zettel. »Wir kennen nur Namen, Anschriften, Geburtsdaten und Telefonnummern. Wenn du weitere Auskünfte wünschst, sollst du dich an meinen Chef wenden.« Sie setzte sich. »Du hast mich ganz schön in Verlegenheit gebracht. Ob ich alle Informationen gleich zur Polizei schleppe, wollte der Verwaltungsdirektor wissen.«

»Ich gehe nachher zu ihm«, erklärte Marc.

»Damit der mir völlig misstraut.« Sabine verzog den Mund. »Lass mal. Mit dem komme ich schon allein klar.«

Marc warf einen Blick auf den Zettel. Einer der Namen ließ sein Herz schneller schlagen – Alwin Tilgner aus Hamburg. Zumindest kannte er jetzt dessen Daten.

»Der Herr Kommissar muss bestimmt an seinen Schreibtisch«, bemerkte Sabine kühl, »die neuen Informationen auswerten. Wir trinken noch eine Flasche Wein.«

Bei jeder anderen Gelegenheit hätte Marc der Hinauswurf geschmerzt, aber ihn zogen die Auskünfte tatsächlich an die Arbeit zurück. Er stand auf. »Entschuldigt, wenn ich euch die Laune verdorben habe.« Er holte sein Portemonnaie aus der Tasche.

»Ist schon gut«, sagte Sabine trocken, »du warst eingeladen.«

Marc verabschiedete sich. »Bringst du mich, Christin?«

Das Mädchen schaute zu ihrer Mutter, die kaum wahrnehmbar zustimmte. Christin rutschte von ihrem Stuhl und fasste Marc bei der Hand. Gemeinsam verließen sie das Restaurant.

Im Foyer blieb das Mädchen stehen. »Muss ich an der alten Schule bleiben? Jetzt, wo Ronald tot ist?«

»Ärgern dich die anderen Kinder so doll?«

Sie nickte und wischte sich mit dem Ärmel die Tränen ab.

»Wir finden eine neue Schule. Wenn du wirklich so schlau bist, wie dein Ronald sagt, soll aus meiner klugen Tochter auch etwas Anständiges werden.«

Ein hoffnungsvolles Lächeln vertrieb die dunklen Wolken von dem hübschen Gesicht der jungen Dame. Bis zum Parkplatz blieb sie jedoch schweigsam, die Quelle der sprudelnden Worte war versiegt. Marc schenkte ihr zum Abschied einen Kuss und schickte sie ins Hotel zurück. Am Eingang winkte sie und lief dann mit hängenden Schultern in die Halle.

Der Anblick schmerzte ihn. Was hatte Helmers ihr da nur versprochen? Warum hatte Sabine nie etwas gesagt? Christin hatte ebenso wenig etwas verlauten lassen. Da musste er erst in einem Mordfall ermitteln, um auf die Sache zu stoßen.

Marc zog Sabines Zettel aus der Tasche. Er betrachtete die vier Namen: Ronald Helmers aus Bremen; Corinna Borowski aus München; Ferdinand Wolpert aus Stralsund; Alwin Tilgner aus Hamburg. Helmers konnte keine Auskunft mehr zu seinem wahren Interesse an Christin geben. Die Borowski lag außerhalb seiner Zuständigkeit – die Kollegen in München zu behelligen, wäre viel zu langwierig und aufwendig. Aber da war dieser Tilgner in Hamburg, gerade eine Autostunde entfernt. Kriminaldirektor Herzog würde ihm die Genehmigung für eine Dienstreise verwehren, gegen Tilgner lag nichts vor. Mit dem passenden Schlüssel durfte der zu jeder Zeit in Helmers Haus eindringen, selbst mitten in der Nacht. Der Grund für den mysteriösen Besuch interessierte Marc natürlich. Vielleicht kannte Tilgner ja auch Gerd Kaczmarek?

Marc schaute auf seine Uhr – halb neun. Ohne lange zu überlegen, nahm er sein Handy und wählte die Hamburger Nummer. Tilgner meldete sich sofort. Selbstverständlich werde er den Kommissar empfangen. Aber in einer Stunde warte eine nette Dame auf ihn. Wenn sie miteinander sprechen wollten, dann am frühen Morgen – gegen fünf könne der Herr Kommissar ihn gern zu Hause aufsuchen. Ein späterer Zeitpunkt sei leider unmöglich, da er um sieben wieder weg müsse.

Der frühe Termin kam Marc entgegen. Er versprach zu kommen, legte auf, nahm im Auto Platz und starrte auf Sabines Zettel – der Name Corinna Borowski zog seine Blicke magisch an. Hatte Dagmar Sanders nicht eine Corinna Borowski erwähnt? Natürlich. Marc nahm sein Notizbuch und blätterte darin. Corinna Borowski unterstützte Dagmar Sanders an Bord der RÜGEN. Außerdem hatte er notiert, dass die Borowski zu Helmers Tod wohl keine Aussage machen könne, da sie zu besagter Zeit eine Verabredung hatte, in irgendeinem Panoramaklub. Deshalb hatte er gestern auch auf eine Befragung der Dame verzichtet. Schade eigentlich. Vielleicht hätte sie etwas zu diesem Freundeskreis erzählt? Oder zu den Plänen mit Christin.

Das Handy weckte Marc aus seinen Grübeleien. Anstelle der Nummer zeigte das Display lediglich vier Sternchen. Wer rief da an? Er nahm das Gespräch entgegen. Dagmar Sanders wollte ihn über ihren Verdacht gegen Harry Gronau informieren.

Je länger sie redete, umso weniger verstand Marc. Sie sprach von der Gründung einer Privatschule, von fünf und sieben Millionen, von einer Bestechung, von einem Streit zwischen Helmers und diesem Gronau und von einem geheimnisvollen Treffen der beiden, nur Stunden vor dem Mord. Immer wieder drängte sich Christin in seine Gedankenwelt. Irgendwie passten Frau Sanders Worte zu dem eben geführten Gespräch mit Sabine.

»Einen Moment bitte«, unterbrach Marc seine Gesprächspartnerin. »Jetzt werden mir die Zusammenhänge ein wenig zu kompliziert. Sie verdächtigen jedenfalls Herrn Gronau, der ebenfalls auf der RÜGEN reist?«

»Ja, natürlich. Warum fragen Sie?«

Die Reederei hatte ihm am Nachmittag bestätigt, die Passagiere seien nach dem Aufenthalt in Esbjerg vollzählig an Bord zurückgekehrt und es sei auch niemand hinzugekommen. Also kam dieser Gronau tatsächlich als Tatverdächtiger infrage. Aber Marc brauchte eine lückenlose Aussage. Er bat Frau Sanders, ihre Gedanken aufzuschreiben und ihm per Fax zuzuschicken. Ob das sein müsse, fragte sie vorsichtig, anscheinend verunsichert. Marc redete ihr gut zu und Frau Sanders versprach, sie werde am folgenden Tag etwas notieren und dem Kommissar über die Schiffsleitung zukommen lassen.

## -2

**26. Mai 2007 – Samstag**

»Nun gebt doch endlich Ruhe!«

Ich hörte zwar Alwins Worte, aber wir diskutierten weiter, ohne auf ihn zu achten. Sosehr er unserem Wortgefecht auch eine geordnete Richtung geben wollte – es lief immer wieder auseinander, wie das Wasser aus einem löchrigen Krug. Dabei saßen wir nur zu viert in trauter Runde.

»Leute!«, mahnte Alwin wiederum. Erneut reagierte niemand. Er stand auf. »Ich gehe auf mein Zimmer. Wenn ihr so weit seid, ruft mich.«

Auf einmal herrschte Ruhe; sahen wir unseren Dompteur aus großen Augen an.

»Da wir weitermachen können, bleibe ich natürlich.« Alwin nahm wieder Platz. »Von eurem Meinungsaustausch habe ich leider kein Wort mitbekommen. Helft mir bitte auf die Sprünge – aber einzeln.« Er räusperte sich. »Zur Erinnerung, hier ein weiteres Mal die Ausgangslage, die euch so inspiriert hat: Meine Mutter verkauft im kommenden Jahr ihr Ingenieurbüro. Danach überweist sie die vier Millionen auf ein Sperrkonto, damit die Summe dem Projekt zur Verfügung steht. Euer Konto füllen zurzeit genau 825.000 Euro. Den Rest, den ihr für den Kauf des Schulgebäudes noch braucht, nehmt ihr in diesem Jahr garantiert noch ein. Oder?« Alle am Tisch nickten. »Also startet die TimurSchule im Sommer 2008?«

Wir nickten erneut. Nur Wolpi schaute uns nacheinander unschlüssig an und hüstelte verlegen, als sollte er die Relativitätstheorie erläutern.

»Du siehst das anders?«, fragte Alwin an ihn gewandt.

»Ein wenig.« Wolpi war die Sportskanone in unserem Kreis. Er spielte bei den alten Herren in Stralsund Fußball. Nach Abitur und Armeezeit hatte er Forstwirtschaft studiert und arbeitete im Forstamt Abtshagen. Als Einziger wohnte er bis heute in der Stadt unserer Schulzeit, inzwischen in einem tollen Haus am südlichen Stadtrand.

»Das restliche Geld kratzen wir locker zusammen«, erklärte er mit dem Ton der festen Überzeugung. »Allein von mir kommen noch 100.000 Piepen. Zusammen mit euren ausstehenden *Spenden* wären wir am Ziel. Obwohl …« Er schaute bedeutungsvoll in die Runde. »Mir macht die Sache unterdessen Spaß. Die Kollegen der Medizinlobby in Berlin kennen mich und drängen mir die Knete regelrecht auf.« Er grinste. »Wäre wirklich schade, falls ich aufhören müsste. Berlin wird mich vermissen.«

Die Idee zur Schulgründung stammte seinerzeit von Alwin und seiner Mutter. Um damit auch ein Andenken an Undine zu bewahren, ihr Schicksal war Renate Tilgner sehr zu Herzen gegangen, hatten sie mich eingeladen, das Projekt mitzugestalten. Mich hatte das Angebot über alle Maßen gefreut. Doch Wolpi, er schloss sich von Anfang an mit ein, waren Bedenken gekommen – wir durften keinesfalls mit leeren Taschen in das Millionenprojekt einsteigen und somit vollständig vom Wohlwollen der Tilgner abhängen. Ihm war damals auch der entscheidende Gedanken eingefallen: ›Wir kaufen das Schulgebäude und besitzen damit die Seele der Schule.‹

Die Kosten von einer Million hatten ihn keineswegs abgeschreckt. Im Gegenteil, Wolpi hatte gleichsam einen Weg präsentiert, wie wir das Geld beschaffen konnten: Den Lobbyismus, der in der Berliner Republik rasante Zuwachsraten verzeichnete, wollte er melken. So war es dann auch gekommen: Wolpi hatte sein Feld in der Gesundheitsbranche gefunden und nach kurzer Zeit bereits eine fünfstellige Summe in die *Klassenkasse* eingezahlt. Um eine tatkräftige Unterstützung zu erhalten, hatten wir Corinna gebeten mitzumachen. Sie war tatsächlich mit eingestiegen und hatte die saftigen Wiesen von Kunst, Kultur und Film abgegrast, während ich die weiten Gefilde der Bauwirtschaft beackerte. In der Folgezeit zeigten wir drei uns mehr oder weniger umtriebig und sammelten Geld von schrägen Typen ein.

»Ganz gewiss werden deine *Geschäftspartner* dich vermissen«, warf Corinna Borowski ein.

»Vielleicht könnte ich nächstes Jahr weitermachen?«,

fragte Wolpi vorsichtig wie ein unbelehrbarer Schüler. »Um einen Notgroschen für unser Schulprojekt zu verdienen?«

Alwin holte tief Luft. »Geht das schon wieder los? Du weißt genau …«

»Ist ja gut, Herr Lehrer«, fiel ihm Wolpi ins Wort. »Wenn wir das Geld erwirtschaftet haben, machen wir Schluss und investieren unsere Kraft in die TimurSchule. So wars abgemacht und ich halte mich daran. Man wird ja noch einmal fragen dürfen.«

»Na also.« Alwin schaute zu Corinna und mir.

»Ich würde lieber heute als morgen Schluss machen«, erklärte Corinna. An ihrer rechten Schläfe trat ein Äderchen hervor, das von ihrer inneren Erregung zeugte.

»Das tut mir leid, wenn du so denkst«, erklärte ich, vielleicht einen Ton zu scharf. »Falls du aufgeben willst, …«

»Nun hör mal auf«, fuhr mich Alwin an. »Jeder darf uneingeschränkt seine Meinung sagen und das soll so bleiben. Oder?« Sein Blick sollte mich anscheinend in die Schranken weisen. »Corinnas Bedenken gehören auf den Tisch, ebenso wie dein Standpunkt nachher.«

»Ach ja?« Nur mit Anstrengung konnte ich meinen Worten einen ruhigen Klang geben. »Ich weiß doch, was sie will – unser Vorhaben beenden und das gesammelte Geld zurückgeben.«

»Wäre das so schlimm?«, erhob Corinna ihre Stimme.

»Möchtest dir wohl eine neue Wohnung und einen schicken Flitzer gönnen?«, konterte ich.

»Na und?«

»Ich käme mir wie ein Gauner vor, wenn ich all das Geld für mein Privatvergnügen ausgeben würde.«

»Damit es dich beruhigt, ich habe bereits ein tolles Haus und ein ordentliches Auto. Mein Anteil ginge an den deutschen Film. Ich könnte talentierte Schauspieler unterstützen.« Corinna lebte in München und arbeitete als Regisseurin im Filmgeschäft. Ich kannte ihren Wunsch, sich als Produzentin neue Sporen zu verdienen.

Alwin schwieg. Als Mittler zwischen seiner Mutter auf der einen Seite und uns drei Schulfreunden auf der anderen hielt er meistens mit seiner Meinung hinterm Berg und gab den stillen Beobachter. Mich störte das auf einmal. »Und was sagst du?«, fragte ich ihn.

Ohne eine Miene zu verziehen, schaute Alwin mich sekundenlang an und antwortete schließlich in ruhigem Ton: »Warum soll ich mich hier ereifern? Erstens stehe ich zu unserem Vorhaben, verstehe aber auch Corinna. In gute Filme können nie genug Mittel fließen.«

»Hehre Ziele«, erwiderte ich, »jedoch nicht von allgemeinem Interesse in dieser Runde. Klar, das, was in den Kinos läuft, könnte besser sein. Aber dafür habe ich keine fünf Jahre geackert. Wir waren angetreten, um benachteiligten Kindern eine Zukunft zu geben.«

»Ronald hat recht«, bemerkte Alwin. »Zumal meine Mutter unverändert an unserem gemeinsamen Kurs festhält, für den ich ebenso gearbeitet habe. So kurz vor dem Zielstrich kommen die Diskussionen zu spät.«

Alwins Worte beruhigten mich wie eine gute Nachricht. »Danke!« Die anderen sollten getrost meine Genugtuung spüren. »Ich würde meinen Schwur an Undine auch nie brechen.«

Corinna warf sich grimmig in ihrem Sessel zurück. »Nein, natürlich nicht«, schimpfte sie. »Dein Geschwätz von dieser Undine stinkt mich langsam an. Vielleicht ist sie ja nur ein Geist, mit dem du uns bei der Stange halten willst.«

Ich biss mir auf die Unterlippe. Eine falsche Bemerkung richtete jetzt viel mehr Schaden an als ein Tollpatsch im Porzellanladen. Eine Spannung von 10.000 Volt knisterte zwischen Corinna und mir. Wir schwiegen und starrten uns an. Das nächste Wort, egal von wem geäußert, konnte ein Gewitter auslösen.

»Lasst uns eine Pause machen.«

Verdutzt schaute ich zu Wolpi. Sein Vorschlag entlud die Spannung gefahrlos. Die Wolken des drohenden Unwetters zogen ab.

»Gute Idee«, lobte Alwin. »Die Gemüter sollten erst einmal abkühlen. Die Uhr zeigt gerade kurz nach elf. Ich denke, wir treffen uns um drei wieder.«

»Prima«, frohlockte Corinna. »Dann kann ich mit Berit zusammen die Innenstadt heimsuchen und die Binnenkonjunktur ankurbeln. Begleitest du uns, Wolpi?«

Wolpi schüttelte den Kopf. Der Gedanke, wie er im Schlepptau von Ehefrau und Corinna durch die Geschäfte zuckelte, die beiden Frauen kichernd vorneweg und er als Anstandsdackel hinterher, ließ mich schmunzeln.

»Nein, lass mal«, entgegnete er. »Ich ess eine Kleinigkeit, genehmige mir ein Bier und halte ein schönes Mittagsschläfchen.«

Corinna und Wolpi verließen den Raum.

Alwin kam zu mir. »Deine sture Blockadehaltung hilft wenig. Die Schule gründen und über die ersten drei Jahre zu bringen, wird ein steiniger Weg, auf dem wir Corinna brauchen.«

Ich nickte.

»Worum gehts nachher? Eine zweite Generaldebatte sollten wir vermeiden.«

Alwin traf mich vorbereitet: »Ich möchte einen Intelligenztest vorstellen, mit dem wir besonders begabte Kinder für ein Stipendium herausfinden.«

»Gute Idee. Hast du eine Vorlage?«

Ich holte die Papiere aus der Tasche und gab sie Alwin. Der überflog die Blätter.

»Ja, das machen wir«, sagte er und reichte die Unterlagen zurück. »Am besten, wir unterziehen uns einem Selbsttest. Mal sehen, wie die grauen Zellen in Schwung sind. Und so ein Gedächtnistraining lenkt ab.« Er nickte in Richtung Tür. »Kommst du mit?«

Wir verließen den Raum, fuhren mit dem Fahrstuhl in das dritte Stockwerk und trennten uns dort. Im Zimmer warf ich meine Sachen auf den Schreibtisch, überlegte kurz und nahm meine Jacke vom Haken. Ein kleiner Spaziergang würde mir den Kopf frei machen. Ich ging hinunter ins Foyer. Zu dieser Mittagsstunde herrschte hier kaum Betrieb. Hinter dem Empfangstresen versah Sabine Berger ihren Dienst; sie schenkte mir ein zaghaftes Lächeln, als sie mich bemerkte. Ich grüßte mit einem Kopfnicken zurück. Ihre zurückhaltende freundliche Art, die einen geheimnisvollen Charme ausstrahlte, gefiel mir.

An der gläsernen Drehtür des Ausgangs blieb ich stehen. Links und rechts trommelten Regentropfen gegen die Glasfront und riesige Pfützen beherrschten die Szenerie vor dem Hotel. Scheiße! Der Ausflug ins Freie würde ziemlich feucht werden. Enttäuscht drehte ich mich um und ging in die Eingangshalle zurück, die einen ebenso ernüchternden Eindruck auf mich machte wie der verregnete Vorplatz. Ich verspürte auch keine Lust, mutterseelenallein auf meinem Zimmer herumzuhängen. Erst in knapp vier Stunden trafen wir uns wieder. Was sollte ich bis dahin anstellen? Unschlüssig lief ich in Richtung Aufzug. Auf einmal entdeckte ich ein

Mädchen. Sie saß ganz hinten am letzten Tisch und blätterte in einem Buch. Ich ging zu ihr. »So allein, junge Dame?«

Sie schaute auf und lächelte, als würde sie die Ablenkung freuen. »Wollen Sie hier sitzen? Ich gehe dann woanders hin.«

»Nein, nein, bleib nur. Darf ich mich zu dir setzen?« Die Kleine, ich schätzte sie auf zehn, elf Jahre, nickte. Ich nahm Platz. »Warum wolltest du weggehen?«

»Meine Mama muss arbeiten«, sie zeigte mit ausgestrecktem Arm zur Rezeption, »und ich warte auf sie. Wenn einer der Gäste kommt, soll ich verschwinden, damit Mamas Chef nicht meckert.«

Natürlich, vor mir saß die Tochter von Frau Berger. Wie konnte ich diese Ähnlichkeit übersehen? Ich nannte meinen Namen und erwähnte meine Freunde, mit denen ich das Wochenende im Hotel verbrachte.

»Ich heiße Christin«, erklärte sie und schlug ihr Buch zu. »Hast du deine Freunde alleingelassen?«

»Nein, nein.« Ich musste lachen. »Wir haben Mittagspause; bis um drei.«

»So lange?« Christin lehnte sich zurück. Zu Hause sei ihr langweilig geworden und jetzt sitze sie hier. Die Mama sehe das nicht gern, kaufe aber auch keinen Hund. Also komme sie her, vielleicht helfe das, damit endlich ein Hund aus dem Tierheim geholt werde.

»Du liebst Tiere?«

Die Kleine bejahte. Morgen fahre sie mit der Mama nach Bremerhaven in den Zoo am Meer. Heute müsse sie eben die Zeit allein vertrödeln. Na ja, manchmal unterhalte sich jemand mit ihr.

»Wie ich.« Mir gefiel das Mädchen. »Gehst du denn gern in die Schule?«

Christin nickte heftig. »Ich habe fast nur Einsen.«

»Na prima. Welchen Beruf wünschst du dir denn? Ärztin? Architektin? Ich baue auch Häuser. Was denkst du, wie viel Spaß das macht? Ist das Haus fertig, freue ich mich über die zufriedenen Leute, die einziehen oder tolle Geschäfte eröffnen.«

Während ich sprach, verfinsterte sich Christins Gesicht. »Meine Mama sagt, ich kann nicht studieren, Mama hat kein Geld.« Sie rutschte an mich heran. »Mama ist noch trauriger darüber als ich. Manchmal weint sie sogar, wenn sie denkt, ich liege im Bett. Aber ich schaffe das auch so. Später, wenn ich arbeiten gehe, lerne ich einfach weiter und bezahle das selbst.«

Unwillkürlich fiel mir Undine ein. Sie hatte ein zurückhaltenderes Wesen besessen, war allen Problemen jedoch ebenso zuversichtlich begegnet. Was ihr schließlich wohl zum Verhängnis geworden war. Bevor mich die Erinnerungen übermannten, schaute ich zu Frau Berger, die an der Rezeption gerade eine Gruppe Jugendlicher bediente.

»Hast du keinen Vater?«, fragte ich.

Sie lachte. »Jedes Kind hat einen Vater! Oder muss ich dich aufklären?«

Ich schmunzelte.

Unbekümmert berichtete Christin von ihrem Vater, der als Kommissar bei der Polizei arbeite und den sie erst wenige Monate zuvor kennengelernt habe. Aber seitdem kümmere er sich um sie, und sie würden auch viel gemeinsam unternehmen. Morgen komme er mit in den Zoo nach Bremerhaven.

Während die Kleine sprach, wuchs eine Idee in meinem Kopf: Konnte dieses Mädchen Undines Geist lebendig werden lassen? Vielleicht? Ich wollte es probieren.

»Hast du Lust auf einen kleinen Test?«, fragte ich.

»Was denn für einen Test?«

»Ich habe mir da etwas ausgedacht, um zu messen, wie gut Schüler nachdenken können.«

»Und wozu brauchst du das?«

»Das erzähle ich dir hinterher.« Ich wollte in ihr keine falschen Hoffnungen wecken. Aber gerade solchen Kindern würde unsere TimurSchule eine Chance geben. »Erkläre ich meine Untersuchung vorher, wärst du vielleicht abgelenkt.«

»Okay. Ich mache mit, wenn du Mama fragst.«

»Na klar. Und du wartest hier.«

Ich stand auf, lief in mein Zimmer, holte die Testunterlagen und ging an die Rezeption, um Frau Berger mein Attentat auf Christin zu beichten. Sie zeigte wenig Begeisterung und fragte nach dem Grund meines Experiments. Auch ihr wollte ich keine voreiligen Versprechungen machen. Noch zu gut klangen mir Christins Worte im Ohr, wie sehr Frau Berger das Schicksal der Tochter belastete. Ich erklärte unsere Gruppe schlichtweg zu Hobbypsychologen, die in der Freizeit Veränderungen in der Auffassungsgabe von Schülern erforschten. In Frau Bergers Blicken lag deutliche Skepsis ob meiner Erklärung; wenn Christin jedoch mitmachen wolle, könne sie wohl kaum nein sagen. Sie habe schon ein schlechtes Gewissen, weil die Kleine den ganzen Tag in der Lobby herumsitze. Ich fasste Mut und bat um Erlaubnis, Christin nachher meinen Freunden vorzustellen. Frau Berger verzog den Mund. Na ja, auf halbem Wege dürfe man nicht stehen bleiben. Zum Feierabend um vier gingen sie beide allerdings nach Hause.

Die eine Stunde, die ich Christin mit in unsere Besprechung nehmen durfte, genügte. Am liebsten hätte ich mich auf den Tresen gelehnt und Frau Berger einen Kuss geschenkt. Aber ich beherrschte mich und lief zu ihrer Tochter zurück.

Die folgende Zeit arbeitete meine Probandin konzentriert an dem Test. Ich schaute der Kleinen voller Neugier immer wieder über die Schulter, obwohl ihr das anscheinend wenig behagte. Schließlich legte sie den Kugelschreiber zur Seite und reichte mir die Blätter. »War manchmal ganz schön schwer!«

»Das glaube ich.« Hastig blätterte ich die Unterlagen durch. »Die Ergebnisse muss ich erst genau auswerten. Aber du hast bestimmt viele Aufgaben richtig gelöst.«

In Christins Gesicht spiegelte sich kaum Freude wider. Sie sah mich eher besorgt an.

»Machst du den Test auch mit den anderen aus meiner Klasse?«

»Warum fragst du?«

»Na ja.« Sie schien verlegen und beichtete mir ihre Bedenken nur zögerlich: Wenn die Mitschüler schlechter als sie abschnitten, würden die sie wieder hänseln. »Ich bekomme oft als Einzige eine Eins. Die rufen mich dann immer Streberin.«

Offenbar kämpfte Christin gegen Tränen an. »Und Landei nennen die Idioten mich auch noch. Bis November lebten wir in Twistringen. Die denken hier, Kinder aus einer Kleinstadt sind alle doof.«

Auf einmal sah ich Undine vor mir. Sie hatte seinerzeit ebenso ob ihres Schicksals aufbegehrt. Wenn ich ihr damals nicht geholfen hatte, diesem Mädchen werde ich helfen.

*

»Ich muss jetzt aber gehen.« Christin zeigte auf die Uhr an der Wand des Besprechungsraums. »Meine Mama hat Feierabend und da wollen wir nach Hause.«

»Na dann werde ich dich mal zu deiner Mama bringen.« Corinna stand auf und fasste das Mädchen um die Schulter. Sie sah sich um und zwinkerte mir zu. »Ich bin sofort wieder da. Wir haben wohl viel zu besprechen, für unser Projekt.«

Die beiden verließen den Raum. Wir zurückgebliebenen Männer schwiegen.

»Na, seht ihr.« Wolpi rieb unternehmungslustig seine Hände und schaute mich an. »Hättest du gleich die Kleine aus dem Zylinder gezaubert, wäre uns das Gezänk am Morgen erspart geblieben.«

# 11

**10. Mai 2008 – Samstag**

Dagmar erwachte durch eine Melodie ihres Handys. Schlaftrunken nahm sie den Störenfried vom Nachttisch; das gelbe Briefsymbol vermeldete den Eingang einer SMS. Rechts darunter zeigten die Ziffern 04.25 die frühe Morgenstunde. Kein Wunder, dass vor den Fenstern noch dunkle Nacht herrschte. Die Sonne würde erst in einer Stunde über den Horizont klettern. Dagmar ärgerte die Störung. Bestimmt verkündete der Netzanbieter die Rückkehr nach Deutschland. Lustlos öffnete sie die SMS. Die wenigen Worte, die da standen, weckten jedoch ihre Lebensgeister: ›Lassen Sie uns reden, bevor Sie zur Polizei rennen. Um 05.30 Uhr am Start der Joggingrunde. Harry Gronau‹

Dagmar empfand ein Schuldgefühl. Hatte sie zu früh Kommissar Müller ihren Verdacht gemeldet? Zum Glück hatte der nicht überstürzt reagiert und zuerst eine schriftliche Aussage verlangt. Nach dem Gespräch mit Gronau konnte sie notfalls einfach zurückrudern.

Ohne lange nachzudenken, stand Dagmar auf, ging ins Bad, zog ihre Kleider an und verließ die Kabine. 40 Minuten verblieben, in denen sie nach dem genannten Ort suchen musste – von einer Joggingrunde oder deren Start hatte sie bislang nichts gehört. Die nette Dame an der Rezeption wusste jedoch Rat und wies ihr den Weg.

Der Treffpunkt lag auf dem Jasmund-Deck, außen an Backbord. Hier gab es keinen direkten Ausgang an Oberdeck, wie an Steuerbord, wo sich der Eingangsbereich befand. Man kam nur über das eine Etage höher gelegene Wittow-Deck hierher. Eine kreisrunde Markierung an der Wand mit der Aufschrift ›Start Jogging‹ und ein breiter weißer Strich am Boden verrieten Dagmar, dass sie die richtige Stelle gefunden hatte. Ein Stück weiter achtern ging ein Niedergang nach unten zu den Kabinen der Besatzung. Eine Kette samt Schild ›Crew only‹ versperrte den Zutritt für die Passagiere. In der entgegengesetzten Richtung wiesen weiße Pfeile den Sportlern ihren Weg, der nach ungefähr 20 Metern über den Aufgang auf das Wittow-Deck führte, den Dagmar gerade heruntergekommen war. Ungläubig schüttelte sie den Kopf. Wie konnten diese Fanatiker nur so verrückt sein und durch enge Gänge und über steile Treppen joggen? Vielleicht sogar bei Seegang? Da waren Verletzungen sicher vorprogrammiert.

Offensichtlich gehörte Gronau zu diesen Enthusiasten. Na egal. Dagmar blieb noch eine halbe Stunde bis zur verabredeten Zeit. Sie lehnte an der Reling und sah zum Land hinüber. Als grauer Streifen duckte sich die Landschaft unter einem orangefarbenen Himmel, der die aufsteigende Sonne hinter dem Horizont ankündigte. Heute würde erneut herrliches Wetter die Kreuzfahrt begleiten. Wenn Gronau nachher all ihre Verdachtsmomente ausräumte, konnte Dagmar die Fahrt durch den Nord-Ostsee-Kanal genießen. Aber wer hatte dann Ronald umgebracht? Sie zog die Schultern zusammen. Der Fahrtwind wehte scharf von schräg vorn. Eine prächtige Gänsehaut zierte ihre Unterarme. Sie trat zurück an die Bordwand. Hier kam der Wind nicht her. Jetzt stieg ihr Dieselgestank in die Nase, und der Lärm der Schiffsmaschinen dröhnte hinter der Stahlwand. Gerade diese Atmosphäre bereitete Dagmar tiefstes Unbehagen. Sie überlegte: Weshalb sollte sie an diesem unwirtlichen Ort herumlungern? Gronau musste über den Niedergang vom Wittow-Deck herunterkommen. Wenn sie dort wartete, lief er ihr zwangsläufig über den Weg.

Oben hockte sich Dagmar auf einen Liegestuhl. Warum bestellte sie Gronau an diese blöde Stelle? Wollte er anschließend joggen gehen? Wollte er sie bequatschen? Oder ihr gar drohen? Darum auch der Termin im Morgengrauen. Wie hatte er in der SMS geschrieben? Dagmar langte nach ihrem Handy, tastete die Taschen ab; verflucht, das Ding lag in der Kabine. Bis zum Treffen mit Gronau blieben ihr noch gut 20 Minuten – Zeit genug, das Telefon zu holen.

Im Mönchgut-Deck angekommen, kam Dagmar an Corinnas Kajüte vorbei. Sie hielt inne. Soll ich Corinna bitten mitzukommen? Warum nicht? Sie kennt die Details des Projekts. Aber würde Gronau dann reden? Und vor allem kann ich sie so früh wecken?

Unschlüssig rückte Dagmar an die Tür heran und horchte. Dahinter war alles still. Kein Wunder, kurz nach fünf. Was sollte sie tun? Unschlüssig trat Dagmar von einem Bein auf das andere. Gronau wollte nur sie sprechen. Na klar, unter vier Augen konnte man mehr sagen, als wenn ein Zeuge zuhörte.

Plötzlich flog die Kabinentür auf. Corinna stand im Schlafanzug und mit zerzausten Haaren da.

Dagmar fuhr erschrocken zurück. Ihr Herz raste.

»Was soll ... Dagmar?«

Dagmar atmete tief durch. »Entschuldige ... habe ... ich dich geweckt?«

Corinna trat auf den Korridor. »Ich schlafe auf dem Dampfer eh schlecht, die Geräusche und die Bewegungen. Und dieser breite Spalt unter der Tür. Dadurch fällt genügend Licht, dass es beinahe die Kabine ausleuchtet.«

Richtig. Dagmar erinnerte sich. Auch sie hatte die Ritze am Türrand über dem Boden schon bemerkt; besonders im Dunkeln vor dem Fernsehapparat zog das Licht immer wieder ihre Blicke an.

»Und wenn jemand davor herumsteht, sieht man das«, fuhr Corinna fort. »Ich dachte, hier lauscht irgend so ein Idiot.«

»Oh, entschuldige.«

»Kein Problem. Was willst du denn? Wie spät ist es eigentlich? Draußen scheints ja noch dunkel zu sein?«

Eine plötzliche Eingebung sagte Dagmar: Triff dich allein mit Gronau.

»Ach weißt du«, wehrte sie ab, »ich konnte nicht schlafen und bin auf dem Weg an Oberdeck stehen geblieben. War Quatsch von mir. Leg dich mal wieder hin. Ich gehe allein frische Luft schnappen.«

Corinna gähnte. »Ich komme mit. Ohne Mist. Ich springe schnell unter die Dusche, du wartest die paar Minuten und dann ziehen wir los.« Sie beugte sich vor. »Der frühe Vogel fängt den Wurm.« Ein freches Grinsen umspielte ihren Mund. »Vielleicht kann ich ja einen knackigen Junggesellen aufreißen?«

»Wen denn?«, konterte Dagmar, um die Gefährtin abzuschütteln. »Der jüngste Junggeselle hier an Bord bekommt bereits Rente. Nein, nein, ich drehe nur eine kleine Runde. Leg dich mal wieder hin. Wir sehen uns beim Frühstück.« Dagmar wandte sich zum Gehen.

»Willst du auch nicht mehr raus?«, fragte Corinna. »In der entgegengesetzten Richtung liegt deine Kabine.«

Dagmar schlug sich mit der Hand an die Stirn. Sie sei von dem Schreck vorhin noch ganz durcheinander. Bevor Corinna ihr Angebot zum Mitkommen wiederholen konnte, lenkte sie ihre Schritte in Richtung Vestibül. Nach einem Blick auf ihre Uhr – vier Minuten vor halb sechs – hastete Dagmar die Treppe hinunter, verließ am Wittow-Deck die Aufbauten und eilte auf der Backbordseite zum Start der Joggingrunde eine Etage tiefer. Mitten auf dem Niedergang bekam sie einen Schreck. Unten lief gerade ein Sportler los. Dagmar sprang die restlichen Stufen herunter und trat auf den Gang. »Herr …« In dem Moment erkannte sie ihren Irrtum. Der Mann war nicht Gronau. Freundlich grüßend rannte der Fremde an ihr vorbei und hopste mit federnden Schritten die stählernen Treppenstufen hinauf.

Dagmars Uhr zeigte kurz nach halb sechs. Gronau konnte sie unmöglich verpasst haben. Sie ging zur Startlinie, wartete und begann schließlich, auf und ab zu laufen. Was hatte Gronau sich dabei gedacht, sie hierher zu bestellen und nicht zu kommen? Dagmar wendete an der Treppe, die nach oben zum Wittow-Deck führte, und lief zurück nach achtern bis zu dem Niedergang, der mit dem Schild … Verblüfft blieb sie stehen. Die Absperrkette hing schlaff herunter, und die Warnung ›Crew only‹ pendelte im Fahrtwind.

Plötzlich packte sie eine Hand am Mund und eine an der Schulter. Der Schreck lähmte Dagmar. Instinktiv versuchte sie, die Umklammerung abzuschütteln. Aber der Angreifer fasste noch fester zu. Der strenge Geruch von gebrauchten Lederhandschuhen und ein bitterer Geschmack auf den Lippen ließen sie würgen.

»Pst!«, zischte der Angreifer ihr wie eine Schlange ins Ohr.

Mit heftigen Atemzügen sog Dagmar die Luft durch die Nase und kämpfte gegen die aufsteigende Übelkeit an.

»Ab!«, ertönte die krächzende Stimme dicht an ihrer Seite. Gleichzeitig drängte ein unwiderstehlicher Druck Dagmar zum Niedergang, auf die Stufen. Stürzt der Kerl sie jetzt hinunter? In panischer Angst versuchte Dagmar die Balance zu halten. In der Zwangsjacke der fremden Arme gefangen und von hinten getrieben, stolperte sie Schritt für Schritt abwärts. Unten angekommen bugsierte sie der Angreifer zu einer offenen Stahltür und stieß sie hinein. Dagmar strauchelte, stürzte und schlug mit der Schulter gegen eine Wand. Krachend flog das Schott zu. Schwarze Dunkelheit umgab Dagmar. Langsam rappelte sie sich auf und massierte die schmerzende Schulter. Nach einigen Sekunden der Besinnung fiel der Schock des Überfalls von ihr ab. Aber nicht Erlösung oder Entspannung oder Erleichterung linderten ihr Leid, nein – Panik befiel sie. Temperaturen wie in der Sauna, Lärm wie in einem Maschinensaal und Dieselgestank wie in einem Tanklager überfielen Dagmar. Würde sie hier drin überleben? Hastig tasteten die Hände über ihre Kleidung, bevor sie in einem Weinkrampf zusammensank – das Handy lag oben in der Kabine – sie konnte keine Hilfe rufen.

## 12

In der vergangenen Nacht hatten Marc die Gedanken an seine Tochter kaum schlafen lassen. Was führte Helmers im Schilde? Wirklich nur Christins Begabung zu fördern? Auf welche Privatschule sollte sie gehen? Frau Sanders hatte gestern am Telefon auch davon gesprochen und Geldsummen von fünf und sieben Millionen genannt. Um halb zwei war Marc aufgestanden und hatte sich an den PC gesetzt. Wenn er den Besuch bei Tilgner effektiv nutzen wollte, musste er mehr über die Gründung einer Privatschule wissen.

Konkrete Anleitungen oder Checklisten hatte er vergeblich gesucht. Diese Kenntnisse vermittelten bestimmte Bildungsträger nur gegen Bezahlung auf zweitägigen Seminaren. Aber einige allgemeine Hinweise hatte er gefunden: Gegenwärtig schien ein wahrer Boom zur Eröffnung dieser Schulen in freier Trägerschaft, wie sie offiziell hießen, ausgebrochen zu sein. Überall fanden sich Organisationen,

Vereine, Zusammenschlüsse besorgter Eltern und sogar Firmen, die nach Alternativen zu staatlichen Bildungseinrichtungen suchten. Die Schulbehörden sahen diese Entwicklung skeptisch, und so fochten die Privatschulen einen fortwährenden Kampf um ihre Existenzberechtigung aus. Marcs besonderes Interesse hatte einem Artikel gegolten, der die jährlichen Kosten pro Schüler für alle Schulformen in Bremen und Niedersachsen auflistete. Er hatte mit den dort dargestellten Zahlen hin und her gerechnet, war jedoch nicht auf die von Frau Sanders genannten fünf beziehungsweise sieben Millionen gekommen.

Mitten in seine Arbeit hinein hatte ihn eine furchtbare Erkenntnis getroffen: Durch Christins Verbindung zum Mordopfer galt er als befangen. Diesen Umstand musste er Kriminaldirektor Herzog melden. Der würde den Fall einem Kollegen übertragen und Marc wäre außen vor, dürfte keine weiteren Ermittlungen anstellen. Nach langem Abwägen hatte er beschlossen, zuerst mit Tilgner zu sprechen und anschließend Herzog über seine persönlichen Verstrickungen zu informieren. Bevor er allerdings die Angelegenheit abgab, musste Marc unbedingt noch diesen Kaczmarek ausfindig machen; er wusste auch schon wie: Wenn Helmers dem Funktionär gestern einen gut dotierten Auftrag abgerungen hatte, reiste der möglicherweise auch auf der Rügen?

Am Morgen war Marc in sein Auto gestiegen und nach Hamburg aufgebrochen. Von unterwegs rief er Imhoff an. Der nörgelte ob der frühen Störung, zeigte schließlich Einsicht und versprach, in die Firma zu fahren und die Passagierliste der Kreuzfahrt zu überprüfen.

Ein halbe Stunde später stand fest – Gerd Kaczmarek reiste tatsächlich an Bord des Schiffes. Auf Marcs Drängen sagte Imhoff zu, die wichtigsten Angaben über den Mann aus den Unterlagen der Reederei zusammenzustellen und die Genehmigung zur Herausgabe bei Doktor Olbert zu erwirken.

Zufrieden mit seinem Ergebnis erreichte Marc Hamburg. Tilgner wohnte in einem Reihenhaus, das 20 Jahre alt sein mochte und in keiner Weise einem Vergleich mit Helmers Anwesen standhalten dürfte. Der Hausherr erwartete Marc bereits. Der Einfachheit halber gingen sie in die Küche. Tilgner setzte Kaffee auf und Marc sprach von Helmers gewaltsamen Tod. Tilgner wusste davon, weil ihn Corinna Borowski informiert hatte.

»Sie verbindet eine Freundschaft mit Herrn Helmers?«, stellte Marc schließlich seine erste Frage.

»Ja.«

Marc zog sein Notizbuch aus der Gesäßtasche der Jeans und zückte den Bleistift. »Bitte beschreiben Sie Ihre Freundschaft.«

»Ich lernte Herrn Helmers über meine Mutter kennen. Er hatte für sie eine Immobilie renoviert. Wir freundeten uns mit der Zeit an; diskutierten gern über die gute alte Zeit und tauschten unsere Jugenderfahrungen aus. Ronald und ich gehörten einem Jahrgang an, erlebten die 70er und 80er völlig unterschiedlich – er hinter dem Eisernen Vorhang und ich halt davor. Irgendwann lernte ich Ronalds Schulfreunde Corinna und Wolpi kennen. Schließlich trafen wir uns regelmäßig, alle halbe Jahre, im Bremer Hotel Neptun«.

»Sie sehen einander auch heute noch regelmäßig?«, fragte Marc ungläubig. »Alle halbe Jahre?«

Tilgner stellte die Tassen auf den Tisch, schenkte Kaffee ein und setzte sich zu Marc. »Ja, warum?«

»Ich meine so ohne jeglichen Grund. Sie vier stehen aktiv

im Berufsleben, da kommt doch mal etwas dazwischen.« Marc angelte nach seinem Zopf und drehte ihn zwischen den Fingern. »Unsere Klasse veranstaltete anfangs alle zwei Jahre Zusammenkünfte. Als immer weniger kamen, haben wir für längere Zeit ausgesetzt, mit Erfolg. Im vergangenen Herbst erschien beinahe die ganze Truppe.«

»Bei einer Klasse ist das halt anders. Da gibt es Grüppchen, gegenseitige Gekränktheiten und Missgunst. Aber wir? Uns vier verbindet eine feste Freundschaft.«

»Hm. Was verbindet Sie außerdem?«

Tilgner rührte in seiner Tasse und klapperte dabei mit dem Löffel, als wolle er das Porzellan nach Sprüngen abklopfen. »Nichts weiter.«

»Nein?« Marc warf seinen Zopf über die Schulter und beugte sich vor. »Wenn es weiter nichts gibt, warum schlichen Sie gestern Nacht um halb drei in Herrn Helmers Haus?«

Tilgner schien kein bisschen erschrocken oder überrascht. Er lächelte milde. »Ich bin keineswegs in Ronalds Haus geschlichen. Ich habe ganz normal den Schlüssel benutzt, den ich besitze, und aufgeschlossen.«

»Ach ja? Zu der Zeit?«

»Ich hatte meine Mutter von einem Geschäftstermin in Berlin abgeholt. Gegen eins hatte ich sie zu Hause abgesetzt, und 30 Minuten später fuhr ich los.«

»Was wollten Sie im Arbeitszimmer?«

»Ronalds Festplatte sichern.«

»Hätten Sie vorher nicht die Polizei fragen sollen?«

»Warum? Wegen eines Unfalltods, den alle annahmen? Corinna hat mich erst am folgenden Nachmittag über den Mordverdacht informiert.«

Marc biss auf seine Unterlippe. Der Mann laberte wie ein Politiker – redete, ohne etwas zu sagen. Vielleicht führte nur der direkte Weg zum Ziel. »Na gut, frage ich mal so: Was wollte Herr Helmers von Christin Berger?«

Tilgner zuckte mit den Augen. »Wer soll diese Christin Berger sein?«

»Christin ist ein zwölfjähriges Mädchen, an das sich Helmers rangemacht hat.«

»Ronald quälten keine pädophilen Neigungen«, gab Tilgner kühl zurück.

»Sie verstehen mich falsch. Herr Helmers versprach Christin, sie auf eine Privatschule zu schicken. Was ging ihn das Schicksal der Kleinen an? Und auf welche Schule wollte er sie geben?«

»Warum interessiert Sie diese Christin?«

›Weil sie meine Tochter ist‹, polterte Marc beinahe heraus. Aber er beherrschte sich. Wenn Tilgner von seiner Vaterschaft an Christin erfuhr, würde er noch weniger aus ihm herausbekommen. Anstatt seine wahren Beweggründe zu offenbaren, schaltete Marc auf Angriff. »Nun gut, Sie verweigern die Auskunft zu dem Mädchen, vielleicht reden Sie über die Privatschule.«

Tilgner verzog das Gesicht, als wägte er innerlich zwischen Pest und Cholera ab. »Sie kennen unser Projekt?«

»Ja.« Marc pokerte; er musste die Initiative behalten. »Sie wollen eine Schule in freier Trägerschaft gründen. Dafür brauchen Sie einiges an Geld – Millionen.« Er schaute auf Tilgner, der schwieg zwar, hielt jedoch dem Blick stand. »Sprechen wir über Ihre Finanzplanung.«

»Von mir aus.«

»Wie viele Schüler werden Ihre Schule besuchen? Und was für eine Schule planen Sie?« Zum Glück hatte er die Nacht zur Weiterbildung genutzt.

»300. Gesamtschule.«

Marc blätterte in seinem Notizbuch. »Ich habe mich kundig gemacht: Jeder Schüler in einer Gesamtschule kostet 6.500 Euro pro Jahr. Für drei Jahre bekommen Sie keine staatliche Förderung. Also: 6.500 mal 300 mal 3 ist ...« Der Bleistift hüpfte über das Papier und Marc rechnete zusammen; wie eh und je ging das am besten, wenn er die Zahlen leise vor sich hinmurmelte, als würde er das Ergebnis mit einer Beschwörungsformel herausfinden wollen. »5,85 Millionen. Das wäre die Summe ohne Schulgeld. Nehmen Sie Schulgeld?«

»Ja. Monatlich im Durchschnitt 200 Euro pro Kind.«

»Dann hätten wir 200 mal 300 mal 12 mal 3.« Das Schauspiel der Berechnung wiederholte sich. »Wir können 2,16 Millionen gegenrechnen und es bliebe ein Finanzbedarf von 3,69 Millionen.« Marc schaute auf. »Sie brauchen eine Immobilie. Wie viel müssen wir für die ansetzen?«

»Die Gebäudekosten sind in den 6.500 Euro Schüleraufwendungen bereits umgelegt.«

»Also gut, bleiben wir bei der offiziellen Zahl«, bestimmte Marc. »Welche Summe erwartet die Genehmigungsbehörde?«

»Zuletzt sieben Millionen.«

Dagmar Sanders hatte sieben, aber auch fünf Millionen erwähnt. »Warum verlangt die Behörde das Doppelte?« Marc schaute in sein Notizbuch. »3,69 gegen 7 Millionen Euro; habe ich eigentlich richtig gerechnet?«

»Im Prinzip ja. Wir planen mit einem jährlichen Bedarf von 1,2 Millionen in den ersten drei Jahren.«

»Was 3,6 Millionen ergibt.«

»Genau. Zusätzlich planen wir ein Internat, und wir wollen 100 besonders begabte Schüler ohne Schulgeld unterrichten und unterbringen. Für diese Mehrkosten wird eine Stiftung mit einem Vermögen von 1,4 Millionen aufkommen.«

»3,6 plus 1,4 ergibt 5. Sie benötigen fünf Millionen.«

»Ja. Bis zum Februar hatte der betreuende Sachbearbeiter diese Summe als finanzielle Absicherung akzeptiert.«

Damit war auch dieser Betrag, den Frau Sanders genannt hatte, geklärt. »Aber die Behörde verlangt jetzt sieben Millionen. Mit welcher Begründung?«

»Ohne.«

»Schikane?«

»So sieht es aus.«

»Und nun?«

»Ich habe das zusätzliche Geld besorgt.« Tilgners Worte klangen so, als berichte er von seinem letzten Besuch am Bankautomat, um 500 Euro abzuheben.

»Wie, wenn ich fragen darf?«

»Nein, Sie dürfen nicht.«

Marcs Verblüffung währte nur kurz. »Wir reden hier über sieben Millionen. Wo kommen die her?«

»Gehen Sie zu jedem Millionär und verlangen Auskunft zur Herkunft seines Vermögens? Aber damit Sie meinen guten Willen erkennen: Den Grundetat spendiert meine Mutter und den Schikane-Zuschlag besorge ich.«

Na warte, Freundchen, dich kriege ich, dachte Marc. Er notierte ›Alwin Tilgners Anteil – Herkunft?‹ und schaute wieder auf. »Lassen Sie uns auf Ihre regelmäßigen Treffen zurückkommen. Die dienen doch wohl der Vorbereitung Ihrer Schulgründung. Oder?«

»Ja.«

»Warum haben Sie mir das nicht gesagt?«

»Ich wollte das Schulprojekt außen vor lassen. Bestimmt ergibt sich keine Verbindung zu Ronalds Tod.«

»Solche Schlussfolgerungen sollten Sie mir überlassen.« Marcs Vorwurf sollte hart klingen, schien bei Tilgner allerdings wenig Eindruck zu hinterlassen. »Verraten Sie mir die Rollenverteilung in Ihrer verschworenen Gemeinschaft?«

»Gern.« Obwohl die Idee zu der Schulgründung von seiner Mutter ausgegangen sei, halte sie sich in der konkreten Umsetzung des Projektes zurück. Sie gebe das Geld und habe gefordert, Ronald Helmers während der Antragsphase die Koordinierung zu übertragen.

»Ach so?«, fragte Marc dazwischen. »Sie arbeiten doch als Lehrer und Herr Helmers verdient seine Brötchen im Baugewerbe.«

»Wo er komplexe Projekte betreut. Was meine Rolle betrifft – ich leiste meinen Beitrag bei der Erarbeitung des pädagogischen Konzepts und berichte meiner Mutter über den Stand der Dinge.«

»Bleiben Frau Borowski und Herr Wolpert. Welche Aufgaben erfüllten die?«

»Sie unterstützten Ronald bei allem, was anfiel.«

»Ging das überhaupt? Herr Helmers wohnte in Bremen, die Freunde in München beziehungsweise Stralsund?«

»Im Zeitalter moderner Kommunikationsmittel organisieren selbst mittelständische Unternehmen ihre Arbeit über Kontinente hinweg.«

Marc fühlte sich geschulmeistert. Zumindest hatte er jetzt eine Übersicht über die Beteiligten, wobei ihm gerade die Rolle von Borowski und Wolpert unklar blieb. Er wurde auch das Gefühl nicht los, dass ihm Tilgner so einiges verschwieg. Danach jetzt zu fragen, würde wenig nützen. Ihn interessierte aber noch ein anderer Aspekt: »Wenn Sie und Ihre Freunde eine so unzertrennliche Freundschaft verbindet, warum reisen Frau Borowski und Herr Helmers allein? Sie erklärten vorhin, bei Ihren Zusammenkünften habe nie jemand gefehlt. Sie selbst mussten wohl absagen?«

»Ja. Unaufschiebbare Verpflichtungen.«

»Als Lehrer? Zu Pfingsten?«

»In Bezug auf die TimurSchule.«

»Was genau?«

Tilgner lehnte den Oberkörper zurück und verschränkte die Arme vor der Brust. »Geld besorgen. Und falls Sie neuerlich nach der Quelle meiner finanziellen Mittel fragen sollten – verweigere ich auch dieses Mal die Auskunft.«

»Damit machen Sie sich verdächtig.«

»Ja, ich weiß. Aber ich werde es aushalten.«

»Vorhin haben sie angedeutet, die Forderung nach zusätzlichen zwei Millionen sei kurzfristig erfolgt?«

»Ja, im Februar.«

»Und im vergangenen Vierteljahr haben Sie das Geld beschafft?«

»Ja. In der kommenden Woche steht mir die gesamte Summe zur Verfügung.«

»Die Sie an diesem Wochenende *beschaffen*?«

»Ja.«

Die TransOzeana wird um zwei Millionen erpresst, schoss es Marc durch den Kopf. Der Gedanke, Tilgner könne dahinterstecken und Helmers als Opfer auswählen, kam ihm aberwitzig vor. Allerdings andersherum wäre eine Variante denkbar: »Kann Herr Helmers in eine Erpressung verwickelt gewesen sein?«

»Erpressung?«

»Ja. Der Mord an Helmers geht mit Geldforderungen gegenüber der Reederei einher. Warum wählte der Erpresser Herrn Helmers als Opfer aus?« In Tilgners Gesicht zuckte kein einziger Muskel. »Gibts da eine Verbindung?«

Tilgner schien zu überlegen. »Nein«, antwortete er schließlich mit Bestimmtheit, »Ronald und Erpressung, das passt niemals zusammen.«

Marc nickte und sah seine Notizen durch. Da fiel ihm doch noch eine Frage ein. »Die zusätzliche Geldforderung, wer hat die erhoben?«

»Herr Gronau, Harry Gronau. Der betreut unser Projekt.«

So klein war die Welt. Hoffentlich schickte Frau Sanders schnell den Bericht zu ihrem Verdacht gegen den Mann. Gegebenenfalls musste er Tilgner anschließend noch einmal diesbezüglich befragen.

Jetzt wollte Marc erneut auf dem wunden Punkt in Tilgners Aussage herumreiten: »Mit Ihnen fehlt ja bereits einer aus der Runde der Unzertrennlichen. Und das zum ersten Mal nach all den Treffen in Bremen? Just bei solch einer schönen Kreuzfahrt? Bleibt noch der Vierte im Bunde. Hat der ebenfalls abgesagt?«

»Nein. Wolpi, ich meine Ferdinand Wolpert, konnte die Reise leider nicht mehr absagen, musste aber dennoch auf den Urlaub verzichten – er ertrank am 1. Mai.«

Für einen Augenblick schien die Welt stillzustehen. Marc glaubte, sich verhört zu haben. Er kniff die Augen zusammen und fixierte sein Gegenüber. »Wollen Sie damit sagen, zwei aus Ihrem Freundeskreis sind kurz nacheinander verstorben?«

»Ja. Es besteht allerdings kein Zusammenhang. Wolpi erlag einem Badeunfall.«

»Wer sagt das?«

»Die Polizei seiner Heimatstadt Stralsund.«

Eine Lawine an Selbstvorwürfen überfiel Marc. Mit mehr Weitsicht säße er nicht wie ein überraschter Pennäler hier.

Wolperts Daten standen auf Sabines Zettel. Ein Anruf in Stralsund, gestern Abend, und Löffler hätte Wolpert aufgesucht, dessen Schicksal erfahren und Marc sofort informiert. Scheiße!

»Ich muss Wolperts Tod überprüfen lassen«, erklärte er. »Im Lichte von Herrn Helmers Ableben stellt sich die Sache aus einem anderen Blickwinkel dar.«

»Jetzt, wo Sie es sagen.«

Marc vermerkte hastig die neuen Fakten in seinem Buch. »Wann starb Herr Wolpert? Und wo?«

»Am 1. Mai. Im Strelasund nahe Devin.«

»Devin?« Marc hatte den Namen nie zuvor gehört.

Das sei ein Ortsteil von Stralsund am südlichen Stadtrand, erklärte Tilgner. Marc notierte auch das und stand auf. »Die Zeit drängt, ich muss nach Bremen zurück.«

Tilgner brachte ihn an die Tür.

Marc verabschiedete sich und mahnte Tilgner, möglichst bald der Polizei die Herkunft des zusätzlichen Geldes für die Privatschule zu erklären.

Von unterwegs informierte Marc zunächst Löffler über den Tod dieses Ferdinand Wolpert. Löffler versprach, sofort der Sache nachzugehen. Anschließend wählte Marc die Nummer seines Chefs. Als er zur Erklärung seiner persönlichen Berührungspunkte zum Mordopfer Helmers ansetzen wollte, unterbrach ihn Herzog barsch. Was Marc einfalle, ihn in einer wichtigen Besprechung zu behelligen. Es gebe nur einen einzigen Grund für eine Störung – die ausstehende zweite Nachricht des Erpressers zu den Bedingungen der Geldübergabe. Noch ehe Marc etwas erwidern konnte, legte Herzog auf.

»Auch gut, mache ich also weiter.«

# 13

Nach dem Anruf von Müller III hatte Löffler die Akte des Badeunfalls Wolpert vom zuständigen Kriminalkommissariat angefordert. Gerade eben reichte ein Kollege den dünnen Ordner herein. Löffler holte sich eine Tasse Kaffee aus dem Automaten, nahm an seinem Schreibtisch Platz und blätterte in den Unterlagen. Auf den Seiten mit den Fotos vom Fundort des Toten blieb er hängen. Ein malerisch gelegenes Stück Küste, weißer Sand, eine winzige Steilküste und Stralsunds Silhouette im Hintergrund täuschten eine Urlaubsidylle vor. Aber bereits die nächsten Bilder zeigten eine männliche Wasserleiche, gefolgt von zahlreichen Detailaufnahmen. Der Polizeifotograf hatte seine Aufgabe offensichtlich ernst genommen und unzählige Fotos gemacht, als ob er eine wissenschaftliche Arbeit über Badeunfälle bebildern wollte.

Löffler blätterte zu den ersten Seiten zurück und studierte die Berichte. Der Obduktionsbefund nannte Ertrinken als Todesursache. Der Todeszeitpunkt wurde auf 13.00 Uhr geschätzt. Ein Hundehalter hatte die Leiche zwei Stunden später während eines Spaziergangs aufgefunden. Ringförmig angeordnete Hämatome an einem Knöchel deuteten auf eine Fesselung hin. Diese Wundmale waren dem Opfer zu Lebzeiten und unter Wasser zugefügt worden. Ein Detail weckte Löfflers Interesse. Obwohl die Leiche zwei Stunden im Sund getrieben war, hatte der Obduzent Spuren von Vaginalsekret im Inneren des Penis festgestellt. Wolpert hatte vor seinem Tod Geschlechtsverkehr gehabt, ohne jedoch zum Höhepunkt gekommen zu sein.

Neugierig geworden, blätterte Löffler weiter zu den Schlussfolgerungen, die der Bericht bot. Die Frage, warum Wolpert baden gegangen war, hatten die Kollegen nicht klären können. Eine Wassertemperatur um die zehn Grad und kühles Schauerwetter luden kaum zu einem Sprung in die Fluten ein. Die Ehefrau habe auch keine Gründe für den Badeausflug des Ehemannes nennen können, sie sei zur fraglichen Zeit zu Hause gewesen. Einen Quickie mit einer fremden Frau traue sie ihm allerdings stets zu. Welche Schlampe ihn beglückt habe, entziehe sich ihrer Kenntnis. Aus dem Vaginalsekret hatte das Labor die DNS der Unbekannten isoliert, aber einen Namen zu der Spur vergeblich in den Datenbanken gesucht. Darüber hinaus fehlte ein Zeuge, der das Drama gesehen hatte.

Wohl um dem Fall einen vorläufigen Abschluss zu geben, hatten die Kollegen vom Kriminalkommissariat ihre Vermutungen notiert:

›Wolpert und seine Partnerin werden während des Geschlechtsverkehrs gestört, die Frau läuft weg und Wolpert geht gefrustet baden. Im Wasser verfängt er sich in Schlingpflanzen, gerät in Panik, verliert das Bewusstsein und ertrinkt – kein Zeuge, der ihm helfen kann. Seine Gespielin ist längst verschwunden und der Strand, hinter einer Kuppe gelegen, schwer einsehbar. Außerdem geht bei dem schlechten Wetter niemand in der Mittagszeit am Sund spazieren.‹

Klang alles schlüssig und einleuchtend. Die Details passten gut zusammen. Wenn Ferdinand Wolpert nicht zu dieser Clique der Schulgründer gehört hätte, würde Löffler die Akte wieder zuklappen und weglegen. Aber so? Seit gestern gabs den zweiten Toten aus deren Reihen, zwei von vier. Löffler überflog den Bericht erneut. Die Stelle, die den Sexualverkehr beschrieb, weckte sein Interesse. Ein kleiner Quickie an einem verlassenen Badestrand – heute beinahe alltäglich. Bei Regenschauern? Und warum hatte Wolpert keinen Höhepunkt erlebt? Waren sie wirklich gestört worden? Oder hatten die beiden einen Streit begonnen? Während der Nummer?

Löffler blätterte zurück zum Obduktionsbefund und sah Zeile um Zeile durch, verschlang die Worte regelrecht – mit Erfolg: An Wolperts Brust hatte der Gerichtsmediziner Druckstellen gefunden, die von abwehrenden Händen herrührten. Eine Vergewaltigung schloss der Obduzent aber definitiv aus, dazu waren die Abwehrspuren zu unbedeutend, hatte dem Widerstand offensichtlich die Energie gefehlt. Dieses Detail konnte die Theorie vom Streit während des Geschlechtsverkehrs stützen.

Wo konnte Löffler ansetzen? Sein Blick fiel auf die Unterschrift des Berichts – ein älterer zuverlässiger Gerichtsmediziner. Er kannte ihn noch nicht persönlich, aber die Kollegen sprachen mit Respekt über seine routinierte Arbeit. Gegebenenfalls lag hier die Chance – vielleicht vermutete der Untersuchungsführer gleich einen Badeunfall und der obduzierende Arzt bestätigte unbewusst diese Theorie. Löffler kam eine Idee. Er zückte sein Handy und wählte die Nummer von Doktor Krause. Krause, etwas jünger als Müller III, hatte Löffler beim ersten Aufeinandertreffen an den Bremer Kollegen erinnert – nicht durch sein Äußeres, nein Doktor Krause maß bestimmt eins neunzig und wog gut 100 Kilo; nein, in Besessenheit und Engagement für den Beruf ähnelte er Müller III und nahm Löffler so für sich ein.

Krause ging bereits nach dem zweiten Freizeichen an den Apparat. Löffler nannte seinen Namen und fragte nach dem Befinden.

»Sie rufen mich am Samstag vor Pfingsten an und fragen nach meinem Wohlergehen?« Löffler spürte regelrecht das Kopfschütteln des jungen Arztes. »Sie wollen was von mir, Herr Hauptkommissar.«

Löffler erwähnte den toten Wolpert und den diagnostizierten Badeunfall samt vorangegangenem Sex.

»Wer hat die Leiche obduziert?«, wollte Krause wissen.

Löffler nannte den Namen.

»Ich soll die Arbeit meines Ziehvaters überprüfen?« Krauses Bedenken klangen ernst.

»Ich besitze neue Informationen, die Ihr ehrenwerter Kollege nicht kannte.«

»Ach ja?« Krause schien aufzutauen. »Welche denn?«

»Nur so viel: Dieser Wolpert gehörte einem Kreis von vier Kameraden an, die ein Millionenprojekt stemmen wollen. Die Truppe verlor gestern ein weiteres Mitglied – durch Mord.«

»Zwei Tote? Von insgesamt vier Freunden? In kurzer Zeit? Wirklich komisch. Und da Sie jetzt anrufen, wollen Sie mich auch umgehend einspannen. Dabei haben Sie keine echte Leiche, sondern lediglich Fotos. Das ist ja beinahe so, als bitten Sie einen Parfümeur den Geruch eines Duftwässerchens zu ermitteln und legen ihm ausschließlich die Ingredienzienliste vor.« Am anderen Ende der Leitung entstand eine Pause. »Sie zerstören meine Ehe, Herr Hauptkommissar.«

»Und Sie können helfen, weitere Opfer zu verhindern.« Löffler fiel nur diese Plattheit ein.

»Na, wenn Sie die große Kanone rausholen? Auf den deutschen Verbrecher ist auch kein Verlass mehr. Früher ruhten die Ganoven an den kirchlichen Feiertagen. Ich komme.«

Löffler atmete erleichtert auf.

»Aber bei nächster Gelegenheit schenken Sie meiner besseren Hälfte eine Schachtel Pralinen. Die liebt sie mehr als mich.«

»Ihre Frau erhält die größte Packung.«

*

Immer wieder blätterte Doktor Krause in dem Obduktionsbefund vor und zurück, kroch wie ein Insektenforscher mit der Lupe über die Aufnahmen und sah ab und zu gedankenverloren auf, ohne ein Wort zu sagen.

Bereits eine halbe Stunde nach ihrem Telefonat war der Hüne von einem Forensiker in der Kriminalinspektion erschienen und hatte sich an die Arbeit gemacht. Obwohl er zu Hause die große Schachtel Pralinen in Aussicht gestellt habe, erwarte ihn die holde Ehefrau pünktlich zum Mittagessen, eher früher als später.

»Die Aufnahmen geben die Verletzungen ausgezeichnet wieder.« Doktor Krause schaute auf. »Leider muss ich meinem Ziehvater widersprechen. Sehen Sie hier …« Er deutete mit dem Finger auf eines der Fotos. Löffler rückte heran. »Wenn wirklich Schlingpflanzen den Knöchel umschlungen hätten, dann müssten wir dort mehrere Ringe sehen, die ohne Unterbrechung das Bein umlaufen. Aber die Hämatome bilden eher spangenartige Abdrücke, mit Unterbrechungen an entgegengesetzten Seiten – oben links und unten rechts.«

»Was sagt uns das?«

»Zwei Hände haben da zugepackt.«

»Sie sind ganz sicher?« Gerade weil Löffler seine Vermutung bestätigt sah, wollte er keine Fehler begehen.

»Schauen Sie.« Krauses Pranken umfassten Löfflers Unterarm. »Der Unterschenkel des Opfers war dicker und die Hände des Täters kleiner, deshalb schlossen sich die Finger nicht beim Umfassen und hinterließen solche Spuren.«

»Irrtum ausgeschlossen?«

»Soweit ich die Aufnahmen auswerten kann – ja. Mit dem Leichnam auf dem Tisch könnte ich mehr sagen.«

»Das würde Exhumierung bedeuten.«

»Genau. Ohne Exhumierung bekommen Sie kein Ergebnis von mir. Immerhin widerspreche ich einem angesehenen Kollegen.«

»Also gut. Zusammen mit den neuen Fakten überzeuge ich den Richter bestimmt. Wolperts Leiche liegt morgen bei Ihnen in der Gerichtsmedizin.«

Doktor Krause versicherte, ungeachtet des Feiertags dann sofort loszulegen. Jetzt müsse der Kommissar ihn allerdings entschuldigen.

Löffler bedankte sich, verabschiedete Krause und kehrte an seinen Schreibtisch zurück.

»Wer trachtet den Schulfreunden nach dem Leben?« Ebenso wie Helmers würde Wolpert die Antwort schuldig bleiben. Aber Wolpert hatte eine Ehefrau, die die Kollegen bereits einmal befragt hatten. Damals wussten sie noch nichts von dem zweiten Toten. Löffler suchte die Nummer der Frau aus den Unterlagen heraus und griff zum Telefon. Leider erreichte er nur den Anrufbeantworter, der ihm zumindest die Handynummer der Inhaberin des Reisebüros Wolpert verriet. Mit der hatte er tatsächlich Glück: Frau Wolpert meldete sich. Ja, wenn es wichtig sei, könne der Herr Kommissar ruhig kommen – in einer Stunde bei ihr zu Hause.

*

Das Anwesen der Familie Wolpert lag im Stadtteil Andershof, auf einem riesigen Grundstück. Der flache Winkelbungalow mit dem überdachten Eingangsbereich fügte sich harmonisch auf den geschätzten 2.000 Quadratmetern ein. Sanft wie in einer Hügellandschaft fiel die Rasenfläche nach Süden hin ab. So lebte also ein diplomierter Forstwirtschaftler. Laut Unterlagen, die Löffler zur Verfügung standen, arbeitete Wolpert als Verantwortlicher im Forstamt Abtshagen. Irgendwie mussten die Kollegen in der Forst deutlich mehr verdienen als altgediente Kommissare. Löffler holte sein Tuch aus der Tasche und fuhr über seine hohe Stirn. Dann klingelte er. Eine hübsche Frau mittleren Alters, ihre hellblonden Haare hatte sie zu einem Zopf gebunden, öffnete und bat ihn herein.

Im Inneren des Hauses fand Löffler eine ebenso gediegene Einrichtung vor, wie sie das Exterieur des Anwesens erwarten ließ; helle lederbezogene Polstermöbel, ergänzt durch weiß lackierte Schränke, Vitrinen und Regale. Frau Wolpert führte ihn zum Esstisch gleich neben der Verandatür. Sie setzten sich.

Die blauen Augen der Hausherrin sahen Löffler erwartungsvoll an. Noch bevor er das Gespräch eröffnen konnte, kam sie ihm zuvor: »Irgendwie hatte ich erwartet, die Kriminalpolizei würde erneut zu mir kommen.« Sie strich über die Tischdecke, als wolle sie nicht vorhandene Falten glätten.

»Warum?«

»Ferdi testete gern seine Grenzen aus. Wer geht schon an einem verregneten Tag im Mai bei zehn Grad Wassertemperatur im Sund baden? Er liebte solche Verrücktheiten. Deshalb unterstützte er auch alle Aktivitäten seiner Freunde zur Gründung der TimurSchule.«

»TimurSchule?«

»Die zukünftige Privatschule soll den Namen des Helden des beliebten Jugendbuchs aus DDR-Zeiten tragen. Kennen Sie ›Timur und sein Trupp‹? Wir haben die Geschichte in der Schule gelesen.«

Löffler erinnerte sich nur dunkel an seine Schulzeit in Potsdam. Aber er war ja nicht hierhergekommen, um Schulwissen aufzufrischen. »Hatte Ihr Mann Feinde?«, fragte er unvermittelt.

»Und ob.«

Löffler überraschte die Antwort. Die meisten Angehörigen eines Mordopfers hielten den Verstorbenen für einen edlen Menschen, der niemals einem anderen etwas zuleide getan hatte.

»Ferdi verfolgte eine gefährliche Berufsauffassung. Zuerst fallen mir da seine stetigen Fehden mit den Privatwaldbesitzern ein. Er nutzte jede Gelegenheit, um deren Rechte zu beschneiden und so die Einnahmen des Forstamtes zu mehren. Ebenso kannte er bei den einfachen Leuten, die im Wald Erholung suchten und lediglich dort spazieren gingen, keine Gnade. Jeder, der in *seinem* Wald auch nur die kleinste Ordnungswidrigkeit beging, ereilte die gerechte Bestrafung.«

»Sie sprechen sehr hart über Ihren Mann.«

Berit Wolpert nickte. »In den vergangenen Tagen habe ich viel nachgedacht und mich gefragt, warum wir eigentlich noch verheiratet waren.«

»Fanden Sie eine Antwort?«

»Ja. Als wir uns kennenlernten, liebte ich Ferdis Elan

und seinen Wagemut. Für ihn galt kein Verbot und wir unternahmen die verrücktesten Sachen. Später störten mich diese Unbotmäßigkeiten, aber inzwischen hatten wir zwei Kinder und schließlich kamen dieses herrliche Grundstück und das Haus dazu, wo ich mich wohlfühle. Nein, eine Trennung von Ferdi wäre mir nie eingefallen. Nicht einmal die Weibergeschichten, die er in den vergangenen Jahren anfing, schreckten mich ab.«

Einerseits überraschte Löffler die offensichtliche Abneigung, die Berit Wolpert gegen ihren Ehemann empfand. Andererseits freute ihn die Offenheit, mit der sie sprach. »Ihr Mann pflegte Kontakte zu fremden Frauen?«

Berit Wolpert nickte. »Ich vermute das nur. Mich interessierten die Details nie. Irgendwie fühlte ich mich sogar erleichtert. Ferdi genoss seine Ablenkung und ich konnte mein Leben leben.«

»Haben Sie Revanche genommen? Ich meine, haben Sie andere Männer gehabt?«

»Nein.« Die Antwort kam ohne Zögern.

»Und Ihre Kinder? Wie standen die zum Vater?«

»Die gehen mittlerweile ihre eigenen Wege. Die Große studiert in München und der Sohn dient seit einem Jahr beim Bund. Sie erlebten in unserer Familie eine sorgenfreie Kindheit. Und zuletzt?« In einer unschlüssigen Geste hob sie die Hände vom Tischtuch. »Sie haben nie gefragt. Vielleicht interessierten sie die Probleme der Eltern auch nicht, oder sie verließen uns gerade deshalb gleich nach der Schule, um anderswo allein zu leben.«

Über die Familienverhältnisse wusste Löffler nun genug. Er wollte auf den Fall Wolpert zurückkommen. »Sie rechneten mit einem erneuten Besuch der Polizei – warum?«

»Durch sein Wesen und Auftreten erwuchsen Ferdi die Feinde wie Pilze nach einem warmen Sommerregen. Sogar unsere engsten Vertrauten blieben weg. Erst nach und nach habe ich mir einen eigenen Freundeskreis aufgebaut; wir sind vier Frauen, die jeden Mittwoch im Fitnessstudio schwitzen und anschließend ein Glas Wein genießen.«

»Sie vermuten einen Anschlag?«

»Nein, so kann man das nicht sagen.« Berit Wolpert schien zu überlegen. »Als Ihre Kollegen die Nachricht vom Badeunfall brachten, glaubte ich ihnen. In den Tagen danach kamen die Zweifel. Obwohl, bei dem Wetter und in seinem Erregungszustand baden? Die Gefahr zu ignorieren, das sähe ihm ähnlich.«

»In seinem Erregungszustand?«

»Ferdi war ein feuriger Liebhaber. Die Polizisten erzählten, er sei während einer Nummer mit seiner Tussi gestört worden und anschließend ins zehn Grad kalte Wasser gesprungen.«

»Halten Sie die Theorie für wahrscheinlich?«

Berit Wolpert lachte glucksend. »Wenn er zu lange gebraucht hat und die Gute ihm mangelnde Potenz vorgeworfen hat, dann schon.«

Auch in dieser Frage schienen die Kollegen vom Kommissariat recht zu behalten. Löffler kam zum nächsten Punkt: »Wie erlebten Sie den Tattag, den 1. Mai?«

»Unspektakulär. Eigentlich wollten wir gemeinsam in die Innenstadt fahren, um ein wenig zu bummeln. Aber Ferdi kam eine Woche zuvor mit der Nachricht, er müsse ins Büro – irgend so einen Bereitschaftsdienst kontrollieren. Ich habe nicht weiter nachgefragt und stattdessen meine Freundinnen aus dem Fitnessstudio eingeladen. Bei dem Sauwetter verbrachten wir einen gemütlichen Tag hier im Haus.«

»Warum ging Ihr Mann an den Strand?«

»Keine Ahnung!« Berit Wolpert zog die Stirn kraus. »Vielleicht hockte der Ehemann seiner Freundin in deren Wohnung? Oder Ferdi wollte seine Männlichkeit beweisen?« Sie schien zu überlegen. »Ja, Letzteres könnte durchaus stimmen. So war er nun mal.«

»Wann kamen Ihre Gäste?«

Berit Wolpert grinste. »Gegen zehn am Vormittag. Erst als Ihre Kollegen um vier mit der Nachricht von Ferdis Ableben hereinplatzten, endete unsere Party abrupt.« Sie schüttelte behutsam den Kopf. »Ich hatte kein Motiv. Wir lebten in Parallelwelten, in denen wir uns eingerichtet hatten. Warum sollte ich Ferdi umbringen? Seine Lebensversicherungen werden weniger abwerfen, als mein Göttergatte zu Lebzeiten anschleppte. Wenn die Versicherung überhaupt zahlt. Bei einem Badeunfall unter fragwürdigen Umständen zieren die sich gegebenenfalls. Ich hätte mir also etwas Besseres einfallen lassen müssen.«

»Können Sie Haus und Grundstück allein halten?«

»Ja. Das Anwesen gibt mir sogar eine gewisse Sicherheit. Unser Kredit ist weitestgehend getilgt. Stellen Sie Mord fest, erhalte ich die Versicherungssumme und kann alles abbezahlen. Das Einkommen aus meinem kleinen Reisebüro reicht dann gut zum Leben. Ich bin obendrein in der Lage, die Kinder zu unterstützen.«

»Ach ja, Sie besitzen ein eigenes Unternehmen. Deshalb die Handynummer auf Ihrem Anrufbeantworter?«

»Genau. Die meisten Leute planen ihren Urlaub am Abend beziehungsweise am Wochenende und rufen deshalb zu unmöglichen Zeiten an.«

»Ja, ja, eine Selbstständige muss halt selbst und ständig erreichbar sein.« Löffler lächelte und kam auf die finanzielle

Lage der Familie Wolpert zurück: »Ihr Haus sieht relativ neu aus, und billig dürfte das Anwesen auch nicht gewesen sein. Da haben Sie den Kredit bereits abgezahlt?«

»Dank Ferdis Zusatzeinnahmen.«

Löffler zog fragend die Augenbrauen hoch und Berit Wolpert berichtete über die Arbeit, die ihr Mann für seine einstigen Schulfreunde geleistet hatte. Ferdi sei dieser Nebentätigkeit mit großem Interesse nachgegangen und habe eine Geldquelle aufgetan, die sehr ergiebig sprudelte – das Gesundheitswesen. In dem Markt von 200 Milliarden Euro, immerhin zwei Drittel des Bundeshaushaltes, herrsche unter den Insidern eine ausgeprägte Bedienkultur.

»Was denken Sie, wie oft Ferdi in Berlin war, um Lobbyisten und Verbandsfunktionäre zu treffen. Erinnern Sie sich an die Diskussion um die sogenannte Positivliste?«

»Die sollte alle nachweislich wirksamen Medikamente enthalten«, kramte Löffler aus seinem Gedächtnis hervor.

»Genau. Diese Liste hätte dem Gesundheitswesen viel Geld erspart und der Pharmaindustrie die Gewinne geschmälert. Und? Haben wir mittlerweile eine Positivliste?« Berit Wolpert schaute herausfordernd.

»Nein? Ich glaube nicht.«

»Richtig! Der Kampf der Lobbyisten war von Erfolg gekrönt. Sie mussten allerdings erhebliche Geldbeträge einsetzen. Und Ferdi nutzte die Gelegenheit, um für diese dämliche TimurSchule, nach *seiner* Meinung dämliche TimurSchule, Geld an Land zu ziehen.«

»Moment mal.« Löffler dachte an den Bericht von Müller III, den der ihm nach dessen Besuch bei Tilgner durchgegeben hatte. »Ihr Mann beschaffte Geld für die Schulgründung? Nach unseren bisherigen Erkenntnissen sollten alle finanziellen Mittel aus dem Vermögen der Familie Tilgner kommen.«

»Wie dem auch sei. Nach meiner Kenntnis wollten Ferdi, Helmers und die Borowski eine Million organisieren.«

»So viel? In welcher Zeit eigentlich?«

»Warten Sie: Die Idee von der Schulgründung kam zu Beginn 2003 auf und zum Ende 2007 wollten sie alles besorgt haben.«

»Also rund fünf Jahre«, stellte Löffler fest. »Bei drei Leuten wären das rund 65.000 Euro pro Jahr.«

»Ja. Ferdi ärgerten die Summen, die in dieses nutzlose Schulprojekt fließen sollten. Und so setzte er sich frühzeitig über die Konventionen der Freunde hinweg. Er zweigte Mittel zu seinem Eigenwohl ab, kaufte Grundstück und Haus.«

»Wurde er nie erwischt?«

Berit Wolpert lächelte. »In gewisser Weise war Ferdi gerissen und keinesfalls dumm. Er achtete darauf, in der internen Rangliste des eingesammelten Geldes stets an erster Stelle aufzutauchen. Und so lobten ihn die Schulfreunde ob seiner Tüchtigkeit und niemand fragte nach dem Eigenverdienst.«

Wenn nun doch jemand dem Herrn Wolpert auf die Schliche gekommen war? Löffler überlegte, stellte den Gedanken jedoch sofort wieder infrage. Es sei denn, der Helmers hatte seine Freunde ebenso hintergangen.

»Ferdis Kumpel müssen seine Geldsammeltätigkeit sehr hoch geschätzt haben. Immerhin baten sie mich, seinen Platz einzunehmen, im Stiftungsrat für diese TimurSchule.«

»Ach so? Was erwarten Sie davon?«

»Na, die Chance im Entscheidungsgremium einer Privatschule zu sitzen, bekommt nicht jeder geboten.«

»Ja, klar. Wie sieht Ihre Tätigkeit da aus?«

»Keine Ahnung. Das wollte mir Herr Helmers morgen auf dem Charlottenhof erklären. Ich sollte ihn und einige andere dort treffen.«

»Der Charlottenhof in der Nähe von Prerow?«

»Genau. Sie kennen ihn?«

Löffler erwähnte seinen gestrigen Besuch auf dem Anwesen und fragte, ob Berit Wolpert wisse, wer noch teilnehmen sollte. Nein, leider nicht.

Unvermittelt stand die Hausherrin auf und holte einen Aschenbecher. Sie zündete sich eine Zigarette an und atmete den ersten Zug tief ein.

»Bei allem, was Sie mir erzählt haben«, nahm Löffler den Faden des Gesprächs erneut auf, »verdächtigen Sie jemand, der Ihrem Ehemann nach dem Leben trachtete?«

»Nein. Da kommen einfach zu viele infrage.«

»Pflegte Ihr Mann Kontakte nach Bremen? Nur der Vollständigkeit halber; Helmers, das zweite Opfer, wohnte dort.«

Berit Wolpert verneinte. Außer zu den Treffen der Schulgründer sei Ferdi nie in Bremen gewesen. »Der ging hier in den Wald und stellte in Berlin der Gesundheitsmafia nach. Da blieb keine Zeit für anderes.«

Löffler nickte, holte sein Tuch hervor und wischte über seine Stirn. Das Gespräch hatte ihn angestrengt. Er stand auf, dankte der Hausherrin für ihre Offenheit und verabschiedete sich.

In seinem Wagen, der draußen auf der Straße parkte, verharrte Löffler nachdenklich. Immer wieder wanderte sein Blick zu dem Haus hinüber, in dem hinter einem offenen Fenster ab und zu die Gestalt von Berit Wolpert auftauchte. Was hatte ihm der Besuch hier gebracht? Seine Theorie vom Mordanschlag an Wolpert hatte neue Nahrung erhalten. Wenn er nicht gänzlich schieflag, konnte die Tat nur so abgelaufen sein: Wolperts Freundin heizte ihrem Lover ein, ließ ihn erst ran und zierte sich dann mitten im heißesten Spiel. Sie wies ihn zurück und lockte Wolpert ins Wasser. Dort setzten die beiden ihr Spielchen fort und irgendwo lauerte der Mörder, der Wolpert in die Tiefe zog.

## 14

Fünfzehn mal neun Fußlängen maß ihr Gefängnis – knapp acht Quadratmeter. Dagmar saß an eine Wand gelehnt auf dem Boden, den Kopf auf die angewinkelten Knie gestützt. In ihrem Schädel hämmerten hunderte von Geistern und ihre Kehle brannte. Wie lange sie bereits in ihrem Verlies hockte, wusste sie nicht. Aber es musste Stunden her sein, seit die Stahltür hinter ihr zugeschlagen worden war. Anfangs hatte sie an ihr baldiges Ende geglaubt – die Hitze, der Lärm, der Gestank, alles hatte ihre Sinne aufs Äußerste strapaziert, und die Platzangst war Herrscher über ihr Denken geworden. Mit der Zeit hatte sie sich in ihr Schicksal gefügt. Als hätten Kopf und Körper die Unentrinnbarkeit akzeptiert, war die Angst gewichen und nur der Kopfschmerz geblieben.

Langsam stand sie auf. Obwohl sich ihre Augen an die Finsternis gewöhnt hatten, konnte sie nichts erkennen, kein einziger Lichtstrahl fand den Weg hier herein – kein elektrisches Gerät, dessen Leuchtdioden die Dunkelheit durchdrangen, keine Ritze, die vom Tageslicht kündete. Dagmar hatte das Verlies abgetastet, doch dessen Bestimmung nicht erraten können. Einrichtungsgegenstände fehlten völlig. Den größten Teil ihres Gefängnisses nahm ein gewaltiges Rohr ein; über einen Meter dick, ließ es links und rechts nur schmale Durchgänge zur Rückwand des Raums. Es erwuchs nahtlos aus dem Boden und verschwand ebenso übergangslos in der Decke. Die Außenhaut bildete ein elastisches Gewebe, auf das eine Farbschicht aufgetragen worden war. Das Rohr strahlte eine unsägliche Wärme ab und hinter seinen Wandungen dröhnten die Schiffsmaschinen.

Dagmar ging an die Tür, die innen weder Klinke noch Vorreiber hatte. Zu Beginn ihrer Gefangenschaft hatte sie hier gestanden und unentwegt gegen den harten Stahl gehämmert. Niemand war ihren Hilferufen gefolgt und hatte sie erlöst. Würde sich ihre Situation ändern, wenn die RÜGEN morgen im Hafen lag und die Maschinen verstummten? Dagmar legte alle Hoffnung in diesen Gedanken, fürchtete jedoch gleichzeitig die bis dahin verbleibenden Stunden.

Auf einmal horchte sie. War da draußen ihr Name gerufen worden? Sie presste das Ohr an die Stahltür und hielt die Luft an. Aber sie hörte nur das Dröhnen der Motoren. Verflucht, was konnte sie …? Da wieder. Tatsächlich, an Oberdeck erklang ihr Name.

»Ja! Hier! Hier drin!«, schrie Dagmar, so laut es ihre ausgedörrte Kehle zuließ. Gleichzeitig hämmerte sie gegen die Tür. Nach einiger Zeit hielt sie inne und lauschte. Im Freien klapperte etwas. Lief da jemand den Niedergang herunter? Dagmar rief erneut und trommelte mit aller Kraft auf das Schott ein. Das Klappern kam näher, dann kratzten die Vorreiber auf dem Stahl und die Tür öffnete sich. Das hereinflutende Licht stach ihr mit hunderten von Nadeln in die Augen. Sie presste die Lider zusammen und hob die Hände vor ihr Gesicht.

»Endlich habe ich dich gefunden.«

Corinna! Dagmar empfand unendliche Dankbarkeit. Sie nahm die Hände herunter und blinzelte. Corinna fiel ihr um den Hals.

»Ich habe mir solche Sorgen gemacht«, schluchzte sie. »Hat das Schwein dich hier eingesperrt? Komm erst einmal heraus.« Vorsichtig half sie der Gefangenen aus ihrem Verlies.

Der Fahrtwind erfrischte Dagmar wie eine belebende Dusche nach der Hitze einer durchwachten Tropennacht. Sie drehte sich herum, öffnete zaghaft die Augen und betrachtete ihr Gefängnis. Es sah genau so aus, wie sie es ertastet hatte: das übermächtige Rohr, das vom Boden zur Decke reichte, links und rechts ein kleiner Durchgang und sonst keinerlei Einrichtungen.

»Was ist das für ein Raum?«, fragte sie, ohne den Blick abzuwenden.

Corinna trat vor, lehnte den Oberkörper an den Türrahmen und hob die Schultern. »Keine Ahnung.« Sie schaute außen auf die Tür. »Da steht es ›Abgasschacht‹.«

Durch das Rohr strömten die Abgase in den Schornstein. Deshalb der Lärm und die Hitze. Hätte Corinna nicht nach ihr gesucht, sie wäre jämmerlich verdurstet. Auf einmal stutzte sie. »Du weißt von meinem Treffen mit Gronau?«

Als Dagmar beim Frühstück fehlte, habe Corinna nach ihr geschaut und war mehrmals zu Dagmars Kabine gegangen. Vorhin habe sie das Zimmermädchen während des Saubermachens angetroffen und bei der Gelegenheit das Handy gefunden. Das Display zeigte Gronaus SMS. Danach sei sie hier heruntergekommen. »Ich habe mir solche Sorgen gemacht.« Corinna fiel Dagmar erneut um den Hals. Die beiden Frauen drückten einander.

»Danke.«

Corinna löste sich aus der Umarmung. »Wars schlimm? Du hast doch Platzangst? Hat Ronald mal erzählt. Armes Mädchen.«

Ob dieser Anteilnahme musste Dagmar schmunzeln. »Nein, war überhaupt nicht schlimm. Jetzt brauche ich ein halbes Jahr keine Sauna mehr. Und bei der Dunkelheit konnte man herrlich schlafen. Nur der Dieselgestank störte ein wenig.«

Corinna neigte den Kopf, als wäge sie die Ernsthaftigkeit der Worte ab.

Dagmar grinste und boxte der Gefährtin gegen die Schulter. »Glaubs ruhig.«

Jetzt schmunzelte Corinna ebenso. »Du Doofe.«

Von einer Sekunde auf die andere erstarb Dagmars Lächeln. Der Mann, dem sie die schrecklichen Stunden zu verdanken hatte, fiel ihr ein. »Das Schwein kaufe ich mir.«

»Gronau?«

»Ja, den sauberen Herrn stoße ich aus seinem Anzug.«

»Hast du ihn erkannt?«

»Nein. So blöd war er leider nicht. Wer sollte mich sonst hier eingesperrt haben?«

Wie ein verlegenes Schulmädchen senkte Corinna den Blick. »Du solltest vorsichtig sein.«

»Ich muss vorsichtig sein?«, schimpfte Dagmar. »Nach dem, was das Schwein mir angetan hat?«

»Dir fehlen die Beweise.«

»Und die SMS?«

»Die kam von einem anonymen Handy. Das habe ich kontrolliert.«

»Aber er hat mir gedroht – ich soll meinen Mund halten.«

»Du hast ihn in die Enge getrieben.« Corinna hob entschuldigend die Schultern. »Und der Polizei deinen Verdacht gemeldet.«

»Weiß Gronau davon? Wie denn?«

»Vielleicht hat dieser Kommissar ihn angerufen? Gestern Abend noch?«

Dagmar überlegte. »Das glaube ich nicht.« Sie berichtete von Müllers zurückhaltender Reaktion. »Ich schreibe heute erst alles auf. Da wird er kaum den Gronau sofort anrufen.«

»Das stimmt. Und außerdem …«, Corinna holte Dagmars Handy hervor und deutete auf das Display, »außerdem steht hier ›… bevor Sie zur Polizei rennen.‹«

Dagmar nahm ihr Telefon zurück und schaute selbst auf die Nachricht, die dort aufleuchtete. »Soll ich einfach so über die Sache hinweggehen?«, fragte sie enttäuscht. »Den Kerl freundlich grüßen, falls er mir begegnet?«

»Nein, natürlich nicht. Aber wenn wir ihn weiter reizen, erschweren wir die Ermittlungen. Oder er heckt eine neue Gemeinheit aus.«

Corinnas Argumente leuchteten Dagmar ein. Ungeachtet dessen wollte sie sehen, wie Gronau reagierte. Sie schlug vor, den Mistkerl aufzusuchen und ihm zeigen, die Verschleppte war wieder aufgetaucht und fürchte keine Einschüchterungen.

»Willst du nicht erst einmal duschen?«

Dagmar sah an sich herunter und schüttelte den Kopf. »Zuerst kaufe ich mir den feinen Herrn, dann fühle ich mich wohler und kann anschließend die Dusche genießen.«

»Aber ohne Theater«, betonte Corinna, »und ich komme mit.«

Dagmar hakte die Gefährtin unter und die beiden Frauen zogen los. Auf dem obersten Sonnendeck wurden sie schnell fündig. Gronau saß in einem Liegestuhl und schien die vorüberziehende Landschaft des Nord-Ostsee-Kanals links und rechts zu genießen.

»Bleib bitte ruhig«, mahnte Corinna letztmals.

Dieses Appells bedurfte es nicht mehr; Dagmar wollte ihrem Peiniger keinen Triumph bieten und jegliche Anzeichen ihrer durchlittenen Angst vor ihm verbergen.

»Ich bin wieder da«, sagte sie an Gronaus Seite angekommen. Corinna blieb abseits stehen.

Gronau schaute zu ihr auf. »Waren Sie denn weg?«

Du scheinheiliges Schwein, schoss Dagmar die passende Antwort in den Sinn. Aber sie unterdrückte ihren Zorn. »Vielen Dank für den ausgiebigen Saunaaufenthalt.«

»Keine Ahnung, wovon Sie reden. Und jetzt lassen Sie mich in Ruhe.« Demonstrativ wandte er sich der vorbeiziehenden Küste zu und hob ein Fernglas an die Augen.

Auch gut, dachte Dagmar. Wiege dich mal in Sicherheit. Ich werde alles, was ich weiß, für den Kommissar aufschreiben. Der kommt dir schon auf die Spur.

# 15

Zwei Stunden nach der Rückkehr aus Hamburg saß Marc enttäuscht am Schreibtisch. Imhoff hatte ihm zwar die Passagierliste der RÜGEN und die verfügbaren Daten zum Urlauber Kaczmarek gegeben; was er anschließend jedoch herausgefunden hatte, blieb dürftig: Gerd Kaczmarek arbeitete als Vorstandsmitglied beim VfBI, lebte als Single, zählte 41 Jahre, wohnte im Bremer Stadtteil Schwachhause und gehörte dem bekannten Tanzklub Grün-Gold als Standardtänzer an.

Eine Verbindung zur TransOzeana gebe es keine, hatte ihm Imhoff erklärt. Er müsse das wissen, schließlich kenne er Kaczmarek und alle externen Kontakte der Reederei gingen über seinen Tisch. Da überschätzte Imhoff sich wohl gewaltig. Die Geschäftsführung zum Beispiel würde ihre Verbindungen kaum dem Haustechniker offen legen. Außerdem dürfte der Geschäftsverkehr zu Kunden und Vertriebspartnern den guten Imhoff nicht berühren. Was hatte eine Reederei jedoch mit einem Verbandsfunktionär vom Bau zu schaffen? Sorgte Kaczmarek eventuell für ausgebuchte Reisen? Er kannte von Berufs wegen viele Leute. Eine solche *Dienstleistung* würde er dem Sportkameraden Imhoff kaum auf die Nase binden.

Aufgrund des eher seltenen Namens hatte Marc in den Datenbanken der Polizei zumindest noch einen Zwillingsbruder gefunden. Die Auskünfte zu Norbert Kaczmarek gestalteten sich allerdings ebenso mager: Seine Brötchen verdiente Norbert als Barkeeper im Neptun, war ebenfalls unverheiratet, wohnte in Bremen-Nord und frönte gleichfalls dem Hobby als Tänzer im Grün-Gold-Club.

All diese Informationen nutzten Marc zunächst wenig. Gerd Kaczmarek konnte er nicht erreichen, weil ihm dessen Handynummer fehlte und der Mann auf der RÜGEN saß. In den Büros des VfBI herrschte Feiertagsruhe. Vielleicht erreichte er Norbert an dessen Arbeitsplatz im Hotel? Aber Moment mal – im Neptun stand Sabine an der Rezeption – sie kannte Kaczmarek bestimmt. Marc griff zum Telefon und wählte ihre Nummer.

»Ein gewisser Norbert Kaczmarek arbeitet bei euch, als Barkeeper. Kennst du ihn?«

»Wer kennt den nicht unter uns Kollegen?«

»Wie meinst du das? Positiv oder negativ?«

»Der Kaczmarek ist immer nett«, rief Christin aus dem Hintergrund. »Er spendiert mir immer eine Cola, wenn ich ihn besuche.« Ein strenges »Bitte!« ihrer Mutter brachte sie zum Schweigen.

»Positiv oder negativ?«, wiederholte Sabine nachdenklich. »Sagen wir mal so: Norbert Kaczmarek benimmt sich stets kollegial. Mir fällt niemand in der Belegschaft ein, der schlecht über ihn redet. Dennoch klingt ein überhebliches Gehabe in seinen Gesten an. Irgendwie ist er ja auch etwas Besseres als wir. An der Bar lernt er allerlei Leute kennen, verkehrt mit vielen per Du und erfährt so manch delikates Geheimnis.«

Das er zu einer gepflegten Erpressung nutzt?, ergänzte Marc in Gedanken. »Prahlt er ob seines Wissens?«

»Nein. Norbert hält die Klappe. Er agiert mehr dezent. Wenn er zum Beispiel in der Lobby auf einen Gast trifft, duzt er ihn, obwohl die Geschäftsführung das strikt verboten hat. Aber an Norbert kommt eben niemand heran.«

»Das ist ein richtiger Lackaffe«, schimpfte Peter Asmussen jetzt aus dem Hintergrund. »Ich habe ihn beim Frühlingsfest erlebt. Wie die Frauen den anhimmeln!«

Sabine lachte. »Höre ich da ein Quäntchen Eifersucht in deinen Worten?«

Offensichtlich saßen die drei zusammen und Sabine machte kein Geheimnis um ihr Telefonat. Marc war das recht, die Zwischenrufe ergänzten ihre Auskünfte zu Kaczmarek.

»Der Mann tanzt einfach himmlisch«, fuhr sie fort. »Im Gegensatz zu manch einem Tanzbär.« Marc sah förmlich Sabines Lächeln, das sie Asmussen zuwerfen dürfte. »Und solchen Herren gebe ich eben keinen Korb, wenn sie mich auffordern.«

Marc fiel seine Notiz über Kaczmareks Tanzsport ein. Jetzt interessierte ihn allerdings ein anderes Detail: »Ist dein Kollege liiert?«

»Seit Kurzem. Eine Dame aus dem Tanzklub, wie man hört. Vorher galten er und sein Zwillingsbruder Gerd als unzertrennlich.«

»Verbotene Bruderliebe?«

Sabine lachte. »Immer diese schmutzigen Gedanken. Nein, die Zwillinge verbrachten wohl früher ihre gesamte Freizeit miteinander, zum Bedauern mancher Kollegin.«

»Fuhren Sie auch zusammen in Urlaub?«

»Ja. Aber dieses Mal nicht. Norbert erzählte davon, mit seiner Flamme einen Segeltörn unternehmen zu wollen, ganz allein. Eigentlich hatten die Zwillingsbrüder eine Kreuzfahrt gebucht.«

»Besitzt Norbert Kaczmarek denn ein Segelschiff?«

»Nein.« Sabine lachte. »Dafür hat der keine Zeit. Um ein Boot zu unterhalten, müsste er die Bar öfter an Kollegen abtreten. Warum sollte er? Für einen Urlaub lässt sich so ein Schiff garantiert mieten.«

Bestimmt, dachte Marc. »Wie heißt Kaczmareks Jacht?«

»Keine Ahnung.«

Er machte eine Notiz, den Namen des Segelboots und dessen Aufenthaltsort herauszubekommen. Dann fiel ihm eine neue Frage ein: »Weißt du, ob Gerd Kaczmarek mit Geschäftsfreunden zum Bruder in die Bar kam?«

»Du bist aber ganz schön neugierig, und ich plaudere zu viel.«

Marc bettelte, Sabine möge ihm alles sagen, was sie wusste.

»Warum sollte Gerd nicht kommen? Die Hotelbar zählt zu den besten in der Stadt, und bei seinem Zwillingsbruder wird er eins a bedient.«

»Kannst du mir sonst etwas über die Gäste erzählen?«

»Herr Oberkommissar! Schluss jetzt!«

»Sabine, bitte.«

»Ich gehe nie in die Bar und schnüffele eher selten herum.« Ihre Antwort klang, als würde sie gleich auflegen.

»Kannte Norbert Kaczmarek Herrn Helmers?«

Für unendlich lange Augenblicke herrschte Schweigen am anderen Ende der Leitung. Marc rechnete bereits mit dem Besetztzeichen. Schließlich sagte Sabine: »Herr Helmers und seine Freunde trafen sich öfter bei uns. Da werden sie wohl wenigstens ab und zu in die Bar gegangen sein, du Kriminalist. Und jetzt tschüss.« Im Hörer klapperte es.

»Hallo, Papa, warte«, rief Christin plötzlich. »Du, Papa, Alwin und ich fahren morgen zur neuen Schule.«

Marc blieb die Sprache weg. Erst kannte Tilgner Christin kaum und auf einmal lud er sie zu einem Ausflug ein. Kam der extra für sie aus Hamburg herüber? Was ging da vor?

»Alwin ist auch traurig über Ronalds Tod«, schnatterte Christin weiter. »Doch die Welt muss sich ja weiterdrehen, sagt Alwin. Die Schule wird pünktlich im Sommer eröffnet. Und ich stehe ganz oben auf der Liste der zukünftigen Schüler. Toll, ne?«

Die Freude seiner Tochter spürte Marc sogar durch die Telefonleitung.

»Prima, mein Schatz«, stammelte er. »Gibst du mir noch einmal die Mami?«

Christin wollte protestieren, aber im nächsten Moment hörte Marc erneut Sabine. Er fragte nach neuen Auskünften in Bezug auf die Privatschule. Der Herr Tilgner habe sie vorhin angerufen und bestätigt, das Projekt werde planmäßig gestartet. Christin bekomme ein Stipendium und könne ab kommendem Schuljahr auf die TimurSchule gehen.

»Ich denke«, sagte Marc ernst, »wir hatten uns vorgestern geeinigt, vor einem Schulwechsel über die Sache zu reden?«

»Ich hatte zugesagt, mit dir und Peter zu sprechen, wenn der Schulwechsel spruchreif wird. Und daran halte ich mich.«

Marc nervte Sabines Rechthaberei. »Ich ermittele in einem Mordfall, in den diese Leute, diese angeblichen Schulgründer …«

»Das weiß ich!«, unterbrach ihn Sabine. »Aber nachdem, was du mir bisher erzählt hast, ist Herr Helmers das Opfer und nicht der Täter.«

»Da steckt mehr dahinter …«

»Hast du Beweise oder sind das nur Anschuldigungen?«

Blitzschnell überlegte Marc. Jetzt ein falsches Wort und Sabine wäre in den nächsten Wochen für ihn unerreichbar. Er musste sie besänftigen. »Nein.«

»Na siehst du. Und lass Christin die Freude mit der Schulbesichtigung.«

»Ich mache mir halt Sorgen um meine Tochter.«

»Das ehrt dich. Aber wenn du diesen Fall aufklärst, kannst du am ehesten Klarheit schaffen und Christin helfen. Sie soll die Chance an dieser TimurSchule bekommen. Das sagt auch ihre Klassenlehrerin.«

Marc durchzuckte eine Idee. »Wer ist die Klassenlehrerin?« Deren objektive Meinung zu Christins Situation würde ihm bestimmt weiterhelfen. Der Gedanke weckte seinen Eifer. »Vielleicht kennt sie sogar diesen Helmers, dann muss ich sie in Bezug auf die Ermittlungen sowieso sprechen.«

»Willst du Christins Lage in der Schule noch weiter erschweren?«, zeigte sich Sabine wenig begeistert. »Willst du sie zusätzlichem Spott der Mitschüler aussetzen? Nur, um deines Erfolges wegen?«

Er spürte Sabines Hass gegen seinen Beruf. Über all die Jahre hatte sie ihre Abscheu bewahrt. Aber hier gings um seine Tochter. »Wenn ich den Fall aufkläre, helfe ich Christin am ehesten«, wiederholte er Sabines Argument in ruhigem Tonfall. »Der Mann, der Christin diesen Floh von der Privatschule ins Ohr gesetzt hat, wurde ermordet. Ein zweiter dieser Schulgründer starb Anfang Mai. Und die verbliebenen Kameraden spinnen mir zu viele Geheimnisse um ihr Vorhaben.«

»Was?«

Marc wusste, er war zu weit gegangen. »Der andere

Todesfall kann Zufall sein. Wir suchen noch nach irgendwelchen Zusammenhängen.« Er dämpfte die Stimme. »Bitte, Sabine, sag mir den Namen der Klassenlehrerin. Ich gehe auch mit aller Behutsamkeit vor. Oder glaubst du, ich will Christin Schwierigkeiten bereiten?«

»Traude Fischbeck.«

Schlimmer hätte es Marc kaum treffen können. Frau Fischbeck hatte ihn in Mathematik unterrichtet. Nur mit Mühe war er seinerzeit auf eine Vier gekommen, die nach Auffassung der Lehrerin noch zu gut gewesen sei, wenn man seine Abneigung gegen die Welt der Zahlen berücksichtige. Nach dem Ende seiner Schulzeit hatte Marc die kleine drahtige Frau nie wiedersehen wollen. In diesem Fall blieb ihm keine andere Wahl. Er erfragte die Telefonnummer, bedankte sich bei Sabine für ihre Auskünfte und legte auf.

Marc seufzte. Er wählte die erste Ziffer, zog den Finger jedoch sofort wieder zurück, als wären die Tasten des Telefons elektrisch aufgeladen. Hoffentlich differenzierte die Fischbeck zwischen ruchlosem Vater und artiger Tochter? Vielleicht sollte er seine Vaterschaft verheimlichen? Ja, er würde einfach eine Zeugin nach einer Schülerin befragen – nichts weiter. Schließlich kam das jede Woche dutzende Male vor. Begeistert von der Idee tippte er die Nummer seiner ehemaligen Lehrerin ein und legte wenig später erleichtert auf. Natürlich habe sie Zeit für ihn, wenn es um Christin Berger gehe – gleich morgen Vormittag.

Zufrieden holte Marc sein Notizbuch hervor – irgendetwas wollte er klären. Er blätterte und fand die Stelle: Der Name der Jacht, mit der Norbert Kaczmarek ausgelaufen war, fehlte ihm noch. Emsig wählte Marc eine Telefonnummer nach der anderen, benutzte diverse Datenbanken –

erzielte jedoch nur einen Teilerfolg: Kaczmarek segelte auf einem Jollenkreuzer, dessen Name nicht herauszufinden war. Abgeben sollte er das Schiff am 17. Mai in Kiel. Nicht in Bremen? Komisch. Marc überlegte und stieß auf eine mögliche Lösung: Am 17. endete die Kreuzfahrt seines Bruders, in Kiel. Zufall? Nein. Marc musste unbedingt die Route herausfinden, die Norbert Kaczmarek nehmen wollte. Gab es weitere Berührungspunkte mit dem Törn der RÜGEN? Er stürzte sich auf seinen PC, um die Suche fortzusetzen, da klingelte sein Handy – Imhoff. Marc nahm das Gespräch an. In einer Kneipe unweit der Reederei sei ein Brief beim Wirt abgegeben worden, an die TransOzeana gerichtet, von einem gewissen Max.

»Ich komme«, rief Marc, ließ alles stehen und liegen und stürmte aus dem Büro.

*

Marc und Imhoff betraten die gemütliche Kneipe unweit der Weser. Rettungsringe, Netze, Schiffslaternen und Flaggen erinnerten an Bremens seemännische Traditionen. Die beiden Männer durchquerten den Gastraum. An jedem Tisch, den sie passierten, begrüßte Imhoff die Anwesenden flüchtig und klopfte mit den Fingerknöcheln auf die Tischplatte. Der Haustechniker schien oft hier einzukehren. Sicher ein Grund, warum der Erpresser seine zweite Nachricht gerade in diesem Lokal abgeliefert hatte.

»Hallo, Hein.« Imhoff schüttelte dem Männchen hinter der Theke die Hand. Knapp eins sechzig groß und dünn wie ein Knabe entsprach er genau dem Gegenteil, was man sich unter dem Wirt einer Seemannskneipe vorstellte. »Der Kommissar möchte den Brief sehen.«

»Aber der soll an euren Verein gehen«, protestierte Hein und hielt Imhoff ein Kuvert hin.

»Geht schon in Ordnung.«

Vorsichtig drückte Imhoff die Kinderhand des Wirts zu Marc herüber. Der streifte seine Untersuchungshandschuhe über und nahm das Schreiben.

Hein starrte auf seine Hand. »Bin ich jetzt verdächtig? Weil ich den blöden Brief angefasst habe?«

»Nein.« Marc lächelte. Die Leute sehen einfach zu viele Krimis. »Ihre Fingerabdrücke dürfen auf dem Umschlag sein. Wenn die Kriminaltechnik allerdings meine darauf findet, reißt mir mein Chef den Arsch auf.«

Hein lachte und schlug vor Vergnügen auf den Tresen. »Das sieht bestimmt lustig aus.«

Arschloch, dachte Marc, und drehte das Kuvert in den Händen. ›An die TransOzeana – Bremen‹, stand auf der rechten Hälfte und ›Abs. Max‹, in der linken oberen Ecke. »Ich öffne jetzt?«, fragte Marc an Imhoff gewandt.

»Nur zu.«

Die Sendung enthielt zwei A4-Blätter; die Anweisungen in ebensolch riesiger Schrift niedergeschrieben wie der erste Brief:

›Die Geldübergabe findet während des Anlegens der RÜGEN in Stralsund statt. Das Schiff macht an der Nordpier im Stadthafen fest, Liegeplätze 2/3, da wo früher die HECKERT lag; ausschließlich mit eigener Kraft – ohne Schlepper!!! Bei einem Abstand von 10 Metern zur Pier werfen Sie die 2 Millionen, in einer Stoffreisetasche verpackt, auf Höhe Vorderkante Deckshaus gegen die Bordwand! Verstanden? Gegen die Bordwand. So, dass die Tasche ins Wasser rutscht. Geht etwas schief, gibt es einen neuerlichen tödlichen Unfall an

Bord. Max – P. S.: Installieren Sie ruhig einen Peilsender in der Geldtasche. Er darf aber erst ab 12.00 Uhr senden. Empfangen Sie das Signal, hat das Geld mich nicht erreicht. Dann stirbt 10 Stunden später ein weiterer Mensch auf Ihrem schönen Schiff.‹

Marc las den Text erneut und studierte ihn anschließend Wort für Wort. Die Zeilen enthielten eine detaillierte Beschreibung für die Geldübergabe und eine konkrete Drohung. Mit Sicherheit würde die Reederei den Anweisungen genauestens folgen. Auf jeden Fall musste Löffler schnellstmöglich eine Kopie erhalten.

»Wie kommen Sie zu dem Schreiben?«, fragte Marc den Wirt.

»Ein junger Mann kam rein, warf das Kuvert auf den Tresen und lief wieder raus – ohne ein Wort zu sagen.« Er zuckte die Schultern. »Stand ja auch alles drauf.«

»Kannten Sie ihn?«

»War so ein Schlacks, eins neunzig groß und hager. Kennen tue ich den nicht, aber gesehen habe ich ihn schon.«

»Wo?«

»Keine Ahnung. Hier in der Kneipe war er noch nie. Muss irgendwo anders gewesen sein.«

»Können Sie ihn beschreiben?«

»Ja? Ich denke.«

Marc nickte. »Gehen Sie morgen früh um neun ins Präsidium; ich organisier das. Da kommt noch ein anderer Zeuge. Wir machen ein Phantombild. Sie melden sich beim Pförtner, der schickt Sie zu einem Kollegen von mir. Geht das?«

»Wenns sein muss«, maulte Hein wenig begeistert.

»Weiß Ihr Chef von dem Brief?«, fragte Marc an Imhoff gewandt.

»Nein.«

»Dann rufen Sie ihn bitte an.«

*

Inzwischen saß Marc bei Doktor Olbert. Während sie auf Kriminaldirektor Herzog warteten, studierte der Reedereichef eine Kopie des Erpresserschreibens. Das Original befand sich längst auf dem Weg in die Kriminaltechnik.

»Eindeutige Anweisungen«, sagte Olbert und ließ die Blätter sinken. »Wie ich beim letzten Mal erwähnte, werden wir bezahlen. Unsere Hausbank hält die Summe jederzeit zur Abholung bereit.«

Die Bürotür öffnete sich und Herzog kam herein. Er begrüßte Olbert mit Handschlag, nickte seinem Kommissar kurz zu und nahm Platz. Marc berichtete vom Auffinden des Erpresserbriefs, und Olbert wiederholte seine Absicht, den gestellten Forderungen nachzukommen.

»Wir übernehmen natürlich den Transport nach Stralsund«, versprach Herzog. »Vorher installiert die KT den Sender.«

»Aber keine Tricks.« Olberts Miene glich der eines Staatsanwalts, der für den Angeklagten eine lebenslängliche Freiheitsstrafe forderte.

»Nein. Nichts geschieht gegen deinen Willen. Verlass dich auf mich.«

Olbert nickte und überflog erneut das Schreiben.

»Die Vorschriften für das Anlegemanöver«, nutzte Marc die entstandene Pause, »kann die Besatzung der RÜGEN die so ausführen?«

»Selbstverständlich.« Olbert hob den Kopf. »Wir müssen die Modalitäten noch mit der Hafenbehörde klären, aber ich rechne mit deren Unterstützung.«

»Verstehen Sie die Anweisungen? Warum soll auf einen Schlepper verzichtet werden? Warum schreibt der Erpresser genau diesen Liegeplatz vor?«

»Das ist mir so was von egal!«, fauchte Olbert.

»Wen interessiert denn das?«, platzte Herzog dazwischen. »Wir haben uns auf das Wesentliche zu konzentrieren.«

Die Pläne des Täters zu durchschauen, halte ich für das Wesentliche, rechtfertigte Marc seine Fragen im Stillen.

»Wir haben zwar auch kein Geld zu verschenken, aber die Unversehrtheit unserer Gäste ist durch nichts aufzuwiegen. Schlimm genug«, Olbert schlug mit der Faust auf den Schreibtisch, »wenn bereits dieser Herr Helmers sterben musste, ohne dass wir etwas dagegen unternehmen konnten. Haben Sie die Pressemeldungen dazu heute Morgen gelesen?«

»Nein«, gestand Marc.

Herzog holte Luft, schwieg jedoch, da Olbert weitersprach: »Die schlachten das noch richtig aus, die Helden der schreibenden Zunft. Deren Geschmiere wird die Reederei empfindlich treffen und Unsummen kosten.« Er sah erst Herzog und dann Marc an. »Wir erfüllen diese Anweisungen bis ins kleinste Detail und damit basta. Der Rest ist Ihr Job.«

»Selbstverständlich. Wer übergibt die Geldtasche?«, wagte Marc eine letzte Frage.

Mit einem forschen »Ich!« ließ Olbert keinen Zweifel ob seiner Rolle aufkommen.

»Du triffst morgen Hauptkommissar Löffler am Hafen

in Stralsund. Er leitet den Einsatz. Müller kannst du jederzeit übers Handy erreichen.« Herzog sah zu Marc. »Jederzeit – verstanden!«

Als ob Marc jemals einen dienstlichen Anruf verpasst hätte. Er bejahte.

»Können wir anschließend das Geld holen?«, fragte Herzog.

Olbert nickte. »In zehn Minuten. Ich rufe bei der Bank an, danach fahren wir los.«

»Danke, Herr Müller. An die Arbeit«, befahl Herzog.

Marc blieb sitzen und sah zu Olbert. »Kennen Sie einen Gerd Kaczmarek? Er arbeitet für den Verband freier Bauunternehmer und Investoren.«

Olbert schüttelte den Kopf. »Wir bauen nichts. Und wenn, dann höchstens ein Schiff.«

»Was soll der Quatsch?«

Marc überging den Zwischenruf seines Chefs und berichtete von den Erkenntnissen in Bezug auf Kaczmarek, ließ dessen Zwillingsbruder jedoch unerwähnt.

Olbert hörte aufmerksam zu und schüttelte erneut den Kopf. »Nein, ich kenne keinen Kaczmarek. Warum sollte ich?«

»Der Mann pflegt Kontakte zu unzähligen Leuten. Könnte er Reisen auf Ihren Schiffen empfehlen? Gegen …«

»Schluss jetzt!« Herzog sprang auf.

»Lass ihn ruhig.« Olbert deutete dem Kriminaldirektor, sich wieder zu setzen, ohne den Blick von Marc zu wenden. »›Gegen Bezahlung‹ wollten Sie fragen?«

»Ja.«

»Ich kann es mir nicht vorstellen. Aber eine Überprüfung wäre der Gedanke wert.« Olbert lehnte den Oberkörper in seinem Sessel zurück und schaute zur Decke. »Dieser Kaczmarek kassiert, weil er Reisen auf unseren Schiffen *vermittelt*. Plötzlich versiegt die Quelle. Warum auch immer. Kaczmarek fühlt sich betrogen und sinnt auf Rache oder will sein Geld auf andere Art und Weise eintreiben?« Olbert sah Marc an.

»So in etwa.«

Der Reedereichef nickte. »Ich überprüfe das. So schnell wie möglich. So schnell das während der Feiertage geht. Ich melde mich bei Ihnen.«

»Noch was?«, schnauzte Herzog.

Marc seufzte. Er musste jetzt mit der Sprache herausrücken. In knappen Worten beschrieb er die Verbindung zwischen seiner Tochter und dem Mordopfer.

»Ich muss Sie wegen Befangenheit austauschen«, echauffierte sich Herzog. »Und das in dieser Situation? Warum haben Sie das nicht früher gesagt?«

»Von Christins Beziehung zu Helmers habe ich gestern spät abends erfahren und bei meinem Anruf am Morgen melden wollen. Sie haben mir allerdings den Mund verboten.«

»Jetzt reichts mir aber.« Herzog schnaufte, als kämpfe er gegen einen Asthmaanfall an.

»Du, Walter, sag mal?« Doktor Olbert klang ganz ruhig. »Hast du deinen Laden eigentlich im Griff?«

»Warum?«

»Gestern willst du diesen Löffler nicht. Und heute soll Herr Müller abgelöst werden. Keine 24 Stunden vor der Geldübergabe. Meinst du wirklich, wir spielen im Sand?«

»Aber Holger?« Herzogs Stimme zitterte. »Wenn Müller weiter ermittelt und der Richter kommt dahinter, dann stampft der mich in den Boden und spricht den Erpresser frei.«

Mit der flachen Hand schlug der Reedereichef auf den Tisch. Marc summten die Ohren. Olbert sprang auf und beugte sich zu Herzog herunter. »Jetzt habe ich die Schnauze voll. Spar dir deine juristischen Spitzfindigkeiten. Hier gehts um das Leben unserer Gäste. Und diesen Erpresser musst du erst einmal fangen, bevor ihn dein scheiß Richter laufen lässt. Oberkommissar Müller macht weiter oder ich rufe den Innensenator an. Danach kannst du demnächst Streifenwagen in den Einsatz schicken.«

Herzog schaute verdattert auf seinen Duzfreund.

»Entschuldigen Sie, Herr Kriminaldirektor.« Marc schlug vor, an dem Fall weiterzuarbeiten. Die unmittelbaren Ermittlungen verantworte der Kollege Löffler in Stralsund und er selbst werde so vorsichtig wie möglich agieren. Im Zweifelsfall melde er sich.

»Na siehst du«, kommentierte Olbert. »Dein Oberkommissar weiß, was los ist. Lass ihn machen. Wir kümmern uns um das Geld.« Er bedeutete Marc zu gehen.

Marc sah zu Herzog; der nickte.

»Ach, Herr Oberkommissar?« Die Stimme des Reedereichefs klang bedrohlich.

»Ja?«

»Sie haben jetzt keinen Freifahrtsschein. Strahlt Ihr Sender morgen um 12.00 Uhr seine Signale im Hafenbecken aus, werden Sie Ihres Lebens nicht mehr froh. Unsere Ansprüche, die wir gegen Sie geltend machen würden, dürften dann noch Ihre kleinsten Sorgen sein. Der Mord, den das Schwein anschließend begeht, wird auf Ihr Konto gehen.«

# 16

»Danke, meine Herren.«

Acht Stühle scharrten auf dem Boden, und die Männer verließen das Dienstzimmer des Leiters der KPI, der Kriminalpolizeiinspektion Stralsund. Der Chef persönlich hatte die Einsatzbesprechung geleitet. Während des Einlaufens der RÜGEN würden morgen 40 Beamte im Hafengebiet auf den Beinen sein. Neben den Polizeitauchern, die gleich nach dem Festmachen des Schiffes das Hafenbecken durchkämmen, beobachten die anderen Kräfte das gesamte Areal. Zusätzlich filmen drei Videokameras möglichst viele Details des Geschehens im Hafen.

Löffler arbeitete jetzt ein halbes Jahr bei der KPI in Stralsund. Entsprechend seiner beruflichen Vorbelastung aus Bremen war er in das erste Kommissariat eingegliedert worden, das vorrangig Tötungen, Brände und Sexualdelikte bearbeitete. Bereits nach wenigen Tagen hatte er den wesentlichen Unterschied zur Arbeit in der alten Heimat an der Weser festgestellt. Zum einen zeichneten sie hier für ein sehr großes Gebiet verantwortlich, und zum anderen kamen Tötungsdelikte in der vorpommerschen Provinz deutlich seltener vor als in der Großstadt. Und so zählten an seinem neuen Arbeitsplatz auch Arbeitsunfälle mit tödlichem Ausgang und Baugefährdungen zum Alltagsgeschäft. Glücklicherweise entlasteten Kriminalkommissariate, die in den Landkreisen und der Stadt Stralsund ansässig waren, die KPI bei der Aufklärung von mittleren und leichten Verbrechen, sodass Löffler von Diebstählen und Straßenkriminalität verschont blieb.

»Ach, Otto?« Der Chef winkte Löffler zurück.

»Ja?«

»Was gabs auf diesem Reiterhof?«

»Ich weiß nicht recht. Der tote Helmers hatte dort für sich und seine beiden Begleiterinnen Zimmer gebucht. Am Abend wollten sie offensichtlich zu siebt im zugehörigen Restaurant tafeln.«

»Zu siebt?«

»Ja. Die drei vom Schiff, Ferdinand Wolperts Witwe und drei Unbekannte, die es noch zu finden gilt. Ansonsten hängt dicke Luft über dem Objekt; der Eigentümer, den niemand kennt, will die Anlage verkaufen. Da könnte sogar Helmers dahinterstecken.«

»Wer wickelt das Geschäft ab?«

»Ein Herr Paul Droste, Immobilienmakler aus Hamburg – geht leider nicht ans Telefon, ich bleibe weiter dran.« Löffler zog sein Taschentuch hervor und wischte sich über die Stirn. »Die nächsten Stunden wird uns jedoch die Geldübergabe in Atem halten.«

Der Chef der KPI nickte. »Ist bei dir alles klar für morgen?«

»Ja. Ich sehe mir gleich noch das Hafengebiet an und dann kann der Dampfer kommen.«

»An dir bleibt in diesem Fall am meisten hängen; wollen die Kollegen aus Bremen so. Warum eigentlich?«

»Erkläre ich später mal, beim Bier.« Löffler schniefte. »Meine Lisbeth wird mir die Hölle heißmachen, wenn ich die Feiertage im Dienst verbringe. Aber zum Glück ist mein Neffe Ivo zu Hause, der bringt seine neue Flamme mit. Die lenkt Lisbeth hoffentlich ab.«

Der Chef nickte. »Vorausgesetzt, deine Frau lässt dich nach dem verpatzten Pfingstfest am Leben und wir bringen alles erfolgreich zu Ende, lade ich euch zu einem fürstlichen Abendessen ein.«

Löffler dankte, wollte gehen, hielt jedoch inne. »Da wir gerade so nett plaudern. Dieser frühere Dampfer HECKERT, dessen Liegeplatz die RÜGEN benutzen soll, was war das für ein Schiff?«

»Es zählte lange Zeit zu Stralsunds Wahrzeichen, da es vom Wasser und von Rügen aus gut zu sehen war. Die FRITZ HECKERT, nach einem deutschen Kommunisten benannt, hatte die DDR-Regierung als stolzes Urlauberschiff geplant.«

»Wie die GUSTLOFF des KdF?«

»Ja, so ähnlich. Aber die HECKERT erwies sich gleich nach der Indienststellung als Schrottdampfer: Die Maschinenanlage war zu laut, das Schiff reagierte ab mittlerer Windstärke kaum mehr auf das Ruder und schaukelte bereits bei geringem Seegang. Damit Urlauber auf See zu schicken, war schlichtweg unmöglich gewesen. Deshalb stellte man den Kahn schnell außer Dienst. Er lag lange Jahre im Stralsunder Stadthafen an den Liegeplätzen 2 und 3, genau der Nordmole gegenüber. Du weißt, wo das ist?«

Löffler nickte. Durch einen Blick in den Lageplan des Hafens kannte er die Stelle.

»Anfang der 90er verschwand die HECKERT. Seitdem steht ihr Stammplatz wieder allen Schiffen zur Verfügung.«

»Ich muss los. Im Hafen kann ich mir die Details für morgen überlegen.«

»Soll ich mitkommen?«

Löffler schüttelte den Kopf. »Du kennst dich da bestimmt bestens aus. Lass mich mal allein hingehen und Witterung aufnehmen.« Ihm kam seine ›Vernehmung des Opfers‹ in den Sinn, seine stille Zwiesprache mit dem Toten nach dessen gewaltsamem Ableben. Während Löffler mit geschlossenen Augen neben der Leiche hockte, den Tatort erfühlte, hatte Müller III ihn von allen Störungen abgeschirmt. Diese Minuten des In-sich-Gehens hatten Löffler den Zugang zu den Fällen und ihren Lösungen gewiesen. Und heute sollte ihn die stille Beobachtung des kommenden Tatorts auf die Verbrecherjagd einstimmen.

*

Löffler hetzte die Seestraße entlang, überquerte den Fährkanal und betrat den nördlichen Anleger des Stralsunder Stadthafens. Er atmete tief durch und ließ die Umgebung auf seine Sinne wirken. Die Sonne näherte sich mittlerweile der westlichen Stadtsilhouette und malte die Schatten der Kirchtürme auf das Wasser des Hafens. Die roten Ziegel des hohen Speichergebäudes direkt auf der Pier und das Monument der Marienkirche im Hintergrund versetzten Löffler in die Zeit der Hanse zurück. Vom Strelasund wehte eine sanfte Brise herüber und trug den Duft von Weite und Meer und Salz an Land.

Aber er war nicht auf Sightseeingtour hier und trat an die Betonkante der Liegeplätze 2 und 3, an denen morgen die RÜGEN festmachen würde. Das Speichergebäude stand jetzt in seinem Rücken. In den oberen Stockwerken sah der Einsatzplan zwei Beobachter vor, die hoch über dem Hafen einen hervorragenden Überblick haben mussten. Linker Hand, schräg hinter Löffler, lag das Segelschiff GORCH FOCK und direkt vor ihm breitete sich das Panorama des überfüllten Jachthafens aus. Die Feiertage und das sonnige Wetter hatten die Freizeitkapitäne in Schwärmen aufs Wasser gelockt. Rechts, in der Verlängerung der Marina, schirmte die Nordmole die Hafeneinfahrt gegen Seegang ab. Von dort lief morgen die RÜGEN ein. Das Anlegemanöver dürfte kaum Schwierigkeiten bereiten – das Schiff konnte auf geradem Kurs anlaufen und brauchte nur mit den Querstrahlrudern seitlich versetzen, um an Backbord anzulegen. Der Kapitän musste lediglich darauf achten, nicht zu nahe an die Liegeplätze der Marina zu geraten. Löffler holte die Kopie des zweiten Erpresserbriefs aus der Tasche und las die Anweisungen erneut. Er überlegte und wanderte auf der Pier umher. Was bezweckte der Erpresser? Wie würde die Geldübergabe ablaufen? Löffler versuchte, sich den großen weißen Rumpf vorzustellen. Warum sollte gerade dieser Liegeplatz benutzt werden? Er blickte zur Hafeneinfahrt, ließ den Blick über den Jachthafen gleiten und durchmaß das trübe, grüne Hafenwasser. Auf einmal sah er wie in einem Film das morgige Geschehen vor seinen Augen – er glaubte die Planung seines unbekannten Gegenspielers zu verstehen: Fuhr das Schiff mit eigener Kraft in den Hafen und manövrierte auf engem Raum, wühlte es tonnenweise Schlick auf und verwandelte das Wasser in eine undurchdringliche Brühe. Natürlich! Die Schrauben erzeugten unberechenbare Strömungen, die den Einsatz der Polizeitaucher verbaten. Wer sich in dieser Situation in den brodelnden Kessel des Hafenbeckens traute, musste lebensmüde sein. Erst nach dem Anlegen der RÜGEN konnten die Froschmänner der Polizei die Suche beginnen.

Aber wie wollte der Erpresser an seine Beute kommen? Bei einem Abstand von zehn Metern sollte die Tasche an die Bordwand geworfen werden. Bis das Schiff festmachte und die Maschinen verstummten, vergingen bestimmt fünf Minuten. In dieser Zeit wirbelten die Strömungen das Geld umher, woraufhin es auf den Grund sank und vom Morast verschluckt wurde. Löffler nahm einfach mal an, der Täter würde erfolgreich die Geldtasche aufnehmen können, wohin flüchtete er dann? Erneut durchmaßen seine Augen die Wasseroberfläche. Na klar, der Abstand bis zur Marina maß kaum 100 Meter. Und dort drüben drängten sich auch morgen die Jachten. Das ewige Ein- und Auslaufen konnte die Polizei unmöglich kontrollieren. Sonnenschein und Pfingstfeiertage standen wirklich aufseiten des Erpressers. Löffler seufzte. Die 40 Einsatzkräfte bildeten eine wirkungsvolle Streitmacht, insofern sie sinnvoll eingesetzt wurden. Mit wachen Blicken und geschärftem Sinn wanderte er auf dem Liegeplatz umher und platzierte in Gedanken die Kollegen. Immer wieder prüfte er seine Vorstellungen, zweifelte, verwarf die Ideen und kreierte neue Varianten. Schließlich schien seine Planung keinen schwachen Punkt mehr zu offenbaren. Er wandte sich zum Gehen und schaute auf seine Uhr. Verdammt, schon so spät? Wenn er pünktlich nach Hause kommen wollte, musste er losfahren. Im Pyloneum wartete noch ein Gesprächspartner auf ihn.

*

Der Hinweis von Müller III, der tote Helmers habe zahlreiche Dokumente in Bezug auf den Bau der Strelasundquerung auf seinem Rechner gespeichert, hatte Löffler neugierig gemacht. Auf dem Weg zum Dienst bewunderte er tagtäglich den 130 Meter aufragenden Pylon, der an mächtigen Stahlseilen die Brücke trug und mit seiner Höhe sogar die Kirchen der Stadt überragte. Als Neustralsunder, der erst nach der Fertigstellung der Strelasundquerung hierher gezogen war, gehörte sie für ihn wie selbstverständlich in das Stadtbild. Er hatte nie über den Bau nachgedacht, was sich jetzt zu rächen schien. Durch die Feiertage musste er für seine Nachforschungen auf behördliche Archive verzichten, da diese allesamt geschlossen hatten. Glücklicherweise arbeitete das Internet auch zu Pfingsten. Hier fand er den Hinweis auf das Pyloneum, einem kreisrunden Pavillon, der für die Besucher Informationen zum Brückenprojekt und dessen Anbindung an die neue Autobahn A 20 bereitstellte. Telefonisch hatte er dort einen freundlichen Mitarbeiter erreicht, der seine Hilfe anbot, den Herrn Kommissar jedoch auf den frühen Abend vertröstete. Dann könne auch Bernd Reithaar, ein Beteiligter am Bauprojekt, anwesend sein.

Mittlerweile stand Löffler vor dem kleinen Rundbau und versuchte seine Enttäuschung in Grenzen zu halten. Im Gegensatz zu dem riesigen Pylon, der in unmittelbarer Nähe über der Hängebrücke thronte und bis in den Himmel aufzustreben schien, wirkte das Informationszentrum eher wie eine mickrige Trinkbierhalle, die am Rande einer verwaisten Langzeitbaustelle vergebens auf Gäste wartete. Verirrten sich die Touristen wirklich hierher? Immerhin hatte der Herr am Nachmittag von einem großen Andrang gesprochen. Na egal. Löffler betrat den Rundbau durch die gläserne Eingangstür. Im Inneren empfing ihn eine Atmosphäre aufgeräumter Sachlichkeit, die die Schautafeln und Exponate ausströmten und so einen angenehmen Kontrast zum äußeren Erscheinungsbild boten. Ehe Löffler den Blick schweifen lassen konnte, kam ein freundlich lächelnder Herr mit grauem Bürstenhaarschnitt und markanten Falten im Gesicht auf ihn zu. Löffler schätzte ihn auf Anfang 60. Der Mann stellte sich als Bernd Reithaar vor und reichte Löffler die Hand.

»Wir hatten ja schon sehr viel Prominenz hier«, eröffnete er das Gespräch, »aber noch keine Kriminalpolizei. Wie kann ich Ihnen helfen?«

Löffler erklärte sein Interesse an dem Bauvorhaben – die Polizei habe in einem Mordfall entsprechende Hinweise bekommen.

»Dann darf ich Ihnen vielleicht zuerst das Projekt vorstellen?« Reithaar trat zur Seite und ging wenige Schritte, um an einer Tafel die wichtigsten technischen Daten des Bauwerks zu erklären.

20 Minuten später kehrten sie an den Ausgangspunkt der Führung zurück. Reithaar war sehr einfühlsam vorgegangen und hatte den Besucher nur mit den interessantesten Zahlen traktiert.

»Kennen Sie einen Ronald Helmers?«, fragte Löffler am Ende des Rundgangs.

Reithaar überlegte einige Augenblicke und schüttelte den Kopf. »Soweit ich mich erinnere, höre ich den Namen zum ersten Mal. Gegebenenfalls bin ich ihm begegnet, irgendwo, irgendwann, bei einer der unzähligen Projektbesprechungen. Aber da nahmen stets viele Leute teil. Na ja, eine Bausumme von 240 Millionen bedarf schon einer gründlichen Abstimmung.« Reithaar schien erneut zu überlegen. »In welcher Beziehung steht Ihr Ronald Helmers zu unserem Projekt?«

»Das wissen wir eben nicht. Auf seinem Rechner fanden sich zahlreiche Unterlagen zur neuen Rügenbrücke.«

»Dann muss ich passen.«

»Und wie stehts mit einem Gerd Kaczmarek?« Müller III hatte den Mann bei seinem letzten Anruf erwähnt.

Reithaar lächelte, als er den Namen hörte. »Den kennt jeder, seine Majestät König Gerd, die graue Eminenz von der Weser.«

»Also arbeitete Kaczmarek an dem Bauprojekt?«

»Nur indirekt«, korrigierte Reithaar und beschrieb Kaczmarek als umtriebigen Funktionär der Bauindustrie. Bereits zu Beginn der Ausschreibung habe Reithaar den guten Gerd kennengelernt. »Immer freundlich, der Herr, und zuvorkommend. Aber hinten herum ein durchtriebener Knochen.«

»In welcher Hinsicht?«

»Der Begriff Lobbyist, der sagt Ihnen bestimmt etwas?«

»Ja.«

»Na, sehen Sie. König Gerd ist ein Lobbyist, wie er im Buche steht. Kaczmarek mehrte zuverlässig das Geld seiner Freunde von der Industrie. Und er selbst wird auch seinen Nutzen gehabt haben.«

»Können Sie mir Näheres erzählen?«

Reithaar hob abwehrend die Hände. »Was ich weiß, weiß ich vom Hörensagen.« Er massierte sein Kinn und schaute Löffler verstohlen an. »Es gab da schon einige Merkwürdigkeiten. So kam nach der ersten Ausschreibung, die eine private Finanzierung des Projektes vorsah, kein einziges Angebot auf den Tisch. Als schließlich Vater Staat sein Geldsäckel öffnete, trat ein Konsortium auf den Plan, das den Bau realisierte.«

»Arbeitete Kaczmarek mit illegalen Methoden?«

»Herr Kommissar! Lobbyisten würden nie etwas Verbotenes unternehmen.« Reithaar zwinkerte. »Wenn König Gerd nur Wohltaten über das Land gebracht hätte, ständen die in der Zeitung und ich könnte Ihnen davon berichten. Ermitteln Sie etwa gegen ihn?«

»Nein, nicht direkt. Sein Name taucht im Zusammenhang mit mehreren Bauprojekten auf und auch in Verbindung zu Ronald Helmers.«

»Kein Wunder«, bestätigte Reithaar. »Als Verbandsfunktionär und Lobbyist muss der überall mitmischen.«

Löffler bedankte sich für die Auskünfte, während Reithaar ihn zum Ausgang geleitete.

»Falls Sie dem Kaczmarek etwas unterschieben können«, Reithaar schmunzelte, »nehmen Sie die Gelegenheit wahr. Egal, was Sie ihm vorwerfen, bei dem triffts immer den Richtigen.«

»Wir leben in einem Rechtsstaat«, konterte Löffler. »Wenn ich jeden einsperren würde, der es verdient hätte, könnte unser Herr Kaczmarek Millionen mit dem Bau von Gefängnissen verdienen.«

## -3

### 06. März 2003 – Donnerstag

Ein nasskalter Wind zog vom Strelasund herüber. Der Schleier aus Dunst und Nieselregen verbarg die Küste der Insel Rügen. Nur vereinzelt schimmerten Fassaden, Ruinen gleich, als graue Schatten durch die Nebelschwaden. Schneefetzen vertieften den trostlosen Eindruck. Mich ließ das unwirtliche Wetter frösteln. Eigentlich war es eine Schnapsidee, sich hier zu treffen. Aber mein Gesprächspartner sei in Stralsund unentbehrlich, hatte er bei unserem letzten Telefonat erklärt; und ein Gespräch an Ort und Stelle, als Ortstermin gewissermaßen, sei der Sache bestimmt dienlich. Die zukünftige Baustelle unweit des alten Rügendamms biete einen herrlichen Blick auf den Sund und die Insel dahinter.

Unser Telefongespräch lag vier Tage zurück. In der Zwischenzeit hatte ein nordeuropäischer Tiefausläufer den Winter zurückkehren lassen. Sei es, wie es sei, unterhalten wir uns eben hier.

Ich atmete tief durch, um meine Nervosität zu vertreiben. Mein erstes Geschäft zur Geldbeschaffung für die TimurSchule stand mir hier und heute, mit dem kommenden Gespräch, unmittelbar bevor. Zu Hause hatte ich alles perfekt vorbereitete; hoffentlich klappte der Coup. Ich schaltete das Diktiergerät ein, versenkte es in der Brusttasche meiner Jacke und kontrollierte das Mikrofon unter dem Kragenaufschlag. Alles funktionierte. Zufrieden zog ich den Reißverschluss zu und vergrub die Hände in den Taschen.

Rechts spürte ich das Vibrieren meines Handys. Die vertraute Kennmelodie für einen eingehenden Anruf klang leise aus der Seitentasche. Gerade jetzt. Ich hätte den Quälgeist abschalten sollen. Aber pflichtbewusst, wie wir modernen Menschen dem eigenen Telefon sklavisch gehorchten, zog ich es hervor. ›Stephan‹ stand auf dem Display. Meinen Chef konnte ich unmöglich wegdrücken. Ich nahm das Gespräch an.

»Wo steckst du?«, herrschte der Inhaber unserer InnoBau mich an.

»Ich habe Urlaub. Außerdem geht um sechs mein Flug nach München.«

»Ich brauche dich um fünf hier.« Stephan heulte mir die Ohren voll. Er benötige meine Verhandlungskünste. Das

Großprojekt in Osnabrück drohe zu einem Verlustgeschäft zu werden. Mein Ticket nach München sei auf den Nachtflug umgebucht.

Ich schaute auf meine Uhr, die halb elf anzeigte. Das Gespräch mit Kaczmarek, der gleich kam, dauert höchstens 20 Minuten, nicht zuletzt auch dank des Wetters. Die Rückfahrt nahm vier Stunden in Anspruch. Demnach erreichte ich Bremen deutlich vor dem gewünschten Zeitpunkt. Und wenn Stephan umgebucht hatte, erübrigte sich sowieso jede Diskussion. Ich sagte zu, schaltete das Handy aus und steckte es ein.

»Warten Sie schon lange?«, fragte eine wohlklingende männliche Stimme hinter meinem Rücken. Gleichzeitig schlug eine Hand auf meine Schulter. Ich fuhr erschrocken herum.

»Oh, entschuldigen Sie.«

Vor mir stand ein steifer Hut, in dessen Filz hunderte Wassertropfen wie kleine Perlen schimmerten. Zwei blaue Augen strahlten mich an. Ja, da stand Gerd Kaczmarek vor mir. Obwohl seine Kopfbedeckung die Stirn verbarg, erkannte ich das Vorstandsmitglied des VfBI. Auf mein Drängen hin hatte Stephan der Aufnahme in den Berufsverband im Zuge meiner Einstellung zugestimmt. Die Broschüre, die wir daraufhin bekommen hatten, zierte ein Foto von Kaczmarek, das dem Original ziemlich ähnlich sah.

»Da haben wir uns ja ein Wetter ausgesucht«, frotzelte Kaczmarek in ungebrochen guter Laune. »Aber hier stehen wir gleich an jenem Ort, an dem in den nächsten Jahren 240 Millionen verbaut werden. Sie wollten mich wegen des Projektes sprechen?«

»Ja.« Ich erwähnte den Namen unseres Unternehmens, nannte die letzten großen Aufträge und vergaß auch nicht,

Bremen als Firmensitz zu nennen, offensichtlich mit dem erhofften Resultat.

»Richtig, dass Sie zu mir gekommen sind. Wir Bremer müssen doch zusammenhalten. Was kann ich für Sie tun?«

»Auf das Bauvorhaben 2. Strelasundquerung hat uns einer unserer Kunden aufmerksam gemacht. Wir konnten schon mehrere Unteraufträge für die Kollegen erfolgreich abwickeln.«

Kaczmarek nickte anerkennend.

»Wir wollen aber unabhängiger werden und direkt an die großen Projekte ran.«

»Das machen Sie richtig.«

»Nur, was die Unternehmung hier betrifft, da kommen wir wohl zu spät?« Mein Herz pochte in der Brust. Von Kaczmareks Antwort hing viel für mich ab. Sagte er jetzt ja, konnte ich mich verabschieden. Trafen meine Recherchen jedoch zu, kam ich gegebenenfalls zum Zuge.

»Nein, das glaube ich nicht.«

Zuversicht keimte auf. »Die Ausschreibung läuft doch bereits seit zwei Jahren und endet in Kürze?«, fragte ich scheinheilig.

Kaczmarek rückte an mich heran und erklärte im Ton tiefster Vertrautheit: »Das denken alle. Aber solche großen Projekte bergen immer wieder Überraschungen in sich. Die Ausschreibung geht im Sommer erst richtig los.«

Innerlich triumphierte ich. Meine Informationen von der bevorstehenden Aufhebung des ersten Ausschreibungsverfahrens stimmten demzufolge. Nach dem Tunnelbau für die Warnowquerung in Rostock und der Herrenbrücke in Lübeck sollte die 2. Strelasundquerung als drittes Vorhaben vollständig privat finanziert werden. PPP – Public Private Partnership – lautete das neue Zauberwort der Politik. Die Privatwirtschaft trug dabei die Kosten für die Bauarbeiten und durfte anschließend für 30 Jahre die Einnahmen aus dem Betrieb kassieren. Vater Staat sparte auf diese Weise Geld und erledigte drängende Verkehrswegevorhaben dennoch.

Um weiterhin die Unschuld vom Lande zu spielen, musste ich meine Euphorie verstecken. »Wie das denn?«, fragte ich mit dem Unterton eines vertrottelten Jünglings.

»Es liegt kein einziges Angebot vor. Alle Wirtschaftlichkeitsberechnungen sagen für die gesamte Laufzeit hohe Defizite voraus.«

Die Auskunft verwunderte mich jetzt wirklich, und ich erkundigte mich nach den Einzelheiten. Kaczmarek drehte sich herum und deutete auf den alten Rügendamm, über den beinahe ununterbrochen Fahrzeuge rollten.

»Heute queren die Autofahrer den Sund, ohne einen Cent zu bezahlen, was für die Scharen an Pendlern zur Selbstverständlichkeit geworden ist. Die privat finanzierte Sundquerung muss zwangsläufig mit einer Maut belegt werden, die besonders besagten Pendlern sauer aufstoßen dürfte.« Wie ein Fremdenführer, der auf seinem Rundgang gerade ein gewichtiges Detail verkündet hatte, legte Kaczmarek eine Pause ein.

Ich nickte verständnisvoll.

»Und da in jedem Pendler ein Wähler steckt, bewerteten die Herren Politiker in Schwerin diese Nuance des Projektes sehr kritisch. Ich brauchte nicht einmal lange reden, um den heraufziehenden Volkszorn an die Wand zu malen und gleichzeitig meine Lösung unter die Leute zu bringen: Die Ausschreibung bekam eine Klausel, die eine garantiert mautfreie Ausweichstrecke via altem Rügendamm vorsah. Zwar nur für Pkw und Transporter, aber Lastwagen verkehren hier eh kaum.«

»Dann halbieren sich doch die potenziellen Nutzer?«

»Wenn das reicht! Pessimistische Schätzungen rechnen mit 65 Prozent Ausweichverkehr über den bereits bestehenden Rügendamm.«

»Was die Mautgebühren in die Höhe treibt – jeder Pendler wird die schöne neue Überführung meiden.«

»Genau. Die notwendige Maut für einen gewinnbringenden Betrieb der nigelnagelneuen Sundquerung könnte niemand mehr bezahlen. Oder anders ausgedrückt: Die Rentabilität geht zum Teufel.«

»Bauträger reduzieren in solchen Fällen die Baukosten«, warf ich ein. »Die geplante Pylonenlösung soll ziemlich kostspielig sein.«

»Die öffentliche Hand fordert in der Ausschreibung eine Pylonenbrücke als einzige Möglichkeit. Die UNESCO lässt grüßen – man muss Rücksichten nehmen; der Stralsunder Stadtkern steht auf der Liste des Weltkulturerbes.«

»Gegebenenfalls hätten andere Maßnahmen das Kostenproblem im Nachhinein gelöst oder zumindest eingedämmt?«

»Das Vergabeverfahren verbot ausdrücklich nachgeordnete Verhandlungen.«

»Wofür Sie gesorgt haben?« Ich musste Kaczmarek ein wenig locken, er blieb, was seine Rolle anbelangte, zu sehr in der Deckung.

»Ich möchte meinen Einfluss keineswegs überbewerten, aber die Leute in der Schweriner Regierung brauchten schon eine sichere Hand, die sie führte.«

»Wie dem auch sei. Bei einem Auftragsvolumen von

240 Millionen Euro wird doch manch ein Firmenlenker schwach. Hat wirklich kein einziger Mittel und Wege gefunden, ein Angebot abzugeben?«

»Das wagte niemand. Das Unternehmen, das unsere Front durchbrochen hätte, wäre binnen Monaten Pleite gegangen.« Kaczmareks zusammengepresste Lippen verrieten die Ernsthaftigkeit dieser Drohung.

»Was passiert jetzt weiter?«

»Ohne Offerte könnte man das Projekt einstellen oder in der gewohnten Weise über Haushaltsmittel finanzieren. Zum Glück hat die CDU-Vorsitzende hier ihren Wahlkreis. Bestimmt sieht sie sich als zukünftige Kanzlerin schon in Gedanken den Jahrhundertbau einweihen. Niemand wagte, das Vorhaben zu kippen. Also wird die Bundesrepublik tief in die Tasche greifen. Die Vorbereitungen für eine neue, in diesem Fall öffentliche Ausschreibung, laufen bereits.«

»Natürlich unter Ihrer fachkundigen Anleitung.«

Kaczmarek beugte seinen Kopf noch einmal zu mir. »Man muss die Verantwortlichen jede Minute im Auge behalten.«

»Woher nimmt Mecklenburg-Vorpommern das Geld?«

»Das ist ja das Grandiose: Der Landeshaushalt braucht nicht die geringsten Belastungen zu fürchten. Im Gegenteil: Die Herren in Schwerin gehen als große Sieger aus dem Gerangel hervor: Die Sundquerung wird gebaut, die Maut entfällt und Meck-Pom zahlt keinen müden Heller.«

So langsam hatte ich Kaczmarek da, wo ich ihn hinhaben wollte. »Bezahlen kann das alles der gemeine Steuerzahler?«

»Na und! Die in Berlin verschleudern so riesige Summen, da muss eine solch imposante Brücke für schlappe

0,24 Milliarden allemal drin sein.« Er schaute auf den Sund hinaus, als bewundere er das Bauwerk bereits.

Ich näherte mich meinem Ziel. Einer Frage bedurfte es allerdings noch: »Sie arbeiten doch für die Interessen der Industrie? Bisher verstehe ich nur, wie Sie der Landesregierung geholfen haben.«

»Aber Herr Helmers, jetzt enttäuschen Sie mich.«

»Warum? Ich bin Bauingenieur und kein Kaufmann.«

»Na gut, hier eine Nachhilfestunde für einen Bremer Landsmann: Bei der PPP-Finanzierung hätten wir, beziehungsweise das Betreiberkonsortium, über 30 Jahre hinweg die investierte Summe verdienen müssen, und wir hätten Miese gemacht. So zahlt der Bund die Rechnungen. Wir erhalten unser Geld nach vereinbartem Zahlungsplan und alle machen ihren Schnitt.«

»Klingt einleuchtend.«

»So weit zur Vorrede«, Kaczmarek gab sich leutselig, »wo sehen Sie denn die Kompetenzen Ihrer Firma in dem Projekt?«

Ich versuchte ein Lächeln, was mir sehr schwerfiel. Jetzt musste ich meine Mission offenbaren. »Als Berater.«

»Als Berater?«

»Ja, als *Ihr* Berater.«

Kaczmarek schaute mich an, als hätte ich ihm befohlen, in das kalte Wasser des Strelasunds zu springen.

Ich zog den Reißverschluss meiner Jacke herunter, deutete auf das Mikrofon im Kragenaufschlag, holte das Diktiergerät aus der Innentasche und schaltete es demonstrativ aus.

Für einen Augenblick schien Kaczmarek irritiert. Er kniff die Augen zusammen und fixierte mich. »Was soll das?«

»Ich muss mich ein wenig korrigieren: Meine Firma hat keinerlei Interesse an einer Mitarbeit. Ich allein möchte mich einbringen.«

»In welcher Funktion?«

»Das sagte ich bereits, als *Ihr* Berater.«

»Ich brauche keinen Berater.« Kaczmarek klang trotzig wie ein rechthaberischer und verbohrter Firmenchef.

»Falls Sie mich abweisen, könnte Ihr Image in der Öffentlichkeit leiden. Was Sie mir da alles erzählt haben, würde in den Medien und bei der Bevölkerung zu falschen Vorstellungen über Ihre Arbeit führen. So mancher Journalist macht aus der Geschichte gern eine Story für seine Leser.«

»Bla, bla, bla. Reden Sie nur weiter. Ihre Bandaufnahme schildert lediglich Gegebenheiten, wie sie heute überall im Geschäftsleben vorkommen. Lobbyarbeit genießt zwar keinen sonderlich guten Ruf, aber ich bewege mich stets im Rahmen deutscher Gesetze.«

»Die Sie etwas zu Ihren Gunsten ausnutzen oder auch mal beugen.«

Kaczmarek holte Luft.

Ehe er protestieren konnte, fuhr ich fort und spielte meinen letzten Trumpf: »Sicher, Sie sind clever genug, bieten kaum Angriffspunkte. Wenn man Journalisten jedoch eine Angel mit einem fetten Köder in die Hand drückt, gehen die gern zum Fischen.« Ich nahm einige zusammengefaltete Blätter aus meiner Jacke. »Der Name Holzmann, Philipp Holzmann, dürfte Ihnen ja ein Begriff sein.« Kaczmareks Stimmung schien zu kippen. Auf seiner Stirn zogen Sorgenfalten auf. Seine zitternden Finger grapschten nach den Papieren.

»Ich habe da Dokumente aufgetrieben, die für die Staatsanwaltschaft interessant sein könnten. Scheinrechnungen, die die ehemaligen Vorstände des Konzerns ausstellen ließen, um einen unerlaubten Aktienrückkauf zu verschleiern. Komischerweise trägt auch diese Aktion Ihre Handschrift, wie Sie meinen kleinen Gedächtnisstützen entnehmen können.«

Hastig faltete Kaczmarek meine Unterlagen auseinander.

Ich entschloss mich, noch ein wenig nachzulegen: »Kanzler Schröder dürfte negativ berührt sein, falls er in der Öffentlichkeit an seine fehlgeschlagene Rettung erinnert wird. Immerhin gings um 250 Millionen Steuergelder.«

»Das Geld ist nie in Anspruch genommen worden!«

»Das sagen Sie und ich weiß es. Aber das müssen Sie erst einmal der Bevölkerung einreden, wenn ein storygeiler Journalist das Gegenteil behauptet.« Ich legte eine Pause ein, um meine Worte wirken zu lassen. Wie im Treibsand schien Kaczmarek der Boden unter den Füßen zu entgleiten. Er wusste offensichtlich nicht mehr, wo er hinsehen sollte; unentwegt wanderte sein Blick zwischen den Blättern in seinen Händen und mir hin und her.

»Komisch«, fuhr ich fort. »Damals 250 Millionen und hier 240 Millionen. Fast die gleichen Summen! Allein daran könnten die Leute Parallelen erkennen. Was wohl Ihre Freunde aus der Schweriner Landesregierung sagen werden? Jetzt, wo die neue Ausschreibung vor der Tür steht.«

»Wie viel verlangen Sie?«

»30.000 Euro.«

Kaczmarek schluckte.

»Eine Spendenquittung muss ich leider schuldig bleiben.«

»Welche Garantien bekomme ich?«

»Ach, Herr Kaczmarek. Arbeiten Sie immer mit Garantien? Ich kann Ihnen nur anbieten, die Originaldokumente von dem da herauszurücken.« Ich deutete auf die Papiere in seiner Hand.

»Sie wollen das Geld in bar?«

Ja! Mein Inneres triumphierte – Kaczmarek würde zahlen. »Bargeld hinterlässt am wenigsten Dreck, und wir beide, als Landsleute gewissermaßen, dürften leicht einen Treffpunkt ausmachen können.«

*

Auf dem Rückweg nach Bremen konnte ich meine Freude ob des gelungenen Premierencoups kaum bändigen. Auf Streckenabschnitten ohne Geschwindigkeitsbegrenzung drückte ich das Gaspedal durch und berauschte mich am Tempo. Wie leicht Kaczmarek in die Knie gegangen war. Ich holte meine Brieftasche hervor und klemmte Undines Foto ans Armaturenbrett. »Wir schaffen das!«, flüsterte ich und strich sanft über ihr Bild. Der Anfang war gelungen. Wir würden das Geld für das Schulgebäude zusammenbekommen.

Ich wollte Corinna an meinem Triumph teilhaben lassen, rief sie an und beschrieb meinen gelungenen Fischzug in allen Details. Sie fand wenig Lob und muffelte irgendetwas von Ärger im Filmstudio.

»Da kann ich ja gleich nachlegen«, versuchte ich zu scherzen und beichtete die Verschiebung meiner Ankunftszeit in München.

»Na bravo!«, schimpfte Corinna mit verärgertem Unterton, der mich zurückschrecken ließ. »Kommt dein Chef nicht allein klar? So ein Idiot. Du hättest auf mich hören und nach München kommen sollen. Hier verdienst du locker das Doppelte.«

Jetzt ging das wieder los. »Das Thema können wir wohl ein anderes Mal besprechen, oder?«

Seit vergangenem Dezember lebten wir in einer glücklichen Wochenendbeziehung, die sich allerdings nur auf jedes vierte Wochenende bezog. Corinna war eine tolle Frau und ich mochte sie; aber mit ihr zusammenziehen? Nein, nach mehreren Jahren und einer ersten zerbrochenen Beziehung erneut in München unterzukriechen, konnte ich mir unter keinen Umständen vorstellen. Ich schaute zu Undines Bild. Die zerbrochene Liebe zu Manuela, Undines Mutter, bewegte mich außerdem noch viel zu sehr.

»Mach doch, was du willst«, hörte ich Corinnas gereizte Stimme. »Ich gehe heute jedenfalls zu einer Vernissage. Ich muss da hin – ein paar wichtige Leute treffen. Du brauchst nicht zu warten, wenn es später wird. Vielleicht komme ich auch erst morgen früh.« Sie legte auf.

Meine gute Stimmung entschwand wie ein flüchtiger Duft. Mürrisch sah ich auf die Straße. Keine 30 Kilometer mehr und in der Firma erwartete mich eine unerquickliche Besprechung über Baumängel.

*

Bis zum Start meiner Maschine blieben beinahe zwei Stunden. Dennoch fuhr ich gleich nach dem Ende unserer Verhandlungen auf den Flugplatz hinaus.

Das Gespräch mit den Osnabrückern war schwierig verlaufen. All meine Beredsamkeit hatte lediglich einen Teilerfolg gebracht – in drei Wochen wollte der Kunde ein detailliertes Konzept zur Lösung sämtlicher Probleme sehen. Da musste Stephan sich drum kümmern, schließlich betreute er dieses Projekt.

Schade um diesen Tag, der so erfolgreich begonnen hatte. Die 30.000 Euro von Kaczmarek bedeuteten einen vielversprechenden Start in meine Karriere als Geldbeschaffer. Ich hätte gern mit Corinna auf den Erfolg angestoßen. Aber stattdessen wartete in München nur eine miesepetrige Geliebte, wenn sie überhaupt wartete. Auch kein angenehmer Gedanke.

Ich erreichte den Airport, stellte mein Auto im Parkhaus ab und betrat die Abfertigungshalle. Mein erster Blick wanderte zur großen Anzeigetafel hinauf, die einen pünktlichen Starttermin ankündigte. Vielleicht konnte ein Bierchen meine Stimmung ein wenig heben. Ich schlenderte in Richtung Terminal 3 zum Check-in, wo mein Ärger erneute Nahrung bekam: Anscheinend musste man den Flughafen in die Kategorie Dorfflugplatz einordnen – alle Restaurants hatten geschlossen. Na klar, die Uhr ging ja bereits auf halb neun. Ziellos tappte ich weiter und blieb überrascht vor dem Ankunftsgate stehen: Gleich gegenüber saß Dagmar, Dagmar Sanders aus unserem Zeichenbüro. Sie hockte an einem der verlassenen Tische und schaute ziellos umher, als wolle sie hier die Nacht verbringen. Ich lief zu ihr und begrüßte sie. In der Firma hatten wir wenig Kontakt, ihre Abteilung unterstand Stephan, und ich hielt mich von jedwedem Papierkram fern. Nur während meiner seltenen Besuche in der Firmenkantine begegnete ich ihr ab und zu, weil sie meist allein aß – ihre Kolleginnen kochten zu Hause lieber selbst.

»So einsam und verlassen wie beim Mittagessen im Geschäft?«

»Hallo, Ronald. Was machst du denn hier?« Dagmar deutete zur großen Anzeigetafel. »Ich warte auf meine Eltern. Der Flieger aus Frankfurt kommt eine Stunde später.«

Ich setzte mich zu ihr und hob den Finger. »Kellner, zwei Glas Sekt bitte.«

Dagmar schaute mich verwundert an.

»Na gut, meine Scherze waren auch schon besser.« Ich erzählte von meinem Flug nach München zu einer Schulfreundin und schimpfte anschließend über Stephan, der mir meinen Urlaubstag verdorben hatte. »Der kann nichts allein. Holt mich extra zu so einem blöden Meeting rein und ich muss später fliegen.«

»Bestimmt wegen eines ernsten Problems. Die Umbuchung kostet garantiert 200 Euro, eher mehr.«

Dagmars Anteilnahme, wem sie auch immer galt, tat mir gut. Irgendwie gefiel mir die Situation, hier, mit ihr auf dem verwaisten Flughafen zu sitzen und ungestört zu plaudern.

»Na jedenfalls haben wir die Kunden aus Osnabrück drei Wochen vertrösten können«, versuchte ich das leidige Thema zu beenden.

»Aus Osnabrück?« Dagmar klang, als kenne sie den Auftrag.

»Ja?«

»Es geht um das aktuelle Großprojekt?«

»Ja.«

»Das wird Herr Schmidt kaum schaffen, in der Zeit die Probleme vom Tisch zu bekommen.«

»Ach ja?«

Die Dokumente seien bei ihr auf dem PC gewesen. Durch die Erfahrungen der zurückliegenden Jahre habe sie einige Ungereimtheiten entdeckt.

»Und warum hast du nie etwas gesagt?«

»Wollte ich doch.« Die Kolleginnen hätten ihr aber abgeraten. Der Chef hasse neunmalkluge Belehrungen aus dem Zeichenbüro. Dagmar nannte einige Details, die mich an die Besprechung vom Nachmittag erinnerten. Ich hörte aufmerksam zu. Sie gefiel mir in ihrer Sorge um das Bauvorhaben. Diese, ihre engagierte Seite kannte ich überhaupt nicht. Ich stellte Zusatzfragen und Dagmar zeigte wenigstens im Ansatz die möglichen Fehlerquellen auf.

Mir kam eine Idee: »Wir hocken uns morgen ins Büro, korrigieren die Fehler, schicken den Chef anschließend an die Arbeit und ich lade dich zum Essen ein, auf Firmenkosten, ganz feudal.«

»Und dein Flug?«

Ach ja, mein Flug? »Den lasse ich sausen«, beschloss ich kurzerhand. Dann konnte Corinna in aller Ruhe ihre Vernissage genießen, ihre wichtigen Leute umschwärmen und heimkehren, wann immer sie wollte.

Dagmar verzog bedauernd das Gesicht. »Meine Eltern kommen für ein langes Wochenende, die kann ich unmöglich versetzen. Und der Chef, der ist morgen auch in der Firma. Was wird der sagen, wenn wir beide über seinem Projekt sitzen?«

Ich überlegte und fand *die* Lösung. Wir würden uns am Sonntagabend zusammensetzen. Bis dahin konnte ich mich einarbeiten.

Dagmar nickte.

Ja, Sonntagabend gefiel mir vorzüglich. Da störte niemand und ein nettes Restaurant für das anschließende Essen kannte ich ebenfalls. Nicht zuletzt blieben mir beinahe drei Tage Vorfreude.

# 17

## 11. Mai 2008 – Pfingstsonntag

Die Morgensonne über Rügen malte kräftige Farben auf die Silhouette von Stralsund. Häuser, Kirchen und Grünanlagen zauberten eine Postkartenidylle vor den blauen Himmel.

Utesch stellte den Motor seines Kutters ab und ankerte weit genug vom Fahrwasser der Hafeneinfahrt entfernt. An diesem Platz störte ihn keine Wasserschutzpolizei. Er nahm ein Fernglas an die Augen und schaute zur Nordansteuerung, dort zeigte sich die helle Kontur eines Kreuzfahrers. Glücklicherweise lief die RÜGEN pünktlich ein. So konnte er schnell wieder verschwinden. Sein Blick ging zum Stralsunder Hafen hinüber, wo jetzt die Polizei ihren Einsatz vorbereiten dürfte. Aber das focht Utesch nicht an. Von Land aus bekam ihn niemand zu Gesicht und wenn die Kollegen Polizeitaucher ins Wasser sprangen, würde er längst den Rückweg angetreten haben. Der Jollenkreuzer PAULA2 lag an einem Steg in der Mitte der Marina, ganz außen, das hatte er gestern Abend überprüft.

Einen letzten Blick den Armaturen widmend verließ Utesch den Steuerstand und bereitete auf dem Achterdeck die Taucherausrüstung vor. Routiniert ging ihm die Arbeit von der Hand und nach zehn Minuten stand er einsatzbereit neben der Tauchertreppe, über die er nach dem Einsatz an Bord zurückkommen würde. Sein Blick richtete sich erneut zur RÜGEN hinaus, die auf Höhe Altefähr den Kursänderungspunkt ansteuerte. Wenig später drehte sie bei und hielt jetzt direkt auf den Stralsunder Stadthafen zu.

Utesch steckte den vorbereiteten Neoprenfetzen eines anderen Anzugs zu dem leeren Transportbeutel, den er bereits unter dem Taucheranzug verstaut hatte. Dann testete er die beiden Saugnäpfe am Schanzkleid des Kutters und befestigte sie anschließend zufrieden am Bleigürtel. Von den Dingern hing nachher sein Leben ab. Zuletzt rüttelte er am Karabinerhaken neben dem Tauchermesser, ging auf dem Deck in die Hocke und plumpste rückwärts in den Strelasund.

Nach dem Eintauchen orientierte er sich sofort und schwamm mit ruhigen Beinschlägen in Richtung Fahrwasser. Das Schraubengeräusch der RÜGEN war unter Wasser deutlich zu vernehmen. Zum Glück war die Geschwindigkeit beim Anlaufen des Hafens vorgeschrieben und somit die Position des Kreuzfahrtschiffes vorausberechenbar – entsprechend seiner Kalkulation vom Vorabend musste er nach 280 Sekunden auf den weißen Rumpf treffen. Taucheruhr und Kompass im Auge behaltend glitt Utesch auf dem Kurs Nord-Nord-Ost vorwärts. Das Schraubengeräusch kam näher. Der Sekundenzeiger vollendete die vierte Runde – 240 Sekunden waren verstrichen. Er hielt inne. 250 Sekunden – schräg links tauchte ein hellgrüner Schatten auf. Seine Planung stimmte, die RÜGEN erschien pünktlich. 265 Sekunden – der Bug des Schiffes wanderte an ihm vorüber. Utesch schwamm bis auf gut einen Meter heran und zählte die Opferanoden, die wie schwarze Riesenkäfer auf dem Rumpf saßen. Da, der fünfte Käfer; die Vorderkante des Deckshauses lag genau über dieser Stelle. Utesch stieß blitzartig vor, setzte den ersten Saugnapf, schlang den Arm hindurch und verhakte sich mit der Armbeuge, positionierte den zweiten Saugnapf, rüttelte zur Kontrolle daran, fasste zu und zog den Oberkörper auf den Stahl der Bordwand. Auf seinem Taucheranzug spürte er den Rhythmus der Schiffsmaschine. In dieser Position würde er bequem bis in den Hafen verharren können.

Plötzlich erstarb das Schraubengeräusch. Utesch erschrak. Aus dem Inneren des Stahlkolosses erklang nur noch das Rattern der Hilfsdiesel, die den Strom an Bord erzeugten. Warum stoppte die RÜGEN? Mitten in der Fahrrinne? Ohne merklich an Geschwindigkeit zu verlieren, glitt der Schiffsleib durch das Wasser. War vor dem Bug ein Hindernis aufgetaucht? Uteschs Herz schlug schneller. Wenn die auf der Brücke den Propeller jetzt rückwärts laufen ließen, um aufzustoppen, schwebte er in höchster Lebensgefahr. Den daraufhin einsetzenden Strudeln würde er kaum entkommen. Nervös zählte er die Sekunden. Eins, zwei, drei … keine Reaktion … sechs, sieben, acht … was machen die … zwölf, dreizehn, vierzehn … sollte er wegschwimmen … siebzehn, achtzehn, neunzehn … dann kam er nie wieder zurück und alles war verloren … dreiundzwanzig, vierundzwanzig … hinter der Bordwand zischte es. Die Maschine sprang an? Rückwärts? Uteschs Puls hämmerte in den Ohren. Er konzentrierte sein Fühlen auf das Wasser um sich herum. Griffen tödliche Strudel nach ihm?

*

Löffler blickte auf den Strelasund hinaus. Der riesige weiße Rumpf der RÜGEN steuerte auf die Hafeneinfahrt zu. Er stand wie am gestrigen Abend auf dem Liegeplatz und erwartete das Einlaufen, das die Polizeiaktion anstieß. Aus seiner Perspektive wirkte das Schiff zu groß, um jemals durch die schmale Öffnung zwischen Nordmole und seitlicher Hafenbegrenzung zu passen. Als befielen den Kapitän ebenso Zweifel, schien das Kreuzfahrtschiff langsamer zu fahren. Was ging da an Bord vor?

Löffler riss den Blick vom stählernen Koloss los und schaute in die Runde. Die gesamte Pier war abgesperrt. Direkt vor ihm würde der Kreuzfahrer gleich anlegen. Neben Löffler wartete nur dieser Doktor Olbert von der Trans-Ozeana aus Bremen. Die Tasche mit dem Geld stand zu seinen Füßen. Um sie später wiedererkennen zu können, markierte eine eigens durch die Kriminaltechnik angebrachte Schramme den Boden des wertvollen Behältnisses. Hinter den Absperrungen patrouillierten circa zehn uniformierte Polizisten. Die Szenerie erinnerte eher an den Empfang eines Schiffes, das Terroristen in ihre Gewalt gebracht hatten. Dennoch blieb kaum ein Passant stehen, was Löffler freute, denn Aufsehen konnten sie am allerwenigsten gebrauchen.

Sämtliche Schlepper hatten sich in den Südhafen jenseits des Rügendamms zurückgezogen. Der Hafenkapitän hatte eines der Bugsierschiffe zur Sicherheit in Bereitschaft halten wollen, war damit aber auf den schärfsten Protest von Doktor Olbert gestoßen. Für den Fall des Scheiterns der Geldübergabe hatte er mit Konsequenzen für die Hafenbehörden gedroht. Er werde weltweit bekannt machen, wie man in Stralsund die Unversehrtheit der Touristen gefährdete. Der tapfere Hafenkapitän hatte auf seiner Forderung bestanden, während der Reedereichef die volle Verantwortung für das Anlegemanöver übernahm und für sämtliche Schäden aufkommen wollte. Der Hafenkapitän war stur geblieben. Daraufhin hatte der Chef der Kriminalinspektion eingegriffen und den Hafenkapitän überzeugt, der daraufhin alle Schlepper in den Südhafen abzog.

Löffler blickte zur Marina hinüber: Dort herrschte reges Treiben wie auf einem gut besuchten Wochenmarkt, und das bereits um sieben Uhr am Morgen. Angler und Hobbykapitäne schienen keine Stunde der kostbaren Freizeit vergeuden zu wollen. Der Trubel bescherte der Polizei natürlich auch einen Vorteil: 25 Beamte in Zivil konnten die Szenerie beobachten, ohne selbst aufzufallen. Auf welche Weise sie die auslaufenden Jachten kontrollieren sollten, blieb Löffler allerdings ein Rätsel. Diesbezüglich musste er auf das Glück des Tüchtigen hoffen. Er schaute wieder zur Hafeneinfahrt, durch die gerade das Kreuzfahrtschiff einlief.

*

Die heiße Phase des Einsatzes begann. Utesch lockerte noch einmal abwechselnd seine Arme und konzentrierte sich auf die Manöver des Schiffes. Wenn die Saugnäpfe hielten, drohte ihm keine Gefahr, selbst bei rückwärtslaufendem Propeller nicht. Hier im Hafenbecken machte die RÜGEN kaum Fahrt und die entstehenden Wirbel dürften lediglich schwach aufbrodeln. Vorhin bei dem Zwischenstopp in der Fahrrinne hätte wesentlich mehr passieren können.

Immer häufiger erstarb mittlerweile das Schraubengeräusch, während die Pumpen der Querstrahlruder hell kreischten. Das Wasser um ihn herum verdunkelte sich – die Pierkante rückte näher. Er sah zur Wasseroberfläche hinauf. In dem aufgewühlten Schlamm würde er die Geldtasche beim Herabsinken erst in letzter Sekunde sehen, jedoch nur, wenn die da oben die vorgeschriebene Stelle genau anpeilten; einen Meter zu weit vorn oder achtern und die Beute rauschte unentdeckt in die Tiefe. Aber darauf hatte er keinen Einfluss. Utesch atmete tief und kräftig, um seinem Körper die notwendige Spannkraft zu erhalten. Da er ein geschlossenes Kreislaufgerät benutzte, konnten ihn die aufsteigenden Luftblasen an der Wasseroberfläche nicht verraten.

*

»Gleich ist es so weit«, warnte Löffler den Reedereichef an seiner Seite.

»Ja, doch.« Doktor Olbert nahm die Geldtasche auf und trat an die Kante des Liegeplatzes vor.

Löffler studierte ein letztes Mal die entscheidenden Zeilen im Erpresserbrief und sah zu Olbert. »Bitte versuchen Sie, die Bordwand genau auf der Höhe des beginnenden Deckshauses zu treffen.«

»Ja, verflucht«, krächzte Olbert.

Das versöhnte Löffler. Der Mann tat nur so cool und abgeklärt; seine Nerven mussten aufs Äußerste angespannt sein. Für die Reederei ging es um sehr viel, letztendlich um das Leben ihrer Urlaubsgäste. Löffler trat einige Schritte vor, blieb schräg hinter Olbert stehen und taxierte den Abstand des Schiffes von der Pier. Augenblicke später erreichte die RÜGEN die vorgeschriebene Zehnmeterdistanz. »Jetzt!«, kommandierte er.

Olbert reagierte ohne Kommentar – holte aus und schleuderte die Geldtasche gegen die Bordwand, genau unterhalb der Kante des Deckshauses. Die Beute für den Erpresser fiel ins Wasser. Löffler starrte ihr hinterher, als könne er sie im Auge behalten. Aber die Strudel, aufgewühlt vom rasch näher kommenden Schiffsrumpf, zogen die Millionen in die Tiefe.

»Baby abgetaucht!« Löffler gab das vereinbarte Codewort per Funk an alle Kollegen durch. Rund 40 Augenpaare richteten sich jetzt auf das Kreuzfahrtschiff, das Hafenbecken und den angrenzenden Jachthafen, während die Polizeitaucher nur auf das Ersterben der Schiffsmaschine warteten, um ihren Einsatz zu beginnen.

Löffler starrte, ebenso wie Doktor Olbert, nach unten in die Strudel des Hafenwassers. Er hatte auf irgendeine Spur, auf irgendein Signal, gehofft. Aber in diesem Vulkan aus Wasser und Dreck würde wohl niemand zu tauchen wagen, auch nicht für zwei Millionen. Einer schwarzen Gewitterwolke gleich quollen neue Massen von Schlick empor und verwandelten die Oberfläche in einen Jauchebottich. Der Schiffsrumpf schob sich immer näher an den Liegeplatz heran. Dann flogen Leinen an Land. Hektisches Treiben setzte ein. Die Festmacher stürmten auf ihre Posten, zerrten die Tampen den rauen Beton entlang und warfen sie über die Poller.

*

Eine unmenschliche Gewalt zog und rüttelte an seinem Körper. Uteschs Hände umklammerten die Saugnäpfe. Auch wenn der Propeller stets nur kurz arbeitete, kostete es ihn eine unsägliche Kraft, nicht fortgerissen zu werden. Worauf hatte er sich da eingelassen? Wie sollte er so an die Beute kommen? Falls er den Halt verlor, zerhäckselten ihn die riesigen Flunken der Schiffsschraube in gut proportioniertes Fischfutter.

Endlich erstarb das Gezerre; lediglich die Querstrahlruder liefen noch. In diesem Moment erklang ein dumpfes Klatschen über Utesch an der Bordwand. Die Geldtasche! Er konzentrierte all seine Sinne auf die undurchdringliche Finsternis um sich herum. Die nächsten Sekunden entschieden – Erfolg oder Fehlschlag. Seine Hände umklammerten die Haltegriffe der Saugnäpfe. Rücklings wie an einer Sprossenwand hängend schob er den Körper möglichst weit vom Schiffsrumpf weg und streckte die Beine. Notfalls konnte Utesch so die Tasche mit den Füßen erwischen. Sein Blick wanderte nach oben: fünf, vier, drei, zwei … Da sank die Beute herab. Er griff danach und befestigte den Fang am Karabinerhaken neben dem Tauchermesser.

Der Part mit den meisten von ihm unbeeinflussbaren Störmöglichkeiten lag hinter ihm. Jetzt hieß es zu verschwinden. Utesch lockerte den ersten Saugnapf und setzte ihn einen halben Meter tiefer wieder auf die Bordwand, um daran neuerlich Halt zu finden. Dann folgte der zweite. Zügig wanderte er auf diese Weise abwärts, achtete währenddessen auf alle Geräusche im Schiffsrumpf. Ließen die da drinnen die Maschine erneut an, musste er augenblicklich seine Wanderung unterbrechen und sich festklammern. Aber das verdächtige Zischen der Druckluft blieb aus. So erreichte Utesch den Kiel. Er zog die Beine an, presste sie gegen den Stahl des Schiffes und schnellte vorwärts. Mit heftigen Beinschlägen verließ er die Gefahrenzone.

*

Ein dumpfer Schlag und lautes Knirschen kündeten vom Anlegen des Kreuzfahrtschiffes. Augenblicke später hörte Löffler die erlösende Meldung von der Brücke, dass der Propeller nicht mehr zum Einsatz komme.

»Windstille«, gab er über Funk weiter. Jetzt gingen die Polizeitaucher, nur für Eingeweihte sichtbar, ins Wasser – garantiert kein Vergnügen, in die dreckige Brühe hinabzusinken. Der Chef der Froschmänner hatte Löffler auch wenig Hoffnung gemacht, etwas zu finden.

»Sie beachten alle Abmachungen?« Doktor Olbert sah Löffler mit ernstem Gesichtsausdruck an.

»Selbstverständlich.«

»Ich warne Sie!«, bekräftigte der Reedereichef. »Stirbt an Bord ein weiterer Mensch, nur weil Sie den Erpresser in die Enge getrieben haben, mache ich Sie dafür verantwortlich.«

Die Mahnung hörte Löffler zum wiederholten Mal. Der Einspruch, der ihm jedes Mal auf den Lippen gelegen hatte, den sprach er jetzt aus: »Und falls der Erpresser das Geld vergeblich sucht?«

»Sparen Sie Ihre Ausflüchte. Egal, was passiert: Sendet die Geldtasche um 12.00 Uhr Funksignale, dann …« Ohne den Satz zu beenden, trat Olbert zurück und lief in Richtung der Absperrung davon.

Aus dem Sprechfunkgerät erklang eine quäkende Stimme, die den ordnungsgemäßen Fortgang der Aktion meldete. Löffler blieb nunmehr lediglich die Rolle des geduldig Wartenden. Er hatte sich vorgenommen, die Zeit zu nutzen, um Dagmar Sanders an Bord aufzusuchen. Sie konnte ihm einen unmittelbaren Eindruck von den Ereignissen um Ronald Helmers Tod vermitteln.

*

Utesch hatte die Gefahrenzone längst verlassen. Ruhige Beinschläge brachten ihn der PAULA 2 näher. Mit jedem

Meter lichtete sich das Wasser um ihn herum, blieb der aufgewühlte Schlamm immer weiter zurück.

Der Vorplanung nach erreichte er die Mitte zwischen Kreuzfahrtschiff und Jachthafen. Utesch stoppte, holte den Transportbeutel unter seinem Taucheranzug hervor und packte das Geld aus der Reisetasche um. Auf einmal horchte er auf. In einiger Entfernung mussten mehrere Taucher ins Hafenbecken gegangen sein. Er kannte das Geräusch – während seiner Ausbildung war es stets der Auftakt zu einer harten Verfolgungsjagd gewesen. Solche Eindrücke vergaß man zeitlebens nicht. Die heutige Jagd bedeutete für ihn jedoch keine Übung, sondern Ernstfall, ein Ernstfall mit allen Vorteilen auf der Seite des Verfolgten. Zügig, aber keineswegs überhastet, tauchte Utesch weiter bis zur PAULA2 und hängte die leere Geldtasche an das Ruderblatt. Schließlich nahm er den Neoprenfetzen hervor und befestigte ihn an einem Draht, der neben dem Ruderschaft herunterhing. Zum Schluss warf er einen letzten Blick auf sein Werk und schwamm in Richtung Hafenausgang. Unbehelligt erreichte er seinen Kutter, kletterte an Bord und legte die Ausrüstung ab.

*

»Tja, Herr Kommissar, mehr weiß ich leider auch nicht«, schloss Frau Sanders ihren Bericht. »Und glauben Sie mir, in der finsteren Kammer habe ich Todesängste ausgestanden.«

»Das glaube ich.« Löffler blickte auf das Handy in seiner Hand, das Frau Sanders mitgebracht hatte. Die SMS kam garantiert von Helmers Mörder; ob nun wirklich von diesem Gronau, war zu klären – bestimmt konnte er ihn nachher sprechen. Zunächst musste Löffler ein Gefühl für das Mordopfer entwickeln. Die Leiche bekam er ja nicht zu Gesicht. »Ich würde gern ihre Kabine ansehen, um mir einen Eindruck zu verschaffen«, erkundigte er sich vorsichtig. »Hätten Sie etwas dagegen?«

»Nein.«

In diesem Moment erklang eine Lautsprecherdurchsage, die die Freigabe des Schiffes durch die Behörden verkündete. Löffler fragte Frau Sanders, ob sie ebenfalls an Land gehen wolle. Sie verneinte, und so folgte er ihr die Treppe hinauf.

Die Kabine lag auf dem Mönchgut-Deck. Löffler schaute sich kurz um, ließ die Schränke jedoch unberührt. Was sollte er auch suchen? Und wie würde Frau Sanders darauf reagieren? Nein, eine gründliche Durchsuchung konnten sie bei Bedarf immer noch durchführen. Aber am großen Wandspiegel neben dem Eingang blieb er stehen. »Ist das der Versöhnungsgruß, den Sie erwähnten?«

»Ja.«

»Ich liebe Dich! Verzeih mir!«, las er laut. »Wegen dieser Nachricht sind Sie überhaupt zur Neptuntaufe gegangen?«

»Ja. Ich fühlte mich wie eine dumme Pute. Unser Streit kam mir so albern vor.«

»Verstehe.« Löffler rieb sein Kinn. Die Schrift zeigte markante Züge. Das gekrümmte i schmiegte sich jeweils an das benachbarte e an – als sollte diese Schreibweise die Zuneigung des Schreibenden betonen. Löffler wies auf den Spiegel. »Darf ich das fotografieren?«

»Nur zu. Ich habe selbst schon Bilder aufgenommen. Kopien könnte ich Ihnen geben.«

»Ach, lassen Sie mal. Die Kriminaltechnik hat da ihre

eigenen Vorstellungen.« Löffler zog eine kleine Kamera aus der Jacke und schoss zwei Fotos. »Hätten Sie auch eine Schriftprobe von Herrn Helmers?«

»Sie wollen die Echtheit der Nachricht prüfen?«

»Reine Routine. Meine Leute reißen mir den Kopf ab, falls ich ohne Vergleichsprobe komme.«

»Eine Schriftprobe?« Frau Sanders spielte verlegen an der Knopfleiste ihrer Bluse. »Ronald schrieb eigentlich nur im Büro auf dem PC. Selbst die Urlaubsgrüße an seine Verwandten musste ich erledigen.«

»Ein paar Worte reichen mir. Und wenns eine Notiz auf einem Bierdeckel ist.«

»Bierdeckel? Na klar. Mit einem Bierdeckel kann ich nicht dienen, aber ...« Sie sprang auf, holte eine Handtasche aus dem großen Wandschrank, nahm ein Stück Papier heraus und gab es Löffler. Eine beschriebene Serviette. Darauf standen allerdings zwei Texte, in zwei verschiedenen Handschriften. Er fragte. Oben, das stamme von Ronald; die beiden Zeilen darunter habe Corinna ergänzt. Löffler steckte die Serviette ein. In dem Moment schnarrte das Sprechfunkgerät an seinem Gürtel. »Morgendämmerung«, sagte eine kaum zu verstehende Stimme.

»Oh, ich muss leider gehen.« Löffler reichte Dagmar die Hand. »Das ›leider‹ streiche ich. Das Codewort verspricht erste Erfolge. Ruhen Sie sich ein wenig aus, ich melde mich wieder.«

Er verließ die Kabine und stieg die Treppe zum Ausgang hinunter. ›Morgendämmerung‹ bedeutete, dass die Einsatzkräfte eine Spur gefunden hatten. Der Einsatzleiter würde mehr wissen. Bevor Löffler das Vestibül durchschritt, schaute er noch einmal zurück. Offensichtlich wollte Frau Sanders nun doch an Land. Mit einer leichten Sommerjacke bekleidet und ihrer Handtasche über der Schulter, betrat sie gerade die Treppe. Warum nicht? Sollte sie ruhig ein wenig Zerstreuung an Land finden. Löffler wandte sich dem Ausgang zu, zeigte dem Sicherheitsposten seinen Ausweis und hastete die Gangway hinunter, die Metallstufen klapperten im Takt der Schritte. Auf der Pier erwartete ihn der Einsatzleiter.

»Die Taucher haben im Jachthafen die Geldtasche entdeckt.«

»Voll oder leer?«

Der Einsatzleiter zuckte die Schultern. »Die Männer warten auf Ihre Anweisung. Wir sollten ja alles vermeiden, was die Geldübergabe gefährdet.«

»Wie kommt die Tasche da hin?« Löffler bemühte zum x-ten Mal an diesem Tag sein Taschentuch. »Ist es überhaupt die richtige?«

»Der Kollege beschwört es. Er hat die Markierung am Boden eindeutig identifiziert.«

»Kennen wir die Leute auf der Jacht?«

»Ein gewisser Kaczmarek mit seiner Freundin.«

»Norbert Kaczmarek?« Müller III hatte gestern noch von den Urlaubsplänen der Zwillinge berichtet. War Norbert tatsächlich hierher gesegelt?

»Ja, Norbert Kaczmarek auf der PAULA2.«

Aha, nun wussten sie auch den Namen des Bootes, der Müller III verborgen geblieben war.

»Am Ruder der Jacht fand der Taucher noch das hier.« Der Einsatzleiter hielt ein Plastiktütchen in der Hand. Ein gezackter Stofffetzen in der Größe eines Eurostücks steckte darin.

Löffler nahm das Beweisstück und wendete es hin und her. Auf der einen Seite glänzte der Fetzen in schmutzigem Grau, mit einem dunklen Fleck. Die Rückseite schimmerte in mattem Schwarz. Bei leichtem Druck gab das Stoffteil wie Gummi nach. »Von einem Taucheranzug?«

»Höchstwahrscheinlich. Der Fetzen hing an einem Drahtende hinten in der Nähe des Ruders.« Der Einsatzleiter griff nach dem Tütchen, zog es Löffler vorsichtig aus der Hand und hielt ihm dessen graue Seite vors Gesicht. »Der Träger des Anzugs muss sich verletzt haben. Der dunkle Fleck dürfte Blut sein; könnte von dem Kerl stammen, der die Geldtasche angehängt hat.«

»Das Teil geht ins Labor und ich sehe mir die Chose selbst an«, beschloss Löffler. »Der Kollege im Wasser soll vorsichtig die Tasche prüfen. Wenn sie leer ist, greifen wir zu. Andernfalls befehlen Sie Rückzug.« Die beiden Männer sprachen die Details ihres Vorgehens ab; dann lief Löffler zum Jachthafen. Unterwegs sammelte er ein Steinchen auf und steckte es ein.

Die PAULA2 lag inmitten der Marina, zwischen all den anderen Jachten, auf denen rege Betriebsamkeit herrschte. Löffler sprang auf den Steg und schritt polternd über die Holzbohlen. Niemand nahm von ihm Notiz. Für fremde Beobachter kaum sichtbar tauchte am Ende des Anlegers die dunkle Kappe eines Tauchers auf, der mit Daumen und Zeigefinger einen Kreis andeutete – das Zeichen für eine leere Geldtasche.

Löffler ging auf die Jacht zu. An Oberdeck hockte ein Mann mittleren Alters, in Badehose bekleidet und einen Strohhut auf dem Kopf. Die satte Bräune des Oberkörpers zeugte von regelmäßigen Besuchen im Sonnenstudio – Anfang Mai gabs solch eine Tönung der Haut durch Mutter Natur nur in südlichen Breiten. Neben dem Kerl saß eine Rothaarige im knappen Bikini, der ihre Oberweite gut zur Geltung brachte.

»Herr Kaczmarek?«, grüßte Löffler die beiden.

Der Mann kniff die Augen zusammen. »Was wollen Sie?«

»Ich bin Hauptkommissar Otto Löffler, Kripo Stralsund.« Er stockte. Waren die beiden Brüder verabredet? Vielleicht half eine kleine List, das herauszufinden? »Und Sie, Sie sind Herr Kaczmarek, wie ich hörte? Herr Gerd Kaczmarek?«

Ein breites Grinsen flog über das Gesicht des Kerls. Er rekelte sich in seinem Liegestuhl und streckte den Bauch in die Sonne. »Gerd Kaczmarek? Der kommt erst in einer Stunde.« Er tätschelte der Schönheit an seiner Seite die Schulter. »Nicht war, Schatz?«

»Ihr Bruder Gerd besucht Sie nachher?«

»Ja, der schippert mit dem großen Pott da durch Nord- und Ostsee.« Kaczmarek nickte zur RÜGEN hinüber.

Na bitte, das passte ja, dachte Löffler, zog das mitgebrachte Steinchen hervor und warf es am Bug der Jacht ins Wasser.

»Was soll 'n das?«, protestierte Kaczmarek und blickte ebenfalls nach vorn.

Löffler schwieg und lauschte dem Plätschern. Kurz darauf reichte der Taucher die Geldtasche auf den Steg. Löffler griff danach und öffnete den Reißverschluss. Am Boden klebte unversehrt der Sender, dessen blinkende Leuchtdiode die Betriebsbereitschaft signalisierte. Zweifellos hatte in der Tasche das Erpressergeld gelegen. Aber wie kam das Ding hierher? Warum lag der Sender noch drin, eingeschaltet? Löffler schaute auf seine Uhr, die 20 vor 9 anzeigte. Um 12 wäre der Alarm losgegangen und hätte die Polizei zu dieser Jacht gelockt.

»Wann laufen Sie wieder aus?«, fragte Löffler.

»Nachher kommt mein Bruder. Dann gehen wir zusammen essen …« Kaczmarek verstummte. »Muss ich Ihnen das erzählen?«

Wollte irgendjemand den Verdacht auf die PAULA2 lenken? Löffler zweifelte. Bis Mittag blieben mehr als drei Stunden, in denen der Sender bei einer günstigen Gelegenheit ausgeschaltet werden konnte.

»Was soll das alles?«, meckerte Kaczmarek.

»Das will ich Ihnen sagen«, bemerkte Löffler ruhig und kletterte an Bord. »Bitte ziehen Sie sich etwas über. Sie begleiten mich.«

## 18

Erneut nahm Marc den Erpresserbrief in die Hand und überflog die Zeilen, zwischenzeitlich wohl zum hundertsten Mal. Am Ende des Schreibens angekommen, schaute er auf das Telefon. Was machten die bloß in Stralsund? Die Uhr ging auf neun. Das Schiff war pünktlich eingelaufen, hatte die Reederei bereits bestätigt. Löffler könnte ruhig einen Zwischenbericht durchgeben. Die Versuchung, zum Hörer zu greifen und den Kollegen anzurufen, nagte wie eine unerfüllte Sehnsucht in ihm. Aber er beherrschte sich; solche Telefonate kamen stets im falschen Augenblick und störten die Ermittlungen.

Marc stand auf und lief ans offene Fenster. Von irgendwoher drang der Duft blühenden Flieders herein. Er sah erneut auf die Uhr – in einer Viertelstunde musste er los, den Termin bei Frau Fischbeck wahrnehmen. Marc quälte die Ungewissheit über Erfolg oder Misserfolg der Aktion in Stralsund. Doktor Olberts Drohung, ihn für ein Scheitern der Geldübergabe und weitere Tote an Bord der RÜGEN verantwortlich zu machen, hatte sich wie ein dumpfer Kopfschmerz in seinem Gehirn festgesetzt.

Endlich – das Telefon klingelte. Marc stürzte an seinen Schreibtisch und riss den Hörer hoch. »Ja?«

»Ich bins.« Löfflers Stimme klang zufrieden und entspannt. Er berichtete vom Auffinden der leeren Geldtasche und von der ersten Verhaftung.

»Kaczmarek?« Der Name elektrisierte Marc. »Ihr habt die Zwillingsbrüder festgenommen? Das passt ja perfekt: Einer startet die Erpressung und kassiert das Geld; der andere sorgt für den notwendigen Nachdruck und bringt den Helmers um.«

»Langsam, langsam«, mahnte Löffler aus dem Hörer. »Wir haben nur Norbert. Um Gerd Kaczmarek kümmere ich mich gleich. Aber da bleiben zahlreiche Fragen offen: Wie kam Norbert Kaczmarek an die Beute? Unseren Tauchern, und die verstehen etwas von ihrem Fach, ist das ein Rätsel. Und: Warum hängt er die leere Tasche an seine Jacht?«

»Vielleicht wollte er die irgendwo anders versenken, um euch zu täuschen?«

»Wäre möglich. Doch wo steckt das ganze Geld? Wo die Taucherausrüstung? Beides bleibt verschwunden – wir haben keine Spur. Und das Wichtigste: Uns fehlt jegliches Motiv.«

»Geldnot?«

»Zwei Millionen erpresst man nicht einfach so und bringt

einen Menschen um. Da muss schon ein handfester Beweggrund dahinterstecken.«

Marc fiel wieder der Besuch bei Frau Fischbeck ein. »Du Otto«, sagte er ins Telefon, »ich hab gleich einen Termin. Ihr vernehmt die Zwillinge ja erst einmal. Wir sprechen danach wieder.«

*

Die Blumen in der Hand zitterten, als stünden sie am Rand einer viel befahrenen Landstraße. Marcs Nervosität raubte ihm beinahe den Atem. Er überwand sich und klingelte. Kurz darauf erklangen Schritte im Haus und die Wohnungstür ging auf.

»Ach Müller.« Frau Fischbecks stechend graue Augen lugten über die Goldrandbrille hinweg. Die noch immer dunkelbraunen Haare hatte sie, wie in der Vergangenheit, zu einem Dutt hochgesteckt. »Zwei Minuten vor der Zeit. Aus dir scheint ein ordentlicher Kerl geworden zu sein. Komm rein.« Sie marschierte in den Korridor voraus. Ihre weiße Bluse und der steinfarbene Rock saßen perfekt und verliehen der kleinen Frau die Eleganz einer Hoflehrerin ihrer Majestät der britischen Königin.

Marc schloss die Tür und folgte flink. »Vielen Dank, dass Sie mich empfangen«, krächzte er.

»Sind die Blumen für mich?« Sie deutete auf den Strauß in seiner Hand.

»Ja, bitte schön.« Umständlich wickelte er das Papier ab und reichte ihr die Aufmerksamkeit.

»Doch hoffentlich nicht von der Tankstelle?«

»Nein, nein, ein Blumenladen, in der Nähe des Präsidiums, die verkaufen auch an Feiertagen.«

Frau Fischbeck nickte, ging in die Küche und kehrte mit den Schnittblumen in einer Vase zurück. Sie deutete Marc, ihr zu folgen. Auf der Schwelle zum Wohnzimmer blieb er abrupt stehen. Sabine saß am Esstisch und lächelte verschmitzt zu Frau Fischbeck.

»Damit Klarheit herrscht, Müller, ich habe Frau Berger dazugebeten, sie ist die alleinerziehende Mutter. Sie sollte alles wissen, was wir über ihre Tochter besprechen. Oder stört dich ihre Anwesenheit?«

»Nein, nein!«

»Na, wusste ichs doch.« Frau Fischbeck deutete auf den Platz Sabine gegenüber.

Marc konnte keinen klaren Gedanken fassen. Seine Nervosität lebte wieder auf. Durfte er unter Sabines Augen offen nach Christin fragen? Frau Fischbeck schenkte Kaffee ein. Um ein wenig Ablenkung zu finden, versuchte Marc die Umgebung auf sich wirken zu lassen. Das Wohnzimmer leuchtete im hellen Tageslicht und ließ einen modernen Zuschnitt erkennen. Die dezente Möblierung und zahlreiche Glasflächen zeugten vom trendigen Geschmack der Hausherrin.

»Kuchen brauchst du wohl keinen, oder?«, weckte Frau Fischbeck Marc aus seinen Gedanken.

»Nein, nein, vielen Dank. Bitte nur einen Kaffee.«

Seine frühere Lehrerin stellte die Kanne ab und nahm an der Stirnseite des Tisches Platz. »So habe ich euch unter Kontrolle.« Unvermittelt fragte sie: »Du arbeitest als Polizist?«

»Oberkommissar bei der Kriminalpolizei hier in Bremen.«

»Da brauchst du wenigstens keine Mathematik. Aber logisch denken solltest du können? Kannst du das?« Als unterstreiche sie ihre Zweifel, zog Frau Fischbeck die Augenbrauen hoch.

»Ich glaube schon.«

»Wenn du das sagst. Zum Oberkommissar hast dus ja gebracht.« Frau Fischbeck tätschelte Sabine die Hand und sah Marc herausfordernd an. »Du wolltest mit mir über Christin sprechen? Hat das Mädchen etwas angestellt?«

»Nein. In meinem aktuellen Fall bin ich mittelbar auf das Mädchen gestoßen.«

»Kennst du eigentlich Frau Berger?« Ohne eine Antwort abzuwarten, sprach Frau Fischbeck weiter. »Eine patente Frau. Sie musste das Mädchen allein großziehen, weil Christins Erzeuger seinen Job vor die Verantwortung eines Vaters gestellt hatte.«

Sabine hat mir nie eine Wahl gelassen, protestierte Marc innerlich. Aber hatte Sabine seine Vaterschaft an Christin ebenso verschwiegen? Immerhin hatte die Fischbeck vorhin gefragt, ob er Sabine kenne. Er saß hier eben als Polizeibeamter und ermittelte.

»Ein Ronald Helmers«, begann Marc vorsichtig die erste Frage, »hatte Christin den Wechsel auf eine Schule in freier Trägerschaft versprochen.«

»Ja?«

»Wissen Sie davon?«

»Warum?«

»Diese Privatschule existiert noch nicht …«

»Das weiß ich.«

Marc schaute Hilfe suchend zu Sabine, die mit undurchdringlichem Gesicht da saß. »Aus meiner Sicht wirft dieses Projekt einige Fragen auf«, stellte er vorsichtig fest.

»Welche?«

»Wie dieser Helmers dazu kommt, eine Schule zu gründen? Er arbeitet als Bauingenieur. Seine Freunde, die ihn offensichtlich unterstützen, verdienen ihre Brötchen auch nicht als Pädagogen.«

»Du vergisst Herrn Tilgner, der hervorragende pädagogische Kenntnisse und Erfahrungen besitzt. Und was die anderen betrifft: Zum Glück haben wir in diesem Land noch Leute, die mit Begeisterung für andere eintreten. Die Freunde wollen ein Zeichen gegen unser mieses Schulsystem setzen und benachteiligten Kindern eine Zukunft bieten. Was stört dich daran?«

Marc fühlte sich in eines dieser Verhöre versetzt, wie sie Löffler führen konnte; in diesem Fall spielte er allerdings den Tatverdächtigen.

»Also«, drängte Frau Fischbeck, »was stört dich?«

»Nichts. Begabte Schüler verdienen immer eine Förderung. Aber? Eine Privatschule kostet einiges Geld. Woher stammen die Mittel?«

»Frau Tilgner, Alwins Mutter, finanziert das Vorhaben.«

»Das hatte mir Alwin Tilgner auch weismachen wollen. Er selbst schüttelt zwei Millionen aus dem Ärmel und der Freundeskreis Helmers will unbedingt das Schulgebäude für eine Million kaufen.« Gestern Abend hatte Löffler noch angerufen und ihm dieses interessante Detail nach seinem Gespräch mit der Wolpert-Witwe anvertraut.

Frau Fischbeck schien nach einer Antwort zu suchen. Sie schaute auf ihre Hände.

»Das Geld dürften die Herrschaften kaum nebenbei zusammengespart haben, in ihren Brotberufen. Gibts neben Frau Tilgner weitere Sponsoren?«

Frau Fischbeck verzog den Mund, als wollte ihr jemand weismachen, zwei plus drei sei sechs. »Keine Ahnung. Die notwendigen fünf Millionen hat die Gruppe aufgebracht. Über Geldgeber weiß ich nichts.« Das verkrampfte Gesicht verriet die innere Erregung. In ihrem Kopf ratterten jetzt hunderte von Zahnrädern und suchten nach einer Antwort, das spürte er.

Dennoch musste Marc nachsetzen. »Die fünf Millionen reichen nicht einmal.«

Frau Fischbeck fielen die Hände in den Schoß. Mit großen Augen starrte sie Marc an.

»Die Genehmigungsbehörde verlangt seit Februar sieben Millionen. Wie bereits gesagt, Tilgner junior hat die fehlende Kleinigkeit inzwischen besorgt. Auf welche Weise wohl?«

Die Hausherrin schien ihrer Selbstsicherheit völlig beraubt. Ungläubig sah sie auf Marc.

»Auf jeden Fall muss ich dem nachgehen.«

»Die Leute arbeiten mit sauberem Geld.« Die Worte kamen Frau Fischbeck zögerlich über die Lippen, als bezweifele sie sie selbst. »Helmers gab mir sein Ehrenwort.«

»Helmers ist tot.«

»Das weiß ich!«

»Und neben Herrn Helmers auch Ferdinand Wolpert. Von vier Kameraden leben nur noch zwei, neben Frau Tilgner.«

Frau Fischbeck schluckte heftig. Wie in Zeitlupe beugte sie den Oberkörper vor. »Falls du der Christin ihre Chance versaust, bekommst du es mit mir zu tun.«

»Das will ich nicht. Als Kommissar muss ich jedoch den offenen Fragen nachgehen, besonders wenn dabei meine …« Erschrocken brach Marc ab.

»Sag es ruhig, das Wort: Tochter. Ich dachte, du bist ein

anständiger Kerl geworden, der zu seiner Vaterschaft steht. Stattdessen setzt du dich hier an den Tisch und sprichst von einem fremden Kind.«

Als hätte Frau Fischbeck einen Kübel Eiswasser über ihm ausgeschüttet, drohten Marc die Zähne zu klappern.

»Wären wir beide allein, du würdest jetzt achtkantig rausfliegen. Lediglich Frau Bergers Anwesenheit und meine gute Kinderstube ersparen dir diese Schmach.«

»Aber ich …«

»Wie konntest du Frau Berger und das Baby im Stich lassen?« Frau Fischbeck schaute zu Sabine.

»Ich wusste überhaupt nichts von der Schwangerschaft.«

»Weil ich keine geheuchelte Zuwendung wollte.« Sabines Blicke spiegelten ihre Bitterkeit wieder. »Deshalb habe ich geschwiegen. Du hättest auch fragen können, warum ich dir so plötzlich ein Ultimatum präsentierte. Warum mir so oft übel wurde. Warum …« Sie brach ab und hielt sich die Hände vor das Gesicht. »Du hast mich in jener Zeit wie ein Möbelstück, wie einen Einrichtungsgegenstand behandelt.« Hinter den Fingern klangen ihre Worte hohl und düster.

Marc fühlte tiefe Beschämung; Sabine hatte ihm seine Fehler selbst nach 13 Jahren nicht verziehen. »Wenn du deinem Groll damals Luft gemacht hättest …«, versuchte er einen Weg aus der Bedrängnis.

Sabine nahm die Hände herunter. In ihren Augen standen Tränen wie in einem übervollen Glas, das beim geringsten Hauch überlaufen musste. »Warum sollte ich?« Sie blinzelte – dicke Tränen kullerten über die Wangen. Sabine holte umständlich ein Taschentuch hervor, putzte sich die Nase und tupfte die Tränen ab. »Und wann? Als wir auseinandergingen? Du wärst um des Kindes willen bei mir geblieben. Jeder Tag wäre zur Qual geworden. Oder wolltest du meine Empfindlichkeiten hören, als du von Christins Existenz erfuhrst? Sie liebt dich. Du liebst sie. Da spielen meine Gefühle kaum mehr eine Rolle.«

Eine unerträgliche Trockenheit füllte Marcs Mund. »Was … was hätte ich … machen sollen? Ich … habe nichts … gewusst.«

»Ach nein, der Herr haben nichts gewusst.« Frau Fischbecks Stimme klang eindringlich. »Du lässt Frau Berger sitzen und verschwendest keinen Gedanken an sie. Ihr wohntet ja auch hunderte Kilometer voneinander entfernt. Du Blödmann! Wärst du mal bei deiner ehemaligen Partnerin vorbeigegangen, du hättest eine Schwangere vorgefunden und ganz automatisch von deiner Vaterschaft erfahren. Aber nein. Ist ja einfacher, als ehrbarer Kommissar irgendwelche Subjekte zu jagen. Oder?«

Die Vorwürfe trafen Marc hart. »Später, als die Probleme mit Christin in der Schule auftraten, hätte ich helfen können?«

»Welche Probleme meinst du?« Sabine schien wie ausgewechselt. Ihre Worte klangen unversöhnlich. »Christin verursachte nie Probleme in der Schule. Sie lernte fleißig und brachte ordentliche Leistungen nach Hause. Sie brauchte keine Unterstützung. Bis dann …« Sabine verstummte.

»Bis dann die vierte Klasse begann«, ergänzte Frau Fischbeck und schwieg ebenfalls.

Sabine fuhr fort: »Ja. Mit Beginn des vierten Schuljahres kam die Klassenlehrerin zu mir und riet dringend davon ab, Christin später auf ein Gymnasium zu geben. Das Mädchen habe zwar sehr gute Anlagen, aber ich als alleinerziehende Mutter und ohne Arbeit, ob ich …« Sabine putzte ihre Nase. »Ich solle Christin auf die Hauptschule schicken, dort bekomme sie eine praxisorientierte Bildung und könne schneller einen Beruf ergreifen.« Sie brach erneut in Tränen aus.

»Und, wo war da der Vater?« Ein strafender Blick traf Marc. Frau Fischbeck enthob ihn einer Antwort, indem sie weitersprach: »Dieser unmöglichen Person, die sich Lehrerin nannte, hätte jemand die Meinung geigen müssen.« Sie tätschelte Sabine die Schulter. »In der Situation war Ihnen nur der Umzug nach Bremen geblieben – die einzig richtige Entscheidung.«

»Ich fand hier ja auch gleich Arbeit. Und meine Eltern konnten mir nicht mehr reinreden. Und … ich brauchte Christin …« Sabine schüttelte von Tränen erstickt den Kopf.

»Bitte keine Selbstvorwürfe.« Frau Fischbeck streichelte ihr tröstend die Wange.

»Was war mit Christin?«, flüsterte Marc, seine Beklemmung für einen Augenblick vergessend.

»Ach jetzt so neugierig? Dir sollte man den Hosenboden versohlen. Frau Berger macht sich seit dem Umzug Vorwürfe, ihre Tochter betrogen zu haben, denn während der vierten Klasse in ein anderes Bundesland zu wechseln, verbaut viele Chancen. Das hatte sogar Christin verstanden und keine Fragen mehr nach dem Gymnasium gestellt.«

So langsam dämmerte ihm, mit welchen Schwierigkeiten er Sabine alleingelassen hatte. Ein tiefes Gefühl der Beschämung befiel ihn. Gleichzeitig empfand er höchste Achtung vor Sabine und ihrem ständigen Kampf, eine gute Mutter zu sein. »Entschuldige bitte«, brachte er stockend hervor. »Entschuldige bitte alles, was ich angerichtet habe.«

Sabine schaute ihn ungläubig an. Dann entspannten sich ihre Gesichtszüge. »Danke.«

Ein Lächeln huschte über Frau Fischbecks Gesicht. »Für heute sollten wir die Kopfwäsche des Herrn Oberkommissars beenden.«

Sabine nickte und tupfte mit dem Taschentuch Augen und Wangen trocken.

Frau Fischbeck musterte ihn. »Aber irgendwie kommt Christin eher nach der Mutter, so intelligent, aufgeweckt und vernünftig, wie sie ist.«

Marc wagte ein flüchtiges Grinsen. »Scheint so.«

»Na also, das hätten wir geklärt. Jetzt stehen wir wieder dir und deinen Fragen zur Verfügung, Müller.«

»Christins Situation ist mir deutlich geworden. Sie müssen eine sehr große Zuneigung zu ihr empfinden, Frau Fischbeck. Mich würde interessieren, warum? Weil sie eine alleinerziehende Mutter hat? Und einen Rabenvater?«

Frau Fischbeck schüttelte den Kopf und nippte an ihrem Kaffee. »Nein, mich quälen ebenfalls Gewissensbisse, die ich tilgen möchte.«

»Ach so?« Marc überraschte die Einwendung.

»Das Mädchen hats wirklich schwer. Sie kam im vergangenen Jahr in meine Klasse. Durch ihre offene Grundeinstellung verärgerte Christin sofort die alteingesessenen Platzhirsche, ohne ihren Fehler zu bemerken. Sie trat allen Klassenkameraden mit einer entwaffnenden Offenheit entgegen und setzte gleichzeitig eine ähnliche Haltung der anderen voraus. Anstatt die Situation erst einmal zu beobachten, packte sie den Stier bei den Hörnern.«

»Ist das schlecht?«

»Nein. Ich kann Duckmäuser auch nicht leiden. Aber Christin verhielt sich unklug.«

»Vielleicht ist sie ein aufgewecktes Kind?«

»Ja, das ist sie.« Frau Fischbeck hüstelte. »Ich förderte das Mädchen, weil ich ihre Art mochte und ihrer Intelligenz Anreize bieten wollte. In der Klasse von Dummköpfen, ähnlich eurer, Müller, stach die Kleine schnell aus der Masse heraus. Mit den steigenden Anforderungen wuchs ihr Lerneifer. Allerdings festigte sich ebenso ihre Position als Außenseiterin und Streberin. Wie ein abschreckendes Denkmal stand sie allein gegen ihre Mitschüler. Als ich Esel es bemerkt hatte, war es zu spät gewesen.« Sie schüttelte den Kopf. »Christin muss mein pädagogisches Versagen jetzt auslöffeln. Ich hatte das Mädchen in mein Herz geschlossen, wollte ihr helfen und habe versagt.«

»Das dürfen Sie nicht sagen«, wandte Sabine ein.

»Doch, doch! Christin fängt ja schon an, aggressiv gegenüber ihren Mitschülern zu reagieren und in den Leistungen nachzulassen.«

»Dann kam Herr Helmers mit seinem Angebot?«

»Ja. Im vergangenen Sommer rief er an und fragte nach Christin. Kurz darauf trafen wir uns. Voller Begeisterung sprach er über sie und erkundigte sich nach ihren schulischen Perspektiven. Ich erwähnte vorsichtig ihre Schwierigkeiten und erlebte mein Wunder – Helmers schien das Unglück der Kleinen anzusporne.«

»Damit er als Retter auftreten konnte.«

»Du tust ihm Unrecht.«

»Kennen Sie Herrn Helmers so genau?«

Ein Lächeln huschte über Frau Fischbecks Gesicht. »Der Herr Kommissar und Vater sind misstrauisch. So muss das wohl sein, wenn ein fremder Kerl sich für die eigene Tochter interessiert. Meine Alarmleuchten springen in solchen Fällen ebenso an, natürlich auch bei Helmers. Aber er berichtete von dem Projekt, eine Privatschule zu gründen.« Sie sei noch skeptischer geworden und habe Ungemach vermutet. Sollte Christin Lockvogel spielen? Als armes bemitleidenswürdiges Geschöpf, dessen Rettung eine nachhaltige Werbung in den Medien versprach? »So begegnete ich Herrn Helmers anfangs zurückhaltend und ließ ihn zappeln. Er bewies jedoch eine ungeheure Beharrlichkeit. Letztendlich spannte er mich sogar ein, schleppte seinen Freund Alwin mit zu mir in die Wohnung und wir erarbeiteten gemeinsam das pädagogische Konzept der TimurSchule.«

»Damit wären wir erneut bei der Frage, warum die unbedingt eine Schule gründen wollen.«

Frau Fischbeck schien nachzudenken und zuckte die Schultern. »Hinter die Ursache ihrer Begeisterung und Zielstrebigkeit, mit der Helmers und Kameraden das Ziel verfolgten, bin ich nie gekommen.«

»Und was wollte er nun von Christin?«

»Ich hatte in all den Gesprächen stets ein ehrliches Interesse an ihr gespürt. Woraus sich das speiste – keine Ahnung.«

Marc schaute zu Sabine.

Sie hob ebenfalls die Schultern. »Ich gönne Christin die Chance und wünsche aus ganzem Herzen das Ende ihrer Leiden herbei. Doch wie ich Herrn Helmers einschätzen soll? Ich weiß es nicht. Ich habe mich durchgemogelt und vor einer Entscheidung gedrückt. Was wird jetzt? Helmers und noch einer seiner Freunde sind tot. Und du ermittelst gegen sie.«

»Nein, nein«, protestierte Marc, »Helmers ist Opfer.

Wenn da auch die Frage nach der Herkunft der strittigen Millionen für die Schule bleibt.«

»Wurde ich durch ihn geblendet?« Frau Fischbeck schien ins Leere zu blicken, als suche sie in der Vergangenheit nach der Antwort. »Habe ich Helmers als Heilsbringer herbeigehofft, um meiner eigenen Absolution willen? Helmers offerierte Christin ein Stipendium an einer Privatschule, wollte sie aus ihrer misslichen Lage befreien und mich von meinen Fehlern dem Mädchen gegenüber erlösen.«

Nach all den Jahren erlebte Marc seine alte Lehrerin zum ersten Mal verletzlich und zweifelnd. Die eisenharte Lady, die jeglicher Gefühlsregung für ihre Schüler unfähig schien, würde er begraben müssen.

»Aber was mache ich jetzt?«, fragte Sabine. »Heute Abend möchte dieser Herr Tilgner mit Christin das neue Schulgebäude besichtigen. Soll ich es ihr verbieten?«

»Nein«, wandte Marc ein. »Sie steckt so voller Freude und Erwartungen. Ich werde aufpassen. Wann treffen sie sich?«

»Um sieben am Neptun, während meines Dienstes.«

»Bitte kein Wort zu Tilgner; ich will ihn nicht beunruhigen.«

Sabine nickte. Ihr Gesicht spiegelte ein unübersehbares Unbehagen wider.

Den aufkeimenden Gedanken, in diesem Fall seine Tochter als Lockvogel zu benutzen, verdrängte Marc.

# 19

Gerd Kaczmarek schien die Vernehmung kaum etwas auszumachen. Als hätte er ein nettes Gespräch in einem Straßencafé hinter sich, saß er zurückgelehnt auf seinem Stuhl am Vernehmungstisch und plauderte mit dem Posten, der ihn bewachte. Jetzt verstand Löffler auch, warum sein Klient ausdrücklich auf einen Anwalt verzichtet hatte.

Löffler leerte seine Kaffeetasse und stellte sie auf dem Sims des überdimensionalen Sichtfensters ab. Der halbdurchlässige Spiegel verbarg ihn vor den Blicken des im Nebenraum sitzenden Kaczmarek. Den Ton hatte Löffler abgestellt. Die kleine Pause nach der ersten Befragung sollte ihm helfen, seine Gedanken zu ordnen. Er zog das weiße Tuch aus der Tasche und wischte über seinen Kopf. Sosehr er sich auch mühte, die Kaczmarek-Zwillinge in Widersprüche zu verwickeln – sie taten ihm nicht den Gefallen. In diesem Gerd, der den Wachposten im Vernehmungszimmer gerade unterhielt, steckte ein wahrlich abgebrühter Widersacher – kein Wunder, bei all den Jahren, die der Verbandsmensch im Baugeschäft arbeitete.

Die Uhr zeigte drei Minuten vor eins. Löffler knurrte der Magen; die wohlverdiente Mittagspause musste warten; eine Vernehmungsrunde würde er Gerd Kaczmarek noch abverlangen. Im Gegensatz zu seinem Bruder verbrachte Norbert geruhsame Stunden. In der Hoffnung auf schnelle Ergebnisse hatte Löffler mit ihm die Befragung begonnen, jedoch eher entlastende Fakten ermittelt: Zum Zeitpunkt des Mordes an Helmers konnte Norbert auf keinen Fall an Bord der Rügen gewesen sein – Zufall oder nicht, während der Neptuntaufe, erledigte er die Formalitäten zur Übernahme seiner Ferienjacht in Bremen. Und um ihn als Beteiligten an der Geldübernahme zu beschuldigen, fehlten jegliche Anhaltspunkte. Selbst eine nach der Verhaftung eingeleitete Suchaktion im Jachthafen hatte weder das Geld noch eine Taucherausrüstung noch irgendeinen anderen Hinweis zutage gefördert. Norbert Kaczmarek hatte die missliche Faktenlage der Polizei schnell durchschaut und bei jeder Frage, mit dem Ausdruck tiefsten Bedauerns, sein Unwissen beteuert. Sogar die Anspielung auf seine Verbindung zum Opfer, als Barkeeper im Neptun, war an ihm wie ein Wassertropfen von einer glänzenden Lackschicht abgeperlt. Entnervt hatte Löffler die Vernehmung abgebrochen und sich Gerd vorgeknöpft.

Er langte nach der Tasse, die aber nur noch braune Ränder als letzte Spur seines Kaffees enthielt. Löffler seufzte, stellte die Tasse auf dem Sims ab und ging ins Vernehmungszimmer.

»Na, Herr Kommissar«, empfing ihn Gerd Kaczmarek, »haben Sie Kräfte gesammelt? Sind Ihnen neue Fragen eingefallen?«

Die Bemerkungen ignorierend nahm Löffler Platz, schaltete das Tonband ein und lehnte sich zurück. »Warum waren Sie an Bord der RÜGEN?«

»Wollen Sie wirklich alles zum x-ten Mal durchkauen?«

»Warum waren Sie an Bord der RÜGEN?«, wiederholte Löffler in stoischer Ruhe.

Kaczmarek hob die Schultern und verzog den Mund, als würde er einen lästigen, aber unabwendbaren Befehl zur Kenntnis nehmen. »Um meinen Urlaub zu genießen.«

»Allein?«

»Ja, allein.«

»Warum allein?«

»Mein Bruder Norbert bevorzugte eine Segeltour mit seiner neuen Freundin.«

»Sie hätten ihn begleiten können, wenn Sie als Zwillingspaar ansonsten unzertrennlich sind.«

»Ich wollte das junge Glück nicht stören.« Kaczmarek beugte sich vor. »Oder reisen Sie gern als fünftes Rad am Wagen?«

»Weshalb als Fünfter? Wer begleitete Ihren Bruder und seine Freundin sonst noch?«

»Niemand, verflucht!« Kaczmarek knallte die flache Hand auf den Tisch. »Redensarten kennen Sie wohl keine?«

Äußerlich ungerührt nahm Löffler den Wutausbruch zur Kenntnis. Innerlich erwachte ein Fünkchen Hoffnung: Geriet Kaczmarek langsam aus dem Gleichgewicht? Aber um ihn zu erschüttern, musste Löffler schnellstens nachfassen: »Warum haben Sie gerade diese Kreuzfahrt gebucht?«

»Ich liebe die Ostsee!« Kaczmareks Worte verrieten weiterhin seine Gereiztheit. »Weil ich in zwangloser und aufgelockerter Atmosphäre neue Kontakte knüpfen wollte. Auf der RÜGEN reisen unzählige Politiker der bremischen und niedersächsischen Landesregierungen.«

»Mit wem haben Sie gesprochen?«

»Mit niemandem. Der scheiß Seegang auf der Nordsee hatte mir zugesetzt, ich musste jede Stunde aufs Klo zum Kotzen.«

»Bis heute?«

»Nein. Vor Helgoland wurde es besser. Aber dann hatte niemand mehr Zeit für mich: Neptuntaufe – Helgoland – Esbjerg – der Kanal – Verhaftung.«

»Wen wollten Sie treffen?«

»Das kann ich Ihnen nicht sagen!« Kaczmarek lehnte den

Oberkörper zurück und faltete die Hände auf der Brust. »Wenn ich überhaupt noch jemanden erwische. Nachdem Sie mich haben abführen lassen, werden sich die restlichen 298 Gäste auf dem Schiff das Maul zerfetzen, anstatt mir Gesellschaft zu leisten.«

Löffler wischte mit seinem Taschentuch über den Kopf und steckte es gemächlich wieder ein. In den vorangegangenen Vernehmungen hatte er hier abgebrochen. Aber jetzt, nach Kaczmareks erster Gemütsregung, wollte er weiterbohren. »Woher kennen Sie Herrn Helmers?«

»Ich kenne seine Firma, die ist Mitglied im VfBI.«

»War Mitglied«, konterte Löffler. Wenn er seinem Gedächtnis trauen durfte, hatte Müller III vom Austritt der InnoBau gesprochen.

»Dann sind die eben ausgetreten, mein Gott. Als ich von dem Toten und dem Namen Helmers hörte, erinnerte ich mich an seinen Betrieb.«

»Ihn selbst kennen Sie nicht?«

»Nein. Soweit ich mich erinnere, ist jemand anderes Chef in dem Unternehmen. Ich kontaktiere stets nur den Boss.«

Löffler nickte, bemühte nochmals sein Taschentuch, öffnete den Ordner auf dem Tisch und nahm das oberste Blatt heraus. »Public Private Partnership – PPP – als strategisches Geschäftsfeld mittelständischer Bauunternehmen«, las er laut. »Zu diesem Thema sollte Herr Helmers eine Studie schreiben, die Sie in Höhe von 8.000 Euro belohnen wollten. Komisch, wenn Sie Herrn Helmers nicht kennen?«

Kaczmarek richtete sich steil auf, als hätte ihm jemand einen Ball in den Rücken geschossen.

»Mein Kollege in Bremen hatte den Chef der InnoBau, Herrn Stephan-Andreas Schmidt, besucht. Der erfüllt gern jeden Auftrag. Ihm fehlen allerdings die Hintergrundinformationen zu dieser Bestellung. Die haben Sie wohl direkt mit Herrn Helmers besprochen?«

Kaczmarek faltete die Hände auf dem Tisch und trommelte die Zeigefinger gegeneinander. Offensichtlich suchte er nach einer Erklärung.

»Wenn ich Ihnen jedes Wort abringen muss«, versuchte Löffler ihn zu beeinflussen, »sitzen wir morgen früh noch hier. Und dieses blöde Gefühl, Sie wollen mir etwas verschweigen, könnte sich in meinem Kopf festsetzen. Ihre Situation verbessert das um keinen Deut. Falls ich anschließend den Haftrichter ob meiner schlechten Meinung Ihnen gegenüber überzeugen kann, beehren Sie uns länger. Unsere Gästezimmer weisen allerdings einen deutlich geringeren Komfort auf als die Kabinen auf der RÜGEN.«

»Na gut.« Kaczmarek nickte und begann zu berichten: Er habe Helmers vor fünf Jahren, hier in Stralsund, kennengelernt. Helmers habe damals sein Unternehmen in das Konsortium zum Bau der Sundquerung einbringen wollen.

»Ach so?« Löffler fielen Reithaars Andeutungen ein.

»Ich musste allerdings ablehnen. Die InnoBau beackerte ausschließlich das Feld des Hochbaus und wir brauchten Fachleute für den Industriebau. Außerdem war Helmers Firma viel zu klein und hatte keine Erfahrungen mit PPP-Projekten.«

»Und dann vergeben Sie eine Studie zu dem Thema an Helmers?«

»Ich traf ihn zufällig an Bord der RÜGEN. Er nutzte die Gelegenheit und fing erneut an, mich zu beknien.«

»Aber die Sundbrücke steht mittlerweile?«

»Im Zuge des Autobahnbaus A 281 entsteht eine Weserquerung. 2013 soll der Abschnitt samt Tunnel fertiggestellt werden. Das gesamte Teilstück wird 230 Millionen Euro kosten und privat finanziert.«

»Vergeben Sie den Auftrag?«

Kaczmarek verneinte. Der VfBI helfe, ein Konsortium für Bau und Betrieb des Tunnelabschnitts auf die Beine zu stellen.

»Sorgen Sie gegebenenfalls erneut für eine öffentliche Ausschreibung?«

Einen Augenblick herrschte absolute Stille im Vernehmungszimmer. Kaczmarek hielt den Atem an und atmete dann hörbar aus. »Wie meinen Sie das?«

»Im direkten Sinn der Worte.« Löffler stellte Reithaars Andeutungen um die Vorgänge im Vorfeld des eigentlichen Bauprojekts 2. Strelasundquerung als solide ermittelte Tatsachen dar und betonte die Hauptrolle, die Gerd Kaczmarek bei dem Projekt gespielt habe.

»Das war alles völlig legal«, kam die Verteidigung postwendend.

Danke!, das wollte Löffler wissen. Reithaars Vermutungen hatten sich bestätigt. Dieser Aspekt musste jetzt allerdings zurückstehen. »Sie sollten Helmers Firma beim Autobahnbau in Bremen ins Geschäft bringen?«

»Genau. Dabei geht es erneut um einen Ingenieurbau, von dem die InnoBau auch heute keine Ahnung hat.«

»Also haben Sie Helmers wiederum abgewiesen?«

»Ja, aber er ließ sich nicht abwimmeln.«

»Die InnoBau war inzwischen aus dem VfBI ausgetreten?«

»Hätte jedoch schnell wieder eintreten können.« Nein, Helmers sei Kaczmarek seit dem Auslaufen der RÜGEN ständig hinterhergerannt und habe um eine Chance gebettelt. Um endlich Ruhe vor dem Quälgeist zu bekommen, habe er die Studie an die InnoBau vergeben. Direkt von Bord habe er in der Verbandzentrale angerufen und den Auftrag per Fax auslösen lassen.

»Um Helmers loszuwerden, spendieren Sie 8.000 Euro?«, zweifelte Löffler.

Jetzt grinste Kaczmarek. »Haben Sie den Text meiner Bestellung gelesen?«

»Nein. Mein Kollege in Bremen verfügt über eine Kopie.«

»Lesen Sie das Papier. An die Auszahlung knüpfen wir zahlreiche Bedingungen: So hat die InnoBau nur drei Wochen Zeit und sie müssen konkrete Zahlen erarbeiten, die den Nutzen von PPP für einen Mittelständer belegen.« Kaczmarek lehnte sich entspannt zurück. »Das dürfte denen kaum gelingen – PPP ist etwas für Profis.«

»Und der Auftrag ging direkt an Helmers, der im Urlaub weilte.«

»Ist doch völlig egal, wer letztendlich unterschreibt.«

Wenn er noch unterschreiben kann?, schlussfolgerte Löffler im Stillen. Aber brachte man wegen 8.000 Euro einen Menschen um? Manch einer musste schon für geringere Summen sterben. In solchen Fällen spielten allerdings Drogen, Menschenhandel oder Alkohol eine Rolle. Löffler brauchte eine Kopie dieses blöden Auftrags. Plötzlich durchzuckte ihn ein Schreck: Die wichtigste Frage hatte er überhaupt noch nicht gestellt: »Entschuldigen Sie?«, fragte er so beiläufig wie möglich. »Von welchem Platz aus haben Sie die Neptuntaufe an Bord der RÜGEN miterlebt?«

»Ich? Ich saß an der Bar des Panoramaklubs. Solch ein Kinderkram nervt mich nur.«

»Zeugen?«

»Der Barkeeper.«

»Von wann bis wann saßen Sie an der Bar?«

»Warten Sie. Als ich hoch ging, kamen mir unsäglich viele Leute entgegen; die wollten alle zu dem blöden Spektakel. Das muss gegen halb zwei gewesen sein.« Kaczmarek lächelte in sich hinein. »Da der Johnnie Walker gut geschmeckt hat, brauchte ich anschließend frische Luft. Auf dem Rückweg in meine Kabine zogs mich deshalb ins Freie. Die Neptuntaufe gehörte da bereits der Vergangenheit an – die Putzkolonne werkelte überall an Oberdeck herum.«

»Wann das genau war, wissen Sie also nicht?«

»Nein.« Kaczmarek grinste. »Vielleicht weiß es der Barkeeper?«

»Ich werde ihn fragen. Ansonsten besuchte niemand anderes den Panoramaklub zu der Zeit?«

»Nein. Die Leute jubelten ja Neptun zu. Nur am Anfang war da eine flotte Biene mit so einem verstaubten Kerl, die saßen in einer Ecke. Bei denen gabs aber Streit und sie sind beizeiten wieder weg.«

»In Ordnung«, kam Löffler zu einem vorläufigen Ende. »Leider muss ich Sie und Ihren Herrn Bruder vorerst hier behalten.«

Gerd Kaczmarek tat gleichgültig wie ein gelangweilter Pauschalurlauber.

»Wir überprüfen Ihre Angaben und versuchen die Herkunft der leeren Geldtasche an der Jacht Ihres Bruders zu klären.«

»Die hat ihm jemand angehängt.«

»Ja, das wäre eine Möglichkeit. Na jedenfalls, wenn Sie unschuldig sind, können Sie morgen wieder auf Ihr Kreuzfahrtschiff.«

»Was soll ich da? Die Leute werden mich wie einen Aussätzigen behandeln, und mir graut bereits vor dem Dieselgestank und der Schaukelei.«

Löffler beendete das Gespräch und ließ Kaczmarek abführen. Anschließend rief er Müller III an, informierte ihn über die Ergebnisse und bat um eine Kopie des Auftrags für die PPP-Studie.

Auf dem Weg in sein Büro schaute er noch bei den Kollegen vorbei, die während der Geldübergabe am Morgen im Hafen gefilmt hatten.

*

Das Video hatte keine Auffälligkeiten ergeben. Allerdings war die PAULA2 auch nicht permanent überwacht worden, sondern stets nur im Rahmen eines Schwenks über den Jachthafen oder bei einem zufälligen Schnitt ins Bild geraten. Jedenfalls hatte Kaczmarek unverdächtig an Oberdeck gesessen und zum einlaufenden Kreuzfahrtschiff herübergesehen.

Kaum am Schreibtisch zurück, klingelte Löfflers Telefon. Die Kriminaltechnik meldete sich.

»Ihr arbeitet auch zu Pfingsten?«

Der Chef verbreite Hektik und wünsche eine zügige Erledigung aller Aufträge. Da müsse man halt ran.

»Und? Was habt ihr Schönes rausgefunden?«

Die Schriftprobe des Versöhnungsspruchs auf dem Spiegel stamme mit 99-prozentiger Wahrscheinlichkeit nicht vom Mordopfer. Jedenfalls nicht vom Verursacher der ersten Schriftprobe auf der Serviette. Der Schreiber des zweiten Textes habe die Worte auf den Spiegel geschrieben.

»Sicher?«

Soweit man der Genauigkeit von Schriftgutachtern trauen kann, und das sei sehr viel, ja.

Löffler dankte und legte auf. Warum schrieb die Borowski einen solchen Spruch für Dagmar Sanders?

## 20

Im decksübergreifenden Treppenhaus der Rügen herrschte kaum Betrieb. Die meisten Gäste verbrachten die Zeit wohl an Land und die wenigen Zurückgebliebenen genossen an Oberdeck die herrliche Sonne. Dagmar hatte sich spät entschlossen, doch noch Mittagessen zu gehen und betrat das beinahe leere Restaurant. Kurz darauf hatte sie einen Salat und ein Eis als Nachtisch bestellt. Diensteifrig verließ der Kellner den Tisch. Kaum allein gelassen kehrten Dagmars Gedanken zu der Szene zurück, die sie am Vormittag im Jachthafen beobachtet hatte. Zum Glück war sie dem Kommissar gefolgt. Wie konnte die Polizei so knapp nach der Geldübergabe schon eine Verhaftung vornehmen? Gern hätte sie nach den Hintergründen der Aktion gefragt, war in dem Gewimmel von Polizisten jedoch nicht an den Kommissar herangekommen. Lediglich den Namen des Verhafteten hatte sie aufschnappen können – Norbert Kaczmarek. Diesen Namen kannte sie flüchtig: Ronald hatte ab und zu einen Kaczmarek erwähnt und ihn als krummen Verbandshengst betitelt. Ob der allerdings Norbert hieß, entzog sich ihrer Kenntnis. Aber wenn dieser Kaczmarek festgenommen worden war, bestand eine Verbindung zu Ronald.

»Hier steckst du?« Corinna stand auf einmal neben ihr. »Stell dir vor, da draußen in der Marina hat die Polizei jemanden abgeführt; gehen jedenfalls die Gerüchte an Bord.« Corinna nahm Platz. »Es gab noch eine weitere Festnahme auf dem Schiff. Soll der Zwillingsbruder sein. Falls das stimmt, kämen sie ja als Täter infrage: Der eine zieht die Erpressung durch und der andere begeht den Mord.« Erst jetzt holte Corinna Luft. »Hast du was gehört? Der Kommissar war doch bei dir?«

»Von der zweiten Verhaftung weiß ich nichts. Aber im Jachthafen, da haben sie einen gewissen Norbert Kaczmarek verhaftet.«

Corinna erschrak. »Norbert? Bist du sicher?«

»Ja, Norbert Kaczmarek. Seine Jacht liegt in der Marina, die Freundin befindet sich noch an Bord – ist so eine ziemlich Große mit weinroten Haaren. Kennst du die beiden?«

Nein, sie kenne nur Norbert. Der arbeite als Barkeeper im Hotel Neptun in Bremen. Ihre Treffen fänden dort statt. Mindestens einen der gemeinsamen Abende verbringe man stets in der Bar. Und richtig, Norbert besitze einen Zwillingsbruder – Gerd. Der Name sei einmal gefallen, allerdings habe Ronald darum gebeten, ihn nicht mehr zu erwähnen.

Die Worte der Gefährtin erinnerten Dagmar auf einmal an einen Gerd Kaczmarek, den Ronald bei irgendwelchen Geschäften getroffen hatte. Ronald hatte demnach die beiden verhafteten Brüder gekannt.

»Norbert als Erpresser und zusätzlich in einen Mord verwickelt?« Corinna schüttelte den Kopf. »Saßen wir mal in der Bar, alberten gerade Norbert und Ronald miteinander herum. Die verstanden einander wirklich gut.«

»Dieser Norbert kann unmöglich Ronald umgebracht haben, der schipperte auf seiner Jacht. Sein Bruder fuhr auf unserem Schiff.«

»Na klar, jetzt, wo du das sagst. Aber Moment!« Corinna stutzte. Schließlich legte sie ihre Hand auf Dagmars Unterarm. »Wenn Gerd Kaczmarek der Zwillingsbruder von Norbert ist, dann sehen die sich doch ziemlich ähnlich. Gestern Abend in der Bar vom Panoramaklub, ich wunderte mich, da saß der Gronau mit einem Mann zusammen, der Norbert verdammt ähnelte. Ich schaute darüber hinweg. So wie der Gronau uns behandelt, mache ich einen großen Bogen um ihn.«

Der Name Gronau war fast völlig aus Dagmars Gedächtnis verschwunden. Die Verhaftung hatte sie abgelenkt. Warum gingen die Kommissare ihrem Hinweis einfach nicht nach? Obwohl Löffler hier an Bord gewesen war, hatte er Gronau nicht behelligt.

»Weiß die Polizei eigentlich von deinem Verdacht gegen Gronau?«, fragte Corinna im selben Moment, als hätte sie Dagmars Gedanken erraten.

»Natürlich.«

»Und was unternehmen die?«

»Hm. Die Verhaftung ging bestimmt vor.«

»Wenn die Bullen sich mal nicht irren und hier einer dieser verfluchten Justizirrtümer seinen Anfang nimmt.« Sie wiegte den Kopf. »Je länger ich darüber nachdenke ... Da saßen gestern Gronau und der Gerd Kaczmarek zusammen in der Bar.« Auf einmal sah Corinna auf ihre Uhr. »Oh, ich wollte ja an Land, ein neuer Verehrer zeigt mir die Umgebung.« Sie sprang auf. »Oder unternehmen wir etwas zusammen? Die Kerle wollen sowieso nur das eine.«

»Nein, nein, lass mal. Ich esse erst und vertrete mir

anschließend in der Stadt ein wenig die Beine. Geh du ruhig zu deiner Eroberung.«

Corinna hopste wie ein kleines Mädchen auf Dagmar zu, herzte sie und versprach ihr einen gemeinsamen Abend im Panoramaklub. Da spiele die Schiffsband zum Tanz auf. Im nächsten Augenblick verschwand sie mit wehendem Kleid zwischen den Tischreihen.

Der Kellner kam und servierte den Salat. Er habe gewartet, weil Frau Borowski bereits zu Tisch gewesen sei. Dagmar dankte für die Aufmerksamkeit und stocherte mechanisch auf dem Teller nach einzelnen Happen. Zu sehr geisterten ihr Corinnas Gedanken im Kopf herum. Vergeudete die Polizei an diesen Kaczmarek-Zwillingen tatsächlich die Zeit und vergaß dabei den Gronau? Sie legte das Besteck beiseite und stand auf. Ihren Eisbecher konnte heute jemand anderes essen – sie suchte jetzt nach Gronau, um zu sehen, was er trieb.

Der erste Weg führte sie an die Rezeption, um Gronaus Anwesenheit an Bord feststellen zu lassen. Die Empfangsdame lächelte beflissentlich, tippte einige Buchstaben in ihren PC, nickte und begleitete Dagmar zu den Gästemarken. Jedem der insgesamt 300 Urlauber war ein kleines blaues Plättchen zugeordnet, das der Gast beim Verlassen des Schiffes von der Tafel abnehmen und nach seiner Rückkehr wieder aufhängen sollte. Dagmar hatte die 123. Das Plättchen mit der 124 fehlte, es gehörte Ronald.

»Herr Gronau müsste an Bord sein«, erklärte die Empfangsdame und zeigte auf die Nummer 222. »Haben Sie es schon in seiner Kabine versucht? Oder soll ich ihn ausrufen lassen?«

Dagmar lehnte dankend ab. Sie wollte ihn ja heimlich beobachten. Und so machte sie sich auf die Suche und durchstreifte die Räumlichkeiten systematisch von unten nach oben, von achtern nach vorn. Eine knappe halbe Stunde später betrat sie das Areal mit den Sonnenstühlen oberhalb des Arkona-Decks. Ein frischer Wind wehte vom Strelasund herüber. Kein einziger Platz war belegt.

Hockte der Kerl in seiner Kabine oder stiefelte er an Land herum und hatte lediglich seine Marke vergessen?

Dagmar kehrte ins Innere des Schiffes zurück. Da inzwischen einige Zeit vergangen war, würde sie erneut die Gästemarken kontrollieren. Sie eilte die Treppe zum Jasmund-Deck hinunter, hielt jedoch überrascht auf dem letzten Absatz inne – Gronau durchquerte gerade das Vestibül und strebte auf die Rezeption zu. Dagmars Verblüffung währte nur kurz. Sie hastete die restlichen Stufen nach unten, schlich an der Wand entlang und versteckte sich in Hörweite des Empfangstresens hinter einem Vorsprung.

»Bis wann muss ich heute Abend wieder an Bord sein?«, fragte Gronau in diesem Moment.

»Für die Nächte in Häfen gibt es keine Anwesenheitspflicht auf dem Schiff«, versicherte die Empfangsdame. »Wenn Sie an Land übernachten wollen oder einen längeren Ausflug mit Ihrer Frau planen – bitte schön.«

»Nein, nein, meine Frau bleibt hier.«

Dagmar wagte einen Blick um die Ecke. Gronau kehrte ihr den Rücken zu, während die Empfangsdame ihn anlächelte. »Nutzen Sie die Zeit frei nach Ihren Wünschen. Hauptsache, Sie kehren morgen bis 21.30 Uhr zurück.«

Auf der Treppe klapperten Schritte. Zwei ältere Damen kamen herunter und steuerten auf die Rezeption zu. Dagmar musste sich etwas einfallen lassen, um nicht aufzufliegen. Sie trat hinter der Wand hervor und bewunderte die Ansichtskarten, die seitlich auf dem Empfangstresen standen.

»Und wie komme ich zum Alten Markt? Ist das weit von hier? Ich muss um drei dort sein.«

Instinktiv schaute Dagmar auf ihre Armbanduhr – 20 nach 2.

»Den Alten Markt erreichen Sie schnell«, versicherte die Empfangsdame. »Da bleibt sogar Zeit für einen sehenswerten Umweg. Am besten …«

Die älteren Frauen rückten an Gronau heran und sprachen dabei so laut, dass Dagmar die Wegbeschreibung nicht verstand.

Gronau wandte sich ab. »Also, vielen Dank. Ich werde das schon finden«, sagte er und klopfte mit den Fingerknöcheln auf den Tresen. »Zur Not frage ich noch einmal.«

Als plagte sie Kurzsichtigkeit, beugte Dagmar den Kopf zu den Ansichtskarten herunter und lauschte Gronaus Schritten. Zu ihrer Überraschung stieg er die Treppe nach oben. Ihre Blicke folgten ihm, wie er gerade auf dem Mönchgut-Deck im Gang zu den Kabinen verschwand. Was wollte der auf dem Alten Markt? Ohne seine Frau? Rechnete er damit, gegebenenfalls über Nacht fortzubleiben? Ihr Entschluss stand augenblicklich fest: Sie würde ihm an Land folgen.

Den Liegeplatz bevölkerten zu dieser Nachmittagsstunde unzählige Schaulustige. Drei Besatzungsangehörige kontrollierten den Zugang des Kreuzfahrtschiffes, andere schrubbten den weißen Rumpf. Einen Steinwurf entfernt nutzte offensichtlich ein mobiler Eisverkäufer die Gunst des herrlichen Wetters und der zahlreichen Pfingstspaziergänger und verkaufte seine Köstlichkeiten. Auch zwei Fahrgäste der RÜGEN erkannte Dagmar in der Schlange der wartenden Leckermäuler. Sie selbst suchte hinter dem Verkaufsstand Deckung und beobachtete das Vorfeld des Schiffes, ohne ihrerseits entdeckt werden zu können.

Wenige Minuten später stolzierte Gronau die Gangway herunter; wie ein in die Jahre gekommener Playboy kam er daher – heller Sommeranzug, dunkelblaues Hemd und sandfarbener Sonnenhut. Auf der Pier angekommen, drückte er seine Kopfbedeckung fest und schlenderte gemächlichen Schrittes ins Hafengelände. Dagmar folgte ihm unauffällig. Gronau passierte die GORCH FOCK, würdigte das Segelschulschiff keines Blickes und bog in Richtung einer riesigen Glasfassade ab, die sich hinter einem Bauzaun erhob.

Den sonnigen Feiertagsnachmittag nutzten viele Menschen, um am Wasser einen Spaziergang zu unternehmen. Sie boten Dagmar auf der unbebauten Fläche des Hafengebiets eine gute Deckung. Ungeachtet dessen achtete sie auf einen Sicherheitsabstand von mindestens zehn Metern. Dank seiner Körpergröße ragte Gronaus Sonnenhut weithin sichtbar über die Köpfe der übrigen Passanten heraus. Am Ende der Baustelle bog er in Richtung Altstadt ab. Immer wieder blickte er auf seine Armbanduhr, behielt jedoch seinen gemächlichen Trott bei.

Nach dem Überqueren eines Kanals folgte Gronau der Badenstraße, wie das Schild an der Ecke verriet. Rechts hinter den Häusern leuchteten die Backsteintürme der Stralsunder Kirchen in der Nachmittagssonne. Leider blieb Dagmar keine Zeit, auf die Sehenswürdigkeiten zu achten – der sandfarbene Sonnenhut verlangte nach ihrer vollen Aufmerksamkeit. Einige hundert Meter weiter tauchte am Straßenrand erneut ein Bauzaun auf. Dahinter lag eine metertiefe Baugrube, groß wie ein halbes Fußballfeld. Gronau erreichte das Ende der Straße, verharrte dort und sah unschlüssig nach allen Seiten.

Dagmars Blick wanderte hinter den Bauzaun. Die Baugrube ähnelte eher einer Ausgrabungsstätte. In zwei, drei Projekten hatte ihre Firma auch schon auf Archäologen warten müssen, nachdem bei Schachtarbeiten Scherben oder Reste von Grundmauern gefunden worden waren. Warum sollte das in der alten Hansestadt Stralsund anders sein?

»Na, spielt die Schnüfflerin eine neugierige Touristin?«

Dagmar zuckte zusammen und fuhr herum. Vor ihr stand eine Frau mit schwarzen Haaren, einer klobigen Sonnenbrille und einem blassen Teint.

»Schnüffeln Sie dem Gronau hinterher?« Ihre Stimme klang kalt und bedrohlich.

Dagmar fühlte sich wie ein ertapptes Schulmädchen. »Ich gehe hier nur ...«

»Halt die Klappe«, blaffte die Fremde, »und höre zu.«

Ihre Nervosität drohte Dagmar zu übermannen. Sie lehnte sich an den Bauzaun, um eine Stütze zu finden.

»Hats dir in der dunklen Kammer gefallen?« Die Fremde rückte mit dem Kopf näher. Dagmar konnte ihr dezentes Parfüm riechen. »Lass den Gronau in Ruhe! Kommst du mir noch einmal in die Quere, sucht deine Corinna vergeblich nach dir. Verstanden?«

Dagmar nickte mechanisch.

»Umdrehen!«

Dagmar gehorchte. Der Maschendraht des Bauzauns berührte beinahe ihr Gesicht. Von hinten drückte eine Hand ihre Stirn dagegen.

»Du schaust jetzt interessiert da runter und zählst bis 30.«

Dagmar spürte den Atem an ihrem Ohr.

»Behalte den Kopf ja am Zaun! Und lass den Gronau in Ruhe. Ich beobachte dich.«

Dagmars Herz raste. Der Druck auf ihrem Hinterkopf verschwand. Sie verharrte regungslos, unfähig, auch nur einen Muskel zu bewegen. Erst einige Zeit später merkte sie, das Zählen vergessen zu haben. Um ja nichts falsch zu machen, holte sie es nach: eins, zwei, drei, … achtundzwanzig, neunundzwanzig, dreißig. Behutsam, wie eine Ballerina auf Zehenspitzen, drehte sie sich herum. Die fremde Frau war verschwunden. Von Gronau fehlte ebenso jede Spur. Dagmar ging weiter, bog am Ende der Straße rechts ab und folgte der Fußgängerzone. Schließlich endete die Baugrube, die sie mittlerweile halb umrundet hatte, und einige Buden tauchten auf. Laute Musik und undeutliches Stimmengewirr vermittelten das Gefühl eines Jahrmarkts. Irgendwo musste sie hier auch zum Hafen zurückkommen.

Die Angst des unheimlichen Zusammentreffens fiel langsam von ihr ab, und der Ärger, Gronau verloren zu haben, gewann die Oberhand. Auf dem Schiff Corinnas Rückkehr abzuwarten, schien jetzt das einzig Mögliche. Instinktiv folgte sie dem allgemeinen Menschenstrom, steuerte in dessen Sog ein riesiges Backsteingebäude an, durchquerte einen Säulenkorridor und erreichte einen Arkadengang, der auf einen Platz mit Kopfsteinpflaster hinausführte.

Plötzlich blieb Dagmar stehen und huschte hinter einen der Pfeiler des Arkadengangs. Sie atmete tief durch und versuchte ruhig zu bleiben. Gute zehn Meter entfernt stand Gronau und blickte suchend in die Runde. War sie auf dem Alten Markt, wo Gronau hinwollte?

Der Platz bildete eine offene Ebene und war von zahlreichen historischen Gebäuden umsäumt. Sie musste gerade das Rathaus durchquert haben und über ihr thronte die

Prachtfassade, die sie in einem der Prospekte für diese Reise gesehen hatte.

Dagmar lugte um den Pfeiler, schreckte aber blitzartig wieder zurück. Neben Gronau stand diese schwarzhaarige Fremde. Dagmar rückte hinter ihrer Deckung auf die andere Seite und streckte den Kopf erneut vor. Während Gronau ihr den Rücken zuwandte, blickte das Gesicht der Fremden in Dagmars Richtung. Jetzt trug sie eine Brille mit breitem, schwarzem Rahmen und fürchterlich starken Gläsern. Die Augen dahinter wirkten winzig wie Erbsen. Ein wuschiger Pony reichte der Frau bis auf die Nasenwurzel und verbarg die Stirn. Die schulterlangen tiefschwarzen Haare gaben ihr das Aussehen einer Asiatin, wohingegen die Augenpartie eher zu einer Europäerin gehörte.

Gronau streckte der Fremden die Hand entgegen, die sie übersah. Die Frau sprach einige Worte und holte einen Zettel aus ihrer Handtasche. Dagmar konnte nichts verstehen. Im Schutz einer Reisegruppe, die gerade unter dem Arkadengang hervortrat, wollte sie näher an Gronau heranrücken, da klingelte ihr Handy. Erschrocken sprang sie hinter ihre Deckung und kramte das Telefon hervor. ›Corinna‹ zeigte das Display. Auf Ronalds Drängen hin hatten die Frauen ihre Telefonnummern zu Beginn der Reise ausgetauscht. Verärgert nahm Dagmar das Gespräch entgegen und meldete sich flüsternd, während sie Gronau und die fremde Frau im Auge behielt. Corinna fragte, wo Dagmar sei und wann sie zurückkomme. Sie durchstreife die Stadt, entgegnete Dagmar. Nein, Corinna brauche nicht nachkommen, sie werde rechtzeitig zum Abendessen an Bord sein. Sie drückte die Aus-Taste und sah wieder zu Gronau. Der stand allein auf dem Marktplatz. Die Fremde musste in der Reisegruppe untergetaucht sein, die gerade links um eine Hausecke verschwand. Gronau sah auf den Zettel in seiner Hand, steckte ihn ein und lief quer über den Platz, genau auf die gegenüberliegende Straße zu.

Dagmar verdrängte die Warnung der Fremden, trat hinter ihrer Deckung hervor und folgte Gronau. Mit einem sicheren Vorsprung erreichte der auf der anderen Seite des Marktes die schmale Schlucht zwischen den Häusern, die ihn zu verschlucken schien. Dagmar rannte hinterher, stolperte beinahe auf dem Kopfsteinpflaster, fing sich und holperte die abschüssige Gasse entlang, auf ein Stadttor an deren Ende zu. Sie lief hindurch und gelangte an eine stark frequentierte Fahrbahn. Gronau stand linkerhand, 50 Meter entfernt, und winkte ein vorbeikommendes Taxi heran. Das hielt, er stieg ein und fuhr davon.

Natürlich war weit und breit kein zweites Taxi zu sehen. Dagmar blickte sich um. Hinter einem parkenden Linienbus kam ein Auto hervor und rollte auf sie zu. Der Wagen hielt und die Seitenscheibe ging herunter. Dagmar erschrak.

»Du kannst nicht hören.« Die Fremde trug jetzt wieder ihre Sonnenbrille. »Sei froh, dass du hier kein Taxi gefunden hast. Oder willst du bei mir mitfahren?«

Dagmar schüttelte energisch den Kopf.

*

Nach der neuerlichen Begegnung mit der Fremden wollte Dagmar nur noch zurück an Bord. Sie war in Richtung Strelasund gelaufen, dem Ufer gefolgt und schließlich am Jachthafen gelandet. Die RÜGEN lag auf der anderen Seite des Hafenbeckens. Dagmar hielt inne. Bevor ihr auf dem Schiff Corinna über den Weg lief, wollte sie sich erst über Gronaus Verfolgung und die Drohungen der Fremden im

Klaren werden. Vielleicht sollte sie den zahlreichen Spaziergängern folgen und ebenso auf die Mole hinausgehen? An deren Ende, weit draußen auf dem Wasser, glänzte ein grünes Seezeichen, ähnlich einem Leuchtfeuer. Dort hatte sie bestimmt einen herrlichen Blick auf den Sund, und eine Brise frischer Seeluft würde ihre Gedanken auf Trab bringen. Dagmar überlegte nicht lange und lief los.

Aufgereiht wie die Zinken eines Kamms gingen von der Betonbrücke die hölzernen Anlegestege für die Jachten ab. Nur wenige der Liegeplätze waren leer. Auf den meisten Schiffen saßen die Leute bei Kaffee und Kuchen oder die Freizeitkapitäne gönnten sich ein Bier oder man genoss einfach die Nachmittagssonne. Ein Hauch aus Sonnenöl und Meersalz hing in der Luft. Auf halbem Weg zum Molenkopf blieb Dagmar plötzlich stehen. Hierher war sie bereits am Vormittag diesem Kommissar Löffler gefolgt. Da lag auch die PAULA2. Dagmar betrat den Holzpier. Die Kajütentür an Oberdeck stand offen, doch niemand war zu entdecken. Neugierig geworden lief sie an dem schlanken Bootskörper entlang. Ganz vorn am Bug saß Kaczmareks Begleiterin im Bikini. Sie starrte ins Wasser und warf in regelmäßigen Abständen etwas zu den Möwen hinunter, die laut krakeelend den Brocken hinterherstürzten.

Dagmar verspürte den Drang, die Frau zu sprechen, die mit einem vermeintlichen Verbrecher in Urlaub gefahren war. Wie dachte sie über die Festnahme ihres Partners?

Eigentlich hasste Dagmar Getratsche, aber wenn sie jetzt umkehrte, würde sie sich in den nächsten Wochen für ihre Feigheit schämen. Sie trat zwei Schritte vor und legte den Arm um den baumdicken Pfahl, der den Steg zu tragen schien und an dem Leinen der links und rechts liegenden Schiffe befestigt waren.

»Na«, krächzte sie, »auch so allein.«

Die junge Frau sah herüber und blinzelte in die Nachmittagssonne. Ihre roten Haare glänzten wie glühendes Eisen auf dem Amboss eines Schmiedes. »Ja.«

Dagmar nickte zur RÜGEN hinüber. »Bin mit dem Dampfer da unterwegs. Ist ganz nett. Aber ohne Begleitung machts halt wenig Spaß.«

Die Frau stand auf und reichte Dagmar die Hand über die Reling hinweg. »Pia. Pia Otten aus Bremen.« Nach ihr würde sich so mancher Mann umsehen. Sie hatte den durchtrainierten Körper einer Leichtathletin und maß vielleicht 1,70 Meter. Das offene Gesicht verbreitete sympathische Wärme.

Dagmar erwiderte den Gruß, nannte ihren Namen und tat überrascht, hier eine Landsmännin anzutreffen – sie selbst wohne ebenfalls in Bremen.

»Komm doch hoch.« Pia, die ungefähr in Dagmars Alter sein musste, deutete auf die kleine Gangway, die achtern lag. »Wir trinken einen Kaffee.«

Ihre innere Unruhe ebbte ab; Dagmar dankte für die Einladung und kletterte an Bord.

Keine zehn Minuten später drang würziger Kaffeeduft über das Oberdeck. Die beiden Frauen unterhielten sich über allerlei belanglose Dinge, über das Wetter, über die gemeinsame Heimatstadt, über die Hektik des Alltags, über Pias Hobby, den Turniertanz. Als hätten sie eine Abmachung getroffen, sparten sie Familiäres aus. Irgendwann musste Dagmar auf den verhafteten Norbert Kaczmarek zu sprechen kommen, deswegen saß sie ja hier. Für eine direkte Frage fehlte ihr der Mut, und so probierte sie eine Hintertür, um auf das Thema zuzusteuern. »Ich beneide dich richtig, die Freizeit so aktiv zu gestalten. Du tanzt, segelst und bringst ganz allein solch ein großes Schiff von Bremen hierher.«

Ein Schatten huschte über Pias Gesicht. Ihr Blick wanderte den Mast hinauf. »Ich habe keine Ahnung vom Segeln. Norbert meckerte die vergangenen Tage nur herum, weil ich laufend diese blöden Taue verwechsle.«

»Norbert? Dein Freund?«

Pia nickte, schaute auf Dagmar und dann zur RÜGEN hinüber. »Wären wir nur dort mitgefahren. Gerd, Norberts Zwillingsbruder, hatte sich für die Kreuzfahrt entschieden und uns eingeladen. Früher unternahmen die beiden alles zusammen. Leider wollte Norbert mit mir allein fahren.« Sie tippte den Zeigefinger an ihre Stirn. »Wir hätten ja auf dem Kreuzfahrer keine Dreibettkabine nehmen müssen. Aber nein, Norbert musste unbedingt seinen Willen durchsetzen – ein Segeltörn sei so romantisch.«

»Und?«

»Und? Die Polizei hat ihn am Vormittag festgenommen. An der Jacht hier hing irgend so eine Tasche, angeblich von einer Erpressung. Und Gerd soll drüben auf eurem Dampfer einen umgebracht haben.« Pia klimperte mit den Augenlidern, als unterdrückte sie Tränen. »Sicher hast du davon gehört?« Auf einmal schüttelte sie heftig den Kopf. »Das ist doch völliger Quatsch.« Sie sprang auf, stammelte eine Entschuldigung, rannte zum Deckshaus und verschwand im Niedergang.

Dagmar schaute auf das Wasser, auf dem die Sonne glitzerte. Einige Möwen zogen kreischend ihre Bahnen um die Masten der umliegenden Schiffe. Vom Strelasund wehte eine frische Brise herüber. Solch einen Segeltörn hätten sie unternehmen sollen, sie und Ronald, zu zweit das Meer erleben, die geblähten Segel, Wind und Wellen und den abendlichen Sonnenuntergang genießen.

»Entschuldige bitte.« Pia kam an den Tisch zurück.

»Die Ungewissheit macht mich krank. Norbert ist zwar ein Tausendsassa, dreht für seine Stammkunden auch mal ein krummes Ding, er ist Barkeeper im Neptun in Bremen, doch zwei Millionen erpressen und einen Menschen ermorden?« Sie schüttelte erneut wie wild den Kopf, zog ein Taschentuch hervor und putzte die Nase. »Stimmt das überhaupt, ich meine mit dem ermordeten Gast?«

Ein Gefühl von Zuneigung durchflutete Dagmar. Seltsamerweise fühlte sie sich als Pias Leidensgenossin. Ihr Freund hatte Ronald nicht umbringen können – aber dessen Zwillingsbruder. Falls Norbert Kaczmarek tatsächlich in dieser Erpressung drin hing, hatte er den Plan zu Ronalds Ermordung zumindest gebilligt. Dagmar fixierte Pia. Deren Bestürzung schien echt zu sein. Vertrug sie auch die Wahrheit? Dagmar nickte. »Ja, auf dem Schiff da drüben wurde einer umgebracht – mein Lebensgefährte.«

»Nein!« Pia schlug die Hände vor den Mund. Wie vorhin im Zweifel um Norberts mögliche Tat schüttelte sie erneut heftig den Kopf, stürzte auf Dagmar zu und umarmte sie. »Das stimmt nicht«, flüsterte sie ihr ins Ohr. »Bitte sag, dass es nicht stimmt. Bitte, bitte, bitte.«

Dagmar löste sich vorsichtig. »Entschuldige, ich wollte mich keinesfalls bei dir einschleichen. Aber mir fällts schwer …«

»Ach Quatsch.« Nur langsam gewann Pia die Fassung zurück. »Wenn du mich mit deiner Wahrheit überfallen hättest, wir wären nie ins Gespräch gekommen.« Pia nahm wieder auf ihrem Campingstuhl Platz. »Erzählst du mir alles?«

Dagmar nickte. »Gern.« Sie berichtete von ihrer Reise, von ihrer Liebe zu Ronald, von der gemeinsamen Arbeit und schließlich von der verhängnisvollen Neptuntaufe.

Pia hörte aufmerksam zu. Ab und zu ruckelte sie auf ihrem Stuhl herum und neigte den Oberkörper vor. Ihre Augen hingen an Dagmars Lippen, wie bei einem Mädchen, das der Gutenachtgeschichte seiner Großmutter lauschte.

»Mich macht der Gedanke krank, möglicherweise den wahren Grund für Ronalds Tod nie zu erfahren.«

»Ich kann dir gut nachfühlen«, entgegnete Pia. »Seit dem Vormittag werde ich auch fast verrückt und grübele, ob Norbert mit seinem Bruder zu einem Verbrechen fähig wäre. Die zwei sind unzertrennlich. So oft habe ich mich als überflüssige Dritte gefühlt. Ich frage mich des Öfteren, ob wir je als richtiges Paar zusammenleben können. Wir kennen uns zwar schon einige Jahre, zumindest als Tanzpartner, aber gefunkt hats erst vor acht Wochen. Am Anfang jubelte ich, als Norbert vorschlug, wir beide würden ein Segelboot mieten und Gerd allein auf die Kreuzfahrt schicken.« Pia verzog den Mund zu einer missbilligenden Geste. »Kaum hatten wir in Bremen abgelegt, begann Norbert, von Stralsund zu schwärmen und wie er sich auf das Wiedersehen mit Gerd freue.«

Damit sie zusammen die Erpressung durchziehen konnten, ergänzte Dagmar in Gedanken.

Pia nippte an ihrer Tasse und starrte versonnen darauf. »Wenn ich jetzt so überlege, dann wundert mich Norberts Drängen, Gerd unbedingt hier zu treffen.« Sie sah Dagmar offen an. »Norbert neigt zu schmierigen Geschäften. In seiner Bar schnappt er so manches Geschwätz auf und nutzt das Wissen auf seine Weise. Einmal warnt er einen guten Kunden und ein anderes Mal steckt er ein paar Scheine für eine Gefälligkeit ein. Ich habe ihn immer gebeten, damit aufzuhören, bereits zu der Zeit, als wir nur zusammen tanzten.« Sie schien erneut in sich hineinzuhorchen. »Bei Norberts Freundschaftsdiensten ging es lediglich um 100 oder 200 Euro, niemals um Millionen und schon gar nicht um Mord und Totschlag.«

»Und sein Bruder? Der arbeitet in der Baubranche.«

»Dein Ronald doch auch?«

Die Worte trafen Dagmar wie Peitschenhiebe. Die Million, die Ronald und seine Freunde besorgt hatten, fielen ihr ein.

»Entschuldige.« Pia streichelte Dagmars Handrücken. »Das ist mir so rausgerutscht. Aber Gerd verdient in seinem Verband gutes Geld. Würde er da solch einen Coup aushecken?«

»Hat er finanzielle Sorgen?«

Pia hob die Schultern. »Nein. Gerd lebt allein, genießt das Leben und schlägt auch mal über die Stränge; jedoch nie übertrieben. Zumindest, soweit ich seine Lebensumstände überblicke.«

»Wann haben sich die Brüder zuletzt getroffen?«

»Am vergangenen Dienstag. Wir brachten Gerd zum Schiff nach Bremerhaven. Am Donnerstag fuhren wir selbst los. Seitdem verbrachten Norbert und ich quasi jede Minute zusammen. Ich hätte es gemerkt, falls er irgendetwas im Schilde führt.«

Sofern das eine verliebte Frau überhaupt merkt?, überlegte Dagmar. »Und wenn da ein Dritter mitmischt? Ein Komplize, der die Drecksarbeit macht? Ein Taucher vielleicht, der die Tasche mit dem Geld rausgeholt und unbemerkt an eure Jacht gehängt hat.«

»Dann hätte Norbert irgendwann die Beute an sich nehmen müssen. Die Polizei hat eine leere Tasche gefunden.«

»Warst du immer an Oberdeck? Den ganzen Vormittag?«

Pia überlegte. »Nein. Ich war auch unten, habe das Frühstücksgeschirr abgewaschen und aufgeräumt.«

»Na siehst du. Da kann ihm ein Taucher die Beute im richtigen Augenblick gebracht haben. Sie haben es umgepackt und der Froschmann verschwand wieder. Die verdächtige Tasche konnte dein Norbert nicht mehr entsorgen, weil du an Oberdeck aufgetaucht bist.«

»Jetzt, wo du das so beschreibst. Während die RÜGEN anlegte, war ich bestimmt 20 Minuten unten.«

»Hast du das der Polizei gesagt?«

»Die haben nicht danach gefragt.«

»Vielleicht solltest du eine Aussage nachholen?«

»Ich fürchte mich, zur Polizei zu gehen.« Entschuldigend hob Pia die Schultern. »Mich plagt die Angst, Norbert und Gerd könnten tatsächlich hinter der Erpressung«, sie schluckte heftig, »und dem Mord stecken. Die Idee mit dem Taucher als Helfer hatte ich nach der Verhaftung auch.«

»Na ja«, Dagmar stand auf. »Zwingen kann ich dich nicht. Du musst schon allein wissen, was du tust oder lässt.« Sie ging in Richtung Stelling.

»Irgendwo das Gerücht von einem Toten zu hören, ist so unendlich weit weg«, sagte Pia in Dagmars Rücken. »Und Norberts Beschwörungen, die Bullen säßen einem Irrtum auf, er wäre bald wieder da, klang durchaus glaubhaft. Auf einmal tauchst du auf, eine nette junge Frau …« Sie sprang von ihrem Stuhl hoch und kam Dagmar hinterher. »Alles Quatsch. Es war noch nie meine Sache, Probleme zu vertuschen oder durch Liegenlassen zu erledigen. Sag der Polizei, ich muss jemanden sprechen.« Pia deutete den Mast hinauf. »Ich traue mich hier nicht so schnell weg, und du siehst den Kommissar bestimmt eher. Falls Norbert hinter den Verbrechen steckt, soll er bis zum Jüngsten Gericht im Knast schmoren.«

Dagmar freute sich über die Verbündete, die sie wohl gewonnen hatte.

## 21

Am Liegeplatz der RÜGEN herrschte reger Spaziergängerverkehr, wohingegen Löffler auf dem Schiff nur wenige Gäste erkennen konnte, die an der Reling standen und heruntersahen. Er stieg die Gangway hinauf, zeigte bei der Sicherheitskontrolle seinen Ausweis und betrat das Vestibül, wo ihm Frau Sanders entgegenkam und freudestrahlend begrüßte.

»Das ist aber schön, sie einmal lächeln zu sehen«, lobte er.

»Herr Kommissar, ich komme gerade von der PAULA2. Pia Otten möchte eine Aussage machen.« Dagmar Sanders berichtete vom Gespräch mit Norbert Kaczmareks Freundin.

»Interessant«, erwiderte Löffler mit Zurückhaltung in der Stimme. Wenn die Zwillingsbrüder wirklich unschuldig waren, worauf die Ermittlungen hinausliefen, spielte Pia Ottens Aussage keine Rolle mehr. Diese Möglichkeit behielt er zunächst für sich. »Ich werde gleich nachher auf die Jacht gehen«, versprach er stattdessen. »Jetzt hätte ich gern Sie und Ihre Freundin, Frau Borowski, gesprochen.«

Das sei kein Problem – sie säßen gerade an der Poolbar zusammen. Dagmar Sanders sei nur gekommen, um dem Kommissar die Neuigkeit zu berichten.

Gemeinsam stiegen sie die Treppe hinauf und traten auf das Pooldeck. Nur vereinzelt saßen Leute an den Tischen. Frau Borowski erhob sich von ihrem Stuhl, als sie die beiden kommen sah.

»Wo bleibst du denn?«, fragte sie an Frau Sanders gewandt.

»Der Kommissar möchte uns sprechen«, entgegnete sie.

Die drei nahmen Platz.

»Ach so?« Corinna Borowski sah verwundert auf Löffler. »Da bin ich aber gespannt.«

»Können Sie auch«, erwiderte Löffler und zog betont umständlich sein Taschentuch hervor, um sich über die Stirn zu wischen. Corinna Borowskis Züge wirkten angespannt, als gehe sie in Gedanken ihr Sündenregister durch.

»Habe ich irgendetwas verbrochen«, reagierte sie prompt auf seine Schweigesekunden.

»Nein, so würde ich das nicht nennen.«

Auf das Gesicht der schönen Frau kehrte ein Lächeln zurück, das ihr das Aussehen eines Filmstars gab. Sie arbeitete ja als Regisseurin, fiel Löffler ein. Bestimmt hatte sie Übung darin, jeder Szene eine perfekte Geste abzuverlangen. »Man weiß ja nie, wenn die Polizei kommt«, scherzte sie kokett.

»Der Versöhnungsgruß am Spiegel in Ihrer Kabine, Frau Sanders«, wandte Löffler seinen Blick auf die Lebensgefährtin des Mordopfers, »wir haben ihn zuordnen können.« Aus den Augenwinkeln beobachtete er Corinna Borowski. Ihr Antlitz gefror zu einer undurchdringlichen Maske. Unruhig rutschte sie auf ihrem Stuhl herum.

»Sie machen es so spannend?«, bemerkte Dagmar Sanders ängstlich. »Stammt der Spruch nicht von Ronald?«

»Nein.«

»Von wem?« Fragend sah Dagmar Sanders erst auf Löffler, dann zu ihrer Freundin und wieder zu Löffler. »Wer war in unserer Kabine und hat …« Sie verstummte. Ihre Augen erflehten eine Antwort.

»Unsere Grafologen schließen mit 99-prozentiger Wahrscheinlichkeit die Urheberschaft durch Ihren Lebensgefährten aus.« Löfflers Blick wanderte zu Corinna Borowski. »Und mit der gleichen Wahrscheinlichkeit erkannten die Techniker Ihre Schriftzüge auf dem Spiegel, Frau Borowski.«

»Wie kommen Sie denn darauf?«

»Ganz einfach. Die Schriftprobe, die mir Frau Sanders freundlicherweise überließ, enthielt auch einige Worte von Ihnen.«

»Wo soll ich etwas notiert haben?«

»Jetzt reichts mir aber.« Dagmar schlug auf den Tisch. »Euer Gekritzel zu dieser blöden Schwimmwette.«

Auf einmal stand eine Serviererin neben ihnen. Ob die Herrschaften einen Wunsch hätten?

»Bleiben Sie uns mit Ihrem Zeugs vom Leib«, herrschte Dagmar Sanders sie an. »Kümmern Sie sich doch um die anderen Gäste.«

Die Bedienung deutete ein Kopfnicken an. Ihr Lächeln wirkte steif und abweisend. Ohne ein weiteres Wort zu verlieren, ging sie zu ihrem Verschlag zurück.

»Vielleicht kannst du jetzt die Ich-weiß-von-nichts-Mätzchen lassen und dein Eindringen in *meine* Kabine erklären.«

Corinna hüstelte. »Das war wirklich dumm – ich meine,

dir meinen Versöhnungsversuch im Nachhinein zu verschweigen. Aber ich hatte die Geschichte vergessen.«

»Erzähl schon.«

»An jenem Mittag hatte ich von eurem Streit gehört. Ronald kam ja allein zum Mittagessen.« Auf ihre Nachfrage hin habe Ronald die Auseinandersetzung beschrieben. »Ich wollte dich sprechen und bin zu eurer Kabine gegangen. Das Zimmermädchen machte gerade sauber. Sie ließ mich herein und ich konnte die Worte an den Wandspiegel schreiben.«

»Na klasse«, fauchte Dagmar.

»Noch vor der Taufe hatte ich Ronald angesprochen und ihn ob eurer Differenzen getadelt. Er sollte sich schnellstens mit dir aussprechen.« Corinna senkte den Kopf. »Für meinen Text am Spiegel hatte er mir sogar gedankt.«

Löffler lauschte geduldig dem Schlagabtausch der beiden Frauen. Ein emotionales Streitgespräch offenbarte manchmal mehr als stundenlange Verhöre.

»Ihre Erklärung klingt plausibel«, bemerkte er und stand auf. »Sie müssten mir diese noch zu Protokoll geben. Aber dazu komme ich ein andermal wieder.« Er drehte sich zu Dagmar. »Bestimmt brauche ich auch noch Auskünfte von Ihnen.«

»Kein Problem«, erklärte Frau Sanders. »Am Abend finden Sie mich hier oder in meiner Kabine.«

»Wir wollten doch gemeinsam zum Tanz gehen?«, reklamierte Corinna.

Ohne auf den Einwand einzugehen, bestätigte Dagmar Sanders: »Kommen Sie ruhig Herr Kommissar.«

»Dann entschuldigen mich die Damen bitte. Sicher haben Sie untereinander einiges zu besprechen.«

*

Auf dem Arkona-Deck betrat Löffler den Panoramaklub. Durch mannshohe Fenster flutete das Tageslicht herein. Die Aussicht vom obersten Deck bot einen herrlichen Rundblick auf die Stadt und den Strelasund. Ja, der Klubraum trug seinen Namen zu Recht. Im Moment schien niemand hier zu sein. Die roten Sessel standen ordentlich ausgerichtet, an jedem Tisch vier; so gestellt, dass man von allen Plätzen bequem auf die kleine Bühne in der Mitte der gegenüberliegenden Stirnseite sehen konnte.

»Wir haben noch geschlossen!« Hinter der Bar, gleich neben dem Eingang, deutete ein junger Mann auf seine Armbanduhr. Seine schwarzen Locken glänzten, als hätte er Unmengen an Haarspray verwendet. Das ebenmäßige Gesicht zierte ein Kotelettenbart, der die würdevolle Strenge der zusammengezogenen Augenbrauen und schmalen Lippen wirkungsvoll unterstrich.

Löffler schloss die Tür, lief die wenigen Schritte zum Tresen und zückte seinen Ausweis. »Hauptkommissar Löffler, Kripo Stralsund.«

Die Augenbrauen entspannten sich. Der Mann nickte. »Sie ermitteln wegen des Mordes, vergangenen Donnerstag.«

»Mord?«, fragte Löffler. Die Reederei hielt noch immer die Legende eines Unfalls aufrecht.

»Kommen Sie, den Quatsch vom Unfall habe ich vielleicht drei Stunden geglaubt. So wie Ihre Kollegen aus Bremen an Bord rumgeschlichen sind, mit allen Schikanen … Vergessen Sie es. Den Kerl im Pool hat jemand umgelegt.«

»Konnten Sie den *Mord* beobachten?«

»Nein. Ich verbringe leider nicht meinen Urlaub auf dem Schlitten. Mein Arbeitsplatz beginnt hier«, der Barkeeper deutete auf die Bordwand zur Linken, »und endet dort.« Er zeigte auf die gegenüberliegende Seite zur Rechten und präsentierte das Regal voller Flaschen und Gläser wie ein Museumsführer, der die Besucher zum 865. Mal in den Thronsaal geleitete. Schließlich beugte er den Oberkörper auf die blankgewienerte Thekenplatte und raunte: »Lässt man sich woanders blicken, gibts Ärger, oder die brummen dir irgend so einen scheiß Zusatzjob auf.« Er tippte den Zeigefinger an die Stirn. »Und das für die paar Piepen. Nee, nee, ich werkle hier rum und basta. Da habe ich meinen Kram in Ordnung, die Gäste sind zufrieden und blättern mehr Trinkgeld hin.«

Löffler nickte verständnisvoll. Norbert Kaczmarek tauchte vor seinem inneren Auge auf. So ähnlich dürfte der hinter dem Tresen im Hotel Neptun herrschen und sich um die wundersame Mehrung seines Geldes kümmern. Selbst wenn Barkeeper zur Schlitzohrigkeit neigen sollten, erpressten sie auch zwei Millionen und brachten einen Menschen um? Gleich würde Löffler mehr wissen. »Wenn Sie immer hier rumwerkeln, können Sie mir helfen.«

»Ach ja?«

»Während der Neptuntaufe am vergangenen Donnerstag saßen da überhaupt Gäste an der Bar? Ich hörte, an Oberdeck standen die Leute wie in einer überfüllten U-Bahn.«

Der Barkeeper hielt einen Finger gestreckt in die Höhe und deutete auf den Hocker gleich neben Löffler. »Herr Kaczmarek gab mir die Ehre.«

»Das wissen Sie so genau?«

»Mein werter Herr Kommissar. Namen und Gesichter gehören bei mir zum Job.« Der Barkeeper rieb Daumen und Zeigefinger aneinander. »Was denken Sie, wenn Sie einen geltungssüchtigen Herrn bereits am ersten Tag persönlich ansprechen, dann vergisst der das die gesamte Reise nicht mehr.« Er beugte sich erneut über den Tresen. »Herr Kaczmarek genießt die Aufmerksamkeit, die man ihm entgegenbringt. Leider hatte ihn zu Beginn der Kreuzfahrt die Seekrankheit erwischt, sodass er durch Abwesenheit glänzte.«

»Und anschließend sitzt er am Donnerstag an der Bar?«

»Ging ihm wohl wieder besser.«

»Wann saß er hier?«

»Wann saß der Kaczmarek hier? Von halb zwei an … Genau, er kam gerade, als Dimitri die mit Wasser gefüllten Wodkaflaschen für die Taufe holte.«

»Wann ging er?«

»Ging ist gut. Kaczmarek wankte nach draußen. Seekrankheit und Whisky passen nur schlecht zusammen.«

»Wann?«

»So gegen vier, 16.00 Uhr. Auf alle Fälle schrubbte an Oberdeck die Putzkolonne, um den Dampfer nach dem Spektakel der Neptuntaufe aufzuklaren. Als die Nachricht von dem Toten durchsickerte, saß Kaczmarek noch an der Bar, falls Sie das meinen.«

»Gibt es weitere Zeugen, die ihn hier gesehen haben?«, fragte Löffler.

»Tut mir leid. Alle anderen Gäste drängten draußen an den Pool. Einen Mord erlebt man ja selten.« Das Lächeln des Barkeepers gefror augenblicklich. »Entschuldigen Sie – sollte ein Scherz sein.« Er schien zu überlegen, als suche er nach einer Wiedergutmachung für die misslungene Posse. »Irgendwann kam Frau Borowski und traf da hinten einen Bewunderer.« Der Barkeeper deutete in die Ecke links neben der Bühne.

»Kennen Sie den?«

»Nein, das blasse Männlein habe ich hier noch nie gesehen. Was sich Frau Borowski überhaupt mit solchen Typen abgibt? Ist ein klasse Weib, wenn Sie mir die Bemerkung erlauben. Zu Kaczmareks Stippvisite an der Bar wird sie Ihnen allerdings kaum etwas sagen können. Madam und ihr Verehrer stritten ziemlich schnell miteinander und rauschte nach fünf Minuten wieder ab.«

»Wann war das?«

»Irgendwann zu Beginn der Taufe. Aber vielleicht gehen Sie direkt zu Frau Borowski.«

»Danke für den Tipp«, muffelte Löffler – er hasste diese neunmalklugen Hinweise von Amateuren. Er rutschte vom Hocker, verabschiedete sich, verließ den Panoramaklub und stieg die Treppe im Vestibül hinunter. Er musste in die Inspektion zurück, die Kaczmarek-Zwillinge warteten auf ihre Freilassung – Gerds Angaben entsprachen wohl der Wahrheit.

Auf dem Jasmund-Deck angekommen, steuerte Löffler den Ausgang an. Auf einmal stand Frau Sanders vor ihm. Sie musste hier gewartet haben.

»Entschuldigen Sie bitte mein Rumgezicke von vorhin. Habe ich Ihre Ermittlungen dadurch gestört?«

»Nein, nein. Machen Sie sich keine Sorgen. Hauptsache, Sie haben Ihre Diskrepanzen mit Frau Borowski geklärt.«

»Habe ich. Corinna hats ja nur gut gemeint. Erlauben Sie mir noch eine Frage?«

»Ja.«

»Die Verdächtigen, die Sie festgenommen haben, stecken die hinter dem Mord an Ronald?«

Löffler nahm sein Tuch aus der Tasche und wischte über seinen Kopf. »Ich habe gerade einige ihrer Angaben überprüft.« Er überlegte einen Augenblick, entschied sich schließlich für die Wahrheit. »Danach halte ich sie für unschuldig.«

Dagmar Sanders blinzelte, als müsse sie überlegen. »Pias Aussage brauchen Sie dann auch nicht mehr?«

»Auf alle Fälle gehe ich nachher zu ihr – die Aussage wird allerdings wenig an den Tatsachen ändern. Traurig?«

Sie hob die Schultern. »Weiß nicht. Na klar, je eher Sie den Mörder fassen, umso früher finde ich vielleicht meine Ruhe. Aber andererseits, seitdem ich Pia kenne, würde ich mich für sie freuen, wenn ihren Norbert keine Schuld träfe.«

»Ich verstehe.«

»Und Harry Gronau? Kommissar Müller und Sie wissen um meinen Verdacht gegen ihn.«

Löffler musste seinen Schreck überspielen. Diesen Gronau hatte er ganz vergessen. »Ich muss den Herrn noch überprüfen. Bisher fehlte einfach die Zeit.«

»Da werden Sie kaum Glück haben.«

»Ach so?«

Frau Sanders schilderte Gronaus Gespräch am Empfangstresen und ihre Verfolgungsjagd, bis sie ihn aus den Augen verloren hatte. »Die Gästemarke 222 hängt noch immer nicht an ihrem Platz«, schloss sie und schaute Löffler erwartungsvoll an.

»Hm«, überlegte er laut. »Möglicherweise weiß seine Frau etwas. Haben Sie schon nachgefragt?«

Dagmar Sanders verneinte.

»Na gut«, entschied Löffler, »dann kümmere ich mich sofort um Gabriele Gronau.« Vorher rief er jedoch in der Inspektion an – die Kollegen sollten für die Entlassung der Kaczmareks sorgen. Anschließend ging er zusammen mit Frau Sanders an die Rezeption und fragte nach Frau Gronau. Die Empfangsdame bemühte zuerst ihren PC und telefonierte anschließend. Frau Gronau erwarte den Herrn Kommissar auf ihrer Kabine 104 – auf dem Mönchgut-Deck. Frau Sanders begleitete Löffler nach oben und verabschiedete sich artig. Sie verstehe natürlich den Wunsch des Kommissars, Frau Gronau allein zu sprechen.

Löffler klopfte an die Tür Nummer 104 und trat nach dem »Ja, bitte!« ein.

Frau Gronau war schlank – das schlichte Sommerkleid betonte ihre zarte Gestalt. Die hellblonden Haare trug sie hochgesteckt. Die randlose Brille gab ihrem blassen Gesicht einen intelligenten, aber dennoch femininen Ausdruck. Ihre dunklen Augen blickten Löffler sorgenvoll entgegen. Sie reichte ihm zur Begrüßung die Hand, und beide nahmen Platz. Die Kabine hatte einen geräumigen Zuschnitt. Neben dem großzügigen Schlafbereich im hinteren Teil bot die Wohnecke samt Sitzgruppe, Fernsehapparat und Schreibtisch ausreichenden Raum für einen mehrwöchigen Urlaub.

»Haben Sie etwas von meinem Mann gehört?«, begann Frau Gronau in besorgtem Ton das Gespräch.

Löffler wunderte sich. Frau Sanders hatte ihm vorhin bestätigt, noch nicht mit der Ehefrau über Gronaus Verschwinden gesprochen zu haben. »Warum fragen Sie nach Ihrem Mann?«

»Sie kommen doch seinetwegen?«

»Woraus schließen Sie das?«

»Am Vormittag war Harry wie ausgewechselt, missgelaunt und brummig, und dann geht er nach dem Mittag allein an Land. Einfach so. Es könne spät werden, hatte er zum Abschied gesagt, ich solle nicht warten.«

»Sie haben ihn nach seinem Ziel gefragt?«

»Selbstverständlich! Aber keine Antwort bekommen.«

»Jetzt machen Sie sich Sorgen?«

»Was denken Sie denn?« Frau Gronau stand auf und trat an den Schreibtisch. »Harrys Benehmen am Vormittag hat mich stutzig gemacht. Nachdem er gegangen war, habe ich seine Sachen durchsucht und diesen Zettel gefunden.« Sie kam zur Sitzgruppe zurück, setzte sich und reichte Löffler ein kleines Blatt. Der faltete es auseinander: ›Komm um drei zum Alten Markt, dort hole ich dich ab. Versetz mich nicht! Sonst plaudere ich! Undine Jagoda‹

»Kennen Sie diese Undine Jagoda?«

»Ich? Nein. Warum?« Frau Gronau antwortete unwirsch und warf den Oberkörper gegen die Rückenlehne des Sessels. »Falls ich wüsste, wer diese Undine ist, hätte ich bereits etwas unternommen.«

»Offensichtlich kennt Ihr Mann die Frau länger. Wenn er eine schriftliche Einladung von einer fremden Frau vor Ihnen verbirgt, wird er …«

»Dass Harry den Zettel versteckt hat, kann man wohl nicht behaupten. Der Wisch steckte ja noch in der Hose, die er zum Frühstück trug. Da muss etwas anderes dahinterstecken.«

»Waren Sie schon bei der Schiffsleitung?«

»Nein, was soll ich denen denn sagen?«

»Also gut. Ich habe stets die besten Erfahrungen gemacht, wenn ich mir erst einmal die Geschichte der Betroffenen anhöre. Berichten Sie einfach.«

Frau Gronau begann zu erzählen: Im Februar sei ihr Mann mit der Idee gekommen, eine Kreuzfahrt zu unternehmen, habe bei ihr allerdings Ablehnung geerntet. Gerade im Mai, wenige Wochen vor Ende des Schuljahres, nähmen Besprechungstermine und Verwaltungsakte überhand. Sie leite das zuständige Referat für die allgemeinbildenden Schulen in der Landesverwaltung. Ihr Mann müsse das eigentlich wissen, da er in ihrem Bereich mitarbeite. Harry habe die Schiffsreise angepriesen: andere Politiker und Ministerialbeamte der Landesregierungen von Bremen und Niedersachsen würden ebenfalls mitreisen. Schließlich habe sie dem Drängen ihres Mannes nachgegeben und sich für die zehntägige Reise im Referat losgeeist. Vielleicht bot die Fahrt ja doch neue Kontakte, habe sie den Entschluss gegen die eigenen Bedenken gerechtfertigt. Frau Gronau winkte ab. »Die wichtigsten Figuren kenne ich bereits, und mit all den anderen kann ich wenig anfangen.«

»Und Ihr Ehemann?«

»Der genoss den Urlaub, und ich ließ mich anstecken. Wir verbrachten richtig schöne Tage voller Entspannung, gutem Essen und niveauvoller Unterhaltung. Einschließlich der Abende an der Bar.«

Löffler fühlte sich wie in einer Selbsthilfegruppe für Geltungsbedürftige, die er schnellstmöglich verlassen wollte. »Dann kam die Sache mit dem Zettel?«

»Ja! Wir sitzen heute beim Frühstück und plaudern. Harry geht ein zweites Mal zum Büfett und kommt total verändert zurück. Ich rede auf ihn ein und merke anfangs nichts. Erst als er keine Antwort gibt, sinnverloren in die Gegend starrt und mechanisch die Gabel in den Mund schiebt.« Anschließend auf der Kabine habe Frau Gronau in einem Buch gelesen und Harry in die Glotze gestiert. Irgendwann sei er aufgestanden, an Oberdeck gegangen, um frische Luft zu schnappen, aber kurz darauf zurückgekommen. Er habe sich umgezogen und schließlich an Land verabschiedet.

»Ohne etwas zu sagen?«

»Warte nicht auf mich, es kann spät werden.« Frau Gronau kämpfte merklich mit den Tränen.

»Und dann suchten Sie nach einem Hinweis?«

»Ja. Solch ein unakzeptables Verhalten habe ich noch nie erlebt. Darum überprüfte ich seine Sachen, die er beim Frühstück getragen hatte, und fand den Zettel.«

Löffler sah auf das Blatt in seiner Hand. ›Komm um drei zum Alten Markt, dort hole ich dich ab. Versetz mich nicht! Sonst plaudere ich! Undine Jagoda‹. Er las den Text erneut. Offensichtlich kannte Gronau diese Undine Jagoda, andernfalls wäre die Drohung wirkungslos geblieben. Die wenigen Sätze klangen wie das unmissverständliche Werben einer verschmähten Liebhaberin.

»Sie kennen keine Frau, von der dieser Brief stammen könnte?«

»Nein verflucht noch mal!«

Woher kam nur diese Gereiztheit? »Immerhin muss sie ihm den Zettel während des Frühstücks zugesteckt haben – am Büfett?«

»Genau, das macht mich so fuchtig«, fuhr Frau Gronau ihn an. »Ständig grüble ich, rufe mir die Bilder vor mein inneres Auge, aber vergebens.«

»Wir suchen Ihren Mann.«

»Und wenn ihm etwas passiert ist?«

Löffler tröstete sie. Er werde umgehend eine Fahndung auslösen; spätestens zum Auslaufen sei ihr Mann wieder an Bord. Er stand auf. Gronaus Beziehung zu Helmers blieb nach wie vor im Dunkeln. Löffler sah auf die Frau, die völlig aufgelöst wirkte und unentwegt in ihr Taschentuch schnäuzte. Er musste sie dennoch mit einer weiteren Frage konfrontieren. »Kennen Sie eigentlich einen Herrn Ronald Helmers?«

Frau Gronau schaute ihn an, als hätte er sie aus einem tiefen Wachtraum geweckt. »Ronald Helmers? Nein.« Sie schien zu überlegen. »Oder warten Sie – gehört vielleicht.

Im Dienst? Hat Harry mir von ihm erzählt? Warum wollen Sie das wissen?«

»Ronald Helmers starb während des Neptunfestes.«

»Ach ja.« Frau Gronaus Erinnerungsvermögen kehrte wohl wirklich erst in diesem Moment zurück. »Aber ich habe den Namen schon vorher gehört.«

»Ich untersuche den Fall und freue mich über jeden Hinweis.«

Frau Gronau hob die Schultern. »Wenn Harry wieder da ist, müssen Sie ihn selbst fragen.«

»Das werde ich.« Löffler verabschiedete sich.

*

Die Suche nach Harry Gronau lief. Telefonisch hatte Löffler die notwendigen Maßnahmen eingeleitet und jetzt ging er in den Jachthafen zu Pia Otten. Die empfing ihn freundlich und zuvorkommend und bat Löffler höflich an Bord.

»Welche Fragen soll ich Ihnen beantworten?«, fragte sie.

»Wie haben Sie das Einlaufen der RÜGEN erlebt?«

»Gar nicht, weil ich unter Deck für Ordnung sorgte. Soll ich das noch einmal berichten?«

»Leider müssen Sie mir Ihre Eindrücke direkt erzählen, um ein Protokoll anzufertigen. Frau Sanders Informationen belegen die Tatsachen nur indirekt.«

Pia Otten schüttelte den Kopf. »Ich meine nicht Dagmar. Ich meine Ihren Kollegen, den Taucher, dem ich bereits alles erzählt habe. Der kam doch von Ihnen? Ich dachte, es hat alles seine Richtigkeit – Dagmar wollte Ihnen ja meine Bereitschaft zur Aussage übermitteln. Ihr Kollege stieg zur Kontrolle der Jacht sogar erneut ins Wasser.«

Wer hatte die junge Frau besucht? Ein Taucher? Wenn

er Dagmar Sanders vorhin richtig verstanden hatte, war er der Erste und Einzige, dem sie von ihrem Besuch hier auf der PAULA2 berichtet hatte.

»Wie hieß der Kollege?«

»Kurt Lange.«

»Haben Sie einen Ausweis gesehen?«

»Nein. Er kam im Neoprenanzug.«

Löffler griff zu seinem Handy und rief den Einsatzleiter an. Der bestätigte: Im gesamten Polizeiaufgebot für diesen Tag gab es keinen Kurt Lange, und niemand hatte der PAULA2 einen Besuch abgestattet.

»Was hat der Mann Sie gefragt?«

»Er wollte die PAULA2 erneut ansehen und erkundigte sich, ob die Lebensgefährtin des Mordopfers wirklich hier bei mir gewesen war. Ich hatte mich gewundert, warum die Polizei das fragte.«

Das würde ich auch gern wissen, dachte Löffler. Garantiert steckte der Erpresser hinter dem neugierigen Zeitgenossen. Bestand eine Gefahr für Dagmar Sanders?

# 22

Schade Pia; schade, dass ihr weg seid.

Dagmar stand an der Reling und starrte auf den Jachthafen hinüber. Schon vor einiger Zeit war Norbert Kaczmarek auf die Segeljacht zurückgekehrt. Dieser Kommissar Löffler hatte die Zwillingsbrüder tatsächlich laufen lassen. Somit musste Gerd wieder auf der RÜGEN zurück sein. Sie hatte ihn noch nicht gesehen, aber auch nicht nach ihm gesucht. Drüben, die Geschehnisse auf der PAULA2 hatten sie viel mehr interessiert. Wie in einem Stummfilm waren die Ereignisse abgelaufen: Kaum an Bord gekommen, geriet Norbert mit Pia in Streit. Sie reagierte abweisend, stapfte nach vorn zum Bug und setzte sich im Schneidersitz nieder – genau an dem Platz, an dem Dagmar sie das erste Mal getroffen hatte. Norbert schenkte ihr keine Beachtung, huschte unentwegt über das Oberdeck, werkelte da und dort herum, holte die Leinen ein und bugsierte die Jacht vom Liegeplatz zur Hafenausfahrt. Während sie an der RÜGEN vorbeigefahren waren, hatte Dagmar auf ein Winken von Pia gehofft. Die hatte aber regungslos da gesessen und ins Wasser gestarrt.

Dagmar seufzte – am liebsten würde sie ebenfalls die Sachen packen und das Kreuzfahrtschiff verlassen. Ihren Ronald gab ihr niemand mehr zurück. Und an Bord als Detektivin dem Mörder hinterherzujagen, kam ihr mit jeder Stunde immer unnützer vor. Ach, wäre sie nur nach Hause gefahren.

»Frau Sanders?«

Erschrocken drehte sich Dagmar herum und erblickte eine rundliche kleine Frau. Ihr sonnengerötetes Gesicht lugte unter einem breitkrempigen Hut hervor. Die Frau trug langärmlige Sachen, die sämtliche Hautoberfläche bedeckten. Sie wirkte schüchtern, als suche sie in Gedanken nach einer Entschuldigung für die Störung.

»Ja?«

»Ich heiße Tina Esser und möchte Ihnen zunächst mein aufrichtiges Beileid ausdrücken. Einen nahestehenden Menschen durch solch einen tragischen Unfall zu verlieren, stelle ich mir schrecklich vor.«

Diese Frau Esser schien die Einzige zu sein, die immer noch die Legende vom Schicksalsschlag glaubte. »Danke.«

»Entschuldigen Sie bitte meine Unverfrorenheit, Sie einfach anzusprechen. Aber ich habe erst vorhin von diesem Filmwettbewerb gehört, der die Ursachen des Unfalls klären sollte.«

Die Esser redete langsam und einschläfernd. Am liebsten wäre Dagmar gegangen, mochte die Frau in ihrem Mitgefühl jedoch nicht kränken; und so blieb Dagmar. Ihre Geduld wurde auf die Probe gestellt: Frau Esser erklärte zunächst ihre schwere Sonnenallergie. Eigentlich habe sie auf bewölktes Wetter gehofft und müsse jetzt den ewigen Sonnenschein ertragen. Die meiste Zeit verbringe sie in ihrer Kabine oder beim Bordarzt. Na ja, aber die Nächte böten eine Entschädigung; hier an Bord erlebe sie eine wohltuende Ablenkung vom Alltag.

»Was kann ich für Sie tun?«, fragte Dagmar im Ton einer geschäftigen Frau, die keine Minute erübrigen konnte.

»Ach, entschuldigen Sie, nun belästige ich Sie mit meinen Sorgen, wo Sie selbst genug haben. Jedenfalls schlief ich, als der Filmwettbewerb lief. Der Arzt musste mir kurz zuvor eine Spritze geben. Auf jeden Fall …« Frau Esser hielt inne, als müsse sie die nächsten Worte genau abwägen. »Ich möchte mich keinesfalls aufdrängen. Also, ich habe auch einen Videofilm während der Neptuntaufe aufgenommen. Die durfte ich mir nicht entgehen lassen. Eingemummt wie im tiefen Winter stand ich inmitten der Schaulustigen und habe gefilmt – von Anfang …« Sie hüstelte. »Bis der Bordarzt wegen Ihres Lebensgefährten gerufen wurde.«

Der Wortschwall der Esser verstummte beinahe in Dagmars Ohren, als hätte sie den Fernsehapparat leiser gedreht. Vor ihren Augen tauchte der leblose Körper am Rand des Pools auf, der leblose und bleiche Körper mit Ronalds Badehose bekleidet – und Frau Esser hatte alles dokumentiert. Dagmar schwebte zwischen Hoffen und Angst, zwischen Erwartung und Furcht, zwischen dem Wunsch, mehr über Ronalds letzte Sekunden zu erfahren und der Befürchtung, erneut durch die Belanglosigkeit der Bilder enttäuscht zu werden.

»Ich stand nur wenige Meter von Neptun entfernt und konnte die Zeremonie gut verfolgen. Zum Ende der Taufe herrschte großes Gedränge, meine Aufnahmen …«, sie hob entschuldigend die Schultern, »wackeln ein bisschen. Vielleicht erkennen Sie etwas? Ich meine, falls Sie möchten.«

Nach Frau Essers Worten besaß sie genau den Film, auf den Dagmar am Freitag gehofft hatte.

»Wollen Sie das Video sehen?«

Wenn ich das aushalte, erwiderte Dagmar in Gedanken, sagte aber laut: »Gern.« Sie versuchte ein Lächeln.

Als wäre ihr eine Last vom Herzen genommen, atmete Frau Esser auf. »Wirklich? Eigentlich habe ich es gewusst, dass Sie so stark sind. Sie fahren ja auch weiter mit, nach dem schweren Verlust.«

Standen sie noch lange hier herum, verlor Dagmar bestimmt ihren Mut. »Kommen Sie, gehen wir in Ihre Kabine und schauen uns die Aufnahmen an.«

»Gern.« Frau Esser ging voraus, blieb jedoch nach wenigen Schritten stehen und schaute Dagmar besorgt an. »Meinen Sie, Sie schaffen das? Sie sehen blass um die Augen aus. Und Ihre Nase, spitz wie bei einer Maus.«

Ein tiefer Atemzug sollte Dagmar die notwendige Kraft

zurückgeben. Sie bemühte ihr fröhlichstes Lächeln, zu dem sie fähig war. »Geht schon.«

*

»Halten Sie bitte an«, sagte Dagmar an Frau Esser gewandt. Die drückte auf die Stopptaste. Das Bild verharrte mitten in der Bewegung, gerade in dem Moment, als der erste Täufling nach den Torturen des Rasierens, des Auspeitschens und Untertauchens erlöst ins Wasser des Pools sprang. Wie auf einem Gemälde zeigte der winzige Bildschirm diesen Augenblick der Erlösung.

Dagmar atmete tief durch. Sie saß auf dem schmalen Bett in der kleinen Einmannkabine. Frau Esser hatte die Fenster abgedunkelt, damit sie auf dem lichtschwachen Monitor des veralteten Kameramodells überhaupt etwas erkennen konnten. »Ist ganz schön stickig, hier drinnen.«

»Meinen Sie?«, fragte Frau Esser erstaunt. »Die Klimaanlage läuft aber.«

»Könnten Sie die Temperatur noch etwas herunterregeln?«

»Wenn Sie wollen.« Frau Esser stand auf und ging zum Regler neben der Tür.

Dagmars Kräfte waren während der Vorführung geschwunden. Frau Esser hatte keinesfalls übertrieben. Ihr Videofilm zeigte tatsächlich das Geschehen aus unmittelbarer Nähe. Bisher waren die Ansprachen von Kapitän und Neptun sowie der Beginn der eigentlichen Zeremonie zu sehen gewesen. Sogar Gesprächsfetzen der Unterhaltung zwischen Corinna und Ronald hatte die Kamera festgehalten. Auch wenn sie nicht alles verstanden hatte, zumindest Corinnas Aussage vom Nachmittag fand eine

Bestätigung: Ronald hatte ihr für die Aktion mit dem Versöhnungsspruch auf dem Spiegel gedankt.

»Danke!«, erwiderte Dagmar mit trockenem Mund. »Wir können weitermachen.« Sie zwang sich zu einem Lächeln und nickte Frau Esser zu. Die betätigte eine der Tasten am Camcorder und der Täufling, der die gesamte Zeit in der Luft hing, hopste in den Pool. Die Kamera schwenkte zurück zu den anderen Delinquenten, denen die Gehilfen Neptuns ordentlich zusetzten. Am Bildrand erschienen neuerlich Corinna und Ronald, wie sie gerade auseinandergingen.

Der Film lief weiter. Mehr und mehr Leute planschten im Wasser, und das Gedränge am Beckenrand nahm ebenfalls zu – das Bild wackelte immer häufiger. Von Ronald hatte Dagmar schon geraume Zeit nichts mehr gesehen. Aber er stand ja in der Schlange der Täuflinge am Ende. Und so wechselten die Szenen zwischen dem Getümmel im Pool und dem Tohuwabohu auf Deck. Die mitlaufende Uhr der Aufnahmen zeigte mittlerweile 14.50 Uhr an. Plötzlich erschien Ronald mitten im Bildausschnitt. Dagmars Herz setzte für einige Schläge aus. Sie hielt den Atem an. Er lächelte und winkte der Kamera zu. Seinen Oberkörper bedeckte dreckig weißer Schaum und in den Haaren klebte eine schmierige Schleimschicht.

»Ronald«, hauchte Dagmar und streckte dem Display die Hand entgegen.

Als hätte er sie hier sitzen sehen, warf er der Kamera noch einen Handkuss zu und sprang in den Pool. In Dagmars Innerem zerbarst eine Granate. Sie fühlte einen stechenden Schmerz, als versagten Herz, Lunge und die anderen Organe gleichzeitig. Sie starrte tapfer mit aufgerissenen Augen auf den Monitor. Erneut wackelte die Aufnahme.

Dann tauchte Ronalds Badehose kurz aus dem Wasser auf, um sofort wieder zu verschwinden. Die Bilder verschwammen, schossen an Dagmar vorbei, wie in einem Kettenkarussell. Sie schlug die Hände vors Gesicht und presste die Lider zusammen.

»Geht es Ihnen gut?«, erklang Frau Essers Stimme weit weit entfernt in eine angenehme Stille hinein. Dagmar öffnete die Augen. Der kleine Monitor an der Videokamera schimmerte dunkel in der gedämpften Beleuchtung der Kabine.

»Entschuldigen Sie«, stammelte Dagmar nach einigen Sekunden und stand auf. »Ich habe es nicht mehr ausgehalten. Dürfte ich vielleicht später wiederkommen? Morgen verkrafte ich die Bilder bestimmt besser?«

»Selbstverständlich«, lächelte Frau Esser. »Kommen Sie, wann immer Sie wollen.«

*

Ein Schwarm vorlauter Möwen flog kreischend über das Heck der RÜGEN. Dagmar streifte auf dem Arkona-Deck umher und genoss das Alleinsein an der frischen Luft. Hatten sie ihre Gefühle während der Videovorführung noch übermannt und ihren Willen zum Durchhalten besiegt, schwang ihr Gefühlsleben jetzt wieder im Gleichgewicht.

Gleich nach dem Besuch in Frau Essers Kabine war Dagmar hier nach oben auf das Arkona-Deck geflüchtet. Von der Enge der Kabine erlöst hatte sie Weite, Wind und den Himmel über ihrem Kopf gebraucht. Einige Minuten später war Corinna aufgetaucht und hatte Dagmar die Leiden der vorangegangenen Stunde angesehen. So hatte sie der

Gefährtin von Frau Essers Film und dem abrupten Ende erzählt. Corinna hatte aufmerksam zugehört und Dagmar im Anschluss beruhigen wollen: Bestimmt habe Dagmar tapfer durchgehalten. Den Rest könne sie ja an einem der anderen Tage ansehen, vielleicht gemeinsam; Corinna interessiere der Streifen auch.

Ja, Dagmar würde noch einmal das Video von Frau Esser anschauen. Vielleicht morgen schon. Jetzt genoss sie die Aussicht vom höchsten Deck des Schiffes, während Corinna die Zeit bis zum Abendessen für einige Telefonate nutzte.

Dagmar lief zur anderen Seite hinüber. Aus dem Panoramaklub drang leise Musik nach draußen. Sie öffnete die Tür einen Spalt. Ihr schlug Stimmungsmusik der 80er-Jahre entgegen, überlagert von einem diffusen Stimmengewirr. Die Tanzfläche lag völlig verlassen da, aber an den Tischen saßen zahlreiche Gäste und prosteten sich gegenseitig zu. Die Stunden vor dem Abendessen vergingen bei einem kleinen Umtrunk einfach schneller. Dagmar verspürte auf einmal auch Appetit auf einen Cocktail und betrat den Klub. Da sie keine Lust auf Gesellschaft verspürte, ging sie zur Bar und setzte sich auf einen freien Stuhl. Der geschäftstüchtige Barkeeper kam prompt und servierte wenig später die Empfehlung des Kapitäns zum halben Preis.

Die Stimmung im Klub wirkte irgendwie bedrückend, obwohl eine adrette vollbusige Sängerin und ein älterer Herr am Flügel sich redlich Mühe gaben. Offensichtlich verfingen die Erfolgsmelodien aus der Mottenkiste nicht bei den Gästen. Oder lags am Gesang?

Genüsslich nuckelte Dagmar am Trinkröhrchen ihres Drinks. Das fruchtige Getränk schmeckte kaum nach Alkohol, eben so, wie sie es mochte.

»Darf ich mich zu Ihnen setzen? Die Tische sind leider alle belegt.«

Ein gut aussehender Mann mittleren Alters deutete auf den Hocker an Dagmars Seite. Sie nickte und wandte ihm den Rücken zu. Eine Unterhaltung mit gelangweilten Junggesellen fehlte ihr gerade noch.

»Was empfiehlt denn die Bar heute?«, fragte der Mann.

Wenn das so weiterging, würde sie ihren Cocktail hinunterstürzen und gehen. Verzweifelt suchte sie nach einer passenden Antwort.

»Kannst es nicht lassen?«, rügte der Barkeeper den aufdringlichen Kerl. »Die Dame möchte ihre Ruhe haben. Also zisch ab.«

Der ungebetene Gast brummte eine Entschuldigung und wechselte zur anderen Seite des lang gestreckten Tresens. Mit einem Lächeln bedankte sich Dagmar beim Barkeeper.

»Diese Lektoren sind alle gleich und denken, sie wären unwiderstehlich. Verzeihen Sie, Frau Sanders.«

»Sie kennen mich?«, fragte Dagmar erstaunt.

»Namen und Gesichter gehören bei mir zum Job. Auch wenn ich Sie noch nicht als Gast begrüßen durfte, so hebt Sie doch Ihr Schicksal aus der Masse der anderen heraus. Falls Sie gestatten, möchte ich Ihnen mein Beileid aussprechen.«

Dagmar freute sich über die Anteilnahme des Mannes, die aufrichtig klang. Sie zog an ihrem Trinkröhrchen. Das schnarrende Geräusch verriet – der Cocktail war alle.

»Noch einen?« Der Barkeeper lächelte.

Dagmar schaute auf ihre Uhr. In einer halben Stunde würde es Abendessen geben. Sie schüttelte den Kopf.

»Hat der Lektor Sie vergrault?«

»Nein, nein«, bekräftigte Dagmar.

»Dass der immer die alleinreisenden Damen anbaggern muss.« Der Barkeeper neigte den Oberkörper vor. »Bei Ihrer Freundin, Frau Borowski, hat er es auch schon versucht.«

»Ach ja?«

Corinna habe ihm jedoch schnell die Meinung gesagt. »Beinahe so impulsiv wie am Donnerstag, als sie diesen Wichtel hier im Klub zurechtgestutzt hatte.«

Der Kerl habe sich als Filmproduzent ausgegeben, erklärte Dagmar, aber wohl sein Betätigungsfeld, den Tierfilm, verschwiegen.

»Ah, verstehe. Frau Borowski hatte Kontakte knüpfen wollen?« Der Barkeeper nickte. »Bestimmt ist sie eine gute Regisseurin; Durchsetzungsvermögen besitzt sie ja. Mit welcher Vehemenz sie dem Wicht die Leviten gelesen hat. Keine fünf Minuten und Ihre Freundin hatte den verhinderten Verehrer abgefertigt.«

Ja, Corinna besaß Temperament.

»Frau Sanders?«, erklang eine männliche Stimme in Dagmars Rücken. Sie schwenkte auf dem Hocker herum und erkannte ihn sofort – einer der Kaczmarek-Zwillinge. Da Norbert vorhin den Hafen verlassen hatte, konnte nur Gerd vor ihr stehen. »Entschuldigen Sie die Störung – ich müsste Sie kurz sprechen.«

»Ja, gern«, gab Dagmar schüchtern zurück und richtete den Oberkörper auf, blieb aber auf ihrem Barhocker sitzen.

»Meine Verhaftung durch die Polizei«, begann er ohne Förmlichkeiten, »wird mir in Zukunft einige Schwierigkeiten bereiten. In welchem Ausmaß, das weiß ich noch nicht.«

Was wollen Sie?, dachte Dagmar, schwieg jedoch.

»Ich werde aktiv um die Wiederherstellung meiner Reputation kämpfen und dabei auf Herrn Helmers Andenken, leider, keine Rücksicht nehmen können.«

Wie die Wolken eines heraufziehenden Unwetters fühlte Dagmar durch seine Worte Angst und Unbehagen. »Ronald wurde ermordet. Er ist das Opfer«, entgegnete sie, um überhaupt etwas zu sagen.

»Und weil er sich an mir bereichert hat, bin ich in Verdacht geraten.«

»Ach ja?«

»Frau Sanders, Ihr Lebensgefährte hat mich und andere engagierte Manager um Abertausende erleichtert.«

Dagmar lief ein Schauer über den Rücken. Vor ihr stand eine von Ronalds Geldquellen. »Sie wollen Ronald postum an den Pranger stellen?«

»Nein. Auch wenn ich ihm stets eine kleine Rache gegönnt habe. Aber Herrn Helmers traf das schwerste Schicksal, das einem widerfahren kann. Ich werde seine Machenschaften nur soweit offenlegen, insofern das für die Herstellung meines Rufs notwendig sein wird.«

Dagmar schwieg. Sie wusste zwar nicht, was das alles bedeutete, doch Kaczmareks ruhige Art weckte in ihr ein gewisses Grundvertrauen. Er verabschiedete sich mit festem Händedruck und dezentem Kopfnicken und verließ den Panoramaklub.

Sie sah ihm noch einige Augenblicke nach. Wie haben die Freunde um Ronald ihre Unsummen zusammengekratzt? Ein Gefühl der Hilflosigkeit befiel Dagmar. Sie musste Corinna danach fragen. Aber nicht mehr heute.

# 23

Christin kam aus dem Hotel und schlug, fröhlich hüpfend, den Weg zum Parkplatz ein. Tilgner folgte ihr. Marc rutschte in seinem Auto nach unten, damit er unentdeckt blieb. Wenig später rollte der Wagen mit Tilgner am Steuer vom Hotelgelände. Marc startete den Motor und fuhr ihnen hinterher.

In geruhsamem Tempo ging die Fahrt in Richtung der Bremer Stadtgrenze. Vorsichtshalber achtete Marc stets auf einen ausreichenden Abstand. 20 Minuten darauf, sie durchquerten eine ländliche Gegend, bog Tilgner in ein parkähnliches Grundstück und folgte einem breiten Schotterweg auf eine Art Herrenhaus zu. Marc hielt bereits in einiger Entfernung, quetschte sein Auto in die Büsche am Rand des Weges, stieg aus und lief in der Deckung des Gestrüpps weiter.

Tilgner stand zusammen mit Christin vor dem Gebäude, das ob seiner Verzierungen, seiner Größe und der Umgebung eher einem Schloss ähnelte. Er schien ihr etwas zu erklären, fasste sie schließlich bei der Hand und beide verschwanden hinter dem Haus. Marc rannte die Zufahrt hinunter, an der Giebelseite vorbei, stoppte und lugte vorsichtig um die Hausecke. Die Fassade auf der Rückseite erstreckte sich in einem konkaven Bogen in den Park hinein. Ein gepflasterter Weg führte zu einem schmalen Vorbau genau in der Mitte des Gebäudes. Von Tilgner und Christin fehlte jede Spur. Wie ein Soldat auf einer Aufklärungsmission huschte Marc in gebückter Haltung an der Hauswand entlang. Der Eingang unter dem Vordach stand offen. Er schlüpfte hindurch und betrat ein Foyer, das eine breite Treppe mit einer Halle verband. Marc schlich auf Zehenspitzen hinauf und blickte vorsichtig in die beiden Gänge, die links und rechts abzweigten. Sie verliefen, der Außenkontur des Hauses folgend, in einem Bogen, sodass man nicht weit hineinsehen konnte. In den hohen Fenstern an der Außenfront funkelte die Sonne, und auf der gegenüberliegenden Seite reihten sich Türen in regelmäßigen Abständen hintereinander. Dumpf, aber deutlich hörbar, vernahm Marc Stimmen aus dem uneinsehbaren Teil des Flurs. Er verließ seine Deckung und folgte den Geräuschen.

»Das wird mein Klassenzimmer?«, hörte er auf einmal Christins hellen Tonfall.

»Das oder einer der anderen Räume«, antwortete Tilgner.

Marc verstand die beiden überdeutlich; bestimmt standen sie nebenan.

»Ist ja egal«, vernahm er erneut die Worte seiner Tochter. »Hauptsache, ihr öffnet eure Schule, auch wenn Ronald gestorben ist.«

»Das verspreche ich dir. Wir haben alles vorbereitet. In der nächsten Woche kaufen wir das Haus, und mit dem neuen Schuljahr gehts los. Im Moment steht das ganze Haus noch völlig leer. Aber spätestens in vier Wochen wimmelt es hier nur so von Handwerkern.«

»Wie in einem Ameisenhaufen?«

»Wie in einem Ameisenhaufen!«

Unwillkürlich wanderte Marcs Blick die Wände entlang. Dafür haben Helmers und Konsorten eine Million Euro gesammelt. Reicht das überhaupt für solch einen Prachtbau?

»Und wo schlafen wir?«, fragte Christin.

»Willst du wirklich den Internatstrakt sehen? Da müssen erst die Handwerker rein«, erklärte Tilgner.

»Oh, bitte, bitte. Ja?«

»Na gut.«

Nebenan tappten Schritte. Marc hastete zur Eingangshalle zurück und verließ das Gebäude. Vorsichtshalber brach er seine Verfolgung ab. Falls Tilgner ihn erwischte, musste er sich unangenehme Fragen anhören, die wollte er sich ersparen. Bestimmt kamen die beiden gleich wieder heraus. Marc betrachtete den weitläufigen Park. Die Sonnenstrahlen durchdrangen die Wipfel der Kiefern und leuchteten wie cremefarbene Seidenstores. Erst jetzt fielen ihm die unzähligen Stimmen der zwitschernden Vögel auf. Das war schon eine verlockende Vorstellung – seine Christin besuchte hier die Schule bis zum Abitur und genoss währenddessen alle erdenkliche Unterstützung. Aber davor musste er diesen Fall um die Toten Helmers und Wolpert aufklären. Das ging am besten, wenn er sich noch einmal den Tilgner vorknöpfte. Genau! Danach würde er, hoffentlich, Sabine beruhigen und ihre Sorgen aus dem Gespräch mit Frau Fischbeck zerstreuen können.

Hinter der offenen Tür erklang Christins plappernde Stimme. Marc rannte zur Hausecke, folgte dem Weg zurück bis zu seinem Wagen und fuhr los. Er wollte Tilgner am Hotel abfangen, bevor er auf Sabine traf.

*

Das Auto hielt neben dem Haupteingang des Neptun. Christin sprang heraus. Ohne sich noch einmal umzudrehen, verschwand sie in der Drehtür. Auf schnellstem Weg würde sie direkt zu ihrer Mutter laufen, um die Neuigkeiten von der Schulbesichtigung zu berichten.

Tilgner fuhr seinen Wagen auf den Parkplatz, wo Marc ihn ansprach und um ein Gespräch bat. Ein wenig überrascht willigte Tilgner ein, und sie zogen in das nahegelegene Café.

»Warum stellen Sie jetzt Christin nach?«, eröffnete Marc die Unterhaltung, als sie an einem der Fenstertische Platz genommen hatten. Bevor sein Gegenüber antworten konnte, kam die Kellnerin und ermahnte die beiden, in 20 Minuten werde man schließen. Der Einfachheit halber verzichteten die Männer auf eine Bestellung. Die Serviererin quittierte die Ungeheuerlichkeit mit einem schnippischen »Bitte!« und stapfte davon.

»Was wollen Sie von Christin?«, wiederholte Marc.

»Hatten Sie mich das gestern nicht schon gefragt?«

»Nein. Gestern erkundigte ich mich nach Herrn Helmers Interesse an Christin. Sie blieben mir die Antwort schuldig. Jetzt können Sie ja die zwei Fragen im Zusammenhang beantworten.«

»Ich kümmere mich um Christin, weil Ronalds Tod dem Mädchen sehr nahe geht. Außerdem erfülle ich meinem verstorbenen Freund einen letzten Wunsch.« Tilgner legte die Unterarme auf den Tisch. »Ronald empfand eine tiefe Zuneigung zu Christin Berger.«

»Warum?«

Tilgner nickte. »Ich verstehe jetzt, weshalb Sie sich um Ihre Tochter sorgen. Immerhin gab es in unserer Gruppe zwei Tote.«

Für einen Augenblick stutzte Marc. »Sie wissen um meine Vaterschaft an Christin?«

»Ja. Ich fand ein ausführliches Dossier zu Christin auf Ronalds PC.«

Ein Dossier? »Das müssen Sie mir aushändigen.«

»Gern. Jetzt gleich? Es liegt drüben im Zimmer.«

»Nachher.« Marc griff nach seinem Zopf, schaute auf die Armbanduhr und sah anschließend zur Kellnerin, die wie ein Türsteher neben dem Tresen wartete und den Eindruck vermittelte, ihre letzten beiden Gäste pünktlich an die frische Luft zu setzen. Und wenn sie hinüber ins Hotel gingen, warteten da Sabine und Christin. Ein Gespräch unter vier Augen ließ sich dort schwerlich führen. »In zehn Minuten schmeißen die uns hier raus. Vorher möchte ich noch wissen: Woher stammt das Geld für Ihre Schule? Reden Sie jetzt darüber?«

»Nein.«

»Warum nicht?«

»Weil Sie falsche Schlüsse ziehen könnten.«

»Herr Tilgner!« Marc beugte den Oberkörper vor. »Wenn Sie weiterhin schweigen, buchte ich Sie ein. Weshalb? Weil Sie kurzfristig zwei Millionen für Ihre Timur-Schule besorgen konnten – genau jene Summe, um die die TransOzeana am Morgen erleichtert wurde.«

»Das soll ich gewesen sein?«

»Reden Sie, damit ich mir ein Bild machen kann.«

»Also gut, die Herkunft meiner zwei Millionen erkläre ich Ihnen.« Tilgner habe einen Reiterhof samt Hotel und Restaurant besessen und die gesamte Anlage verkauft. An dem Nachlass eines Onkels habe ihm nie viel gelegen, und so sei es ihm leicht gefallen, das Objekt aufzugeben.

»Sie sprechen vom Charlottenhof auf dem Darß?« Löffler hatte sich vor Ort umgesehen und einiges zum Verkauf in Erfahrung gebracht.

»Ja. Gestern Mittag ging das Geschäft über die Bühne. Deshalb konnte ich Ihnen bei Ihrem Besuch am Morgen noch nichts sagen.« Heute Abend habe Tilgner zusammen mit seiner Mutter, den drei Urlaubern von der RÜGEN und Paul Droste, dem Makler, das Ereignis auf dem Charlottenhof feiern wollen. Berit Wolpert sei ebenso eingeladen gewesen, da sie den Platz ihres toten Ehemannes im Stiftungsrat der TimurSchule einnehmen soll.

Marc blätterte in seinem Notizbuch einige Seiten zurück und fand die Frage nach den sieben Leuten, für die Helmers einen Tisch bestellt hatte. Er schrieb die Namen dahinter, die er Löffler nachher durchgeben würde. Jetzt interessierte ihn allerdings ein anderer Punkt. »Sie spendieren Ihren Freunden einfach zwei Millionen?«

»Nein.« Die überzogene Forderung der Behörde ändere ja nichts am wahren Finanzbedarf für die Schule. Mit seiner Mutter und Helmers sei vereinbart worden, das Geld als Darlehen zur Verfügung zu stellen, zu regulären Zinsen, um es später wieder zurückzuzahlen.

»Herr Droste wird das Geschäft bestätigen?«, fragte Marc.

»Ja.«

Den Anruf bei dem Immobilienmakler würde Marc seinem Kollegen in Stralsund überlassen, der war auf dem Charlottenhof gewesen und konnte sachkundige Auskünfte einholen. Blieb die Frage nach dem Anteil des Freundeskreises um Helmers. »Die Herkunft Ihres Anteils wäre geklärt – ein positives Ergebnis der Überprüfung vorausgesetzt. Wo kommt die eine Million der ehemaligen Schulfreunde her?«

»Das fragen Sie mich? Ich hatte nichts damit zu tun.«

»Helmers und Wolpert können nichts mehr erzählen und Frau Borowski weilt auf der RÜGEN.«

»Das Schiff liegt im Stralsunder Hafen.«

»Sie sitzen aber vor mir«, blieb Marc unnachgiebig. »Sie kennen doch die Hintergründe.«

»Na gut, vielleicht soviel: Seit 2003 haben die drei Freunde zahlreiche Lobbyisten in diversen Branchen *beraten*. Wenn Sie als Polizei das alles aufwickeln, vergehen Jahre; verbunden mit unvorstellbarem Ärger und politischen Verwicklungen. Strafrechtlich verwertbare Vorwürfe dürften Sie kaum ableiten können. Für die Beratungshonorare existieren keinerlei Quittungen oder Rechnungen. Zudem werden die *Kunden* Ihnen niemals freiwillig ihre Geschäfte offenlegen. Lobbyisten agieren im Verborgenen.«

Marc seufzte. Die Antwort gefiel ihm nicht. Andererseits verspürte er das gleiche Gefühl der Hilflosigkeit wie bei den Leistungskontrollen durch Frau Fischbeck in Mathematik. Aber einfach klein beigeben? Nein. Er räusperte sich und fragte: »Wenn diese *Beratungstätigkeit* ursächlich mit den beiden Morden zusammenhängen sollte, können Sie mir wenigstens einen Namen nennen? Einen *Kunden* von Herrn Helmers zum Beispiel?«

»Ja.« Ronald habe mehrfach Gerd Kaczmarek *beraten*.

Auf einmal verstand Marc, warum der Name Kaczmarek so oft auf Helmers PC auftauchte. Er würde die Daten bei nächster Gelegenheit nochmals sichten. Vor allem mussten die Kollegen der KTU die geschützten Verzeichnisse ›TS‹ zugänglich machen. TS stand wohl für TimurSchule.

»Letztendlich verfügen sie jetzt über die sieben Millionen – zusammen mit dem Anteil den Ihre Mutter beisteuert?«, fragte Marc. »Gronaus Forderung stellt für Sie kein Problem dar?«

»Nein, im Gegenteil.« Tilgner lächelte. »Gronau steht jetzt in der Pflicht, unseren Antrag zu genehmigen.«

»Wenn er die Zusage noch einhalten kann?«

»Wie meinen Sie das?«

»Herr Gronau verschwand heute Nachmittag spurlos. Der Brief einer Undine Jagoda lockte ihn …«

»Undine Jagoda?«, unterbrach Tilgner. Marc bejahte. »Ronald hielt uns den Namen Undine Jagoda stets als leuchtendes Fanal hin. Über sie gesprochen hat er nie. Christin Berger muss ihn an sie erinnert haben. Steht zumindest andeutungsweise in dem Dossier.«

Na endlich, stellte Marc in Gedanken fest, die Quelle für Helmers Interesse an Christin trat ans Tageslicht.

»Meine Herren, darf ich Sie bitten, das Café zu verlassen? Die Öffnungszeit endete bereits vor zehn Minuten.« Die Kellnerin postierte sich hinter Tilgner, als wolle sie ihn wie einen ungehörigen Hund hinausscheuchen.

Die beiden Männer standen auf, dankten für die nette Bedienung und verließen den Gastraum. Auf dem Weg zum Hotel verabredeten sie, ihr Gespräch in der Lobby fortzusetzen. Tilgner wollte nur schnell Helmers Aufzeichnungen aus seinem Zimmer holen.

Marc erkannte bereits beim Betreten des Neptun Sabines sehnsüchtige Blicke. Tilgner verschwand im Aufzug, und er selbst ging zu ihr an die Rezeption, um sie zu begrüßen. Gleichzeitig erschien Christin und begann von der Schulbesichtigung zu berichten. Sabine unterband ihr Geplapper; sie könne dem Papa nachher ihre Erlebnisse erzählen. Eingeschnappt zog die Tochter ab. Marc informierte Sabine kurz über sein Gespräch und versicherte ihr, die wahren Gründe für Helmers Interesse an Christin bald zu kennen. Inzwischen kam Tilgner zurück. Marc zwinkerte Sabine zu und nahm zusammen mit seinem Gesprächspartner an einem Tisch neben den Fenstern Platz.

»Da bitte, Ronalds Dossier.« Tilgner präsentierte zwei eng beschriebene Blätter.

Ohne ein Wort zu sagen, versank Marc in dem Text. Während seine Augen den Zeilen folgten, brummelte er leise vor sich hin, als sei er in ein stilles Gebet vertieft. Der Inhalt brachte für ihn keine Neuigkeiten, zeugten aber vom ungeheuren Interesse, das Helmers Christin entgegengebracht hatte. Wenn die erwähnten Testergebnisse wirklich stimmten, musste sie eine außerordentlich hohe Intelligenz besitzen. Marc ging die Aufzeichnungen ein zweites Mal durch und empfand dabei eine zunehmende Beschämung; warum hatte er die Kontakte zu seiner Tochter lediglich auf Freizeitaktivitäten beschränkt? Er hätte ihre Fähigkeiten erkennen und fördern müssen. Erneut überflog er die Zeilen und blieb bei den letzten Worten hängen.

»Was bedeutet das hier?«, fragte er und las laut vor: »Christin erinnert mich so an Undine und mein Versagen«, stand da. »Christin kann mir meine innere Ruhe wiedergeben.«

»Keine Ahnung.« Tilgner hob ratlos die Schultern.

»Wirklich?«

»Ronald muss Ihre Tochter irgendwie mit dieser Undine in Verbindung gebracht haben. Über sie gesprochen hat er nie. Er benutzte ihren Namen stets nur, unsere Begeisterung für die TimurSchule wach zu halten.«

»Möglicherweise kostete diese Begeisterung ihm und Wolpert das Leben. Immerhin beschafften die Freunde mit ihren *Beratungen* ziemlich viel Geld.«

»Für die Lobbyisten bedeuteten die Summen immer nur Peanuts. Meinen Sie, die Herren riskieren ihre Geschäfte durch einen oder gar zwei Morde?« Tilgner zupfte an seinem linken Ohrläppchen. »Wie soll die Erpressung dazu passen?«

Marc verkrampfte seine Hände auf dem Tisch ineinander. Diese blöde Erpressung hatte er völlig aus den Augen verloren. Er stand auf, wanderte einige Schritte hin und her und nahm wieder Platz. »Irgendwie habe ich einen Knoten im Kopf. Der Gronau und die Beratungstätigkeit der Schulfreunde lassen mir keine Ruhe.« Vielleicht hatte Tilgner recht, und er sollte zum Ausgangspunkt der Ermittlungen zurückkehren? Immerhin hatte der Erpresser Helmers' Tod als Drohpotenzial zur Durchsetzung seiner Forderungen benutzt.

## -4

### 02. Oktober 2002 – Mittwoch

Was für Wochen lagen hinter mir – jeden Tag andere Probleme auf der Baustelle. Heute war mir der Kragen geplatzt. Nach der Mittagspause hatte ich alles hingeworfen und war heimgefahren. Das Handy würde an diesem langen Wochenende, samt Feier- und Brückentag, ebenso ausspannen wie ich. Am besten, ich ließ es im Auto und scherte mich nicht darum.

Zu Hause angekommen empfingen mich im Korridor zwei Koffer. Hatte ich einen von Manuela angekündigten Besucher vergessen? Ich erwischte mich bei dem Gedanken, doch das Telefon aus dem Wagen zu holen, um später auf eine Baustelle flüchten zu können. Ohne die Idee in die Tat umzusetzen, betrat ich das Wohnzimmer. Die Türklinke in der Hand blieb ich stehen.

»Was hast du?«

Manuela saß mit einer Jacke bekleidet auf dem Sofa. Im Zimmer herrschte völlige Stille; weder Fernsehapparat noch Radio liefen. Sie wandte mir langsam ihren Blick zu. »Ich gehe.«

»Wohin?«

Sie stand auf. »Ich verlasse dich. Zunächst komme ich bei meinen Eltern unter und dann …« Manuela zuckte die Schultern.

Ich ließ die Türklinke los und bewegte mich zwei Schritte auf sie zu. Ihre Eröffnung benebelte mich wie ein Fieberschub.

»Ich halts nicht mehr aus.« Sie senkte den Blick. Ihre Arme hingen leblos herab.

Undine. In meinem Kopf tauchten die Szenen der vergangenen Monate auf: Undine auf der Straße; der Hohn des Lehrers; der Lastwagen; Manuelas übernächtigtes Gesicht; der Abschied – und stets Streit, anklagende Blicke, tagelanges Schweigen.

»Willst du wirklich unsere gemeinsamen Jahre wegwerfen?« Ich kannte die Antwort bereits, dennoch wollte ich sie von Manuela hören. Jetzt, wo die Entscheidung gefallen war, verstand ich auch die vielen kleinen Vorboten, die sie mir immer wieder gesandt hatte.

»Mir bleibt keine andere Wahl. Du und diese Renate Tilgner, ihr entreißt mir meine Tochter.«

»Aber Manuela?« Ich wollte ihre Hände nehmen. Manuela entzog sie mir. »Die Gründung der Privatschule, das ist doch eine hervorragende Idee. Frau Tilgner hat sich schon immer ein solches Projekt gewünscht. Sie investiert vier Millionen, ihr gesamtes Vermögen.«

»Und Undine dient ihr, dient euch, dann als Galionsfigur. Das arme Mädchen, dem die Mutter keine angemessenen Perspektiven bieten konnte ...« Manuela brach ab und starrte mich an.

»Nein, das wird nie passieren. Frau Tilgner hat von mir sogar verlangt, Undine nie in den Mittelpunkt zu stellen. Unsere Schule soll den Kindern von morgen helfen. Und wir starten doch erst in sechs Jahren. Bis dahin denkst du auch anders über das Projekt.«

Manuela schüttelte den Kopf. »Selbst wenn dem so wäre, bis dahin müsste ich deine Verbissenheit und deinen Verfolgungswahn ertragen – für mich eine fortwährende Anklage.«

Mein Herz versteinerte. Ich sah Manuela in die Augen. »Ich muss den Kerl finden.«

»Warum?« Ihre Stimme klang gebrochen. Sie sah mich mit Tränen in den Augen an. »Bringt das Undine zurück?«

»Nein. Aber das Schwein bekommt die gerechte Strafe.«

»Ach ja?« Sie lachte höhnisch. »Du hast nichts gegen ihn in der Hand. Oder meinst du, Undines Mitschüler stehen heute noch als Zeuge zur Verfügung? Kein Einziger! Die sind alle froh, die Angelegenheit vergessen zu können.«

Ich wusste, Manuela hatte recht – im Falle eines Falles erinnerte sich niemand an den schrecklichen Tag im letzten Monat. Ungeachtet dessen wollte ich Gronau aus seinem Mauseloch herausprügeln. Er sollte endlich bezahlen.

»Ich hätte mit dem Kerl ins Bett gehen sollen.«

»Nein!«, schrie ich.

Manuela nickte. »Doch. Hätte ich mich von dem Schwein ficken lassen, wäre Ruhe gewesen.«

Ich hielt mir die Ohren zu. Manuela packte meine Handgelenke und zog sie herunter.

»Solange du keinen Frieden gibst, solange rede ich mir das ein. Jetzt kann ich nicht mehr. Vielleicht finde ich in den Alltag zurück, wenn wir getrennte Wege gehen?«

Ihre Worte schmerzten mich. Aber ich steckte als Gefangener in meiner Haut. Undines Schicksal und das Verschwinden dieses Harry Gronau beherrschten mich wie eine Sucht.

Vor zwei Jahren hatte ich Manuela und Undine im Urlaub an der Nordsee kennengelernt. Wir wohnten im selben Hotel, waren am gleichen Tag angereist und uns schnell näher gekommen. Seit langer Zeit genoss ich wieder einmal Familienglück. Am Strand und auf den ausgiebigen Spaziergängen tollte ich mit der damals Zehnjährigen herum, während die Abende und Nächte Manuela gehörten. Nach diesen unbeschwerten zwei Wochen besuchten wir einander oft, bis ich bei Mutter und Tochter einzog.

Monate später, nachdem ich Manuela einen Heiratsantrag gemacht hatte, erwähnte sie ihren Ehemann, von dem sie getrennt lebte. Die beiden seien übereingekommen, erklärte sie mir, Undine den Zwist einer Scheidung zu ersparen. Eine amtliche Trennung wollten sie erst in Betracht ziehen, wenn das Mädchen erwachsen war oder einer seine *Freiheit* ausdrücklich verlangte.

»Jetzt wäre der richtige Zeitpunkt«, hatte ich eingewandt. »Ich möchte dich heiraten.«

»Aber ich nicht«, war ihre schlichte Antwort gewesen. Sie werde auf keinen Fall in das nächste Abenteuer schlittern. Die andauernde Ehe schütze sie sehr gut vor neuer Unbedachtsamkeit.

»Dann bin ich eine Enttäuschung für dich?«, hatte ich mit vernehmbarer Erregung in der Stimme gefragt.

»Wenn du dich so fühlst?« Sie hatte mir wie einem uneinsichtigen Buben das Haar gestreichelt, meinen Kopf gefasst und mir einen innigen Kuss geschenkt.

Ich war über meine Frustration hinweggekommen und hatte im Laufe der Zeit den Status quo anerkannt. Da mir Manuela nie das Gefühl vermittelt hatte, nur ein zeitweiliger Ersatzmann zu sein, genoss ich seitdem auch ohne Trauschein die einträchtige Dreisamkeit unserer kleinen Familie, in der Undine eine Sonderstellung einnahm. Sie zeigte sich als lebenslustige Tochter, ging gern in die Schule und erhielt überwiegend sehr gute Noten. Manches Mal begleitete sie mich auf eine Baustelle, wo sie prompt mit den Männern verschiedener Gewerke fachsimpelte.

So wuchs in ihr der Wunsch, später als Architektin noch größere und schönere Häuser zu bauen als ich. Die Begegnung mit Renate Tilgner bedeutete für Undine ein Schlüsselerlebnis. Ich leitete die Renovierung ihrer Villa. An einem Wochenende begleitete mich Undine und lernte dabei die Unternehmerin kennen. Die beiden schienen einander vom ersten Augenblick an zu verstehen. Frau Tilgner nahm das Mädchen ernst und ließ sich von ihr so manchen Rat für die Gestaltung ihres Anwesens geben. Die Vertrautheit der älteren Dame und des Teenagers überdauerte das Ende meines Auftrags. Sie trafen sich beinahe jede Woche. Mir schien es, als habe Frau Tilgner in Undine eine Tochter gefunden. Angespornt durch die Freundschaft steigerte Undine ihren Lerneifer und erhielt beinahe nur noch Einsen und Zweien.

Nach dem Wechsel auf das Gymnasium nahm sie die neuen Herausforderungen an und erzielte weiterhin überdurchschnittliche Leistungen. Zum Ende des letzten Jahres, um Weihnachten herum, schlug die Stimmung um: Zuerst klagte Undine über ihren Klassenlehrer und danach folgten Auseinandersetzungen mit Klassenkameraden, die immer häufiger in Handgreiflichkeiten endeten. Manuela hielt mich von all dem fern und versicherte mir, die Situation zu klären. Die Sommerferien kamen und wir verbrachten erneut herrliche Tage an der Nordsee. Kurz bevor die Schule wieder begann, wandelte sich Undine in ein verschlossenes Wesen; sie sprach kaum mehr, grübelte und hockte an den Wochenenden in ihrem Zimmer. Manuela beschwor mich, dem Mädchen Zeit zu geben; sie habe mit ihr gesprochen. Im Moment brauche sie einfach Zeit zum Überlegen. Ich hoffte auf eine Besserung, verkroch mich hinter meiner Arbeit, bis jener verhängnisvolle Tag im September unser Leben zerstörte.

»Machs gut.« Manuela schenkte mir einen flüchtigen Kuss.

»Sehen wir uns wieder?«

Sie sah mich schweigend an, streichelte über meine Wange und hob fragend die Schultern. »Woher soll ich das wissen?«

Unfähig ihr in den Korridor zu folgen, stand ich wie angefroren im Wohnzimmer. Draußen klapperten die Koffer und dann fiel die Tür ins Schloss.

*

»Fast bin ich deiner Manuela dankbar.«

»Ja, ja lästere nur. Wer den Schaden hat, braucht für den …« Missmutig winkte ich ab.

»Komm, sei kein Stiesel. Ich freue mich, dich mal wieder zu sehen.« Wolpi steuerte seinen Wagen geschickt um die zahlreichen Schlaglöcher des Feldweges herum.

Noch gestern Nachmittag, Manuela war gerade eine Stunde fort gewesen, hatte ich mich in mein Auto gesetzt und war nach Stralsund gefahren. Die vier freien Tage in der verlassenen Wohnung hätten mich in den Wahnsinn getrieben. Bei den Eltern hoffte ich Trost und Zuspruch zu erfahren. Stattdessen traktierten sie mich mit Vorwürfen: Ich hätte mich mehr um Undine kümmern, hätte von meinem Verfolgungswahn ablassen und hätte Manuela über die schwere Zeit hinweghelfen müssen.

Gleich nach dem Abendessen war ich aufgestanden und hatte einen langen Spaziergang unternommen. Wo sollte ich nur hin? Zu Hause würde mich jeder Krümel an Manuela erinnern. Die ewigen Vorhaltungen aus Mutters Mund mochte ich ebenso wenig erdulden. Da war mir Wolpi eingefallen. Er wohnte hier in Stralsund. Ich rief ihn an und stieß auf helle Begeisterung – ich solle ihn unbedingt besuchen. Die Kinder verbrächten die Tage bei den Schwiegereltern auf Rügen und seine Berit sei mit einer Reisegruppe in Süddeutschland unterwegs. So hatte ich mich am Morgen von den Eltern verabschiedet – eine Havarie auf einer Baustelle zwinge mich leider zum sofortigen Aufbruch – und war zu Wolpi gefahren.

»Pass mal auf, wir verbringen drei schöne und vor allem geruhsame Tage.« Wolpi kurvte auf einen Parkplatz, am Fuße der Höhe 23. Südlich Devins, einem in die Stadt Stralsund eingemeindeten Vorort, lag ein kleines Naturschutzgebiet rund um eine Erhebung, eben jener Höhe 23. Zu DDR-Zeiten als Übungsgebiet der Bereitschaftspolizei gesperrt, verbrachten heute in dem hügligen Gebiet am Strelasund die Leute ihre Freizeit – behauptete Wolpi zumindest. Der gut gefüllte Parkplatz schien seine Aussage zu belegen.

»Einen ruhigen Vormittag wollen wir hier verbringen?«, mäkelte ich und deutete auf die beiden Reihen von bestimmt 20 Autos.

Wolpi lächelte, ich solle abwarten. Er verschloss seinen Wagen und wir liefen den Hügel hinauf in Richtung Sund. Unterwegs begegneten uns zahlreiche Spaziergänger, die das herrliche Spätsommerwetter nutzten. Wolpi führte mich zu einem kleinen Steilhang, direkt am Ufer. Den schmalen Strand belagerten sogar noch einige Sonnenhungrige auf Decken und Handtüchern. Wir stapften an ihnen vorüber, immer am Wasser entlang. Nach fünf Minuten erreichten wir eine Einbuchtung in der Steilküste. Groß wie ein Tennisplatz, mit Gras bewachsen, bot die Stelle beste Voraussetzungen für unbeschwerte und ungestörte Stunden.

»Voilà, mein Liebesnest.« Wolpi grinste und deutete in die Runde, als präsentiere er sein eigenes Grundstück. »Die Leute latschen oben auf dem offiziellen Wanderweg vorbei oder hauen sich gleich vorn in den Sand. Von dem herrlichen Flecken weiß niemand etwas, und so bleibt man unbehelligt, was bei einem Schäferstündchen wichtig ist.«

»Schäferstündchen? Gehst du hier mit deiner Frau her?«

»Meine Frau?« Wolpi verzog den Mund. »Die lebt doch nur für ihr blödes Reisebüro. Da muss mich ab und zu eine andere Schöne trösten.«

Ein Gespräch über Liebschaften behagte mir nach Manuelas Weggang überhaupt nicht, und so ignorierte ich Wolpis Anspielung. Wir breiteten die mitgebrachten Decken aus, stellten das Bier ins Wasser und legten uns in die Sonne. Ich wollte die Ruhe genießen und starrte in den klaren Himmel, wo ein Flugzeug in großer Höhe gen Süden strebte. Der kurze Kondensstreifen verlor sich nach wenigen Sekunden im tiefen Blau des wolkenlosen Firmaments.

»Was ist eigentlich mit dir los?«, fragte Wolpi unvermittelt. »Du verlierst kein Wort, und deine Scherze vermisse ich auch.«

Ich blickte zu ihm. Er lag auf der Seite, den Kopf auf einen Arm gestützt und sah mich fragend an.

Warum sollte ich ihm meine Pleite um Manuelas Schlussstrich verheimlichen? Wenn man jemanden ins Vertrauen ziehen konnte, dann Wolpi.

Gern hätte ich Corinna mein Herz ausgeschüttet. In den Nachwendezeiten waren wir uns näher gekommen und in Potsdam sesshaft geworden. Mit dem Ende des DDR-Fernsehens ging auch Corinnas langjähriger Arbeitsplatz verloren. Sie hatte sich umorientiert und in München ein neues Betätigungsfeld gefunden. Die quirlige Metropole im Herzen Bayerns hatte mir Unbehagen bereitet und in der Folgezeit war unsere Zweisamkeit zerbrochen. Corinna hatte unsere Trennung damals bedauert. Sicherlich freute sie sich, wenn ich jetzt wieder auftauchen würde. Aber einfach unangemeldet nach München fahren, kam nicht in Frage – eine engagierte Regisseurin lebte garantiert in einem engen Terminkorsett. Vielleicht besuchte ich sie im November oder zu Weihnachten.

»Also, was schleppst du für Sorgen mit dir herum?«, wiederholte Wolpi seine Frage.

Ohne mich weiter bitten zu lassen, berichtete ich über Manuelas Entschluss zur Trennung und die vermeintlichen Ursachen, die unsere Beziehung in diese Situation getrieben hatten. Wolpi hörte aufmerksam zu, nickte hin und wieder, schüttelte aber auch von Zeit zu Zeit den Kopf. Irgendwann, ich hatte all meine Erlebnisse und Gefühle vor ihm ausgebreitet, setzte er sich auf, massierte sein Kinn und sah mich mit ernstem Gesicht an.

»Du musstest deine Manuela zwangsläufig verlieren«,

begann er. »Du und deine Renate Tilgner, ihr habt der Mutter die Tochter genommen. Dazu dein Verfolgungswahn. Manuela möchte diesem Morast entgehen und hat Konsequenzen gezogen.«

»Kann ich sie zurückgewinnen?«

»Keine Ahnung. Einmal davon abgesehen, solltest du erst einmal mit dir selbst klarkommen. Ohne einen sauberen Schlussstrich und einer nach vorn gerichteten Krisenbewältigungsstrategie wirst du scheitern.«

Wolpis geschwollene Ausdrucksweise ließ mich schmunzeln. Aber unbeirrt erklärte er mir seine Sicht der Dinge: Ich hätte keinerlei Beweise für die Schuld dieses Harry Gronau und stehe ohne Handhabe gegen ihn da, vorausgesetzt ich fände ihn überhaupt. Und was ich immer bedenken müsse, Undine bringe mir das nie und nimmer zurück. »Wenn du nicht aufpasst, verlierst du noch weitaus mehr als deine Manuela.«

»Ich wollte ja nach vorn schauen. Frau Tilgner bietet mir an, bei der Schulgründung mitzumachen.«

»Welche Rolle sollst du da spielen?«

»Renate Tilgner unterstützen. Ihr Sohn Alwin arbeitet als Lehrer, der macht das pädagogische Konzept.«

»Deine Renate gibt das Geld, ihr Sohn bestimmt die Richtung und du rennst als treusorgender Dackel hinterher.« Wolpi tippte mit dem Zeigefinger an seine Stirn. »Nach drei Jahren erkennst du dich nicht mehr wieder, wenn du morgens in den Spiegel siehst. Dann schaut nämlich ein in Ehrfurcht ergrauter Butler heraus.«

»Die Schule soll ja erst in sechs Jahren gegründet werden.«

»Das erlebst du nicht mehr, weil du vorher in den Sack haust. Warum eigentlich so spät?«

»Frau Tilgner besitzt ein gutgehendes Ingenieurbüro. Das will sie 2008 zu ihrem 75. Geburtstag aufgeben. Zahlreiche langfristige Aufträge laufen erst dann aus. Das Firmengebäude soll anschließend als Schule dienen. Außerdem ist geplant, in der Zwischenzeit den notwendigen Etat von vier Millionen anzusparen. Das Konzept der Schule bedarf ebenfalls einer gründlichen Vorbereitung.«

»Sagt der Sohnemann Alwin.«

»Genau.«

Wolpi wälzte seinen durchtrainierten Körper auf den Rücken und starrte zum Himmel. »Du kannst da auf keinen Fall als Mitläufer einsteigen. Du musst selbst einen Zipfel des Tischtuchs ergreifen.«

»Aber wie denn?«, protestierte ich. »Meine Ersparnisse ergeben eine lächerliche fünfstellige Summe.« Ungeachtet meines Widerspruchs setzten sich Wolpis Worte in meinem Kopf fest. Ich wusste genau, er hatte recht.

»Mein ehemaliger Chef, der Forstamtsleiter, bekam von seinem Schwager das Angebot, in dessen Sägewerk mit einzusteigen – Familienbetrieb. Mein Chef hatte auch kein Geld. Aber weißt du, was er gemacht hat?« Wolpi drehte seinen Oberkörper wieder auf die Seite und grinste mich an.

»Nein.«

»Der besorgte sich Geld von der Bank und kaufte die Immobilie samt Anlagevermögen. Wenn er sich mit seinem Schwager verkracht, kann er ausscheiden und kassiert eine ordentliche Miete.«

»Ich soll das Schulgebäude kaufen?«

»Ja klar.«

»Weißt du, was das kostet?«

»Warum ich? Du solltest es wissen. Falls nicht, frag

deine Renate. Ruf sie an. Wenn sie es mit dir ernst meint, bekommst du eine Antwort.«

Ich gehorchte, rief Frau Tilgner an und beendete wenig später mutlos das Telefonat. »1,55 Millionen hat sie vor fünf Jahren für die Immobilie gezahlt. Woher soll das Geld kommen?«

»Wir handeln die alte Dame auf eine Million runter, ist eine schöne runde Summe. Und wie wir die organisieren, da geistert mir schon eine Idee im Kopf herum. Wir bräuchten einen Dritten im Team, dann gings besser. Der Mann müsste aber vertrauenswürdig sein.« Wolpi überlegte und starrte mich an. »Ist zwar kein Mann, aber wie wärs mit Corinna? Ja, Corinna wäre richtig – die hat Biss, kann sich durchsetzen und wickelt noch jeden Mann um den Finger. Was ist, fragst du sie?«

»Wenn ich weiß, worum es geht.«

»Erfährst du gleich. Vorher fällt mir noch ein: Wenn wir schon das Gebäude erwerben, sollten *wir* der Schule den Namen geben.«

»Ist das so wichtig?«

»Na klar, Mensch! Namen sind Programm. Wie wärs mit TimurSchule?«

»TimurSchule?«

»Na, wir wollen benachteiligten Kindern helfen, ganz uneigennützig, frei nach Timur und seinem Trupp. Das Buch geriet mir letztens beim Stöbern auf dem Boden in die Hände.«

»Ja, TimurSchule klingt gut.«

# 24

## 12. Mai 2008 – Pfingstmontag

03.15 Uhr. Enttäuscht fiel Dagmar in ihr Kissen zurück. Der Schlaf hatte sie im Stich gelassen – hellwach wälzte sie den Körper alle fünf Minuten von einer Seite auf die andere. Gleichzeitig zogen stets dieselben Fragen durch ihren Kopf: Was unternimmt Kaczmarek? Ist er wirklich so unschuldig, wie er tut? Warum verschwand Gronau? Wo steckt er?

Wäre nur Pia gestern im Hafen geblieben. Mit ihr hätte sie sich austauschen können. Corinna hatte ja keine Zeit gehabt, die musste gleich nach dem Abendessen wieder zu einer neuen Eroberung.

03.17 Uhr. Die Minuten verrannen einfach nicht. Dagmar stand auf, warf ihren Bademantel über die Schultern, ging in den Wohnbereich hinüber und schaltete den Fernsehapparat ein. Zum Glück lag das Schiff an der Pier, wo alle verfügbaren Sender in das Bordnetz eingespeist wurden. Sie zappte die Programme durch und blieb bei einer Reportage aus Afrika hängen. Ungeachtet der Ablenkung landeten ihre Gedanken immer wieder bei dem einen Thema: War Ronald seiner Begeisterung für die TimurSchule zum Opfer gefallen? Was hatte Kaczmarek gegen ihn in der Hand? Bei der Suche nach einer Antwort konnte ihr wohl zuerst Corinna helfen.

Erneut wanderte Dagmars Blick in Richtung Wecker – 03.29 Uhr. Egal! Sie sprang auf, ging unter die Dusche und zog ihre Sachen an; Corinna würde ihr jetzt Rede und Antwort stehen müssen. Falls sie einen Lover im Bett hatte, musste der halt verschwinden.

Die Sorgen erwiesen sich als unbegründet – Corinna schlief allein in ihrer Kabine und war auch sofort zu einem Gespräch bereit. Dagmar nahm in einem der Sessel Platz, während die Gefährtin für eine kurze Morgentoilette im Bad verschwand.

Corinna bewohnte ebenso eine Suite wie Dagmar und Ronald, obwohl sie solo reiste. Verdiente man als Filmregisseurin so viel? Na ja, Dagmar konnte es egal sein. Ziellos wanderte ihr Blick durch den Raum. Neben dem Fernsehapparat lag eine Videokamera. Seit wann besaß Corinna ein solches Ding? Sie hatte stets über die Hobbyfilmer gelästert. Als Regisseurin würde sie den Wackelbildern dieser Dilettanten nichts abgewinnen können. Dagmar stand auf und betrachtete die Kamera, ein älteres Modell.

In dem Moment kam Corinna aus dem Bad. »So jetzt bin ich wach und bereit für deine Fragen.«

»Du filmst doch?« Dagmar deutete auf den Camcorder neben dem Fernsehapparat.

»Ach.« Corinna schien verwirrt. »Habe ich mir gestern gekauft. War eine günstige Gelegenheit. Man hat ja sonst kaum Erinnerungen an den Urlaub.« Sie nahm auf einem der Sessel Platz und wies auf den anderen. »Komm, setz dich. Über meine Hobbys wollen wir ja zu solch früher Morgenstunde nicht reden?«

Dagmar verneinte, setzte sich und erzählte von ihrer Begegnung mit Kaczmarek. »Wie hat Ronald das Geld für eure TimurSchule erpr… erpresst?«, fragte sie schließlich.

Corinna zuckte die Schultern. Keiner kenne die Einzelheiten aller Geschäfte des anderen. Untereinander habe jeder nur die Grundzüge seiner Projekte erklärt, ohne Details hervorzuheben. »Ganz am Anfang, als wir anfingen, erwähnte Ronald lediglich den Namen Kaczmarek.«

»Das weißt du heute noch?«

»Ja. Wir trafen uns doch im Neptun in Bremen, und der Barkeeper, ein galanter Zeitgenosse, heißt ebenfalls so.«

»Der Zwillingsbruder von Gerd Kaczmarek.«

»Genau.« Corinna lächelte und fuhr fort: Ronald sei sehr optimistisch gewesen, einiges aus seinem ersten Kunden herauszuholen – das Bauprojekt der 2. Strelasundquerung biete ein großes Potenzial; Kaczmarek habe da einige krumme Dinger gedreht. »Ronald vermeldete irgendwann dessen Spende über 30.000 Euro. Wir erfuhren lediglich soviel, dass Ronald tief in die Trickkiste greifen und die Holzmannaffäre bemühen musste.«

»Die Holzmannaffäre, ist das die, bei der der Bundeskanzler geholfen hat?«

»Helfen wollte«, korrigierte Corinna. »Die gingen ein Jahr später dennoch pleite. Ja, das ist die Affäre. Gerd Kaczmarek soll da irgendetwas durch fingierte Zahlen getrickst haben.«

»Was genau?«

»Keine Ahnung.« Corinna stutzte. »Du solltest das besser wissen als ich.«

»Ich?«

»Na klar. Als Ronald das Projekt startete, kamst du uns in die Quere.« Aus Corinnas Gesicht war jedes Lächeln gewichen. Im blauweißen Licht der Kabinenleuchte wirkten ihre Züge kalt und abweisend.

»Wie meinst du das?«, fragte Dagmar, die den Stimmungsumschwung der Gefährtin nicht verstand.

»Du hast dich schließlich damals an Ronald rangemacht. Genau. Nach seinem ersten Treffen mit Kaczmarek hat er mich kaltgestellt.«

»Wart ihr zusammen? Du hast doch in München gewohnt?«

»Ronald plante, bei mir einzuziehen.« Corinna stand auf, trat ans Fenster und schaute hinaus. »Gerade an jenem Wochenende im März 2003 wollten wir alles besprechen.«

»Ronald hat nie etwas erwähnt, kein Wort über einen Umzug nach München und auch nichts von der Beziehung zu dir.«

Corinna drehte sich blitzartig herum. »Willst du damit sagen, ich lüge?«

»Nein, nein.«

»Wie ich mich gefreut habe, als Ronald mir begeistert unter die Nase rieb, dass du uns auf diese Kreuzfahrt begleitest?«

Bei Dagmar stießen die Angriffe auf Unverständnis. Sie stand auf. »Habe ich dir etwas getan?«

»Deine Fragerei nervt mich. Du lebst seit fünf Jahren mit Ronald zusammen. Anstatt ihn zu fragen, gibst du das naive Fräulein und löcherst mich. Was glaubst du, auf welche Art und Weise er die Summen für seine TimurSchule zusammengekratzt hat?« Corinna kam wie ein erbostes Marktweib auf Dagmar zugeschossen. »Und uns hat er ebenfalls zu solchen Spielchen gezwungen. Aber zum Glück ist damit jetzt Schluss!«

Ohne ein Wort zu sagen, stand Dagmar auf und verließ die Kabine.

*

Was war in Corinna gefahren? Dagmar saß im Dunkeln in einem der Sessel, nur der Spalt unter der Kabinentür spendete etwas Licht. Sie grübelte über das eben Erlebte. Ronald hatte niemals eine Beziehung zu Corinna erwähnt. Sosehr sie ihr Gehirn marterte, ihr fiel kein einziger Hinweis auf einen geplanten Wegzug von ihm ein. Auch in der Firma hatte er nie zu erkennen gegeben, er werde so kurz nach der Einstellung wieder kündigen.

Warum war Corinna vorhin so wütend geworden? Belastete sie die Geldbeschaffung für die TimurSchule? Corinna hatte über Jahre dazu beigetragen. Empfand sie jetzt Erleichterung ob Ronalds Tod, weil alles zu Ende war? Verspürte Corinna sogar Hass gegen Ronald, weil er sie damals sitzen ließ?

Dagmar stand auf, ging in den Schlafbereich hinüber und plumpste kraftlos auf das Bett. Wollte Corinna nicht mehr wissen, wer Ronalds Leben gewaltsam ein Ende setzte? Dagmar durchfuhr ein fürchterlicher Gedanke: Wusste sie es bereits? Dagmar fiel die Kamera ein, die in Corinnas Kabine lag. Das gleiche Modell besaß Frau Esser. Dagmar hatte der Gefährtin gestern Abend noch von der Vorführung erzählt. War Corinna neugierig geworden und hatte den Camcorder geborgt, um den Streifen in Ruhe anzusehen? Zeigte Frau Essers Film etwa den Mord, den Mörder? Doch warum log Corinna dann? Wo kann man überhaupt am Sonntag, am Pfingstsonntag, eine alte Videokamera kaufen?

Dagmar wälzte sich auf die Seite. Im Schlafbereich herrschte völlige Dunkelheit. Nur die Leuchtziffern des Weckers, die 04.02 Uhr anzeigten, spendeten etwas Licht. Nicht einmal der Lichtspalt unter der Tür reichte bis hierher. … Aber Moment mal. Dagmar stand auf und lief in den

Wohnbereich. Die Helligkeit vom Flur warf einen hellen Streifen auf den Boden. Die Möbel waren so angeordnet, dass keine Belästigung im Schlafbereich auftreten konnte. Wie hatte Corinna sie da vorgestern vor ihrer Kabinentür bemerken können? Corinnas Kabine hatte denselben Zuschnitt.

Dagmar beschlich ein furchtbarer Gedanke, der eine tief in ihrem Unterbewusstsein vergrabene Erinnerung zutage förderte. Nach Ronalds Tod – als Corinna sie zum Kapitän geleitet hatte, hatte die Gefährtin dasselbe Kostüm wie zuvor getragen, war aber mit nassen Haaren herumgelaufen.

## 25

Die Nummer 1 wird staunen, wenn das Geld nicht dem Plan gemäß im Versteck lag, sondern bei der Polizei landete. Utesch schwamm mit ruhigen Zügen auf den Seenotrettungskreuzer im Hafen von Barhöft zu. Der Geldsack behinderte ihn ein wenig beim Tauchen. Erst ein zusätzlicher Bleigürtel hatte den Auftrieb der wasserdicht verpackten Geldscheine brechen können und so den Unterwassertransport ermöglicht. Jetzt schwebte der Sack wie ein Fallschirm hinter ihm im Wasser und bremste sein Fortkommen. Aber er hatte keine Eile – sein Kutter lag unweit der

Hafeneinfahrt und die Morgendämmerung bot eine gute Deckung.

Die Nummer 1 wird wutentbrannt durch die Decke gehen – jedoch von Mord war nie die Rede gewesen. Was Utesch da gestern auf der PAULA2 erfahren hatte, erschauderte ihn noch heute, wenn er daran dachte. Um der Erpressung Nachdruck zu verleihen, war auf dem Kreuzfahrtschiff ein Mann ermordet worden. Nein, niemand funktionierte ihn zum Handlanger eines Killers um, schon gar nicht gegen seinen Willen.

Vorsichtig tauchte Utesch auf. Der Seenotkreuzer lag auf der Innenseite des Hafens, knapp 50 Meter entfernt. An Oberdeck herrschte völlige Ruhe, jetzt um halb fünf in der Frühe kein Wunder. Utesch orientierte sich, sank erneut unter Wasser und schwamm das letzte Stück bis zur Hafeneinfahrt. Dort umrundete er den Kopf des Anlegers und erschien zwischen Spundwand und Schiffskörper des Seenotrettungskreuzers wieder an der Wasseroberfläche. Binnen weniger Sekunden beseitigte er den Bleigürtel vom Geldsack, der daraufhin sofort aufschwamm. Die Leine, die den äußeren Jutebeutel verschloss, warf er über einen der Poller an Oberdeck des Rettungskreuzers. So konnte nachher eine schnelle und gefahrlose Bergung erfolgen; schließlich sollte die gesamte Summe der Polizei in die Hände fallen.

Utesch presste sein Ohr an die Bordwand. Im Inneren des Seenotkreuzers ratterte nur ein Hilfsdiesel, der das Schiff mit Strom versorgte. Ansonsten hörte er keinen Mucks. Hoffentlich brauchte die Besatzung nicht zu lange, um den Geldsack zu finden. Er kontrollierte letztmalig die abgelegte Beute, schlug zwei Mal die Faust gegen den Schiffsrumpf und machte sich auf den Rückweg.

Zehn Minuten später kletterte er an Bord seines Kutters, legte Tauchgerät und Flossen ab und holte ein Fernglas aus dem Steuerstand. Uteschs Blick wanderte zum Seenotkreuzer, der nach wie vor scheinbar verlassen an seinem Liegeplatz lag. Hatte wirklich niemand seine Fausthiebe an die Bordwand gehört? Gebannt starrte er nach drüben – keine Regung verriet die Anwesenheit von Menschen. Schließlich riss ihm die Geduld und er griff nach dem Handy, das ihm die Nummer 1 zur Verfügung gestellt hatte und das er heute ausnahmsweise mit sich führte. Durch puren Zufall hatte er gestern von dem Seenotrettungskreuzer in Barhöft erfahren und mühselig dessen Telefonnummer herausgefunden. Er wählte. Erst nach dem vierten Freizeichen hörte er eine dunkle Männerstimme.

»Ja, bitte?«

»Pennt ihr?«, schimpfte Utesch. »Euch kann man eine Bombe an den Kahn hängen und ihr merkts nicht.«

»Was?«

»An eurem Dampfer hängt ein Sack mit zwei Millionen, ihr Trantüten. Ruft Hauptkommissar Löffler an, der kümmert sich darum.« Ohne eine Antwort abzuwarten, beendete Utesch das Gespräch. Nachdenklich wog er das Telefon in der Hand. Sollte er es sofort ins Wasser werfen? Nein. Erst wenn die Polizei den Geldsack geborgen hatte.

*

»Bombendrohung in Barhöft.« Die Stimme des Diensthabenden aus der Zentrale klang ruhig und routiniert.

»Was kann ich da helfen? Ich habe alle Hände voll mit der Erpressung und dem Toten auf der RÜGEN zu tun.«

Außerdem zeigte die Uhr erst kurz nach fünf. Als das Telefon klingelte, hatte Lisbeth sich geräuschvoll im Bett herumgeworfen und so ihrem Protest ob der frühen Störung Ausdruck verliehen.

»Der Kapitän eines Seenotrettungskreuzers will Sie aber sprechen«, vermeldete der Diensthabende.

»Stellen Sie durch.«

Im Hörer ertönte eine tiefe Männerstimme. Löffler sah am anderen Ende der Leitung einen Seebären mit dunklen Locken und Vollbart. Der Mann sprach von einem anonymen Anrufer, der erst eine Bombe und anschließend einen Geldsack samt zwei Millionen erwähnt habe. Hauptkommissar Löffler werde sich darum kümmern.

»Und?«

»Der Kerl hat einfach aufgehängt.«

»Und?«

»Der Manni ist los und kam auch prompt mit der Meldung wieder, da sei ein Sack an Steuerbord.« Im Hörer erklang ein Hüsteln. »Was sollen wir machen? Wenn das tatsächlich eine Bombe ist?«

Löffler überlegte. Warum sollte jemand einen Sprengstoffanschlag auf den Seenotrettungskreuzer unternehmen? Weshalb verwies der Täter auf ihn, Löffler, der noch nie einen Sprengkörper gesehen hatte? Schließlich besaß die Polizei Spezialkräfte für solche Situationen. Auf der anderen Seite erwähnte der Anrufer zwei Millionen – *die* zwei Millionen?

»Was ich nicht verstehe«, unterbrach der Seebär Löfflers Gedanken. »Mein Dampfer liegt erst ein paar Stunden hier. Bis gestern gehörten wir nach Darßer Ort. Aber da versandet die Hafenzufahrt, und so blieb nur der Umzug.«

»Will Sie jemand wieder weghaben?«

»Nein! Der Hafenmeister und die Gemeinde freuen sich eher. Unser Kreuzer lockt doch zusätzliche Touris an.«

»Wie viele Jachten liegen jetzt im Hafen?«

»Gut 70 – ist alles voll.«

Verflucht. Falls da wirklich eine Bombe im Wasser trieb, musste gehandelt werden; obwohl Löffler nicht daran glaubte. Sein Gefühl sagte ihm, da schwamm tatsächlich die Beute der gestrigen Geldübergabe. Aber das konnte er nur vor Ort klären, und die Unversehrtheit der Urlauber hatte oberste Priorität; selbst wenn eine Evakuierung zu so früher Morgenstunde riesigen Ärger bedeutete.

Löffler instruierte den Seebär, alles stehen und liegen zu lassen und seine Leute vom Kreuzer abzuziehen, vorsichtshalber. Er komme so schnell wie möglich und werde einige Experten schicken, die sich um die vermeintliche Bombe kümmerten. Am anderen Ende der Leitung hörte er einen erleichterten Seufzer. Er beendete das Gespräch, rief in der Inspektion an, um die notwendigen Maßnahmen einzuleiten, und stand auf.

Wenig später saß er im Auto. Von seinem Haus in Zitterpenningshagen bis hinauf zum Einsatzort, zwölf Kilometer nördlich der Stralsunder Stadtgrenze, würde er mindestens 30 Minuten benötigen. Und so trat er aufs Gas.

Die kleine Gemeinde Barhöft lag direkt am Strelasund, in Sichtweite des Südzipfels Hiddensees. Obwohl nur rund 100 Einwohner hier lebten, hatte der Ort einen ordentlich ausgebauten Jachthafen. Naturliebhaber schätzten die Gegend wegen der Kranichzwischenlandeplätze. Löffler war seit dem Umzug nach Stralsund oft mit Lisbeth hinaufgefahren, um die Ruhe des abseits gelegenen Landstrichs zu genießen. Dort gäbe es nicht einmal Hase und Fuchs, die sich Gute Nacht sagen würden, behaupteten die Kollegen.

Löffler durchfuhr gerade Grünhufe, da klingelte sein Handy. Ohne auf das Display zu achten, betätigte er die Sprechtaste am Lenkrad. »Ja?«

Der Diensthabende meldete sich – der anonyme Anrufer vom frühen Morgen wolle den Kommissar direkt sprechen.

»Geben Sie ihn mir.«

»Beendet den Quatsch im Hafen von Barhöft!«, forderte eine männliche Stimme, in leicht sächselndem Dialekt.

»Wer spricht da?«

»Was soll diese blödsinnige Evakuierungsaktion, die die Bullen da veranstalten?«

Löffler schaute auf die Uhr. Sein Telefonat mit der Dienststelle lag vielleicht 25 Minuten zurück. Die Streifenwagen mussten am Ort des Geschehens eingetroffen und ihre Arbeit begonnen haben. Woher wusste der anonyme Anrufer von der Aktion? »Wie lautet Ihr Name?«

»Warum sperren Sie das Seegebiet vor Barhöft?«

Ein Segler, der in den Hafen einlaufen wollte?, überlegte Löffler. Aber weshalb rief der bei ihm an? »Reine Routine«, gab er möglichst ruhig zur Antwort, »als Reaktion auf eine Bombendrohung. Falls Sie einlaufen wollen, behalten Sie Abstand. Wir werden die Situation so schnell wie möglich klären.«

»Bombendrohung? Darf ich mal lachen. Da schwimmen zwei Millionen im Wasser.«

»Die Sie versenkt haben?«

»Ja.«

»Warum?«

»Ist meine Sache.«

»Wer sind Sie?«

»Ist egal.«

»Sie selbst sprachen am Telefon von einer Bombe, wenn ich den Kapitän des Rettungskreuzers richtig verstanden habe.«

»Man kann euch eine Bombe an den Kahn hängen, ohne dass ihr das merkt, waren meine Worte. Das war ironisch gemeint.«

»Wir müssen das ernst nehmen.«

»Macht doch, was ihr wollt. Das Geld ist jedenfalls vollzählig.« Ohne einen Gruß legte der Mann auf.

Sein Gefühl hatte Löffler keinesfalls getrogen. Er trat das Gaspedal durch, um möglichst schnell an den Ort des Geschehens zu kommen.

Nach einer rasanten Fahrt über schmale Landstraßen fuhr er in die kleine Siedlung hinein und folgte der Fahrbahn bis zum Jachthafen. Vor dem Anleger standen mehrere Streifenwagen, neben denen Löffler sein Auto abstellte. Einer der uniformierten Kollegen erwartete ihn bereits. Gemeinsam liefen sie eine gepflasterte Pier entlang, genau auf den Seenotrettungskreuzer zu, der auf der südlichen Seite der Hafeneinfahrt lag.

»Wir haben nichts verändert«, keuchte der uniformierte Kollege, als sie bei dem Schiff ankamen. »Die Experten sind gerade fertig – in dem Paket befindet sich kein Sprengstoff.«

An Oberdeck des Seenotkreuzers stand eine Gruppe Zivilisten.

»Was machen die da?«, knurrte Löffler.

Die Besatzung des Kreuzers habe sofort an Bord zurückkehren wollen, nachdem kein Sprengstoff gefunden worden sei, erklärte der Obermeister.

Löffler brummelte eine Missbilligung ob dieser Eigenmächtigkeit und wandte sich der Gruppe uniformierter

Polizisten auf dem Liegeplatz zu. Neben ihnen standen zwei Taucher in Neoprenanzügen, die soeben aus dem Wasser gestiegen sein mussten – die Anzüge tropften und bildeten zu ihren Füßen kleine Pfützen. Löffler sprach die beiden an. Sie bestätigten ihm den gefahrlosen Inhalt des Fundstücks am Schiffskörper.

Löffler dankte ihnen, verabschiedete sie und gab Anweisung, die Maßnahmen der Evakuierung aufzuheben. Anschließend balancierte er über die schmale Stelling und gesellte sich zu der auf der Back wartenden Gruppe. Er zog seine Untersuchungshandschuhe an und beförderte den ominösen Fund mittels des Tampens, der zu dem Paket herunterreichte, auf die Planken des Schiffes. Vorsichtig polkte Löffler den grauen Jutesack auseinander, der einen Plastikbeutel mit unzähligen Geldscheinen enthielt.

Ist das wirklich die Beute aus der Erpressung?, überlegte er und betrachtete das Geld durch die Umhüllung. Hier und da erkannte er Seriennummern. Löffler erhob sich und bat einen der Kollegen, den Abgleich der Geldscheine mit der Zentrale durchzuführen, um Klarheit zu bekommen. Er selbst trat an die Reling und sah in das Wasser. Warum gab der Erpresser sein Diebesgut wieder preis und stieß die Polizei mit der Nase darauf? Löffler schaute auf. Beobachtete der Mann die Polizeiaktion? Im Jachthafen fand er jede Menge gute Verstecke, konnte von dort aber kaum die Vorgänge um den Seenotkreuzer beobachten. Und seeseitig? Vor dem Hafen dümpelte ein einziger Fischkutter in der Morgensonne. Löffler wies auf die Wasserfläche hinaus und erkundigte sich, ob die umstehenden Seeleute wüssten, wem der Kutter da draußen gehöre. Die Truppe hob beinahe unisono die Schultern.

»Wir liegen doch erst seit gestern hier«, antwortete ein

kleiner kräftiger Mann mit hoher Stirn und einem glatt rasierten Kinn. Seine Stimme klang tief und voll, wie die des Seebären vom morgendlichen Telefonat. Löffler fragte. Der Seebär nickte, er sei der Kapitän des Seenotrettungskreuzers.

Wie Klischees täuschen können, dachte Löffler und schaute wieder auf die See hinaus, wo der Fischkutter gerade wendete, um abzulaufen. Die Polizei sicherte das Geld und der Erpresser verließ seinen Beobachtungsposten? Hoffentlich verstieg er sich da nicht in eine fruchtlose Spekulation?

»Aber vielleicht fragen Sie den Hafenmeister?«, schlug einer der Männer an Löfflers Seite vor. »Der kennt garantiert jeden Fischer zwischen Darßer Ort und Greifswald.«

Das werde ich tun, beschloss Löffler.

In der Zwischenzeit kam einer der Polizeiobermeister mit dem Ergebnis der überprüften Geldscheine zurück: Von acht Nummern, die er an die Kriminalinspektion durchgegeben hatte, gehörten alle zu dem gestern erpressten Geld. Löffler nickte, zog sein Tuch aus der Tasche und wischte sich über den Kopf. Die bereits hoch stehende Morgensonne trieb ihm den Schweiß auf die Stirn, obwohl hier am Wasser eine angenehme Brise wehte. Bedächtig nahm er den Plastiksack auf. Am oberen Rand verschloss eine Schweißnaht das Behältnis. Ein geringes Luftpolster, nur bei Druck spürbar, zeugte von der Unversehrtheit der stellenweise beschlagenen Umhüllung. Die violetten, gelben und grünen Banknoten schienen völlig trocken zu sein.

Löffler wog den Beutel nachdenklich. »Sind das zwei Millionen?«

»Soviel Schotter habe ich noch nie auf einem Haufen gesehen«, sagte einer der Männer um ihn herum.

»Wäre ’ne tolle Spende für die DGzRS gewesen«, ergänzte ein anderer.

»Wo hättest du all die Sammelschiffchen hergenommen?«, fragte ein Dritter und brachte die Runde damit zum Lachen.

Löffler schätzte die Last in seiner Hand. Das Lösegeld bestand aus knapp 7.000 Scheinen zu Noten von 500, 200 und 100 Euro. Bei einem Gramm pro Schein wären das sieben Kilo, und sieben Kilo mochte er da hochhalten. Egal, die Kriminaltechniker würden das feststellen. Behutsam, als befürchte er ein Platzen des wertvollen Beutels, setzte Löffler seinen Schatz wieder ab und stand auf. »Wer hat das gefunden?«

»Der Manni!« Der Kapitän des Seenotkreuzers deutete mit einem Nicken zu dem neben ihm stehenden Mann, der ungeachtet der Wärme eine rotblau geringelte Pudelmütze trug.

»Die Protokolle habe ich schon aufgenommen«, meldete der Polizeiobermeister.

»Prima«, lobte Löffler und wandte sich an den Kapitän. »Hätte jemand den Sack auch ohne Anruf entdeckt?«

»Kaum.« Der Seebär schüttelte den Kopf. Sein schütteres Haar wehte im Wind. »Nur durch Zufall. Da unten schauen wir eher selten hin. Höchstens beim Auslaufen.«

»Wollten Sie heute auslaufen?«

»Nein. Jedenfalls stand kein geplanter Einsatz auf der Tagesordnung. Notfälle können allerdings zu jeder Zeit die Situation ändern.«

Löffler trat an die Reling. Der Kreuzer lag mit dem Bug in Richtung Hafeneinfahrt, gut 50 Meter entfernt.

»Sagen Sie«, fragte er an den Kapitän gewandt, »kann der Sack allein zwischen Bordwand und Pier treiben?«

Der Seebär zog die Stirn in Falten und schaute auf die Wasseroberfläche, als müsse er die Strömungsverhältnisse erst abschätzen. »Nö! Der Winkel wäre viel zu spitz. Wenn da was von draußen reintreibt, dann direkt zu den Jachten.« Er zeigte auf die Liegeplätze im hinteren Bereich des Hafens.

»Also wurde das Geld an der Stelle abgelegt?«

»Zumal eine Festmacherleine um einen der Poller an Oberdeck lag.«

»Ach so?«, bemerkte Löffler und warf dem Obermeister einen vorwurfsvollen Blick zu. »Ich dachte, hier sei nichts verändert worden?«

»Die Sprengstoffexperten mussten das Fundstück untersuchen«, rechtfertigte der uniformierte Kollege seine Fehlmeldung.

»Warum hängt der Kerl seine Beute gerade an unseren Dampfer?«, wollte der Seebär wissen.

»Weil Sie ehrliche Bürger sind.«

»Aber überlegen Sie doch mal, Chef. Der Mann stellt seinen Wagen auf dem Parkplatz ab, damit er nicht auffällt, latscht seelenruhig über den Steg und wirft hier sein Päckchen ins Wasser. Der präsentiert sich wie auf einer verlassenen Festwiese.« Der Seebär deutete in Richtung eines niedrigen Backsteinhauses, das unmittelbar neben dem Hafenbecken stand. »Nein, der Kerl hätte die Moneten an der Bude vom Hafenmeister ablegen und bei dem anrufen können, wäre viel ungefährlicher gewesen.«

»Aber er kam ja in aller Herrgottsfrühe?«

»Quatsch. Von den Hobbyskippern werkelt immer einer rum, sobald die ersten Lichtstrahlen über den Horizont kriechen.«

»Hm.« Löffler rieb sich das Kinn. »Was ist mit einem

Froschmann? Der schwimmt hier rein, lädt den Sack ab, verschwindet wie ein Gespenst und ruft Sie an.«

»Bei einem Taucher sieht die Sache anders aus«, bestätigte der Seebär.

Löffler schaute auf die See hinaus. Der Fischkutter dampfte mittlerweile als kleiner brauner Punkt in Richtung Hiddensee davon. Einzig eine schwarze Abgaswolke am Himmel zeugte noch von seiner vergangenen Anwesenheit.

## 26

»Wo habe ich sie denn?« Frau Esser suchte nach ihrer Kamera und kramte im Wandschrank herum. »Ich habe sie gestern hier reingelegt; nach der Vorführung mit Frau Borowski.«

»War Corinna bei Ihnen gewesen?« Dagmar wusste nicht, ob sie diese Nachricht überraschen sollte.

»Ja.« Frau Essers Kopf tauchte aus dem Schrank auf. Ihr Gesicht leuchtete rot. »Sie habe mit Ihnen gesprochen und Sie hätten ihr empfohlen, das Video ebenfalls anzusehen. Einen entscheidenden Hinweis will sie aber auch nicht entdeckt haben.« Übergangslos verschwand Frau Esser wieder zwischen ihre Wäschestücke und wendete eins ums andere. »Abschließend riet Frau Borowski mir, einen ordentlichen Stauplatz zu wählen, weil Sie den Film noch zu Ende ansehen wollten.«

Am liebsten wäre Dagmar bereits am frühen Morgen zu Frau Esser gegangen, hatte ihre Ungeduld jedoch bezähmt, in Ruhe die nächsten Schritte überdacht und war erst kurz nach sieben hier aufgetaucht.

»Ich verstehe das nicht«, schimpfte Frau Esser. »Das Ding ist weg.«

Die liegt bei Corinna, schlussfolgerte Dagmar in Gedanken. »Haben Sie die Kamera nach Corinnas gestrigem Besuch erneut benutzt?«

»Nein. Ich war zwar fast die ganze Nacht an Oberdeck, habe die herrliche Luft genossen, ohne jedoch zu filmen.«

Dagmar wusste jetzt, Corinna hatte Frau Essers Abwesenheit genutzt und die Videokamera gestohlen. Sie stand auf. »Lassen Sie mal.«

»Mir ist das aber peinlich«, bedauerte Frau Esser, kam aus dem Schrank heraus und drehte sich zu Dagmar herum. »Irgendwo muss das Ding aber stecken!«

»Sie können mir dann ja Bescheid geben.« Dagmar dankte und ging zur Tür. Plötzlich hatte sie eine Idee und lief erneut auf Frau Esser zu. »Wie sind Sie eigentlich mit Ihrer Kamera zufrieden?«

»Die macht ganz tolle Aufnahmen und arbeitet zuverlässig. Warum fragen Sie?«

Dagmar habe gestern in einem Secondhand-Laden genau das gleiche Modell gesehen und wolle es eventuell kaufen. Dem Verkäufer fehlten jedoch die Kassetten, und ohne Kassetten nütze ihr die Videokamera wenig.

Als weise sie eine Entschuldigung zurück, winkte Frau Esser ab, tauchte erneut ihren Kopf in den Schrank und drückte Dagmar anschließend ein Aufnahmeband in die Hand. »Hier nehmen Sie die. Damit können Sie 90 Minuten filmen. Reicht das?«

»Ja! Ganz bestimmt. Ich will mir nur einige Eindrücke einfangen. Vielen Dank.« Dagmar verließ die Kabine.

Wozu brauchte Corinna die Kamera?, fragte sie sich zum hundertsten Mal auf dem Korridor und ging langsam in Richtung Vestibül. Hatte die Gefährtin etwas mit Ronalds Tod zu tun? Sie hatte ein Alibi. Bei ihren Grübeleien waren Dagmar am Morgen die Worte des Barkeepers eingefallen, wonach Corinna und ihr Verehrer bereits nach fünf Minuten wieder auseinandergegangen seien. Wann hätte Corinna dann wieder am Pool sein können? Immerhin lief sie nach Ronalds Tod mit nassen Haaren herum. Die zeitliche Abfolge der Taufe wollte Dagmar nach ihren Überlegungen am Morgen in einem praktischen Versuch klären. Sie holte den vorbereiteten Zettel hervor, auf dem sie die wichtigsten Eckdaten aus ihrer Sicht notiert hatte:

›Gegen 14.15 Uhr – Begegnung mit Corinna im Vestibül; 14.17 Uhr – Ankunft auf dem Pooldeck; eine Minute später Aufbruch zur Suche nach einem Weg an den Pool; gegen 14.40 Uhr – zurück auf dem Pooldeck; 14.52 Uhr – Ronald springt ins Wasser.‹

Ronalds Todeszeitpunkt hatte sie geschätzt. Als er in das Bild von Frau Essers Kamera geraten war, stand die Anzeige auf 14.50 Uhr. Hatte Corinna zu diesem Zeitpunkt wieder am Pool erscheinen können?

Dagmar stieg die Treppe zum Arkona-Deck hinauf, genau zu der Stelle, wo sie am Donnerstag auf die Gefährtin getroffen war. Sie stellte ihre Armbanduhr auf 14.15 Uhr, begab sich in den Panoramaklub und nahm an einem der Tische Platz – 14.16 Uhr. Jetzt, kurz nach halb acht, war Dagmar ganz allein im Raum. Nicht einmal der Barkeeper werkelte hinter dem Tresen herum. Sie schaute auf ihre Uhr: 14.21 Uhr. Zur Sicherheit wartete Dagmar noch drei Minuten und ging an Corinnas Kabine vorbei, zurück ins Vestibül. Dort verharrte sie für vier Minuten, bestimmt hatte Corinna andere Kleider angezogen, und lief anschließend hinunter an den Pool – 14.31 Uhr.

Das Ergebnis ihrer Ortsbegehung erschütterte Dagmar. Corinna betonte stets aufs Neue, wegen ihrer Verabredung die Neptuntaufe nicht habe miterleben können. Selbst wenn man das Gedränge berücksichtigte, war ihr genügend Zeit geblieben, rechtzeitig Ronalds Taufe beizuwohnen.

Was sollte Dagmar jetzt tun? Corinna ansprechen – was das alles zu bedeuten habe? Zur Polizei gehen? Allein der Gedanke, die Gefährtin zu verdächtigen, bereitete ihr Magenschmerzen – sie hatte bereits Gronau bei Kommissar Müller angeschwärzt. Nein, es gab nur eine Möglichkeit – sie musste in den Besitz der Videokamera kommen. Falls der Film wirklich Details von Ronalds Tod offenbarte, konnte sie ihre nächsten Schritte immer noch festlegen.

*

Corinna verließ 5 nach 8 ihre Kabine. Bestimmt ging sie zum Frühstück, wo sie vergeblich auf Dagmar warten würde. Anstatt ihrer Gefährtin zu folgen, hastete Dagmar über den Parallelgang auf der anderen Schiffsseite in Richtung Vestibül. Das deckübergreifende Treppenhaus erlaubte ihr, aus einer geschützten Deckung heraus Corinnas Weg zu verfolgen. Wie erwartet stieg die in das Jasmund-Deck hinunter und verschwand im Restaurant.

Die Zeit lief. Corinna vermisste Dagmar frühestens in einer Viertelstunde. Diese Zeitspanne musste reichen. Das zuständige Zimmermädchen hatte Dagmar zuvor bereits entdeckt. Sie ging zu ihr und bat um Hilfe – sie habe sich ausgesperrt. Die junge Asiatin sah Dagmar unschlüssig an. Die drängelte – unten auf der Pier warte der Bus, für ihren gebuchten Ausflug. Die Frau nickte, folgte dienstbeflissen zu Corinnas Kabinentür und öffnete. Dagmar dankte, drückte ihr zwei Euro in die Hand, betrat die Kabine und schloss die Tür.

Die erste Hürde war genommen. Wo konnte die Videokamera stecken? Neben dem Fernsehapparat lag sie nicht mehr. Dagmar durchsuchte zuerst den Schlafbereich, schaute in die beiden Nachtschränke, tastete das Bett ab, durchforstete den Kleiderschrank und überprüfte das Gepäck der Gefährtin – jedoch erfolglos. Sie lief in den Wohnbereich und suchte im Wandschrank. Danach kam die Anrichte an die Reihe. Hier wurde sie endlich fündig. Dagmars Herz klopfte laut. Mit zitternden Fingern nahm sie die Kamera heraus und drehte diese in den Händen. Um das Video ansehen zu können, brauchte sie das Gerät. Aber wenn Corinna den Verlust bemerkte? Irgendwo ließ sich bestimmt eine Abspielmöglichkeit auftreiben. Zur Not bei der Schiffsführung. Also reichte es, die Kassetten auszutauschen; genau deshalb hatte sie das leere Band von Frau Esser erbeten. Nervös nestelte Dagmar an dem Camcorder herum, betätigte verschiedene Tasten, bis endlich das Fach an der Seite aufsprang. Hastig fingerte sie die Kassette heraus, steckte ihre mitgebrachte hinein und drückte den Deckel wieder zu. Die erbeutete Kassette schob sie in den BH.

Jetzt aber schnell raus hier, mahnte der Wächter in ihrem Kopf. Sie bückte sich und legte die Kamera an ihren Platz zurück.

»Nimmst du deine Finger da weg?«

Der Schreck lähmte Dagmar. Sie war unfähig, auch nur einen Muskel zu rühren.

Corinna kam hereingestürzt, schubste Dagmar beiseite und nahm die Videokamera in die Hand. Sie öffnete das Seitenfach, zog die Kassette kurz heraus, steckte sie wieder hinein und schloss den Deckel.

»Da bin ich wohl gerade zum richtigen Zeitpunkt gekommen. Wer mir alles hinterherjagt.« Wie ein Schatten huschte ein Lächeln über Corinnas Gesicht, bevor sie ernst auf Dagmar herabschaute. »Was suchst du hier?«

Als hätte der Sturz auf den Boden Dagmars Lebensgeister geweckt, wich die Lähmung des Schrecks von ihr. Ihre Fragen nach Corinnas Anteil an Ronalds Schicksal schienen mit einem Mal beantwortet – da stand seine Mörderin. Andeutungen in dieser Richtung verboten sich. Aber die Rolle des Opferlamms wollte sie auch nicht geben. Corinna sollte ihren Widerstand spüren. »Warum liegt Frau Essers Kamera in deinem Schrank? Frau Esser vermisst sie schon.«

»Los hoch!« Corinna fasste Dagmar am Handgelenk, zog sie empor und stieß sie in den Schlafbereich. »Leg dich auf das Bett.«

»Was soll das?«

»Leg dich auf das Bett!«, blaffte Corinna. »In die stabile Seitenlage; mit dem Gesicht zu mir – vorwärts!«

Dagmar gehorchte.

»Bleibe ja liegen.« Corinna ging in den Wohnbereich, rückte einen der Sessel so zurecht, dass sie Dagmar beobachten konnte, setzte sich und telefonierte.

Die geflüsterten Worte verstand Dagmar nicht. Die Hand unter der Wange begann zu kribbeln. Tapfer vermied sie, auch nur einen Finger zu rühren, um Corinna in

Sicherheit zu wiegen. Sie durfte auf keinen Fall den Verlust der richtigen Videokassette bemerken. Das Ding drückte auf Dagmars linke Brust. Sie hoffte den Schmerz aushalten zu können. Aber was hatte ihre Widersacherin vorhin gesagt? Irgendetwas in der Richtung, als würde ihr bereits ein anderer im Nacken sitzen. Wer?

Corinna beendete ihr Telefonat und kam an das Bett heran. »Aufstehen.«

Dagmar setzte sich auf den Bettrand. »Was willst du von mir?«

»Nichts weiter. Ich durchsuche dich kurz, dann legst du dich wieder hin und nachher machen wir einen Ausflug.«

»Wohin?«

»Das wirst du sehen. Hoch jetzt, los.«

Dagmars Herz schlug heftig. Hoffentlich blieb die Kassette unentdeckt. Sie durfte Corinna keineswegs reizen, musste sie dennoch ablenken. Zu allererst beschloss sie, weiterhin die Rolle des artigen Mädchens zu spielen. Sie stand auf, stellte sich mit dem Gesicht zur Wand und hob die Arme. Corinna begann, ihren Oberkörper abzutasten.

»Was ist denn so Wichtiges auf dem Video?«, fragte Dagmar.

Corinnas tastende Hände hielten inne.

»Du kennst Ronalds Mörder«, legte Dagmar nach.

Schwungvoll warf Corinna sie herum. Wütend funkelten ihre Augen. »Halt deine Klappe und leg dich wieder hin.«

Oder hast du ihn selbst umgebracht?, lag Dagmar die entscheidende Frage auf den Lippen, aber sie verschluckte die Bemerkung. Sie musste die Kassette durchbringen. Dagmar nahm erneut auf dem Bett die stabile Seitenlage ein. »Wohin fahren wir?«, wagte sie einen neuen Vorstoß.

»Das wirst du früh genug erfahren.« Corinna setzte sich auf ihren Sessel. »Du wolltest doch wissen, wo Gronau abgeblieben ist. Heute Nachmittag siehst du ihn.«

Die Auskunft verwirrte Dagmar mehr, als sie ihr half. Was ging hier vor? Sie würde es erleben. Aber eine Frage bewegte sie dennoch. »Wer hat noch nach der Videokamera gesucht?«

Corinna grinste. »So kann man das nicht sagen. Der Herr Kaczmarek hat mich gestern Abend blöd angemacht und schwer beschuldigt. Seitdem muss er mir nachgeschlichen sein.« Sie lachte auf. »Bei meinem Besuch in Frau Essers Kabine wollte er mich dingfest machen.«

»Und?«

»Ich konnte ihm beibringen, mich in Ruhe zu lassen.«

»Wessen hat er dich beschuldigt?«

»Du fragst zu viel.« Corinnas Handy klingelte. Sie nahm das Gespräch entgegen, nickte zwei Mal und legte auf. »Jetzt halte deine Klappe. In einer Stunde werden wir abgeholt.«

## 27

Löffler erreichte den Dänholm und fuhr rechts über die Bahngleise.

Der Hafenmeister in Barhöft hatte tatsächlich den Skipper des Kutters gekannt, der vor dem Hafen gelegen hatte –

Vadim Utesch, ein Tauchlehrer samt eigener Tauchschule auf dem Dänholm. Als ehemaliger Kampfschwimmer der Volksmarine sei der Mann auf der einen Seite ein richtiger Profi und auf der anderen ein umgänglicher Mensch. Er komme mit seinen Gästen oft in Barhöft vorbei. Der Hafenmeister habe sich gewundert, warum Utesch an dem Morgen abgedreht sei. Löffler hatte behauptet, diesen Utesch als Zeugen vernehmen zu wollen, vielleicht habe er etwas von der Ablage des Geldes bemerkt. Der Hafenmeister hatte daraufhin Erkundigungen eingeholt: Utesch lief stets ohne Handy aus, hinterlasse stattdessen beim Nachbarn auf dem Dänholm Informationen zu den vermeintlichen Einlaufzeiten – und heute soll er gegen halb neun zurück sein. Tauchlehrer und Kampfschwimmer, dieser Utesch passte genau ins Bild. Um vor ihm zur Stelle zu sein, war Löffler sofort losgefahren. Inzwischen zeigte die Uhr Viertel nach acht – genügend Zeit, um diesen Utesch in Empfang zu nehmen.

Seit er in Zitterpenningshagen wohnte, war Löffler noch nicht oft auf dem Dänholm gewesen. Er fuhr den Hauptweg entlang und bog an der zweiten Kreuzung rechts ab, wie ihm der Hafenmeister in Barhöft geraten hatte. Unten am Wasser fand Löffler die gesuchte Tauchschule. Er stieg aus. Erst jetzt fiel ihm der überwiegend schlechte Bauzustand der meisten Häuser auf. Die Kollegen in der Kriminalinspektion hatten ihm erzählt, zu DDR-Zeiten sei die gesamte Insel durch eine Ausbildungseinheit der Marine mit Beschlag belegt worden. Seitdem seien die zahlreichen Gebäude und Einrichtungen in einen Dornröschenschlaf versunken und dem Verfall anheimgestellt. Nur vereinzelt sei die Ansiedlung von kleineren Unternehmen gelungen. Zu diesen zählte bestimmt auch Uteschs Tauchfirma.

Obwohl das flache Tor offen stand, fand Löffler das Gelände völlig verlassen vor. Überall lagen seemännische Utensilien herum, hauptsächlich Leinen, Bojen und einige Ruderboote. Selbst die Betonpier, an der der Fischkutter seinen Liegeplatz haben mochte, musste bereits bessere Zeiten gesehen haben. Entweder die Firma warf kaum etwas ab oder in Utesch steckte eine notorische Schlampe.

Am Eingang einer Baracke, die wohl als Gerätelager und Büro diente, hing ein Zettel: ›Bin ausgelaufen. Auskunft bei Kalle im Segelklub nebenan‹. Eine Unterschrift fehlte. Die Tauchfirma blieb tatsächlich völlig verlassen zurück, während Utesch auf See rumschipperte. Löffler beschloss, die Minuten bis zum Einlaufen des Kutters für einen Streifzug über das Gelände zu nutzen.

Ohne ein besonderes Ziel zu verfolgen, wanderte er umher und landete schließlich hinter der Baracke. Auf der ungepflegten Wiese lagerte ähnliches Gerümpel wie auf dem gesamten Areal. Beinahe instinktiv spürte Löffler einen muffigen Geruch in der Nase. Auf einer Wäscheleine hingen fünf Taucheranzüge. Während die Polizeitaucher den gestrigen Einsatz im Hafenbecken mit Trockenanzügen bestritten hatten, handelte es sich hier um Nassanzüge, wie sie auch Surfer benutzten. Der vorletzte Anzug auf der Leine erregte Löfflers Aufmerksamkeit. An der Schulter klaffte ein gezacktes Loch – anscheinend ebenso groß, als wäre dort jener Fetzen herausgerissen worden, der an der PAULA2 gefunden worden war. Schade, das Fundstück lag bei der KTU. Löffler massierte sein Kinn. Sicherstellen durfte er den Anzug auf keinen Fall, dann vernichtete er einen gerichtsverwertbaren Beweis. Nein, er würde Utesch mit seiner Entdeckung konfrontieren. Doch wenn der Tauchlehrer als Helfershelfer das Geld aus dem Hafenbecken gefischt hatte, ließ er anschließend den Taucheranzug einfach auf dem Anwesen so hängen? Doch andererseits – wie oft hatte die Polizei schon Täter anhand eines dussligen Fehlers überführt?

Löffler ging wieder zur Pier hinunter und wanderte dort auf und ab. Am Ende des Grundstücks hielt er inne. Gut 50 Meter entfernt steckte die PAULA2 zwischen anderen Jachten, Bordwand an Bordwand, in einem Päckchen.

Warum lag Norbert Kaczmarek hier? Machte er mit diesem Utesch gemeinsame Sache? Ungläubig schüttelte Löffler den Kopf – so dumm konnte der wohl kaum sein. Andererseits – unter normalen Umständen wäre Löffler nie hierher gekommen. Für eine Sekunde dachte er daran hinüberzugehen, aber zuerst musste er den Tauchlehrer hören.

Löffler kehrte um, lehnte sich an einen der Dalben in der Nähe des Anlegestegs und rief die KTU an. Ja, die erpresste Summe sei vollständig zurückgegeben worden – es fehle kein einziger Euro. Der Täter habe auch keinen der Scheine ausgetauscht. Damit stand für Löffler fest: Der Helfershelfer des Erpressers wollte aus der Sache aussteigen. Wurde dadurch die Befragung von Utesch einfacher? Vielleicht? Auf alle Fälle durfte Löffler keinesfalls leichtsinnig werden.

Am Ende des schmalen Kanals, der den Dänholm in zwei Teile zerschnitt und als Zufahrt zu den Liegeplätzen im Inneren der Insel diente, erschien ein Kutter. An Oberdeck hielt sich kein Mensch auf. Der Kahn erinnerte an einen Fischdampfer, der vergebens ausgelaufen war. Wenig später glaubte Löffler hinter den Fenstern des Steuerhauses den Mann wiederzuerkennen, der vor Barhöft das Treiben der Polizei mit dem Fernglas beobachtet hatte. Das musste dieser Vadim Utesch sein. Während der Kutter dem Liegeplatz zusteuerte, trat der aus dem Fahrstand und überprüfte die Distanz zur Pier. Er zählte bestimmt 45 Jahre. Der blonde militärisch kurze Bürstenhaarschnitt ließ ihn jünger aussehen, und der stämmige Oberkörper zeugte von guter körperlicher Verfassung. Das knappe Shirt, das er trug, betonte seine kräftigen Oberarme.

In unmittelbarer Nähe des Liegeplatzes bediente Utesch gleichzeitig das Ruder, ordnete die Utensilien auf dem Deck und warf beim Anlegen geschickt die Leinen über die Poller an Land.

Löffler wich ein wenig zurück und hielt sich im Hintergrund, um Utesch ungestört beobachten zu können. In einer ungewöhnlich ruhigen Art, die Routine und Professionalität verriet, entlud er sein Schiff und räumte Taucheranzüge, Druckluftflaschen und zahlreiche Behältnisse in die Baracke. Nach knapp einer Viertelstunde schloss er das Ruderhaus ab. Löffler folgte dem Skipper, der die Schritte in Richtung Büro lenkte.

»Herr Utesch?«

Der Mann blieb stehen und wandte sich um. »Ja.« Seine wasserblauen Augen musterten Löffler, der auf ihn zuging und zur Begrüßung die Hand ausstreckte. Utesch erwiderte die Geste durch einen kräftigen Händedruck und fragte: »Wollen Sie einen Tauchkurs buchen?«

»Nein, vielen Dank. Ich arbeite bei der Stralsunder Kripo und möchte Sie sprechen. Hauptkommissar Otto Löffler.«

Uteschs Augenbrauen zuckten kaum wahrnehmbar. »Kripo? Zu mir?«

»Sie kommen allein zurück?« Löffler deutete mit dem Kopf zum Kutter hinüber. »Keine Gäste?«

»Darf man das nicht?« fragte Utesch im lauernden Unterton eines Taschendiebs, der sich je nach Beweislage einen Rückzugsweg offen halten wollte. »Kontrolliert die Polizei jetzt auch die Anzahl der Besucher, die wir herumschippern?«

Das Versteckspiel erspare ich mir, dachte Löffler und steuerte direkt auf sein Ziel zu: »Lagen Sie heute Morgen vor Barhöft?«

»Ja.«

»Was haben Sie da gemacht?«

»Den Sonnenaufgang genossen. Und eine Polizeiaktion beobachtet.«

»Worum gings denn?«

Das Gesicht von Utesch hellte sich auf. »Das müssten Sie besser wissen. Sie waren doch ebenfalls dort oben.«

Seine Stimme klang höher und klarer als die des anonymen Anrufers vom Morgen. Aber Sprachrhythmus und Betonung erinnerten Löffler an den hilfsbereiten Quälgeist; und natürlich der leicht sächselnde Dialekt.

»Wir haben heute schon miteinander telefoniert?«

»Garantiert nicht! Ich nehm kein Handy mit raus.«

»Wirklich?«

»Nein.« Utesch drehte sich herum und setzte seinen Weg fort. Löffler musste einige Schritte laufen, um zu ihm aufzuschließen. Er deutete zur Ecke der Baracke. »Können wir kurz nach hinten gehen?«

»Wenn es dem Herrn Kommissar Freude bereitet«, muffelte Utesch und stapfte neben Löffler her.

Bevor er sein ahnungsloses Opfer in das ausgelegte Netz trieb und ihm den kaputten Taucheranzug präsentierte, bedurfte es noch einer kleinen Ablenkung. »Sie als Taucher haben bestimmt von der Erpressung im Zusammenhang mit dem Kreuzfahrtschiff RÜGEN und der spektakulären Geldübergabe im Hafen gehört?«

»Ja, warum?«

»Haben Sie eine Meinung dazu?«

»Wozu?«

»Ein Froschmann soll bei laufenden Schiffspropellern die erpressten Millionen aus dem Hafenbecken gefischt haben.«

»Die RÜGEN hat nur einen Propeller«, korrigierte Utesch, was Löffler zufrieden registrierte. Also kannte der Mann das Kreuzfahrtschiff.

»Wer erzählt das Märchen vom Taucheinsatz, während die Schraube arbeitet?«

»Das ergeben unsere Nachforschungen.«

»Wenn Sie da mal nicht irren.« Utesch blieb stehen, schüttelte den Kopf und lief weiter. »Bei laufender Maschine und dann in solch einem engen Hafen – das wagt niemand – höchstens Lebensmüde.«

Die beiden bogen um die Hausecke.

»Die Ermittlungen lassen allerdings kaum einen anderen Schluss zu. Die leere Geldtasche hing kurz nach dem Anlegen der RÜGEN am Rumpf einer Jacht, einer bestimmten Jacht. Wie kam die Tasche dorthin? Auf welche Weise verschwand das Geld?«

»All diese Fragen zu klären, liegt ja wohl in Ihrem Verantwortungsbereich. Ich kann mir einen solchen Stunt unmöglich vorstellen.«

An der Leine mit den Taucheranzügen angekommen, stoppte Löffler und zeigte auf den vorletzten Neoprenanzug.

»Gehört der Ihnen?«

Utesch zog die Stirn kraus, schlich sorgsam prüfend, als betrachte er in einem Museum wertvolle Skulpturen, um das Corpus Delicti herum und blieb stehen. Er deutete auf das Loch in der Schulter und schüttelte den Kopf. »Nein. So etwas werfe ich gleich in den Schrott.«

Löffler hatte diese oder eine ähnliche Antwort erwartet. Er verschränkte die Arme vor der Brust und berichtete von dem gefundenen Neoprenfetzen unter der PAULA2 und von der Blutspur darauf. Eine Gewebeprobe beweise die Zugehörigkeit des Fetzens zu diesem Anzug. Wohingegen die DNS-Analyse den Träger des Anzugs überführen werde.

Utesch öffnete seinen Mund. »Nur zu!«

Löffler verstand nicht.

Utesch schloss den Mund wieder. »Bitte, nehmen Sie eine Speichelprobe. Aber sie werden keine Freude daran haben.«

Ein eiskalter Schauer huschte Löffler den Rücken hinunter. Er zog sein Tuch hervor und wischte sich über den Kopf.

Ohne eine Gemütsregung entblößte Utesch seine unversehrte Schulter. »Hier müsste ich eine Schramme haben. Oder wie kam das Blut auf den Neoprenfetzen?«

Löffler beschlich eine Ahnung. Mit heiserer Stimme fragte er: »Und der Tauchanzug?«

»Wie bereits gesagt haue ich kaputte Klamotten sofort auf den Müll.«

»Dennoch hängt das Ding hier bei Ihnen auf der Leine.«

»Herr Kommissar? Als ich vorhin mit meinem Kutter anlegte, stolperten Sie auf meinem Gelände herum.«

»Die Tür stand offen.«

»Na sehen Sie. Mit Sicherheit hat jemand diese offene Pforte oder den niedrigen Zaun benutzt, um mir den Anzug unterzuschieben. Kann ja jeder ran.«

Als wandle er in einem Moor umher, fühlte Löffler plötzlich den Boden unter den Füßen nachgeben. Er hatte den Mann gewaltig unterschätzt. Den Fetzen hatte Utesch als Köder ausgelegt, als Beweis gegen seine Täterschaft. Allein aus diesem Grund hing dieser blöde Neoprenanzug hier herum.

»Ja, so könnte es natürlich auch gewesen sein«, hörte Löffler sich sagen. »Je länger ich darüber nachdenke: Der Froschmann, der im Hafen die Geldübernahme durchgezogen hat, weiß selbstverständlich von Ihrem Unternehmen. Er kommt her, entsorgt den defekten Anzug und belastet Sie gleichzeitig.«

»Genau.«

»Dazu brauche ich noch einige Erläuterungen. Gehen wir in Ihr Büro?«

»Wenn ich Ihnen helfen kann?« Utesch hob gleichgültig die Achseln. »Bitte.«

Sie stapften durch das hohe Gras, umrundeten die Baracke und betraten das kleine Arbeitszimmer. Ein konvex gewölbter Tresen, wie er viele Bierkeller in den 70ern beherrscht hatte, erstreckte sich von der Eingangstür bis weit in den Raum hinein. Eine ausgediente Sitzecke, die vor 20 Jahren in einer Küche gestanden haben mochte, und ein Wohnzimmerschrank komplettierten die Inneneinrichtung. Unzählige Kleiderhaken an einer der Längswände trugen Berufsutensilien des Tauchlehrers; da baumelten Kopfhauben neben Bleigürteln, Tauchmasken zwischen Schwimmflossen und einigen orangefarbenen Rettungswesten. In der Nähe des Eingangs hing ein kleiner Wandschrank, dessen Schlüssel steckte. Jenseits des Tresens zeugte eine überfüllte Pinnwand von der Papier-Sammelwut ihres Eigentümers.

Die Sitzecke belegten zwei Tauchflaschen, sodass Löffler auf einem der beiden Stühle hinter dem Tresen Platz nehmen musste. Der Monitor spiegelte auf einer dunklen Glasfläche das durchs Fenster hereinflutende Sonnenlicht. Utesch hatte seinen PC nach dem Einlaufen noch nicht eingeschaltet – schade; unbeaufsichtigte Bildschirme verrieten so manches über den Besitzer.

Während Utesch ein Schlüsselbund im Wandschrank verstaute, klingelte ein Handy, das neben dem PC lag. Utesch schaute entschuldigend auf Löffler, nahm das Gespräch an, deutete dann nach draußen und verließ das Büro.

Die kleine Pause nutzte Löffler, um sich ein wenig umzusehen. Wenn schon der PC keine Geheimnisse des Hausherrn preisgab – Pinnwände konnten ebenso ergiebig sein. Er trat an die überfüllte Tafel heran und studierte die aufgehängten Blätter. Kalender, Speisekarten diverser Restaurants, ein Telefonverzeichnis, Ansichtskarten, Urlaubsprospekte und handgeschriebene Notizen hingen teilweise sogar übereinander. Der merkwürdige Text auf einem karierten A5-Zettel weckte Löfflers Interesse:

›Sie bergen die zwei Mülltonnen und liefern sie originalverpackt, vollständig und unversehrt mitsamt der Schatzkiste ab. Zehn Tage später erhalten Sie die 150 Tassen.‹

Statt einer Unterschrift standen drei Kreuze unter den Zeilen. Was für ein blöder Wortlaut? Löffler kramte aus einer Tasche Latexhandschuhe, streifte sie über, nahm das Blatt von der Tafel und betrachtete es aufmerksam. Plötzlich zitterten ihm die Hände. Das konnte unmöglich wahr sein! Jedes i, das neben einem e stand, wandte sich diesem zu und schien es umschlingen zu wollen – wie beim Versöhnungsspruch auf dem Spiegel in Frau Sanders Kabine. Löffler stierte auf den Text und versuchte die Worte wie in einem komplizierten Kreuzworträtsel zu entschlüsseln. Ohne lange nachzudenken, blitzte die Lösung auf: Wenn man Mülltonnen durch Millionen und Tassen mit Tausend übersetzte und anstatt der Schatzkiste den Geldkoffer einfügte, ergaben die Zeilen durchaus Sinn. Hing an der Tafel der Vertrag zur Bergung der Erpresserbeute?

Ganz schön clever der Herr Utesch; die Pinnwand beherbergte garantiert 200 Zettel, die das brisante Schriftstück gut tarnten. Für jeden sichtbar fiel es weniger auf. Löffler heftete den Zaubertext wieder an seinen Platz und setzte sich auf den Stuhl zurück. Mit seinem Handy rief er den Einsatzleiter an, der einen Streifenwagen auf den Dänholm in Bereitschaft schicken sollte. In Bereitschaft und ohne Sondersignale, betonte er. Utesch sollte keinesfalls gewarnt werden.

Behäbig wie ein Bauer, der die Arbeit im Stall beendet hatte, kam Utesch kurze Zeit später herein und lehnte den Oberkörper neben der Tür auf den Tresen.

»Na, ein unangenehmer Anruf?«, fragte Löffler.

»Ach, vergessen Sies. Der übliche Quatsch, mit dem man als Selbstständiger tagtäglich zu kämpfen hat.« Utesch verlagerte das Gewicht auf sein anderes Bein. »Ich sollte Ihnen etwas erklären?«

»Genau. Ein Kampfschwimmer müsste das wohl schaffen?«

»Was?«

»Das Geld aus dem Hafenbecken fischen und anschließend den Polizeitauchern entwischen.«

Ein Kampfschwimmer vielleicht, wenn er lebensmüde sei. Utesch erklärte in kurzen Zügen die Verhältnisse unter einem Schiffsrumpf, die Strömungen und die daraus resultierenden Gefahren. Seine Worte zeugten von großer Sachkenntnis.

»Sie waren Kampfschwimmer?«, fragte Löffler mitten in die Erklärung hinein.

Utesch lächelte, wobei die Geste etwas aufgesetzt und gezwungen wirkte. »Ja, bei der Volksmarine, aber keineswegs lebensmüde. Und wie Sie bereits wissen, gehört der Tauchanzug des Täters nicht mir.«

»Sie brauchen Geld?«

»Wer sagt das?«

»Wenn ich mir Ihren Betrieb hier so ansehe.« Löffler deutete auf all die Sachen, die herumlagen.

»Mir fehlt die Zeit zum Aufräumen. Ich bin ständig unterwegs. Die Gäste kommen trotzdem – warum sollte ich den Laden in ein Anwaltsbüro verwandeln und draußen einen Park anlegen?«

»Stimmt.« Löffler seufzte. Er kam einfach nicht an sein Gegenüber heran – vielleicht so: »Sie kennen das Metier ja«, sagte er im Ton eines Moderators, der die Zuhörer zur Diskussion auffordern wollte. »Helfen Sie mir mal, die Zusammenhänge zu verstehen.«

»Okay.«

»Irgendjemand holt das Geld vom Grund des Hafenbeckens und hängt die leere Tasche an Kaczmareks Jacht. Zufall?« Löffler schüttelte den Kopf. »Glaub ich nicht. Kaczmarek gab für die Polizei einen vorzüglichen Verdächtigen ab, zumal sein Bruder auf dem Schiff mitfuhr und den Mord an Ronald Helmers begehen konnte.« Kennen Sie die Zwillinge?, lag Löffler die nächste Frage auf der Zunge. Er schluckte die Worte allerdings herunter – sie hätten dem Gespräch eine unnötige Zuspitzung gegeben. »Demzufolge musste der Täter die Urlaubspläne der Kaczmareks kennen.«

»Na, da scheide ich ja aus, weil ich die Typen nie vorher gesehen habe.«

»Dann hätten wir das geklärt. Weiter: Fast genau einen Tag später taucht das Geld im Hafen von Barhöft wieder auf. Weshalb?«

»Vielleicht gabs Ärger mit dem Erpresser?«

»Welchen?«

Utesch holte Luft, als wolle er antworten, atmete jedoch nur hörbar aus.

Na bitte; langsam geriet der Herr ins Wanken. Löffler musste nachsetzen. »Wenn es Ärger gab – warum packt der Froschmann nicht vollständig aus?«

»Hat er …« Als wäre eine Klappe in seinem Kehlkopf zugeschlagen, brach Utesch ab, überlegte kurz und stammelte: »Hat er … ich meine … hat er was von der Beute behalten?«

Dein Rettungsversuch in Ehren, jubilierte Löffler innerlich, aber jetzt ziehe ich die Schlinge zu. »Nein. Er hat alles zurückgegeben. Doch meine Frage zielte in eine andere Richtung: Warum schweigt der Kerl zu den Hintermännern? Warum verschweigt er den Namen seines Auftraggebers?«

»Weil er mit der ganzen Schweinerei nichts mehr zu tun haben will?«

»Ja, das könnte sein. Er bemüht sich allerdings vergebens. Wenn die Polizei den Erpresser erwischt, und wir werden ihn erwischen, kann der seinem Helfershelfer, dem Froschmann, zwei Morde und eine Körperverletzung anhängen.«

Als wäre er auf eine Reißzwecke getreten, schoss Utesch vor und beugte den Oberkörper weit auf den Tresen. »Welche Morde … ?« Anscheinend erschrocken über den Ausbruch hielt er inne und wich wieder zurück.

Löffler bezwang den Drang, jetzt den Todesstoß zu führen. Utesch stand gleich neben der Tür, konnte also bequem abhauen. Löffler ärgerte seine Nachlässigkeit. Aber zum Glück machte sein Klient keinerlei Anstalten zu verschwinden.

»Was erwarten Sie von mir?«, fragte Utesch mit unbewegter Miene.

»Haben Sie das Geld aus dem Hafenbecken geholt?«

»Was erwarten Sie alles in allem?«

Löffler holte sein Tuch hervor, wischte über seinen Kopf und hüstelte. »Beichten Sie – am besten jetzt und umfassend.«

»Komme ich dann ungeschoren davon?«

»Völlig ungeschoren? Glaube ich nicht; hängt auch von Ihrem Sündenregister ab.«

Utesch ging zur Sitzecke, schob eine der Pressluftflaschen beiseite und nahm Platz. Löffler stand auf, bugsierte seinen Stuhl vor die Sitzgruppe und setzte sich.

Ja, es stimme, begann Utesch, die Nummer 1 der Operation habe ihn im Januar angesprochen und satte 150.000 Euro in Aussicht gestellt, wenn er einen Batzen Geld aus dem Stralsunder Hafen hole. Wegen des Firmensitzes hier in Stralsund und seiner Kenntnisse um die RÜGEN sei die Nummer 1 auf ihn aufmerksam geworden. Die Tauchfirma sei damals akut gefährdet gewesen und der Pleitegeier längst über dem Dach gekreist. Während die Nummer 1 Ort und Zeitpunkt des Einsatzes festlegte, plante Utesch die Details der Operation. »Worum es ging, interessierte mich nicht.«

»Aber von einer Hilfsspende für Überschwemmungsopfer sind Sie wohl kaum ausgegangen?«

»Nein, dafür hätte die Nummer 1 keine 150 Riesen springen lassen.«

Oder 150 Tassen? Löffler schielte zur Pinnwand. »Warum haben Sie sich eigentlich auf die Geschichte eingelassen? Ihr Leben riskiert? Wollten Sie Ihre Existenz wirklich mit schmutzigem Geld retten?«

»Die Bude hier ist mein Ein und Alles. Ich kann nur tauchen.« Utesch schlug die Beine übereinander und faltete seine Hände über dem oberen Knie. »Je länger ich damals die Aktion plante, umso reizvoller erschien sie mir. Schließlich befiel mich der Wahn, in dem Stunt meine Fähigkeiten zu beweisen. Während der Ausbildung als Kampfschwimmer haben wir gelernt, uns an den Rumpf fahrender Schiffe zu klammern, ohne in die Schraube zu geraten. Ich kannte ja die RÜGEN und konnte meinen Einsatz gründlich vorbereiten. Außerdem, ein Einpropellerschiff bedeutet deutlich geringeres Risiko.«

»Deshalb haben Sie mich vorhin berichtigt, als ich von Propellern in der Mehrzahl sprach?«

Utesch lächelte verlegen wie ein ertappter Sünder bei der Beichte. »Sie merken auch alles.«

»Ist mein Job.« Löffler überlegte. »Warum kommt Ihnen ein Einpropellerschiff entgegen?«

»Das backst nicht.«

»Backsen?«

»Das Mehrpropellerschiff kann beide Schrauben gegeneinander laufen lassen und so auf der Stelle drehen.«

Löffler nickte. »Zu Ihrer Sicherheit hatten Sie außerdem den Schleppereinsatz verboten?«

»Genau. So brauchte ich mich lediglich auf den Propeller der RÜGEN zu konzentrieren.«

»Und wie gings weiter?«

Mit seinen Vermutungen liege Löffler eigentlich ziemlich richtig, bestätigte Utesch. Die Beute fiel ihm direkt vor die Hände, weil sie exakt nach Anweisung geworfen worden war. Als die Hauptmaschine des Kreuzfahrers ruhte, tauchte er sofort zur PAULA2, räumte unter Wasser das Geld in einen Sack und befestigte die leere Geldtasche an der Jacht. Als kleine Ablenkung habe er den Neoprenfetzen von jenem Tauchanzug ausgelegt, den er nie getragen hatte. Als die Polizeitaucher ihre Suche begannen, verschwand er bereits in Richtung Norden aus dem Gefahrenbereich.

»Warum hängt der Anzug hier?«

Durch die Nähe zum Tatort rechnete Utesch mit dem Auftauchen der Polizei bei ihm. Und eine negative Spur sei ja wohl besser als gar keine.

Ein cleverer Bursche, schmunzelte Löffler. »Woher kannten Sie Kaczmareks Jacht?«

Die Nummer 1 habe ihm am Dienstag vor Pfingsten den Jachtnamen genannt. Am Samstagabend lag die PAULA2 dann tatsächlich in der Marina, sogar ziemlich günstig für die Operation.

»Und warum brachten Sie bereits einen Tag später das Geld nach Barhöft?«

»Weil die Nummer 1 unseren Vertrag gebrochen hat. Von Mord war nie die Rede gewesen. Ich hasse solche Methoden. Außerdem laufen die Bullen bei Mord …«, verdattert schaute er hoch, »oh Verzeihung, ich meine die Polizei, jedenfalls läuft die Polizei bei Mord doch zur Hochform auf.«

»Richtig.« Löffler schmunzelte ob der Schlussfolgerung.

»Die Gefahr des Entdecktwerdens stieg enorm. Also

musste ich die Sache beenden und ließ das Lösegeld auftauchen.«

Löffler kam zum Wesentlichen. »Haben Sie etwas mit den Tötungen zu tun?«

»Nein!« Utesch sprang auf. »Nein, verdammt noch einmal. Ich habe niemanden umgebracht.«

»Und der Wachmann in Bremen?«

»Der dürfte die kleine Betäubung längst vergessen haben.«

»Die Vorwürfe der Körperverletzung und des Einbruchs gegen Sie bleiben.« Löfflers Stimme klang abweisend. »Erzählen Sie.«

Utesch räusperte sich. Mitte April sei die Nummer 1 mit der Idee gekommen, als Ablenkung für die Polizei in das Großraumbüro der Reederei einzubrechen – ohne Ziel, ohne etwas zu stehlen, sondern nur einen Diebstahl vorzutäuschen. Zwei Pannen seien allerdings aufgetreten: Die Nummer 1 konnte den Schlüssel nicht besorgen. Bei einer vorgetäuschten Kontrolle in der Sicherheitsfirma fiel ihr lediglich der Sicherheitscode für den Firmenzugang in die Hände. So habe Utesch inmitten der Reinemachefrauen reingehen müssen.

Die Scheinaktion in der Überwachungsfirma führte eine Frau durch, rekapitulierte Löffler in Gedanken. Sie trug zwar den Allerweltsnamen Schulze, aber der dürfte gefälscht sein. Steckte Corinna Borowski hinter der Nummer 1, die Utesch die Aufträge erteilte?

»Wann ging diese vorgetäuschte Kontrolle über die Bühne?«, fragte Löffler.

»Am 30. April. An Vorfeiertagen leidet die Aufmerksamkeit der Leute. War bei unseren Wachen damals in der Armee auch so.«

Löffler nickte – das Datum passte mit den Informationen von Müller III zusammen. »Und die zweite Panne erschien in der Person des Wachmanns?«

»Ja. Eigentlich sollten nur die Reinemachefrauen da rumschleichen. Die hatte ich eingeplant, zumal sie tatsächlich in den Obergeschossen anfingen zu putzen.«

»Um nicht entdeckt zu werden, schalteten Sie den Wachmann aus?«

»Womit muss ich dafür rechnen?«

»Das kommt darauf an, welches Motiv Sie antrieb. Geldgier? War der Einbruch in Bremen in Ihrem Leistungspaket enthalten?«

»Nein!«

»Oder sollten Sie eine zusätzliche Prämie erhalten?«

»Nein.«

»Wie hat die Dame Borowski Sie dann rumgekriegt?«

Als hätte ihn ein Schuss in die Brust getroffen, fiel Utesch auf der Sitzbank zurück. »Sie kennen die Nummer 1? Seit wann?«

»Die Pause während Ihres Telefonats half mir bei meinen Recherchen.« Löffler ging an die Pinnwand, zog seine Untersuchungshandschuhe über und nahm den vermeintlichen Vertrag ab. »Ist das hier der Auftrag zur Bergung der Millionen aus der Erpressung?«

»Ja. Ich habe ihn dort hingehängt, damit er nicht auffällt.«

Löffler nickte. »Dachte ich mir.«

»Woher wissen Sie von Frau Borowski?«

»Sie schrieb diesen Text?«

»Ja. Ihre Handschrift sollte im Notfall als Signatur dienen.«

»Genau das brachte mich auf ihre Spur – ich kenne Frau

Borowskis Schrift. Aber der Inhalt ergibt juristisch keinen Sinn.«

Für die Übersetzung gebe es einen Zeugen, einen ehemaligen Kameraden, der jetzt in München lebe.

Löffler verpackte den Vertrag in einem Plastikbeutel und nahm wieder auf seinem Stuhl Platz. »Wie hat Sie die Frau überzeugt, in die Reederei einzubrechen?«

»Ich treffe mich von Zeit zu Zeit mit ein paar Kameraden aus Kampfschwimmerzeiten, um gemeinsam zu trainieren. Viele von uns arbeiten mittlerweile in anderen Berufen, und jünger werden wir auch nicht. Na jedenfalls, dieser Kollege aus München, der gibt auf Nachfrage Kurse. Irgendwann tauchte dann im vergangenen Oktober eine Frau bei ihm auf, die in zwei Wochen einen Grundkurs absolvierte.«

»Nur, dass ich das verstehe: Tauchen und Töten in 14 Tagen?«

»Wenn Sie so wollen.«

»Und die Dame hieß Corinna Borowski!«

»Genau.«

»Was hat das jetzt mit Ihrem Einbruch zu tun?«

»Frau Borowski muss weitere Erkundigungen über unseren Haufen eingezogen haben. Bei einem zweiten Besuch im April hatte sie gedroht: Unser regelmäßiges Training stufen die zuständigen Stellen gut und gern als Terrorausbildung ein.« Utesch seufzte. »Unser aller Existenz hing an meiner Entscheidung.«

Auf der Grundlage der ständigen Diskussionen um den Terrorismus hätte es einen riesigen Wirbel gegeben. Löffler konnte sich die Schlagzeilen vorstellen: ›Ex-Stasi-Elitetruppe probt Anschläge‹ oder ›Rote Elitesoldaten bereit zum Einsatz‹.

»Ihre Drohungen wiederholte Frau Borowski, als ich mich weigerte, in die Reederei einzubrechen.«

Wenn Utesch wirklich wegen Helmers gewaltsamen Tod die Erpressung platzen ließ, schied er als Mörder aus.

»Waren Sie der angebliche Polizist«, versicherte sich Löffler, »der Frau Otten auf der PAULA2 besuchte?«

»Ja. Am Nachmittag nach der Geldübergabe hörte ich im Hafen das Gerücht vom Toten auf dem Kreuzfahrer. Frau Otten lieferte mir die Bestätigung.«

»Wissen Sie eigentlich, dass Sie für beide Morde einen idealen Verdächtigen abgeben?«

»Warum Morde?«, fragte Utesch irritiert. »Weshalb reden Sie in der Mehrzahl?«

Löffler berichtete von Wolpert und dessen tragischem Ende in Devin. »Na jedenfalls starb Wolpert durch Ertrinken vor Ihrer Haustür, und Helmers hätten Sie ebenso umlegen können. Bestimmt kommen Sie unbemerkt auf ein Kreuzfahrtschiff, selbst wenn es auf dem Meer schwimmt.«

Beinahe mit jedem Wort, das Löffler sprach, schüttelte Utesch den Kopf. »Glauben Sie mir, ich bin unschuldig. Ich habe das Töten als Handwerk gelernt, aber für den Krieg – einzig für den Krieg.«

Löffler glaubte ihm. Hier kam er nicht weiter. Vielleicht wusste Norbert Kaczmarek eine Antwort; und dessen Jacht lag draußen.

Löffler verstaute den getarnten Bergungsauftrag.

Bevor er aber hier Schluss machte, fiel ihm doch noch eine Frage ein: »Waren Sie am Samstag in Bremen? Den Erpresserbrief übergeben?«

»Nein. Vorgestern musste ich meinen Einsatz vorbereiten. Ein solch weiter Ausflug scheidet da aus. In Bremen habe ich nur den fingierten Einbruch …« Utesch schien zu überlegen. »Wann starb dieser Helmers?«, fragte er schließlich.

»Letzten Donnerstag kurz vor drei. Um zwei begann die Taufe, und eine Stunde später war er tot.«

»Jetzt verstehe ich.« Uteschs Gesicht spiegelte die Eingebung wieder. »Die Borowski wollte mir den Mord in die Schuhe schieben. Na klar. Sie hatte ein Motorboot in Cuxhaven besorgt, mit dem ich zur RÜGEN rausgefahren bin. Halb drei erwartete sie mich unweit des Kreuzfahrers.«

»Warum?«

»Angeblich, um den Erfolg meines Einbruchs zu vermelden. Sie habe das wissen müssen, ein Telefonat jedoch aus Sicherheitsgründen abgelehnt.« Utesch lachte und schüttelte den Kopf. »Die bestellt mich zu der Tatzeit raus auf die Nordsee und ich Idiot tappe in die Falle.«

Steckte wirklich Corinna Borowski hinter den zwei Tötungen? Sie befand sich auf der RÜGEN, hatte aber für die Tatzeit des Helmers-Mordes ein Alibi, das er noch immer nicht überprüft hatte. Ein unverzeihliches Versäumnis; auch wenn Dagmar Sanders die Borowski auf dem Weg in den Panoramaklub traf und der Barkeeper ihre Anwesenheit dort bestätigte. Dennoch, er musste nachher sofort versuchen, diesen Filmproduzenten aufzutreiben.

Bei dem zweiten Verbrechen lag die Sache einfacher. Ferdi Wolpert kannte seine ehemalige Schulfreundin seit ewigen Zeiten. Warum sollte er nicht auf ein Techtelmechtel mit der attraktiven Borowski eingegangen sein?

»Ungeachtet Ihrer Offenheit muss ich Sie bitten mitzukommen.« Utesch nickte. Beide standen auf und traten gemeinsam vor das Büro. Dort rief Löffler den Streifenwagen, erteilte den Kollegen die notwendigen Anweisungen und begab sich auf den Weg zu Kaczmareks Jacht. Unterwegs rief er den Einsatzleiter an – der Aufenthaltsort von Frau Borowski müsse festgestellt werden, und anschließend sei sie verdeckt zu beschatten.

# 28

Das Telefon klingelte. Die Nummer verriet den Anrufer – Marc nahm ab. »Was gibts bei dir?«, fragte er. »Hast du einen neuen Verdächtigen, wenn du die Kaczmarek-Zwillinge laufen lässt?«

»Guten Tag, werter Kollege«, antwortete Löffler.

»Erst meldest du dich nicht und dann übst du Konversation. Sag schon, seid ihr weitergekommen?«

»Na klar, das Geld ist wieder aufgetaucht.«

Die Worte trafen Marc in seinem tiefsten Innersten. Er empfand Angst, Hilflosigkeit und Verzweiflung auf einmal. Kraftlos fiel er gegen die Rückenlehne des Bürostuhls.

»Müller III? Bist du umgefallen?«

»Nein«, krächzte der. Wie der Geist aus der Flasche erschien ihm das Gesicht von Doktor Olbert. ›Stirbt an Bord ein weiterer Mensch, nur weil Sie den Erpresser in die Enge getrieben haben, mache ich Sie dafür verantwortlich.‹

»Du siehst, wir bleiben hier am Ball.« Löfflers Stimme klang zufrieden, als würde er gleich seinen wohlverdienten Feierabend ankündigen.

»Was habt ihr da angestellt? Der Erpresser wird jetzt noch jemanden umbringen.«

»Welche Reaktion wäre dem gnädigen Herrn sinnvoll erschienen?«, polterte Löffler. »Die Beute im Wasser liegen lassen? Oder die Summe der Lebensrettungsgesellschaft spenden?«

Die Wut des Kollegen erschreckte Marc und ärgerte ihn zugleich. Otto beschwerte sich zu Recht. »Entschuldige bitte«, hauchte er in den Telefonhörer. »Der Chef der TransOzeana wird mich lynchen, wenn der Nächste stirbt.«

»Bevor du dir in die Hosen machst, hör erst einmal zu, du Lynchopfer.«

»Das Geld ist wirklich vollständig wieder da?«, fragte Marc, ohne Löfflers Erklärungen abzuwarten.

»Ja.«

»Aber warum macht der das? Erst holt er in einem nicht ungefährlichen Stunt ...«

»Weil der die Schnauze voll hat.«

»Nimmst du an.«

»Weiß ich.«

»Was weißt du?«, fragte Marc verblüfft.

»Ich kenne den Froschmann, habe gerade mit ihm gesprochen.«

»Das erzählst du mir so nebenbei?«, polterte Marc los.

»Erstens löcherst du mich ununterbrochen, lässt mich kaum zu Wort kommen, und zweitens hilft dir die Verhaftung des Mannes in keinster Weise.«

»Warum?«

Löffler berichtete vom Gespräch mit Vadim Utesch, dessen Geständnis und Corinna Borowskis Rolle.

»Glaubst du wirklich diese Geschichte des Menschenfreunds Utesch?«, fragte Marc am Ende der Schilderungen. »Der ist doch geradezu prädestiniert für die beiden Morde.«

»Dann müssen wir ihm seine Schuld nachweisen. Für mich steckt allerdings die Auftraggeberin dahinter.«

»Diese elegante Frau als brutale Mörderin?« Marc schüttelte den Kopf.

Als hätte Löffler die Geste gesehen, widersprach er: »Ich habe schon viele anmutige Verbrecher erlebt; doch warum lernt Frau Borowski Tauchen und Töten in zwei Wochen? Wir beschatten sie jedenfalls.«

»Konnte sie die Sache allein durchziehen? Und welche Rolle spielt Gronau? Den betrachteten wir bisher als Hauptverdächtigen.«

»Der bleibt verschwunden.« Löfflers Stimme klang nachdenklich. »Andererseits hast du recht. Utesch behauptet, an der Übergabe des Erpresserbriefs nicht beteiligt gewesen zu sein.«

»Na siehst du!«

»Wer brachte dann den Brief in die Kneipe?«

Marc erschrak. Daran hatte er keine Überlegung mehr verschwendet. »Der Kerl ist unauffindbar«, log er und schlug sein Notizbuch auf. Darin lag das Phantombild, das mithilfe des Kneipenwirts angefertigt worden war. »Wir suchen weiter nach ihm.«

»Dann seht mal zu. Wie es aussieht, werden wir ihn brauchen. Die Borowski nennt bestimmt keine Namen. Wenn aber doch, dann lügt sie garantiert.«

Marc wischte sich über das Gesicht, als könne er so all die unbequemen Gedanken beiseiteschieben. Dennoch ließ ihn ein Horrorszenario nicht los: »Was machen wir, wenn es einen neuen Toten gibt?«

»In dem Fall müssen wir unseren Verdacht gegen die Borowski überdenken und ernsthaft nach Gronau suchen.«

»Du hast gut reden. Mit der nächsten Leiche erschießen die mich.«

»Erspar mir deine Jammerei«, klang Löfflers vorwurfsvolle Stimme, »und bewege deinen Arsch zum Chef der Reederei. Erkläre ihm den letzten Stand. Tschüss.«

Im Hörer erklang das Besetztzeichen. Marc legte auf, um sogleich Doktor Olberts Handynummer zu wählen – hoffentlich kannte der Reedereichef noch nicht die aktuellen Entwicklungen.

*

Löffler lief zur PAULA2. Pia Otten, im Bikini gekleidet, saß an Oberdeck im Liegestuhl und sonnte sich. Von Norbert Kaczmarek fehlte jede Spur. Löffler balancierte über die schmale Gangway an Bord.

»Sie gestatten?«, fragte er laut in Richtung der jungen Frau.

Pia Otten streckte den Hals, blinzelte in die Sonne und sprang auf. »Oh, Herr Kommissar? Beehren Sie uns schon wieder?«

»Ja.«

Sie kam Löffler entgegen und begrüßte ihn. »Norbert? Kommst du bitte!«, rief sie in das Deckshaus hinein.

Kurz darauf erschien Kaczmarek lediglich mit einer Badehose bekleidet. Als er Löffler erblickte, erstarrten seine Züge. Er kehrte um, tauchte kurz darauf wieder auf, jetzt in T-Shirt und Hose gehüllt, und wandte sich zielstrebig der Gangway zu.

»Wo willst du hin?«, fragte Pia Otten scharf.

»An Land«, kam die Antwort in einem Ton, als hätte Kaczmarek den Mund voller Kaugummi.

»Wenn du gehst, behalte deine Jacht im Auge, denn ich packe umgehend meine Sachen und haue mit dem Kommissar zusammen ab. Noch einmal lasse ich mich dann von dir nicht bequatschen.«

Kaczmarek erstarrte mitten in der Bewegung und drehte den Oberkörper in Richtung seiner Freundin.

Die beachtete ihn kaum und erklärte Löffler stattdessen: »Der Idiot lichtete gestern einfach den Anker und verduftete, und ich habe keinen Finger gerührt.« Sie habe Norbert aber letztendlich gezwungen, auf dem Dänholm Station zu machen. Nachher wollten sie wieder in den Stadthafen nach Stralsund zurückkehren. »Hier ist ja tote Hose – nichts los.« Sie schaute zu Kaczmarek, der nach wie vor an der Gangway stand. »Anscheinend hat mein Casanova mich belogen. Bestimmt steckt er doch mit den Verbrechern unter einer Decke, wenn er flüchtet.«

»Nein verflucht«, schimpfte Kaczmarek und wandte sich wie ein reumütiger Sünder seiner Freundin zu.

»Dann setz dich und halt die Klappe. Jetzt übernehm ich das Kommando. Kommen Sie, Herr Kommissar.« Pia Otten deutete Löffler, am Tisch auf dem Achterdeck Platz zu nehmen.

Obwohl ihm Uteschs Aussage Gewissheit verschafft hatte, wählte Löffler einen kleinen Umweg, um Kaczmareks Reaktion zu testen. »Die leere Geldtasche wurde von einem Unbekannten an den Rumpf Ihrer Jacht gehängt?«

»Ja«, nuschelte Kaczmarek, der weiterhin schmollte.

»Zufällig oder gezielt?«

»Was weiß denn ich?«

»An Zufälle glaube ich nicht«, erklärte Löffler. Bleibt nur eine Erklärung: Jemand wollte den Verdacht gezielt auf Sie lenken.«

Als hätte er zwei Kindern eine Riesenportion Eis versprochen, sahen Pia Otten und Norbert Kaczmarek Löffler aus großen Augen an.

»Aber dazu musste der Erpresser Ihre Urlaubspläne, insbesondere den Namen Ihrer Jacht kennen. Zudem musste er von Ihrem geplanten Treffen mit Gerd in Stralsund wissen. Nur so gaben Sie und Ihr Bruder die perfekte Zielscheibe ab, wenn Ronald Helmers bewusst im Fadenkreuz des Verbrechers stand.«

»Wir hatten uns kurzfristig für den Urlaub auf der PAULA2 entschieden«, wandte Pia Otten ein.

»Wie kurzfristig?«

»Zwei Wochen vor der Abreise.«

»Wer wusste davon?«

»Na Ludwig zuerst, Ludwig Imhoff von der TransOzeana, der tanzt auch bei uns im Klub.«

Norbert Kaczmarek nickte. »Ludwig hatte mir und meinem Bruder die Reise auf der RÜGEN erst empfohlen und sogar einen Sonderrabatt eingeräumt. Er könne für Freunde schon mal ein Entgegenkommen in der Reederei durchdrücken.«

»Aber dann kam, verzeihen Sie mir den Ausdruck, Frau Otten dazwischen.«

»Ja, so in etwa.« Pia Otten grinste. »Zwischen Norbert und mir hats plötzlich gefunkt. Wir tanzen seit drei Jahren zusammen im Klub und haben gut harmoniert, wie bei Sportfreunden üblich. Und auf einmal …« Pia streichelte ihrem Auserwählten zärtlich über den Unterarm. »Na jedenfalls wollte Norbert mit mir allein fahren. Ludwig hat uns erneut geholfen. Wir konnten die Kreuzfahrt sogar ohne Stornierungsgebühr zurückgeben.«

»Ludwig Imhoff?«, überlegte Löffler laut. »Von der Reederei TransOzeana?«

»Ja«, beteuerte Kaczmarek. »Ein anderer hätte das niemals hinbekommen.«

Löffler kämpfte die aufkeimende Enttäuschung nieder. Tat sich hier eine neue Spur auf? Die Corinna Borowski entlastete? Direkt nach ihr zu fragen, schied aus. »Woher kommt die Jacht, die PAULA2? Als Heimathafen steht Bremen am Heck? Gehört sie Ihnen?«

»Nein, die hat uns auch Ludwig besorgt. Als Chef der Haustechnik kennt der jede Menge Leute.«

Falls seine Erinnerung stimmte, zählte Ludwig Imhoff nach dem Einbruch in die Reederei zu den Ersten am Tatort. »Sagen Sie«, fragte Löffler vorsichtig, »Ihr Kumpel Imhoff hat Ihnen nicht zufällig die Reise mit der PAULA2 aufgeschwatzt?«

»Sie meinen, Ludwig steckt hinter der Erpressung?« Pia Otten schüttelte heftig den Kopf.

»Also, eine Millionenerpressung und Ludwig? Nein«, bekräftigte Kaczmarek.

»Gut«, lenkte Löffler das Gespräch wieder auf seine ursprüngliche Frage zurück. »Wer kannte Ihre Urlaubspläne sonst noch?«

»Tja, wir haben im Tanzklub darüber gesprochen und bestimmt auch die PAULA2 erwähnt.«

»Und bei dir in der Bar?«, fragte Pia Otten.

»Ich rede selten mit den Gästen über Privatangelegenheiten. Aber der eine oder andere Kollege aus dem Hotel wusste Bescheid.« Er schien zu überlegen. »Den Namen der Jacht habe ich nie genannt.«

»Ach, und ehe ich es vergesse«, polterte Pia Otten dazwischen, »wir brachten Gerd zum Schiff nach Bremerhaven und trafen dort Frau Borowski. Sie zeigte sich enttäuscht darüber, dass Norbert nun nicht mitfuhr, wünschte uns dennoch schöne Ferien. Sie meinte sogar Pia und PAULA2 passten gut zusammen.«

Löfflers Herz pochte ungestüm. »Wie kam sie darauf?«

»Irgendwann im März wohnte Corinna bei uns im Hotel«, erklärte Kaczmarek. »Da redeten wir über unsere Urlaubspläne und stellten fest, dass wir gemeinsam diese Kreuzfahrt unternehmen würden. Kurz vor dem Urlaub übernachtete Corinna erneut im Neptun.«

»Wann?« Löfflers Nervosität quälte ihn.

»Lassen Sie mich überlegen.« Kaczmarek schaute auf seine Partnerin, als wisse sie die Antwort. »Ja genau, am 30. April – am Ersten hatte ich frei. Corinna erschien ziemlich spät in der Bar, so gegen Mitternacht.«

Bingo. Eine Frau Schulze kontrollierte die Sicherheitsfirma am 30. April um 22.30 Uhr. Passte alles. »Bei diesem abermaligen Treffen erwähnten Sie Ihre geänderten Urlaubspläne?«

»Ja. Wir kamen automatisch darauf. Ich erzählte vom Segeltörn und Corinna bedauerte, dass wir nicht gemeinsam auf der RÜGEN fuhren. Ich lud sie ein, uns zusammen mit Gerd in Stralsund zu besuchen.«

»Ging sie auf Ihren Vorschlag ein?«

»Damals ja. Danach ließ sie allerdings kein Wort mehr von sich hören.«

»Vielleicht hat sie Ihrem Bruder Bescheid gesagt?«

»Könnte sein?«

»Hat er etwas erwähnt?«

»Wir hatten leider keine Gelegenheit, groß miteinander zu sprechen. Ihre Kollegen in Uniform waren strikt dagegen, und nach der Entlassung wollte Gerd sofort wieder auf die RÜGEN. Aber ich kann ihn anrufen.«

Löffler nickte. Norbert Kaczmarek lief zur Kajüte und verschwand in dem schmalen Niedergang. Wenig später kam er zurück. »Schade, er meldet sich nicht.«

»Ich versuche es nachher«, sagte Löffler. Wenn er im Anschluss auf das Kreuzfahrtschiff ging, konnte er Gerd Kaczmarek persönlich treffen. Mehr der Vollständigkeit halber fragte er: »Wusste noch jemand von Ihrem Urlaub?«

»Bestimmt hat mein Bruder einigen Leuten davon erzählt.«

Das würde Löffler ebenso mit überprüfen. Er stand auf, dankte für die Auskünfte und bat die beiden, vorerst in Stralsund zu bleiben. Sie sollten über die geführte Unterhaltung keinesfalls zu anderen sprechen – zu niemandem, auch nicht zu Gerd.

Auf dem Weg zum Auto rief er erneut den Einsatzleiter an. Der bestätigte: Corinna Borowski sei an Bord; sie werde observiert.

»Behalten Sie sie im Auge, ich komme auf das Schiff.«

*

Marc starrte aus dem Fenster seines Autos. Um ihn herum herrschte fröhliches Feiertagstreiben. In der Innenstadt und vor allem entlang der Weser flanierten tausende von Bremern. Das herrliche Wetter schien Jung und Alt ins Freie zu locken. Währenddessen wartete er auf seine Hinrichtung. Er langte nach seinem Zopf. Langsam glitten die Haarspitzen durch die Finger. Der Stellplatz mit dem

Schild ›Geschäftsführung‹ auf dem Firmenparkplatz lag noch immer verwaist da. Der Reedereichef würde jeden Augenblick eintreffen. Dieses unsägliche Warten zehrte zusätzlich an Marcs Nerven.

Auf einmal klingelte sein Handy. Christin. Er warf den Zopf über die Schulter und nahm das Gespräch an.

Bevor er ein Wort sagen konnte, plapperte sie drauf los: »Du musst unbedingt hinfahren.«

»Christin?«

»Papa, fahr ganz schnell! Ich war heute bei der Schule, die mir Alwin gestern gezeigt hat.«

»Was hast du da gesucht?«

»Mir hats so gefallen. Ich wollte noch mal gucken … und den Schulweg ausprobieren.«

»Wie kommst du eigentlich in die Gegend? Etwa allein?« Marc empfand Wut über Christins Unternehmungsgeist. War sie den weiten Weg ohne Begleitung dort hinausgefahren? Gestern hatte er eine halbe Stunde mit dem Auto gebraucht.

»Papa! Erstens: Mama arbeitet und ich habe mich zu Hause gelangweilt. Zweitens: Ich bin zwölf. Und drittens: Mit Bus und Bahn erreicht man die Schule super leicht. Mama kann mich später ja nicht ständig fahren. Oder?«

»Du brauchst nicht ständig zu fahren, da die Schule ein Internat haben wird. Jedenfalls über deinen Ausflug reden wir noch«, erklärte Marc kurzerhand. Während er auf seine Tochter einredete, rollte eine schwarze Limousine auf den Parkplatz des Geschäftsführers und Olbert stieg aus. »Warum soll ich dorthin fahren?«, fragte er, um das Telefonat schnell zu beenden.

»Da sitzt ein Mann im Keller – eingesperrt.«

»Vielleicht ein Gespenst? Ich habe zu tun.«

»Papa. Ich habe das Gesicht genau hinter der verschwommenen Scheibe gesehen. Er hat immer daran geklopft.«

»Christin, wo bist du gerade?«

»Zu Hause.«

»Gut. Da bleibst du bitte auch. Ich hänge mitten in wichtigen Ermittlungen. Sobald ich mich freimachen kann, komme ich.« Nach dem mauligen Ja seiner Tochter legte Marc auf und schüttelte den Kopf – jetzt sah Christin schon Spukgestalten. Aber irgendwie musste er nachher bei ihr vorbeischauen.

Er blickte zu dem Firmenwagen auf dem Parkplatz hinüber. Olbert war längst im Gebäude verschwunden. Marc dröhnte der Puls in den Ohren. Er holte tief Luft und räusperte sich, als stünde ihm eine wichtige Rede bevor, stieg aus und lief zum Eingang der TransOzeana.

Der Reedereichef saß in seinem Büro. Die beiden begrüßten einander. Marc nahm Platz und schilderte die letzten Neuigkeiten, die ihm Löffler mitgeteilt hatte.

»Hm«, sagte Doktor Olbert mit nachdenklichem Ton am Ende des Berichts. »Ihr Kollege in Stralsund scheint auf dem richtigen Weg zu sein. Doch was, wenn er sich irrt?«

Olbert reagierte unerwartet ruhig. Konnte Marc aufatmen?

»Sie … Sie meinen … dieser Utesch ist der Täter?«

»Nein. Warum ließ dieser Exkampfschwimmer das Geld wieder auftauchen? Was hatte er Ihrem Herrn Löffler gesagt?«

»Weil in dem Plan nie von Mord die Rede gewesen sein soll.«

»Der Erpresser hat den Ehrenkodex des Mannes verletzt. Ich kenne solche Elitesoldaten in meinem Bekanntenkreis. Die besitzen alle eine ausgeprägte Berufsehre. Kurt

Tucholsky hält zwar Soldaten für Mörder, indes …« Olbert beugte den Oberkörper vor und stützte seine Unterarme auf den Tisch. »Spezialkräfte erledigen ihren Job und trachten danach, Kollateralschäden zu vermeiden. Glauben Sie dem Herrn.«

»Was?«

»Alles: Er hat das Geld aus dem Hafen geholt, aber nur notgedrungen. Die Bluttaten gehen auf das Konto eines anderen. Vielleicht steckt wirklich diese Frau Borowski dahinter.«

Das Telefon auf dem Schreibtisch klingelte. Olbert schaute auf das Display, nickte Marc entschuldigend zu und nahm ab. »Ja?« Er lauschte. Mit jeder Sekunde, die Olbert zuhörte, verkrampften sich seine Gesichtszüge immer mehr. Wie im Zeitraffer aufgenommen, schien er zu altern. »Ja, danke«, hauchte er schließlich in den Hörer und legte auf.

Marc rutschte unruhig auf seinem Platz hin und her. »Eine wichtige Nachricht?«

»Ihr Kollege lässt diese Frau Borowski beschatten?« Olberts Stimme klang kraftlos.

»Ja?«

»Dann scheidet sie mit hoher Wahrscheinlichkeit als Mörderin aus.«

»Warum?«

»Weil wir einen neuen Toten auf der RÜGEN haben. Unter den Augen der Polizei wird die Frau ja wohl kaum ein Menschenleben auslöschen können. Oder?«

# 29

Löffler fuhr direkt auf den Liegeplatz hinter dem Heck des Kreuzfahrtschiffes. In seiner Tasche klingelte das Handy. Er schaute auf das Display. Was wollte Müller III nun schon wieder? Er betätigte die Taste mit dem grünen Hörersymbol und nuschelte eine Begrüßung. Bereits die ersten Worte des Kollegen trieben ihm den Schweiß auf die Stirn. Löffler zog sein Tuch hervor und wischte sich über den Kopf.

»Gerd Kaczmarek ist das Opfer?«, fragte er ungläubig.

»Ja. Er lag in seiner Kabine und wurde anhand der Bordkarte identifiziert.«

»Weiß sonst wer davon?«

»Nein. Der Kapitän rief zuerst hier beim Reedereichef an, ich sitze gerade bei ihm. Bitte kümmere du dich sofort um den Fall«, flehte Müller III, als lege er seine zukünftige Karriere in Löfflers Hände.

»Mach ich.« Löffler verabschiedete sich, stieg aus und ging zum Einsatzleiter, der neben dem Auto wartete. Löffler informierte ihn über die neue Lage und ermahnte den Kollegen, die Observation von Corinna Borowski unbedingt fortzusetzen. Zusammen hasteten sie die Gangway hinauf und betraten das Vestibül. Auf einmal stand Frau Gronau vor Löffler.

»Konnten Sie eine Spur meines Mannes finden?« Eingefallene Augen, eine spitze Nase und verkrampfte Lippen spiegelten ihren Seelenzustand wider.

Unfähig, sie einfach stehen zu lassen, bat Löffler, der Einsatzleiter möge vorausgehen und die Sicherungsmaßnahmen der Schiffsbesatzung am Tatort unterstützen.

»Unsere Fahndung läuft«, antwortete Löffler ausweichend an Gabriele Gronau gewandt. »Wir suchen wirklich mit allen Kräften.«

»Ich halts langsam nicht mehr aus.« Tränen standen der Frau in den Augen.

»Wie ich das verstehe. Bitte bringen Sie noch etwas Geduld auf.« Löffler empfahl ihr, zum Schiffsarzt zu gehen und eine Beruhigungsspritze zu erbitten. »Ich informiere Sie, sobald wir auch nur die kleinste Spur finden.«

Frau Gronau nickte.

Sie tat Löffler leid. Der tote Kaczmarek würde seine Zeit weiter einschränken, nach dem Vermissten zu suchen. Er begleitete Gabriele Gronau an die Rezeption und bat eine der Damen, der Frau zu helfen. Mit einem neuerlichen Appell an ihr Durchhaltevermögen verabschiedete er sich und hastete die Treppe im Vestibül hinauf.

Die Kabine, in der das Unglück geschehen war, lag am Ende eines der Gänge des Mönchgut-Decks. Die Schiffsführung hatte den Bereich durch ein gelb-schwarzes Signalband und einen Steward abgesperrt. Ein Schild wies auf einen Wasserrohrbruch hin und entschuldigte gleichzeitig die Unannehmlichkeiten.

Der Einsatzleiter erwartete Löffler auf dem Korridor.

»Ist niemand weiter drin«, sagte er.

»Danke. Geben Sie mir einige Minuten, um allein den Tatort anzusehen. Wenn die KT kommt, sie sollen warten.«

Der Einsatzleiter nickte, Löffler betrat die Kajüte und schloss die Tür hinter sich. Kaczmareks Leiche lag auf dem Boden, Verletzungen oder gar Blutspuren konnte Löffler nicht entdecken. Die Kabine hatte denselben Zuschnitt wie die des Ehepaars Gronau, nur dass die Möbel spiegelverkehrt angeordnet waren. Also musste sie auf der anderen Bordseite liegen.

Der unangetastete Raum bot Löffler die Gelegenheit, seine ›Vernehmung des Opfers‹ abzuhalten. Er hockte sich hin, lehnte seinen Rücken an die Innenseite der Kabinentür und schloss die Augen. Zuerst spürte er die Vibrationen, die die Hilfsdiesel tief unten im Maschinenraum verursachen mochten. Irgendwo rauschte ein Lüfter. Draußen auf dem Gang erklangen Schritte und leise Worte. Löffler konzentrierte seine Sinne erneut auf das Innere der Kabine – den Tatort. Ein Hauch von Technik erfüllte den Raum. Nein, nach Diesel roch es nicht. Der riesige Stahlkoloss verteilte seine Ausdünstungen feiner, diffuser, in Form eines Geruchsgemenges aus Teppichboden, Farbe und Ozon. Der Atem des Vergänglichen schwebte bereits in der Luft. Löffler öffnete die Augen. Kaczmarek lag auf dem Bauch, als wäre er gestürzt – eines der Beine angewinkelt, die Arme über den Kopf ausgebreitet, das Gesicht zur Seite gewandt. Man mochte meinen, er würde gleich die Hände auf den Boden stützen und sich hochstemmen. Aber der Tod hielt den Körper wohl schon mehrere Stunden in dieser Position gefangen.

Löffler stand auf, öffnete die Kabinentür und ließ seine Kollegen herein, die bereits auf dem Korridor warteten.

*

Die Observation gab keinen Anlass zur Sorge. Corinna Borowski saß auf ihrer Kabine. Sobald sie das Schiff verließ, würde Löffler informiert werden. Beruhigt kehrte er nach dem kurzen Gespräch mit den zuständigen Ermittlern zu Kaczmareks Leichnam zurück. Neben dem Toten, der immer noch auf dem Boden lag, kniete Doktor Krause.

Als er Löffler bemerkte, stand er auf und begrüßte ihn. »So schnell sieht man sich wieder.«

»Können Sie schon etwas sagen?«

»Der Mann starb vor mindestens 14 Stunden. Die Leichenstarre ist bereits völlig ausgebildet.«

»Also gestern Abend?« Lange bevor das Geld aufgefunden worden war. Lange bevor die Beschattung der Borowski begonnen hatte. Sein Tatverdacht gegen die attraktive Blondine wurde durch den neuerlichen Mord keineswegs erschüttert. Aber warum musste Kaczmarek sterben? Weil die Polizei ihn vorübergehend festgehalten hatte?

»Gestern Abend«, bestätigte Doktor Krause. »Als Todesursache unterstelle ich zunächst Genickbruch.«

Schon wieder. Löffler zog ein kalter Schauer über den Rücken.

»Dieselbe Todesart, wie bei Helmers«, sprach der Gerichtsmediziner die Gedanken des Kommissars laut aus. »Sie sollten sich beeilen, wenn der Täter nicht nach und nach alle Passagiere ausrotten soll.«

»Wann bekomme ich Ihren Bericht?«

Doktor Krause sah zu dem Verstorbenen hinunter. »Ich bin hier fertig. Kommt der Leichnam nachher gleich auf meinen Tisch, lege ich sofort los; ehe morgen der Alltag über mich hereinbricht.«

»Danke«, hörte Löffler seine eigene Stimme. Er erlebte die Situation wie in einem bösen Traum. Wo nahm seine Verdächtige, diese elegante und intelligente Frau, nur diese kriminelle Energie her? Drei Männern das Genick zu brechen oder zu ertränken, erfordert ein erheblich höheres Maß an Kaltblütigkeit als Morde durch Schusswaffen oder Gift. Löffler verabschiedete Doktor Krause, sprach einen der Kriminaltechniker an und fragte nach deren ersten Erkenntnissen.

Bei der Vielzahl von Spuren benötige man Wochen, um alle auszuwerten. Aber soviel könne er bereits sagen: Der Täter habe versucht, das Verbrechen als Unfall aussehen zu lassen. Der Kriminaltechniker zeigte auf ein leeres Glas zu Füßen des Leichnams. Gleich daneben stand eine kleine Pfütze.

»Die Tarnung ist allerdings stümperhaft ausgeführt worden«, fuhr er fort. »Und! Alles deutet auf eine überhastete Vorgehensweise hin. Am Körper des Opfers haftet ausreichend DNS-Material, das den gewaltsamen Genickbruch belegt. Für jeden Verdächtigen, den Sie ermitteln, werden wir Schuld oder Unschuld eindeutig klären.«

Das freute Löffler. Am liebsten würde er sofort zu Corinna Borowski gehen und sie um eine Speichelprobe bitten. Jedoch würden die Ergebnisse der KTU und Gerichtsmedizin einige Zeit benötigen; Zeit, in der die Borowski eine Verteidigungsstrategie entwickeln konnte.

»Starb Kaczmarek hier?«, fragte Löffler weiter.

»Soweit wir das bis jetzt beurteilen können – ja.«

»Gibts Einbruchsspuren?«

»Nein. Das Opfer ließ seinen Mörder herein.«

»Demnach eine Beziehungstat?« Borowski und Kaczmarek kannten einander, allerdings nur flüchtig.

Der Kriminaltechniker kratzte nachdenklich seinen Kopf. »Das müssen wir erst noch überprüfen. Auf einem Schiff öffnet man eher die Kabinentür als zu Hause die Wohnungstür, wenn jemand klopft. Andererseits haben wir bisher wenig Spuren gefunden, die auf einen Kampf hindeuten. Deshalb könnte Ihr Tipp von der Beziehungstat stimmen. Näheres entnehmen Sie bitte unserem Bericht.«

Löffler dankte für die Auskünfte und bat darum, die Leiche so schnell wie möglich in die Gerichtsmedizin zu bringen. Er selbst verließ die Kabine, da klingelte sein Handy.

»Die Zielperson hat zusammen mit Frau Sanders das Schiff verlassen«, meldete der Einsatzleiter. »Auf der Pier nahm sie ein Pkw auf. Am Steuer sitzt eine unbekannte Frau.«

»Wem gehört das Auto?«

»Mietwagen. Von einer Anna Schulze geliehen.«

In Löfflers Kopf schlugen die Alarmglocken an. »Ich übernehme die Verfolgung selbst. Mein Wagen steht ja unten.«

## 30

»Dann eben nicht, du alter Sturkopf«, schimpfte Marc in das Telefon. Er hatte Löffler angeboten, die Beschattung des Fluchtautos mit den Frauen fortzusetzen, falls sie nach Bremen kamen. Löffler folgte ihnen bereits seit mehr als drei Stunden. Der Feiertagsrückreiseverkehr hielt immer wieder Staus parat und so schlichen die beiden Autos förmlich über die Autobahn. Immerhin hatten sie inzwischen Hamburg passiert und fuhren auf der BAB 1 nach Westen.

»Ich muss sogar übernehmen, wenn ihr zu uns kommt«, beharrte Marc auf seinem Standpunkt.

»Mensch, Müller III. Wir fahren zwar in eure Richtung, doch wer weiß, wo die Reise endet? Du hältst dich in Bereitschaft.« Löffler verstummte kurz. »Was ist eigentlich mit dem Mann, der den Erpresserbrief in die Kneipe gebracht hat? Und der Wachmann? Stehen die zur Verfügung? Steuern die Damen vor mir tatsächlich Bremen an, brauchen wir Zeugen und belastendes Material.«

»Der Wachmann müsste zu Hause sein; den können wir jederzeit sprechen. Nach dem Überbringer des Erpresserschreibens fahnden wir.« Der letzte Satz kam Marc nur zögerlich über die Lippen. Herzog hatte jegliche Unterstützung abgelehnt. Der Senat kritisiere ohnehin die hohe Summe an Überstunden. Die entscheidenden Ermittlungsarbeiten lägen bei den Kollegen in Meck-Pom. Aus diesem Grund unterblieben besagte Nachforschungen.

»Wie lange wollt ihr denn suchen?«, schimpfte Löffler. »Du hast jetzt Zeit, also beweg dich.« Im Hörer ertönte das Besetztzeichen.

Marc legte ebenfalls auf. Am liebsten würde er sich einfrieren und erst wieder auftauen lassen, wenn das Gestrüpp des Falls ausgelichtet und der Täter aufgespürt worden war. In dem Maße von einem fernen Kollegen abhängig zu sein, behagte ihm ganz und gar nicht. Aber Jammern half keinen Schritt weiter. Er zog die beiden Phantombilder aus der Akte. Das Abbild dieser Anna Schulze war ziemlich nichtssagend – ein langer Pony und die überdimensionale Brille verdeckten das halbe Gesicht, während die Brillengläser die Augen auf Centgröße verkleinerten. Auf den ersten Blick gab ihr Haarschnitt der Dame ein asiatisches Aussehen. Bei genauerem Hinsehen erinnerten Wangenknochen, Ohren und Mundpartie jedoch an eine Europäerin.

Das andere Bild zeigte ein markanteres Antlitz: Die große Nase und die eingefallenen Wangen verliehen dem Mann den Habitus eines Raubvogels. Marc konnte sich den schlaksigen Körper regelrecht vorstellen. Er sah zur Uhr. Bis Löffler das Stadtgebiet von Bremen erreichte, verging bestimmt noch eine Stunde. Anstatt hier herumzusitzen, würde er nach dem Raubvogel-Mann suchen.

Einige Zeit später kam Marc aus Heins Kneipe. Der Wirt hatte gerade von Neuem bestätigt, der Überbringer des Erpresserbriefs habe so ausgesehen wie der Mann auf dem Phantombild. Wo er den Kerl schon einmal gesehen habe, daran hatte sich Hein nicht erinnert. Er konnte nur soviel sagen, dass er ihm mehrfach begegnet sei. An diese Aussage knüpfte Marc seine Hoffnung: Arbeitete das Raubvogel-Gesicht in der Nähe? An der Schlachte, der Flaniermeile entlang des Weserufers, beschäftigte das Tourismusgeschäft viele Menschen.

Marc lief die 300 Meter bis zum Flussufer und klapperte die aufgebauten Buden ab. Verlief seine Suche hier erfolglos, musste er anschließend die Gastronomiebetriebe durchkämmen. Aber diese Mühen blieben ihm erspart. Bereits von Weitem entdeckte er den Gesuchten. Der Mann lümmelte gelangweilt an einem Verkaufsstand herum und pries Fahrten mit einem Ausflugsschiff an. Marc ging zu ihm.

»Doch noch jemand, der Lust auf einen Ausflug verspürt.«

Marc hob abwehrend die Hände und holte sein Phantombild aus der Tasche. »Sind Sie das?«

Der Raubvogel-Mann schaute auf das Blatt. »Woher stammt das?«

Das Bild sei nach der Beschreibung des Kneipenwirts entstanden, der am Samstag eine anonyme Briefsendung erhalten hatte. »Stecken Sie dahinter?«

»Ja, warum? Wollen Sie mir etwas unterschieben?«

»Nein. Aber die Post kam von einem Erpresser.«

Davon wisse er nichts. Am Samstagnachmittag so gegen vier sei eine Frau gekommen und habe ihn gebeten, die Sendung abzugeben – für 50 Euro.

»Für 50 Euro einen Brief über 300 Meter transportieren? Da schrillen bei Ihnen keine Alarmglocken?«

»Die Frau stank förmlich vor Geld und spendierte mir eben ein großzügiges Trinkgeld. Der richtige Job bringt ja nur einen Hungerlohn ein.«

»Wie sah die Frau aus?«

»Schwarze Haare, schulterlang, üppiger Pony, in der Art einer Asiatin. Ach, und eine dicke Brille trug sie.«

Marc zog sein zweites Phantombild hervor und hielt es dem Mann hin.

»Genau das war sie«, bestätigte er und nickte.

Die Antwort bereitete Marc Bauchschmerzen. Nach der Aussage des Wachmanns zeigte das Bild diese Frau Schulze, hinter der nach Löfflers Verdacht die Borowski stand. Aber die hatte unmöglich am Samstag hier auftauchen können. Am Samstag hatte die RÜGEN den Nord-Ostsee-Kanal passiert, mit Corinna Borowski an Bord.

Sein Handy enthob Marc weiterer Grübeleien. Die Nummer auf dem Display kam ihm unbekannt vor. Er nahm das Gespräch entgegen. »Ja?«

»Müller? Bist du dran?« Frau Fischbecks Stimme klang energisch.

»Ja.«

»Christin sitzt hier bei mir und erzählt die Geschichte eines eingesperrten Mannes. Du solltest dich darum kümmern.«

»Christin sprach von einem Geist.«

»Du sollst sie mit dem Quatsch vom Geist abgewimmelt

haben. Oder? Die Kleine hat mir alles erklärt. Da muss jemand im Keller der zukünftigen Schule festsitzen.«

»Aber das Gebäude steht leer.«

»Vielleicht gerade deshalb«, blieb Frau Fischbeck hart. »So wie Christin sich ausgedrückt hat, gehts ihm schlecht.«

»Rufen Sie einfach beim zuständigen Polizeirevier an. Ich bin im Einsatz.«

»Wo ist das? Welche Telefonnummer? Unter 1-1-0 habe ichs schon versucht. Die Idioten stehen lediglich für Notfälle zur Verfügung und nicht, um Kinderfantastereien hinterher zu jagen, sagen die Herren Beamten. Bringen die euch auf der Polizeischule das Abwimmeln hilfsbedürftiger Bürger bei? Also, was ist? Kommst du?«

Marc sah den Raubvogel-Mann an. Von dem brauchte er nur noch die Daten zu erfragen. Bis Löffler anrief, könnte er sich um Christins Gefangenen kümmern. »Ja, ich komme.«

# 31

»Jetzt habe ich aber die Schnauze voll.« Die Frau am Steuer schlug vor Wut auf das Lenkrad. Während der mittlerweile über drei Stunden währenden Fahrt ereilte sie zum wiederholten Mal ein Stau. Jetzt standen sie auf der rechten Spur, mitten im Stadtgebiet von Hamburg, auf einer Brücke. Während Corinna links neben Dagmar im Fond des

Autos saß, chauffierte die Fremde. Gleich beim Einsteigen am Liegeplatz der RÜGEN hatte Dagmar sie wiedererkannt: der klobige Brillenrahmen, die starken Gläser und die tiefschwarzen Haare. Ihre Fahrerin hatte Gronau auf dem Markt in Stralsund angesprochen, als er verschwand. Dagmar fühlte sich in der Gewalt der beiden Frauen völlig hilflos, dennoch wollte sie die Hoffnung nicht aufgeben. Wenn sie aktiven Widerstand vermied, so ihre Überlegung, brachte ihr die Autofahrt gegebenenfalls eine Möglichkeit zur Flucht. Und so war sie stets den Anweisungen der beiden Entführerinnen gefolgt.

Corinna richtete den Oberkörper auf und sah aus dem Fenster. Auf einmal fummelte sie im Fußraum herum, ließ die Seitenscheibe herunter und warf Frau Essers Videokamera im hohen Bogen ins Wasser.

»Die findet hier keiner«, seufzte sie zufrieden.

»Die hättest du schon längst entsorgen sollen«, vermeldete die Fahrerin von vorn.

»Ach ja? Wo denn du Klugscheißerin? Im Hafenbecken, gleich neben dem Schiff? Hätte den Polizeitauchern die Arbeit erleichtert.«

»Wärst du halt woanders hin gegangen. Stralsund ist von Wasser umgeben.«

»Wollte ich – gleich nach dem Frühstück. Kann ich wissen, dass die Tussi«, Corinna nickte zu Dagmar, »mitten in der Nacht bei mir auftaucht und rumschnüffelt?«

»Du hast Scheiße gebaut«, betonte die Fahrerin. »Gibs zu.«

»Ich habe das Problem ja jetzt beseitigt«, muffelte Corinna und warf den Oberkörper in den Sitz zurück. Die Seitenscheibe surrte leise nach oben.

Demzufolge zeigte das Video belastende Bilder. Dagmar kämpfte den Drang nieder, nach ihrem BH zu tasten. Sie musste die Videoaufzeichnungen unbedingt durchbringen. Zumindest würde jetzt, wo die Kamera entsorgt war, weder Corinna noch ihre Komplizin nach dem Band suchen.

»Wenn das so weitergeht«, schimpfte die Fremde hinter dem Steuer, »verbringen wir die Nacht auf der Straße.«

»Wo fahren wir hin?«, nutzte Dagmar die Gelegenheit zu einem leisen Einwurf.

»Wirst du schon erfahren«, quittierte Corinna gereizt.

Dagmar verspürte auf einmal den Drang, Corinnas Nervenstärke auszutesten. »Wollt ihr mich umbringen?«

»Ach, du Dummchen. Meinst du, wir kutschieren dich quer durch Norddeutschland, um dich umzulegen?«

»Aber Ronald hast du umgebracht.« Ungeachtet der Ungeheuerlichkeit, die in den Worten steckte, kamen sie Dagmar leicht über die Lippen.

»Du spinnst.« Corinna grinste – es wirkte aufgesetzt und maskenhaft. »Was soll das? Warum redest du solch einen Scheiß?«

»Ich weiß es – Ronald geht auf dein Konto.«

»Hör auf!«

»Mir reichts!«, polterte die Fahrerin und schlug erneut auf das Lenkrad. »Hört auf mit diesem Rumgezicke. Erzähl ihr alles. Du brennst doch darauf, der Tussi die Geschichte unter die Nase zu reiben, damit sie ein Leben lang daran denkt.«

»Woran soll ich den Rest meiner Tage denken?«

Corinna schwieg und drehte den Kopf zum Seitenfenster.

Dagmar spürte deren Zweifel zwischen Reden und Schweigen. Wie konnte sie ihr die Zunge lösen? Durch eine einfache Frage: »Warum hast du vor der Neptuntaufe den Versöhnungsspruch an den Spiegel geschrieben?«

»Weil du miterleben solltest, wie dein Ronald stirbt.«

Dagmars Herz setzte für einen Schlag aus. Der Schmerz drohte, alles in ihr abzutöten. Nur unter allergrößter Mühe brachte sie ein Flüstern heraus: »Warum?«

»Warum? Warum? Warum?« Corinnas Oberkörper flog herum. »Deinetwegen wurde ich zur Mörderin.« In ihren Augen blitzte der Hass. »Wenn du mir nicht in die Quere gekommen wärst, ich hätte ihn nach meiner Fasson geformt, ich hätte ihm diese aberwitzige Idee ausgetrieben.«

»Aberwitzige Idee?«

»Frage auch noch so blöd – diesen Quatsch mit Timur-Schule und hilfsbedürftigen Gören.«

»Ich dachte, das war eure Idee? Eure gemeinsame Idee?«

»Von wegen.« Corinna setzte wieder ihr gezwungenes Grinsen auf. »Hör gut zu. Ich erkläre unserem kleinen Dummchen jetzt alles.« Corinna habe die ganzen Mätzchen lediglich mitgemacht, um an das Geld zu kommen, an das ihres Trios und das von dieser blöden Tilgner. Die Millionen bildeten einen probaten Grundstock für eine Film-Produktionsgesellschaft.

»Ronald musste für deine Geldgier sterben?«

»Wir haben Jahre geschuftet, um die Penunze zusammenzukratzen. Und wofür? So ein Scheiß – Schule für irgendwelche Bälger. Im Filmgeschäft liegt die Zukunft. Hollywood produziert heute öfter in Berlin als in den Staaten.«

»Da wolltest du dabei sein?«

»Ja, da *werde* ich dabei sein!«

»Machst du mit diesem Wolpert gemeinsame Sache?«

»Der Herr Wolpert hatte einen Badeunfall«, erklärte Corinna süffisant.

Dagmar kroch immer weiter in ihre Ecke. Corinna erschien ihr als Monster in Engelsgestalt. »Wie starb Ronald?«

»Er musste nicht leiden, falls du das meinst.«

»Wie?«

»Sein Genick brach beim Sprung in den Pool. Ist ja auch gefährlich – passiert überall.«

Ein Dolchstoß fuhr Dagmar ins Herz. Der Gedanke an all die Stunden, gemeinsam mit diesem Monster verbracht, ekelten sie an. Hätte Ronald auf die Neptuntaufe verzichtet, wäre er dann noch am Leben? Ohne Corinna anzusehen, fragte Dagmar danach.

Corinna lehnte sich zurück. »Die Taufe eröffnete mir eine zusätzliche Chance. Mein Plan basierte ursprünglich auf dem Wettschwimmen.«

Ronald war demnach chancenlos gewesen. Warum hatte dieses Ungeheuer sie nicht ebenso umgebracht? Dagmar erschrak. Nun wo sie die Details kannte, schwebte sie da in Lebensgefahr? »Und ich? Tötest du mich auch?«

»Wie oft denn noch? Nein!«

»Ich weiß jetzt von deinen Untaten.«

Corinna rutschte dicht an Dagmar heran. »Eigentlich hättest du den Tod verdient. Du bringst uns um zwei Millionen. Wir wollten Alwins kleine Spende an die TimurSchule mit einsammeln. Durch deine blöde Schnüffelei müssen wir morgen bereits die Konten räumen, ohne den Erlös aus dem Verkauf des Reiterhofs.«

»Ihr?« Dagmar sah erst nach vorn zur Frau hinter dem Steuer und dann wieder auf Corinna. »Wer hat dir geholfen?«

»Das würdest du gern …«

»Halt die Klappe«, fuhr die Fahrerin dazwischen. Sie

drehte sich nach hinten. »Wenn du *deine* Geschichte erzählst, dann bitte, aber andere lass aus dem Spiel.«

»Ist ja gut«, wehrte Corinna ab.

»Und mich lasst ihr laufen?«, wollte Dagmar erneut das ihr zugedachte Schicksal ergründen.

»Du verschwindest von der Bildfläche, bis wir verschwunden sind.«

»Du hättest mich in Stralsund beseitigen können.«

»Damit die Bullen mich gleich einbuchten. Hätte dich jemand vermisst, wäre nur Minuten später dieser Tattergreis von Kommissar bei mir aufgetaucht. So konnte uns jeder sehen, wie wir auf einen schönen Ausflug gegangen sind. Dich vermisst vor dem Auslaufen kein Mensch.«

Das Auto rollte an und fuhr weiter. Der Stau schien sich aufzulösen. Corinna rückte von Dagmar ab und starrte wieder zum Seitenfenster hinaus. »In einer Stunde bist du am Ziel, Dummchen. Solange halt die Klappe.«

## 32

Wie gestern folgte Marc dem breiten Waldweg in Richtung des Herrschaftshauses. Frau Fischbeck saß hinten links auf der Rückbank und Christin rechts neben ihr. So konnte Marc seine Tochter im Auge behalten. Sie schmollte – er hatte ihr wegen des eigenmächtigen Ausflugs einige passende Worte gesagt. Anfangs hatte sie in ihrer selbstbewussten Art Widerstand geleistet. Dann war aber herausgekommen, dass sie nicht einmal Sabine von ihrem Streifzug ins Blaue unterrichtet hatte. Im Ergebnis war Frau Fischbeck seiner Kritik beigesprungen und Christin in ihr schmollendes Schweigen verfallen.

Marc hielt seitlich des zukünftigen Schulgebäudes, dessen Mauern im goldenen Licht der Nachmittagssonne schimmerten.

»Wo steckt dein Gefangener?« Er wandte sich zu Christin um. Sie deutete auf den abgewandten Giebel. Marc fuhr dorthin und stieg aus. Insgesamt fünf Kellerfenster – alle mit Milchglasscheiben und stabilen Gitterstäben versehen, lagen unmittelbar über dem Erdboden.

»Da hinten wars.« Christin, die inzwischen neben Frau Fischbeck an seiner Seite verharrte, streckte den Arm auf das zweite Fenster von vorn.

Marc ging in die Knie und lauschte, konnte allerdings nichts hören. »Hier?«, fragte er zur Sicherheit erneut. Seine Tochter nickte. Marc klopfte. Wieder kam keine Reaktion. Er stand auf. »Dein Geist ist ausgeflogen.«

»Müller«, fauchte Frau Fischbeck.

»Aber da war jemand!« Trotzig verschränkte Christin die Arme vor der Brust.

Marc lief zurück und streichelte ihr die Wange. »Wer weiß, was du gesehen hast?«

Christins Blicke waren noch immer auf das Fenster gerichtet. Plötzlich hob sie den Arm. »Da! Siehst du.«

Marc drehte sich herum. Hinter der Scheibe schimmerte ein heller Fleck. Er ging zu dem Kellerfenster und beugte den Oberkörper vor.

»Wie heißen Sie?«, fragte er mit lauter Stimme und wischte über das Glas, als könne er so den milchigen Belag beseitigen.

Leises Gemurmel erklang im Kellerraum. Der Mann schien tiefer als Marc zu stehen, sein Gesicht leuchtete nur noch undeutlich von unten herauf. Marc schob seinen Kopf an das Fenster. »Warten Sie, ich helfe Ihnen.«

Er rannte zu seinem Auto und kramte den Schlüssel für die Radmuttern aus dem Kofferraum.

Christin lief aufgeregt hinter ihm her. »Was machst du?«

Anstatt ihr eine Antwort zu geben, kehrte Marc an das Kellerfenster zurück und schrie. »Vorsicht! Gehen Sie weg!« Er holte aus und schlug den Schraubenschlüssel auf das Glas, das laut krachend zerbarst. Schnell stocherte er die Scherben vom Rahmen und schaute in den Kellerraum, der bestimmt drei Meter tiefer lag. Im Licht des hereinfallenden Sonnenlichts kam ein Mann zum Vorschein, der einen hellen Sommeranzug trug. Er trat an das Fenster und kletterte auf einen Stuhl. In dieser Position musste er auch auf sich aufmerksam gemacht haben.

»Wer sind Sie?«, fragte Marc.

»Gronau. Harry Gronau. Eine Frau hat mich entführt. Wo bin ich hier?«

Marc sprach beruhigend auf ihn ein – er sei Kommissar der Polizei und werde ihn befreien. Er winkte Frau Fischbeck und Christin heran, die bei Gronau bleiben sollten; er selbst werde den Weg in den Keller suchen.

An der Rückseite des Gebäudes rannte Marc zu der Tür, durch die er gestern Christin und Tilgner ins Innere gefolgt war. Natürlich war der Eingang heute verschlossen; er würde ihn aufbrechen müssen. Zwischen den Bäumen des Parks suchte Marc nach einem dicken Knüppel, den er als Rammbock einsetzen konnte. Plötzlich lauschte er – auf dem Zufahrtsweg knirschte der Splitt. Da näherte sich ein Auto. Er lief zur Giebelseite vor und lugte um die Ecke.

Als das Fahrzeug hielt, erschrak er – hinter dem Steuer saß die Frau von seinem zweiten Phantombild.

*

»Wir sind da.« Die Fahrerin öffnete die Seitentür und stieg aus. Corinna folgte ihrem Beispiel und forderte Dagmar auf mitzukommen.

Im Freien streckte Dagmar den Körper. Nach mehr als vier Stunden im Auto fühlten sich ihre Gelenke wie verrostete Scharniere einer alten Gartenpforte an. Was würde nun folgen? Um ihr Leben bangte Dagmar nicht. Sollte sie einfach wegrennen? Nur, wohin? Das parkähnliche Gelände bot mit seinen zahlreichen Bäumen genügend Deckung. Aber das hochherrschaftliche Anwesen umgab garantiert ein Zaun. Nein, sie musste eine bessere Gelegenheit für einen Fluchtversuch abwarten.

»Los komm!«, forderte Corinna. Sie trat an Dagmars Seite und schob sie zur Rückseite des Gebäudes. Die Fahrerin blieb zurück. Hinter der Hausecke schlugen die beiden Frauen den Weg zu einem schmalen Eingang unter einem Vordach ein. Corinna holte einen Schlüssel aus der Handtasche, öffnete und bugsierte Dagmar über eine Treppe in das Kellergeschoss hinunter. Ein breiter Gang, mit bogenförmiger Decke, weiß gekalkt, empfing sie. Die Luft war angenehm kühl und trocken, ohne den vielen Kellern anhaftenden Gestank von Moder oder Schimmel. Die zwei erreichten das Ende des Kellergangs und standen in einem kleinen Vorraum, an dessen Stirnseite fünf Türen lagen.

Corinna fasste Dagmar am Oberarm und schob sie vorwärts.

»Was soll das?«

»Wirst du gleich sehen.« Corinna riss einen der Kellerräume auf und schubste Dagmar hinein. Ein Bündel Sonnenstrahlen, vom Staub wie in einen Glasschlauch gezwängt, projizierte den Fensterrahmen als leuchtendes Viereck auf die gegenüberliegende Wand. Der Raum maß bestimmt drei Meter in der Höhe und hatte die Abmessungen eines mittelgroßen Zimmers. Das einzige Fenster hing dicht unter der Decke. Milchglasscheiben versperrten den Blick nach draußen. Im hellen Gegenlicht warfen dicke Gitterstangen ihre Schatten von außen auf die Scheibe. Unter dem Fenster stand eine Pritsche, mit Matratze, Decke und Kissen belegt, daneben ein alter abgeschabter Kleiderspind aus Holz. Auf der anderen Seite der Kammer befand sich ein Waschbecken, seitlich davon ein Kleiderhaken samt Handtuch und Bademantel. Ein Fernsehapparat auf einem Wandregal gleich neben dem Eingang und ein riesiger Kühlschrank, übermannshoch, wie man sie in amerikanischen Filmen sah, vervollständigten die Einrichtung.

»Haben wir die Möblierung nach deinem Geschmack getroffen? Hier bleibst du«, befahl Corinna.

»Holst du Gronau? Ich sollte ihn am Zielort treffen.« Der Mann war Dagmar völlig egal. Aber sie musste Zeit gewinnen. Wenn ihre Entführerin jetzt ging und die Tür hinter sich zuwarf, saß sie in dem Verlies gefangen.

Corinna lachte. »Gronau bewohnt ein ebensolches Apartment, zwei Zimmer weiter. Leider sehen wir uns gezwungen, euch getrennt festzuhalten.«

»Was soll ich in diesem Loch?«

»Errätst dus nicht?« Corinna stand breitbeinig im Türrahmen, die Fäuste in die Hüften gestemmt, und grinste.

So müssen KZ-Aufseherinnen die Häftlinge gepeinigt haben, dachte Dagmar.

»Ganz einfach meine Liebe: Du und der werte Herr Gronau bleiben eingesperrt, bis in vier Wochen die Bauarbeiten beginnen. Dann finden die Handwerker euch bestimmt. Haushalte mit deiner Verpflegung«, Corinna nickte zum Kühlschrank hinüber, »deine Haftzeit kann sich hinziehen.«

»Wie gnädig!«, stieß Dagmar voller Verachtung hervor. »Wenn ich hier verrecken würde, wäre dir das doch egal, du Mörderin.« Ihr schossen die Tränen in die Augen. Sie ärgerte ihre Schwäche, die sie zeigte. »Ich verfluche dich.«

Corinna kam auf sie zu.

»Halt!« Da war auf einmal eine dunkle Männerstimme im Raum. »Halt! Bleiben Sie stehen, Frau Borowski.«

Corinna gehorchte. Aus dem Vorraum kamen zwei uniformierte Polizisten herein und nahmen sie in die Mitte.

Nur einen Augenblick später fassten Dagmar von hinten zwei Hände und zogen sie in Richtung Tür. »Kommen Sie.« Die Stimme, die die beiden Worte flüsterte, gehörte diesem jungen Kommissar Müller. Behutsam bugsierte er sie in den Vorraum. Dort wartete Kommissar Löffler.

»Geht es Ihnen gut, Frau Sanders?«, fragte er.

Dagmar nickte.

Corinna wurde aus dem Kellerraum gebracht und starrte Löffler an. »Was soll das hier?«

»Frau Borowski, ich nehme Sie fest.«

»Warum?«, keifte Corinna wie eine Hexe im Märchen.

»Mord, Erpressung, Menschenraub …«

»Gar nichts können Sie …«

»Immer langsam, Frau Borowski«, unterbrach der Kommissar Corinnas Antwort. »Zunächst möchte ich Sie darüber in Kenntnis setzen, dass Sie ab sofort als Beschuldigte von uns befragt werden. Wir verdächtigen Sie, Ferdinand Wolpert, Ronald Helmers und Gerd Kaczmarek ermordet sowie Harry Gronau und Frau Sanders entführt zu haben. Ferner stehen Sie im Verdacht, maßgeblich an der Erpressung der Reederei TransOzeana beteiligt gewesen zu sein.« Kommissar Löffler sprach ruhig und gelassen, dennoch eindringlich. Er belehrte Corinna über ihre Rechte.

Dagmar stand daneben und verfolgte die Szene wie in einem Film, wie in einem schlechten Film. Ihr Kopf weigerte sich, die Konsequenzen anzuerkennen, und ihr Magen rebellierte in Krämpfen. Selbst vor einem Mord an Gerd Kaczmarek war Corinna nicht zurückgeschreckt. Die gesamte Zeit seit dem Auslaufen der RÜGEN, die vergangenen sechs Tage, hatte sie mit einer Serienmörderin zusammengelebt, ihr Vertrauen geschenkt, mit ihr gelacht und mit ihr über Ronalds Schicksal gerätselt. Enttäuschung, Wut und Verzweiflung lähmten Dagmar. Sie schlang die Arme um den Körper und presste sie auf den Bauch. Die erhoffte Linderung blieb aus.

»Auf Ihre Beschuldigungen scheiße ich. Mir kann keiner was.«

»Oh doch«, warf Kommissar Müller ein. »Durch ein Geständnis könnten Sie Ihre Lage verbessern.«

»Vergessen Sie es. Ihre Tricks kenne ich. Sie müssen mir meine Schuld nachweisen, *beweisen*!«

»Nehmen wir den Mord an Gerd Kaczmarek«, erklärte Kommissar Löffler, »den Sie in aller Eile verübten. Unsere Kriminaltechniker haben ausreichend DNS-Spuren gefunden, um Sie als Täterin zu überführen und Ihr brutales Vorgehen nachzuweisen.«

»Aber ich hatte kein Motiv, ihn zu erledigen.«

»Hattest du«, erklärte Dagmar. »Er erwischte dich beim Diebstahl von Frau Essers Videokamera.«

»Wovon redet die dumme Kuh?« Corinnas Stimme verriet ihre Unsicherheit.

Dagmar langte in ihren BH, holte die Videokassette hervor und reichte sie Kommissar Löffler. »Die Kamera hat Frau Borowski ins Wasser geworfen, von einer Autobahnbrücke in Hamburg aus. Die richtige Kassette konnte ich vorher an mich nehmen.«

»Du alte Drecksau!« Corinna wollte sich auf Dagmar stürzen, aber die beiden Polizisten an ihrer Seite hielten sie zurück. »Spielst dich hier wohl als Gerechtigkeitsapostel auf, wie? Dabei hast du jahrelang die Gaunereien deines Ronald gedeckt. Das Geld hättest du ebenso gut gebrauchen können, für ein schickes Outfit und ordentliches Make-up oder für eine Schönheits-OP – du kommst auch langsam in die Jahre.«

Dagmar holte aus und schlug dem Miststück die flache Hand ins Gesicht.

»Das darf die nicht!«, schrie Corinna.

Löffler grinste. »Beschweren Sie sich doch.« An Dagmar gewandt fragte er: »Kennen Sie das Video?«

Dagmar schüttelte den Kopf. »Nein. Aber wenn ich Frau Borowski richtig verstehe, belasten sie die Bilder.«

»Na, wir werden sehen.«

»Ich möchte meinen Anwalt sprechen«, forderte Corinna im ruhigen Ton. Offensichtlich realisierte sie ihre Situation.

»Natürlich.« Kommissar Löffler strahlte die Souveränität eines in unzähligen Krisen gereiften Regierungschefs aus. »Im Präsidium. Wir bringen Sie sofort dorthin. Zuvor vielleicht noch soviel zum Mord an Herrn Wolpert. Da müssen wir leider bisher von einer mageren Beweisdecke ausgehen. Aber wenn Frau Wolpert durch eine sachdienliche Aussage ihre Lage erleichtert, kommen wir auch in dem Fall der Wahrheit näher. Zumindest können wir Ihnen den Geschlechtsverkehr mit dem Opfer kurz vor der Tat nachweisen. Außerdem wissen unsere Kriminaltechniker jetzt, wonach sie suchen sollen. Die Kollegen leisten eine hervorragende Arbeit und werden ausreichend Beweise finden, um Sie zu überführen.« Löffler nickte und die beiden uniformierten Polizisten an Corinnas Seite führten sie ab.

Die Ehefrau des ersten Mordopfers steckte mit Corinna unter einer Decke, entnahm Dagmar den Worten des Kommissars, der sie behutsam aus dem Keller geleitete.

Draußen, auf dem großen Platz hinter dem Gebäude, warteten mehrere Streifenwagen. In einem saß Frau Wolpert, die inzwischen Brille und Perücke abgelegt hatte. Sie ist hübsch, dachte Dagmar, beinahe so madonnenhaft wie Corinna.

»Haben die beiden zusammen ihre Morde ausgeführt?«, fragte sie und deutete zu der Verhafteten.

»Die Tatbeteiligungen von Berit Wolpert«, erklärte Kommissar Müller, »müssen wir noch klären. Die zwei teilten sich zumindest die asiatische Maskerade mit der schwarzen Perücke, um uns zu täuschen. Zuerst tauchte die eine in Bremen auf, um eine Sicherheitsfirma auszuspionieren und einige Tage später überbrachte die andere einen Erpresserbrief.«

Was hat es ihnen genutzt?, dachte Dagmar. Zum Glück nichts.

*

Harry Gronau hatte ein Krankentransport in eine Klinik gebracht, und Dagmar Sanders war einer Polizeipsychologin in Obhut gegeben worden. Frau Fischbeck brachte Christin mit Marcs Wagen nach Hause. Zum Glück hatte die Lehrerin sich die ganze Zeit um das Mädchen gekümmert, sodass die Aktion im Schulhaus spurlos an ihr vorübergegangen war. Von allen Belastungen entbunden, saßen Löffler und Müller III vor dem Gebäude der künftigen Schule auf einer Bank.

»Ist wirklich schön, dich hier zu sehen«, freute sich Müller III.

»Na ja, wenn die Borowski mich förmlich einlädt.«

Als wäre im Theater ein Stichwort gefallen, begann Müller III seinen Kollegen nach den Ermittlungen in Stralsund auszufragen.

»Du siehst, ich habe mich richtig reingehängt«, beendete Löffler schließlich seine Schilderungen und wischte mit seinem Taschentuch über den Kopf.

»Soll ich dich jetzt loben?« Müller III grinste.

»Undank ist der Welten Lohn.« Löffler winkte ab.

»Eins musst du mir noch erklären – warum erpressten die Frauen zusätzlich die Reederei? Reichten denen die Millionen der TimurSchule nicht?«

»Die Erpressung sollte nur ablenken, damit wir keine Zusammenhänge zwischen den Morden an Helmers und Wolpert feststellen. Dennoch wäre die Beute auch dieses Coups in die Taschen der Damen gewandert, wenn Utesch mitgespielt hätte.«

»Wie wollte die Borowski eigentlich an das Geld der TimurSchule kommen?« Müller III langte nach seinem Zopf und zwirbelte ihn durch seine Finger.

Löffler lächelte, zog sein Tuch hervor und wischte sich über den Kopf. »Schneiden sie dir die Haare ab, kannst du wohl nicht mehr nachdenken?«

Müller III stutzte, warf den Zopf auf den Rücken und deutete auf Löfflers Hand. »Und wenn sie dir das Tuch wegnehmen?«

Jetzt war es an Löffler, kurz innezuhalten und das Taschentuch einzustecken. »Was sollte ich erklären?«

»Wie die Borowski sich das Vermögen unter den Nagel reißen wollte.«

»Ganz einfach. Ich habe auf der Herfahrt mit Alwin Tilgner telefoniert, der hat es mir erklärt. Ronald Helmers und Corinna Borowski besaßen die Verfügungsberechtigung, konnten gemeinsam auf die Konten der TimurSchule zugreifen. Im Todesfall eines der beiden …«

»… konnte der andere allein abräumen.«

»Richtig. Die Borowski hatte sich auf der RÜGEN sogar eine Kopie von Helmers Totenschein geben lassen, um an das Geld ranzukommen.«

»Was ist mit Alwin Tilgner? Als Sohn der Hauptinvestorin hätte er doch die Finanzen verwalten können.«

»Nein. Tilgner gehörte selbst zu den Geldgebern, und für den Erlös aus seinem Reiterhof standen ihm Zinsen zu. Um komische Fragen des Finanzamtes zu umgehen, kam er als Kassenwart nicht zum Zuge.«

Müller III nickte. »Warum musste Ferdi Wolpert sterben?«

»Das müssen wir noch klären. Bestimmt hilft uns dabei seine Ehefrau mit einem Geständnis. So wie ich sie kennengelernt habe, bewegte sie ein abgrundtiefer Hass gegen den Ehegatten. Außerdem hätte er die Pläne des Damenduos empfindlich stören können.«

»Bleibt noch die Frage«, überlegte Müller III laut, »warum die beiden den Gronau entführt haben?«

»Um den Verdacht gegen ihn zu bestärken, vermute ich.

Näheres weiß ich allerdings auch nicht«, gestand Löffler ein.

»Da erkundigen wir uns bei Herrn Gronau höchstpersönlich.«

»Vergiss es«, wandte Löffler ein. »Der Arzt wird dir etwas husten, den Mann nach seinen Todesängsten zu quälen.«

»Blöd. Müssen wir halt warten.«

»Na ja.« Löffler rieb sich das Kinn. »Wir können allerdings mal anfangen zu fragen, nachher. Frau Gronau ist in einem Streifenwagen unter Blaulicht hierher unterwegs.«

*

Die Gronaus lebten in einer gediegenen Wohngegend mit zahlreichen Einfamilienhäusern, die kaum älter als fünf Jahre sein mochten. Auf einigen wenigen Grundstücken deuteten Betonmischer, Stapel von Pflastersteinen und herumstehende Baugerätschaften auf die letzten Lückenbebauungen hin. Löffler hatte Gabriele Gronau in ihr Haus bringen lassen, da sie in vertrauter Umgebung eventuell aussagefreudiger sein würde. Zudem hatte er Müller III überzeugt, die Frau allein aufzusuchen. Immerhin kannte sie ihn bereits.

Löffler erreichte das gesuchte Anwesen, klingelte und die Hausherrin öffnete. Sie führte ihn in eine Art Esszimmer.

»Der Name Undine Jagoda hatte Ihren Mann offensichtlich vom Schiff gelockt«, begann Löffler das Gespräch. »Nach unseren bisherigen Erkenntnissen muss Frau Borowski Ihrem Mann den Zettel zugesteckt haben. Sie wollte ihn verschwinden lassen, vermuten wir, um so den Verdacht gegen ihn zu nähren. Sie kennen Undine Jagoda?«

Frau Gronau starrte Löffler an. Ihre Augen schimmerten gläsern. Als wanderten ihre Gedanken gerade eben zu dieser Undine, schaute Löffler in ein geistesabwesendes Gesicht.

»Ahnen Sie, warum Ihr Mann der Drohung nachgab?« setzte er vorsichtig nach.

Mit einem Wimpernschlag rannen zwei Tränen über ihre Wangen – sie kehrte in die Gegenwart, hier an diesen Tisch, zurück. »Ja, ich kenne Undine Jagoda, und nein, ich habe keine Ahnung, weshalb mein Mann so verändert war und der Einschüchterung folgte. Aber diese Frau stürzte ja wohl noch ganz andere ins Verderben?«

»Ja, Frau Borowski stiftete viel Leid. Was Ihren Mann dagegen betrifft, da tappen wir im Dunkeln.«

»Fragen Sie ihn.«

»Er steht unter Schock. Der Arzt verbietet vorläufig jede Befragung. Doch kehren wir zum Ausgangspunkt zurück. Sie kennen Undine Jagoda?«

»Ja, ich weiß um ihre Geschichte.« Zögernd begann sie von der Arbeit ihres Mannes als Klassenlehrer zu erzählen. In der Begeisterung zu seinem Beruf habe er die Klasse mit dieser Undine Jagoda übernommen. Das Mädchen sei sehr ehrgeizig gewesen, nach der Meinung ihres Mannes zu ambitioniert und auch zu vorlaut. Frau Gronau tupfte ihr Taschentuch über die Augen. »Harry hatte erst hinterher alles gebeichtet.« Während eines Elterngesprächs habe er die Mutter, Manuela Jagoda, kennengelernt. »Bei dieser Begegnung verfiel er ihr völlig.« Frau Gronau schüttelte den Kopf. »Ihr Widerstand forderte ihn noch mehr heraus. Im Ergebnis entlud er seinen Frust an Undine.« Frau Gronau verstummte, sie schien sich zu sammeln und fuhr fort: »Ich arbeitete damals als Referatsleiterin; als jüngste

Ressortchefin in der gesamten Behörde. Was denken Sie, wie stolz ich war. Dann kam diese Geschichte. Ich musste sofort handeln und nahm Harry aus der Schusslinie. Über einige Umwege holte ich ihn in mein Referat, wo er schließlich die Verantwortung für die Schulen in freier Trägerschaft übernahm.«

»Warum diese Rettungsaktion?«

»Darüber möchte ich nicht reden.« Frau Gronaus Worte klangen bestimmt, so als hätte sie die Frage und ihre Antwort im Vorfeld ausgiebig bedacht. »Oder soll ich Harry im Nachhinein belasten?«

Löffler zuckte mit den Schultern. »Falls Sie keinen reinen Tisch machen wollen? Aber wie lange liegen die Ereignisse zurück?«

»Beinahe sechs Jahre.«

»Mittlerweile müsste doch Gras über die Sache gewachsen sein? Wenn all die Zeit nichts passierte, woraus erwächst gerade jetzt die Angst Ihres Mannes?«

»Darüber denke ich die ganze Zeit nach.« Frau Gronau machte eine Pause und schaute Löffler offen in die Augen. »Unterstützen Sie den Plan dieser TimurSchule eigentlich?«

Das Projekt ist mir egal, wollte Löffler beinahe antworten, sah jedoch Christin vor sich. So wie er sie kennengelernt hatte, gönnte er ihr die Chance in der zu gründenden Schule. Vor allem wünschte er Müller III eine glückliche Tochter. Bei all den schrecklichen Vorfällen hatte Alwin Tilgner eins bekräftigt – er wird die TimurSchule auch allein zum Erfolg führen. Das sei er den toten Freunden und seiner Mutter schuldig.

Anstatt einer klaren Erwiderung auf Frau Gronaus Frage wich Löffler aus: »Warum wollen Sie das wissen?«

»Ja oder nein?«

Sie nagelte ihn fest. »Ja. Insofern nur ein benachteiligtes Kind seine sozialen Schranken überwinden kann, muss man das Projekt unterstützen.«

Gabriele Gronau nickte. »Gut.« Sie beugte den Oberkörper vor und legte die Unterarme auf den Tisch. »Wenn Sie anfangen, gegen meinen Mann zu ermitteln, dann stürze auch ich.« Sie hob die Schultern, als wären ihr die Konsequenzen egal. »Uns ersetzen zwei neue Beamte. Aber der Antrag für die TimurSchule landet wieder auf dem Stapel der unerledigten Fälle. Gegebenenfalls ganz unten.«

Die Klarheit der Gedanken seiner Gesprächspartnerin erschreckte Löffler beinahe.

»Bitte vergessen Sie nicht: Harry war entführt worden, von einer durchgeknallten Tussi, die in dem Projekt mitarbeitete. Dieser Fakt dürfte den Start der TimurSchule noch weiter zurückwerfen.«

»Bestimmt haben Sie Vorschläge?«, fragte Löffler zurückhaltend.

»Im Grunde genommen bin ich Ihnen dankbar«, begann sie. »Endlich kann ich die Schatten der Vergangenheit abwerfen. Also: Ich genehmige gleich morgen den Antrag und sorge für eine optimale Betreuung.«

»Durch Ihren Mann?«

»Nein. Harry wird sich sofort aus dem Amt zurückziehen. Er wird zukünftig keine Tätigkeit mehr im Bildungswesen ausüben. Die Entführung beschert ihm gewiss gesundheitliche Folgen, die ein Verbleiben im alten Beruf unmöglich machen. Oder?«

Löffler schwieg, wohlwollend abwartend.

»Ich werde ebenso meinem Referat den Rücken kehren.

Sagen wir mit dem Ende des kommenden Schuljahres. Bis dahin müsste die TimurSchule auf eigenen Beinen stehen. Und zusätzlich, gewissermaßen als persönliche Wiedergutmachung für mein jahrelanges Schweigen, übernehme ich sämtliche Kosten für zwei Kinder, die Sie auswählen. Natürlich inklusive Nachhilfe und Förderung.«

Löffler sah Gabriele Gronau in die Augen. Diese kluge Frau würde Christin über die Hürden hinweghelfen, die das Leben ihr auf dem Weg zum Abitur in die Quere stellte. Doch wie stand es um die Perspektive der geplanten Schule? »Reichen die finanziellen Mittel für das Vorhaben?«

»Die starten mit sieben Millionen; mehr als alle anderen Projekte, die ich bisher genehmigt habe. Wenn die ordentlich wirtschaften, kommen sie gut zurecht.«

Das überzeugte Löffler. Aber die Medaille hatte eine zweite Seite. »Bleibt die Entführung Ihres Mannes.«

»Die vergessen wir. Harry hat übertrieben, war besoffen, oder was weiß ich. Da müssen Sie uns helfen, die Akte geräuschlos zu schließen.«

Innerlich tastete sich Löffler zaghaft an eine Zustimmung heran. Für die Entführerinnen dürfte dieser kleine Kuhhandel bei der Strafzumessung kaum eine Rolle spielen; die beiden trafen genug andere Vorwürfe. Also gut, irgendwie musste er den Deal hinbekommen. Müller III würde ihn dabei garantiert unterstützen.

»Wenn wir uns auf dieser Basis einigen, werden wir dem Vermächtnis des toten Ronald Helmers am besten gerecht.« Gabriele Gronaus Worte klangen ehrlich.

Löffler schluckte. »Ja, das würden wir.« Er stand auf, verharrte aber. »Sie wollen mir nicht sagen, welches Schicksal damals Undine Jagoda widerfuhr?«

»Nein. Was nutzt Ihnen dieses Wissen?«

## -5

### 11. September 2002 – Mittwoch

Im halsbrecherischen Tempo raste ich durch die Stadt, ließ den Wagen auf der Straße stehen und rannte ins Haus. Manuela saß in der Küche am Esstisch. Ihre Augen waren gerötet, als hätte ihr jemand Sand hineingestreut.

Ich schenkte ihr einen Kuss auf die Stirn. »Was ist los?«

Manuela schüttelte den Kopf. »Ich weiß nicht mehr …« Sie brach in Tränen aus.

»Undine?«

»Ich verstehe sie ja, aber so läuft alles auf eine Katastrophe hinaus.«

»Gibt es Ärger mit dem Klassenlehrer?« Ich setzte mich an den Tisch. »Hetzt Gronau wieder?«

Manuela nickte.

»Macht er dich an?«

»Nein. Die Zeiten sind wohl vorbei.« Sie schniefte laut. »Undine wehrt sich neuerdings.«

»Was meinst du?«

»Ich komme gerade aus der Schule vom Direktor. Er bat mich, auf Undine einzuwirken – sie müsse ihrem Klassenlehrer mit dem gebotenen Respekt gegenübertreten. Falls sie ihn weiterhin beschimpfe, werfe man sie raus.«

»Dann verliert Undine jeglichen Halt. Sie braucht …«

»Sie kann aber unmöglich so weitermachen!«, schrie Manuela in meine Worte hinein. »Sie hat kein Recht, ihren Lehrer alter Hurenbock oder geiles Schwein zu nennen.«

»Wirfst du ihr das vor?«

»Nein, verflucht.« Manuela brach erneut in Tränen aus. Ihr Kopf sank nach vorn auf die Unterarme und ihr Körper zitterte. »Mich trifft die Schuld … ich habe versagt … Undine muss das büßen.«

Ich stand auf und legte eine Hand auf ihre Schulter. »Das darfst du nicht sagen.«

Sie schaute mich an. »Ich grübele die ganze Zeit. Ich hätte diesem Gronau einfach nachgeben sollen. Wir wären drei, vier Mal gemeinsam in die Kiste gesprungen und dann hätte er das Interesse verloren. Oder ich hätte seiner Frau einen diskreten Hinweis zugesteckt.« Sie wischte mit dem Handrücken über ihre aufgequollenen Augen. »Nichts wäre passiert, und Undine würde heute in Ruhe die Schule besuchen.«

Ich hockte mich hin, streichelte Manuelas Haare und schenkte ihr einen flüchtigen Kuss. »So darfst du nicht reden – nicht einmal denken. Wo leben wir denn?«

Im vergangenen Herbst hatte das Verhängnis um Gronaus Nachstellungen begonnen. Zuerst bedrängte er Manuela, mit ihm essen zu gehen. Als sie ablehnte, wurde er deutlicher: Man könne das Essen auch weglassen und gleich zu ihm in die Wohnung fahren. Seine Frau sei auf Dienstreise, für eine ganze Woche. Manuela lehnte höflich, aber bestimmt ab. Ihr Widerstand steigerte anscheinend sein Verlangen. Er suchte nach immer neuen Gründen, um Manuela als Mutter einer widerspenstigen Tochter in die Schule zu zitieren und sie dann zu bedrängen. Schließlich erfuhr Gronau von ihrer gescheiterten Ehe und Manuelas Zusammenleben mit mir – ein neuer Grund, ihr noch mehr zuzusetzen. Sie blieb allerdings hart.

Sein Begehren schlug schließlich in Hass um, in Hass,

den er gegen Undine auslebte. Die Affäre hatte sich bis ins Vorfeld der Sommerferien hingezogen. Manuela redete der Tochter gut zu, in den verbleibenden Tagen einfach wegzuhören und den Mund zu halten, wenn der Herr Gronau sie wieder angriff. Nach den Ferien würden sie eine Lösung finden. Undine gehorchte. Die ausgelassenen Wochen an der Nordsee, die wir dann erlebten, musste Manuela wie unter dem Eindruck einer betäubenden Droge durchlitten haben. Zum Ausklang der Schulferien hatte sie zuerst Undine und anschließend mir die Situation erklärt. Uns beiden rang sie das Versprechen ab, nicht aufzubegehren – sie werde die Probleme lösen, so oder so. Während Undine in eine tiefe Zurückgezogenheit versunken war, hatte ich auf ein glückliches Ende gehofft.

»Du kannst dich doch unmöglich prostituieren«, versuchte ich Manuela behutsam von ihren Gedanken abzubringen. »Nur um Ruhe vor solch einem Kerl zu finden?«

»Was soll ich denn tun? Etwa die Stadt verlassen?«

»Na klar! Ich bekomme überall eine Arbeit und du auch. Um Undine brauchen wir uns keine Sorgen zu machen, die verkraftet einen Schulwechsel problemlos.«

»Meinst du wirklich?« Manuela trocknete mit den Fingern ihre Augen.

»Ja. Ich fahre gleich in die Schule, hole Undine ab und wir besprechen alles.«

*

Eine Welle von Jugendlichen quoll aus dem Schultor und ergoss sich auf die Straße. Kaum auf den Verkehr achtend, überquerten die Teenager die Fahrbahn und strömten in kleinen Gruppen auseinander.

Sosehr ich auch nach ihr Ausschau hielt, Undine tauchte nirgends auf. Ich sah auf meine Uhr – halb zwei. Ihre letzte Stunde war vor zehn Minuten zu Ende gegangen. Das Tor spie inzwischen nur noch vereinzelt Mädchen und Jungen hervor. Stand da drüben nicht Undines Freundin? Ich erinnerte mich, sie ab und zu bei uns zu Hause gesehen zu haben. Ich lief zu ihr und erkundigte mich nach Undine. Die müsse länger bleiben – Befehl von Gronau.

»Gabs wieder Ärger?«

Die Freundin verzog den Mund zu einem Ja, über das sie nicht reden wollte. Ich bedankte mich für die Auskunft, fragte nach dem Klassenraum und rannte ins Schulgebäude.

Die Tür des Raumes 38 war nur angelehnt. Einige Meter davon entfernt hörte ich eine Männerstimme, die laut und eindringlich sprach. Ich lehnte mich außen an den Türrahmen und lauschte.

»Der Direktor hat deine Mutter bereits informiert, du fliegst von der Schule.«

»Sie müssten rausfliegen«, sagte Undine bestimmt.

»Darf ich mal lachen? Die Schulleitung und das Lehrerkollegium stehen hinter mir. Solche aufsässigen Gören wie du gehören in ein Erziehungsheim.«

Du musst ihr helfen – sie beschützen, hämmerten meine Gedanken. Aber irgendetwas hielt mich zurück. Die Sorge vor einer Auseinandersetzung? Fürchtete ich einen Skandal?

Im Klassenzimmer knirschten Schritte.

»Und eins kannst du dir merken«, vernahm ich die Stimme des Lehrers jetzt leise und bedrohlich. Er musste in unmittelbarer Nähe zu Undine stehen. »Du bekommst nach deinem Rauswurf keinen Fuß mehr auf den Boden.«

Er lachte auf. »Architektur möchte die Dame studieren. Vergiss es. Dich kleine Schlampe fasst niemand mehr an, nicht einmal in Handschuhen. Verlass dich darauf. Dein Rausschmiss wird dir anhaften wie das Pech an der faulen und widerspenstigen Pechmarie.« Gronau feixte ob seines Witzes.

»Und ich«, fauchte Undine, »ich werde allen Leuten erzählen, was Sie für ein Schwein sind. Sie wollten meine Mutter ins Bett zerren, sie mit Ihren Gichtpfoten begrapschen und …«

»Halts Maul«, fuhr Gronau ihr über den Mund.

Ich stieß die Tür auf, die polternd an eine Wand schlug. Undine stand zwei Schritte vom Lehrertisch entfernt, Gronau direkt vor ihr.

»Ronald?« In der Stimme des Mädchens schwang Angst, als hätte ich sie bei etwas Verbotenem erwischt.

»Der Herr Verehrer, nehme ich an«, höhnte Gronau.

»Wartest du bitte draußen.« Ich ging zu Undine, fasste sie um die Schulter und drängte sie behutsam in Richtung Flur.

»Morgen kannst du zu Hause bleiben«, warf Gronau ihr hinterher, »morgen und in aller Ewigkeit.«

»Halten Sie endlich Ihren Mund«, herrschte ich ihn an.

»Erlauben Sie mal?« Wie ein Feldwebel baute sich der Kerl vor mir auf. »Haben Sie hier etwas zu vermelden? Wenn diese Schlampe Jagoda Sie bumst, gibt Ihnen das noch lange keine Legitimation, den dicken Max zu markieren.«

Einem Impuls folgend, packte ich Gronau an den Aufschlägen seines Jacketts.

»Lassen Sie sofort los«, zischte er.

Ich gehorchte.

»Genießen Sie irgendwelche Rechte in Bezug auf diesen Balg?« Gronau zog seinen Anzug glatt. »Haben Sie das Gör adoptiert? Oder ist die Mama inzwischen Ihre Ehefrau und genießt das freie Liebesleben mit anderen Männern?«

Ich hob den Arm und schlug dem Schwein ins Gesicht.

Gronau stutzte, führte seine Hand zur rot glühenden Wange und lächelte. »Auch wenn Sie mich niederschlagen, solche *Damen* wie die Jagoda benenne ich bei ihrem Namen – Nutte.«

»Mach was!« Undine verkrampfte ihre Finger im Türrahmen und starrte mich aus geweiteten Pupillen an. »Mach was. Stopf dem Kerl das Maul.«

Mein Blick wanderte zu Gronau zurück. Der verschränkte die Arme vor der Brust und setzte ein feistes Grinsen auf. »Rühren Sie mich noch einmal an, rufe ich die Polizei.«

Hilflosigkeit ergriff mich. Undines Haltung entspannte sich. Ihr Kopf hing wie nach einer schweren Niederlage schlaff herunter.

»Sie haben wohl keinen Mumm«, hörte ich Gronaus ferne Stimme.

»Du bist so ein Schlappschwanz«, fuhr ein zweiter Schlag auf mich nieder. Tiefe Verbitterung klang aus dem Mädchen. »Mama weiß schon, warum sie dich nicht heiratet.«

»Undine?« Mit staksenden Schritten stolperte ich auf sie zu.

»Was suchst du überhaupt hier? Jetzt, wo alles zu spät ist.«

»Aber … Manuela … sie wollte das so.«

»Mama wollte auch, dass ich die Klappe halte.«

Undines Worte trafen mich wie eine Salve von Pfeilen. Ich hatte versagt – ich hätte aufbegehren müssen, hätte mich einmischen müssen. »Du hast recht, wir wollen darüber reden.«

»Lass mich.« Sie drehte sich weg und jagte davon. Schwer hallten ihre Schritte auf dem Korridor.

Ich stürzte hinterher, flog den Flur entlang, hetzte die Treppe hinunter und riss die massige Tür zum Hof auf. Undine entschwand durch das Schultor.

»Warte«, rief ich. »Warte …« Helles Quietschen auf der Fahrbahn vor der Schule erstickte meine Worte. Ich sah all die jungen Leute, die vorhin sorglos auf die Straße gelaufen waren. Wie von Sinnen rannte ich hinaus, hielt inne, starrte auf den Lastwagen. Wo war Undine? Panische Angst erfasste mich. Ich hastete an dem Lkw vorbei und da lag sie, inmitten eines weiten Kreises aus Gaffern, unnatürlich verrenkt, die Lider geschlossen. Ich kniete nieder und bettete ihren Oberkörper auf meine Hände.

Sie blinzelte. »Mama ist keine Nutte? Nein?«

Ich schüttelte den Kopf.

Undine lächelte. Ihr Körper sank kraftlos in meine Arme.

ENDE

*Weitere Krimis finden Sie auf den folgenden Seiten und im Internet: www.gmeiner-verlag.de*

**HANS-JÜRGEN RUSCH**

Gegenwende

*374 Seiten, Paperback.*
*ISBN 978-3-8392-1044-4.*

PUTSCHVERSUCH Juli 2007. Zwei Männer, unterwegs mit ihrer Segeljacht nach Helgoland, werden auf offener See entführt. Wenig später entdeckt die Journalistin Svenja Windisch auf einer Autobahnbaustelle in Bremen ein männliches Skelett.

Svenja wittert die große Story. Doch ihre Recherchen führen sie zurück in die eigene Vergangenheit. Zurück in die ersten Monate des Jahres 1990. Damals lernte sie während des Sturms auf die Stasi-Zentrale in Berlin den Stralsunder Bürgerrechtler Robert Bigalke kennen. Und sie erfuhr von einem drohenden Militärputsch, der Gegenwende …

**WIMMER WILKENLOH**

Eidernebel

*424 Seiten, Paperback.*
*ISBN 978-3-8392-1115-1.*

KALTES HERZ In der Kirche des kleinen Dorfes Witzwort bei Husum liegt eine grausam zugerichtete weibliche Leiche. Kommissar Jan Swensen gerät schon bald unter Druck: Im Laufe der Ermittlungen werden in verschiedenen Kirchen der Region weitere ermordete Frauen aufgefunden – mehrere von ihnen waren Mitarbeiterinnen eines großen Lebensmittel-Discounters.

Das Werk eines Serienmörders? Und welche Verbindung gibt es zu der Frau, die seit einer Herztransplantation von seltsamen Träumen geplagt wird?

GMEINER

*Wir machen's spannend*

## ELLA DANZ
### Ballaststoff

*319 Seiten, Paperback.*
*ISBN 978-3-8392-1112-0.*

SCHWERE LAST An einem traumhaften Sommertag in der Lübecker Bucht liegt Kurt Staroske tot auf dem Golfplatz. Sind die Rockmusiker Holger und Peggy deshalb so nervös? Was hat der Greenkeeper Rob Higgins damit zu tun? Will Ökobauer Henning vor seiner Frau Gesche etwas verbergen? Und sagt Kurts Chef, der Biomarktbesitzer Hauke Bohm, die ganze Wahrheit?

Bei ihren Nachforschungen stoßen der Lübecker Kommissar Angermüller und sein Kollege Jansen auf so manch einen, der ein Geheimnis mit sich herumschleppt. Und auch die unermüdlichen Ermittler haben privat so manches Päckchen zu tragen …

## REINHARD PELTE
### Inselbeichte

*227 Seiten, Paperback.*
*ISBN 978-3-8392-1122-9.*

EISHEILIGE Kriminalrat Tomas Jung, Leiter und einziger Mitarbeiter des Dezernats für unaufgeklärte Kapitalverbrechen bei der Polizeiinspektion Nord in Flensburg, hat es mit einem zehn Jahre zurückliegenden Fall zu tun: Damals verschwand ein junges Mädchen auf dem Weg vom elterlichen Hof nach Husum spurlos. Ihre Familie ist nach dem tragischen Ereignis auseinandergebrochen. Die Mutter bereits verstorben, Vater und Bruder ausgewandert.

Mit Akribie und dem ihm eigenen Instinkt macht sich Jung an die Ermittlungen. Während eine Schneekatastrophe über Schleswig-Holstein hereinbricht, stößt er endlich auf die ersehnte heiße Spur …

GMEINER

*Wir machen's spannend*

**SIGRID HUNOLD-REIME**

Janssenhaus

*277 Seiten, Paperback.*
*ISBN 978-3-8392-1123-6.*

FAMILIENBANDE Emma von Odenwald, 31-jährige Köchin aus Hannover und immer noch Single, fühlt sich gegenüber ihren erfolgreichen, glücklich verheirateten Eltern als Versagerin. Auch äußerlich hat sie mit ihnen keinerlei Ähnlichkeit. »Manchmal denke ich, dass ich ihnen ins Nest gelegt worden bin!«

Wie Recht Emma mit ihrer Vermutung hat, bringt kurze Zeit später ein Gentest zu Tage. Als sie ihre Eltern damit konfrontiert, nennen diese ihr widerstrebend eine Adresse in Ostfriesland und gestehen, dass es keine legale Adoption war. Emma macht sich auf die Suche nach ihrer Herkunft und stößt dabei auf ein Meer aus Lügen und Verstrickungen …

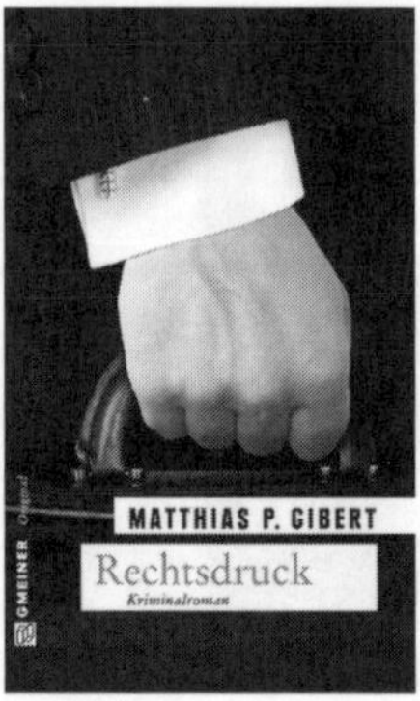


**MATTHIAS P. GIBERT**

Rechtsdruck

*366 Seiten, Paperback.*
*ISBN 978-3-8392-1130-4.*

FALSCHE FÄHRTEN? Gerold Schmitt, ein arbeitsloser Autolackierer mit Kontakten zur rechten Szene, wird brutal zusammengeschlagen. Er überlebt nur knapp. Schmitt glaubt, dass es sich um den Racheakt einiger Türken handeln könnte, mit denen er Ärger hatte.

Wenig später werden in der Kasseler Nordstadt ein türkisches Ehepaar und ihr zwölfjähriger Sohn brutal ermordet. Die Ermittlungen konzentrieren sich auf den ältesten Sohn der Familie, da dieser kurz zuvor einen heftigen Streit mit dem Vater hatte. Doch bald kommen Hauptkommissar Paul Lenz ernsthafte Zweifel, ob er wirklich die richtige Spur verfolgt …

GMEINER

*Wir machen's spannend*

**FRANZISKA STEINHAUER**

Spielwiese

*369 Seiten, Paperback.*
*ISBN 978-3-8392-1134-2.*

TOTGESPIELT Eine männliche Leiche auf einem Feld in der Niederlausitz – als menschliche Vogelscheuche an ein hölzernes Kreuz gebunden – ruft Hauptkommissar Peter Nachtigall auf den Plan. Kurze Zeit später wird ein zweiter Toter entdeckt, diesmal am Elbufer in Dresden. Beide Opfer waren beruflich im Frauenfußball engagiert. Aus mysteriösen Botschaften wird zudem klar: Es soll weitere Morde geben. Alles deutet darauf hin, dass die Taten mit der anstehenden Frauenfußball-WM in Deutschland in Zusammenhang stehen …

**ANDREAS STAMMKÖTTER**

Messewalzer

*275 Seiten, Paperback.*
*ISBN 978-3-8392-1126-7.*

FLUCH DER VERGANGENHEIT Buchmesse in Leipzig. Die ganze Stadt fiebert der Präsentation des neuen Romans von Bestsellerautor Willi Lachmann entgegen. Doch die Lesung endet im Fiasko: Vor den Augen von mehr als 100 Gästen wird der Leipziger Autor kaltblütig erschossen.

Kommissar Kroll übernimmt die Ermittlungen. Der erste Verdacht fällt auf Lachmanns Verleger, zu dem der Schriftsteller offenbar nicht das beste Verhältnis hatte. Aber dann findet Kroll heraus, dass Lachmann mit Recherchen zu einem Mordfall beschäftigt war, der bereits 16 Jahre zurückliegt …

GMEINER

*Wir machen's spannend*

# Unsere Lesermagazine

**2 x jährlich das Neueste aus der Gmeiner-Bibliothek**

*DIN A6, 16 S., farbig*

*10 x 18 cm, 16 S., farbig*

*24 x 35 cm, 20 S., farbig*

# GmeinerNewsletter

**Neues aus der Welt der Gmeiner-Romane**

Haben Sie schon unseren GmeinerNewsletter abonniert? Alle zwei Monate erhalten Sie per E-Mail aktuelle Informationen aus der Welt der Krimis, der historischen Romane und der Frauenromane: Buchtipps, Berichte über Autoren und ihre Arbeit, Veranstaltungshinweise, neue Krimiseiten im Internet und interessante Neuigkeiten.

Die Anmeldung zum GmeinerNewsletter ist ganz einfach. Direkt auf der Homepage des Gmeiner-Verlags (www.gmeiner-verlag.de) finden Sie das entsprechende Anmeldeformular.

# Ihre Meinung ist gefragt!

**Mitmachen und gewinnen**

Wir möchten Ihnen mit unseren Romanen immer beste Unterhaltung bieten. Sie können uns dabei unterstützen, indem Sie uns Ihre Meinung zu den Gmeiner-Romanen sagen! Senden Sie eine E-Mail an gewinnspiel@gmeiner-verlag.de und teilen Sie uns mit, welches Buch Sie gelesen haben und wie es Ihnen gefallen hat. Alle Einsendungen nehmen automatisch am großen Jahresgewinnspiel mit ›spannenden‹ Buchpreisen teil.

GMEINER

*Wir machen's spannend*

## Alle Gmeiner-Autoren und ihre Romane auf einen Blick

**ANTHOLOGIEN**: Zürich: Ausfahrt Mord • Mörderischer Erfindergeist • Secret Service 2011 • Tod am Starnberger See • Mords-Sachsen 4 • Sterbenslust • Tödliche Wasser • Gefährliche Nachbarn • Mords-Sachsen 3 • Tatort Ammersee • Campusmord • Mords-Sachsen 2 • Tod am Bodensee • Mords-Sachsen 1 • Grenzfälle • Spekulatius **ABE, REBECCA**: Im Labyrinth der Fugger **ARTMEIER, HILDEGUNDE**: Feuerross • Drachenfrau **BAUER, HERMANN**: Verschwörungsmelange • Karambolage • Fernwehträume **BAUM, BEATE**: Weltverloren • Ruchlos • Häuserkampf **BAUMANN, MANFRED**: Jedermanntod **BECK, SINJE**: Totenklang • Duftspur • Einzelkämpfer **BECKER, OLIVER**: Das Geheimnis der Krähentochter **BECKMANN, HERBERT**: Mark Twain unter den Linden • Die indiskreten Briefe des Giacomo Casanova **BEINSSEN, JAN**: Goldfrauen • Feuerfrauen **BLATTER, ULRIKE**: Vogelfrau **BODE-HOFFMANN, GRIT / HOFFMANN, MATTHIAS**: Infantizid **BODENMANN, MONA**: Mondmilchgubel **BÖCKER, BÄRBEL**: Mit 50 hat man noch Träume • Henkersmahl **BOENKE, MICHAEL**: Riedripp • Gott'sacker **BOMM, MANFRED**: Blutsauger • Kurzschluss • Glasklar • Notbremse • Schattennetz • Beweislast • Schusslinie • Mordloch • Trugschluss • Irrflug • Himmelsfelsen **BONN, SUSANNE**: Die Schule der Spielleute • Der Jahrmarkt zu Jakobi **BOSETZKY, HORST (-KY)**: Promijagd • Unterm Kirschbaum **BRÖMME, BETTINA**: Weißwurst für Elfen **BUEHRIG, DIETER**: Schattengold **BÜRKL, ANNI**: Ausgetanzt • Schwarztee **BUTTLER, MONIKA**: Dunkelzeit • Abendfrieden • Herzraub **CLAUSEN, ANKE**: Dinnerparty • Ostseegrab **DANZ, ELLA**: Ballaststoff • Schatz, schmeckt's dir nicht? • Rosenwahn • Kochwut • Nebelschleier • Steilufer • Osterfeuer **DETERING, MONIKA**: Puppenmann • Herzfrauen **DIECHLER, GABRIELE**: Glutnester • Glaub mir, es muss Liebe sein • Engpass **DÜNSCHEDE, SANDRA**: Todeswatt • Friesenrache • Solomord • Nordmord • Deichgrab **EMME, PIERRE**: Diamantenschmaus • Pizza Letale • Pasta Mortale • Schneenockerleklat • Florentinerpakt • Ballsaison • Tortenkomplott • Killerspiele • Würstelmassaker • Heurigenpassion • Schnitzelfarce • Pastetenlust **ENDERLE, MANFRED**: Nachtwanderer **ERFMEYER, KLAUS**: Endstadium • Tribunal • Geldmarie • Todeserklärung • Karrieresprung **ERWIN, BIRGIT / BUCHHORN, ULRICH**: Die Reliquie von Buchhorn • Die Gauklerin von Buchhorn • Die Herren von Buchhorn **FOHL, DAGMAR**: Der Duft von Bittermandel • Die Insel der Witwen • Das Mädchen und sein Henker **FRANZINGER, BERND**: Zehnkampf • Leidenstour • Kindspech • Jammerhalde • Bombenstimmung • Wolfsfalle • Dinotod • Ohnmacht • Goldrausch • Pilzsaison **GARDEIN, UWE**: Das Mysterium des Himmels • Die Stunde des Königs **GARDENER, EVA B.**: Lebenshunger **GEISLER, KURT**: Bädersterben **GERWIEN, MICHAEL**: Alpengrollen **GIBERT, MATTHIAS P.**: Rechtsdruck • Schmuddelkinder • Bullenhitze • Eiszeit • Zirkusluft • Kammerflimmern • Nervenflattern **GORA, AXEL**: Das Duell der Astronomen **GRAF, EDI**: Bombenspiel • Leopardenjagd • Elefantengold • Löwenriss • Nashornfieber **GUDE, CHRISTIAN**: Kontrollverlust • Homunculus • Binärcode • Mosquito **HAENNI, STEFAN**: Brahmsrösi • Narrentod **HAUG, GUNTER**: Gössenjagd • Hüttenzauber • Tauberschwarz • Höllenfahrt • Sturmwarnung • Riffhaie • Tiefenrausch **HEIM, UTA-MARIA**: Totenkuss • Wespennest • Das Rattenprinzip • Totschweigen • Dreckskind **HERELD, PETER**: Das Geheimnis des Goldmachers **HOHLFELD, KERSTIN**: Glückskekssommer **HUNOLD-REIME, SIGRID**: Janssenhaus • Schattenmorellen • Frühstückspension **IMBSWEILER, MARCUS**: Butenschön • Altstadtfest • Schlussakt • Bergfriedhof **KARNANI, FRITJOF**: Notlandung • Turnaround • Takeover **KAST-RIEDLINGER, ANNETTE**: Liebling, ich kann auch anders **KEISER, GABRIELE**: Engelskraut • Gartenschläfer • Apollofalter **KEISER, GABRIELE / POLIFKA, WOLFGANG**: Puppenjäger **KELLER, STEFAN**: Kölner Kreuzigung

GMEINER

*Wir machen's spannend*

## Alle Gmeiner-Autoren und ihre Romane auf einen Blick

**KLAUSNER, UWE**: Bernstein-Connection • Die Bräute des Satans • Odessa-Komplott • Pilger des Zorns • Walhalla-Code • Die Kiliansverschwörung • Die Pforten der Hölle **KLEWE, SABINE**: Die schwarzseidene Dame • Blutsonne • Wintermärchen • Kinderspiel • Schattenriss **KLÖSEL, MATTHIAS**: Tourneekoller **KLUGMANN, NORBERT**: Die Adler von Lübeck • Die Nacht des Narren • Die Tochter des Salzhändlers • Kabinettstück • Schlüsselgewalt • Rebenblut **KÖHLER, MANFRED**: Tiefpunkt • Schreckensgletscher **KÖSTERING, BERND**: Goetheruh **KOHL, ERWIN**: Flatline • Grabtanz • Zugzwang **KOPPITZ, RAINER C.**: Machtrausch **KRAMER, VERONIKA**: Todesgeheimnis • Rachesommer **KRONENBERG, SUSANNE**: Kunstgriff • Rheingrund • Weinrache • Kultopfer • Flammenpferd **KRUG, MICHAEL**: Bahnhofsmission **KRUSE, MARGIT**: Eisaugen **KURELLA, FRANK**: Der Kodex des Bösen • Das Pergament des Todes **LASCAUX, PAUL**: Gnadenbrot • Feuerwasser • Wursthimmel • Salztränen **LEBEK, HANS**: Karteileichen • Todesschläger **LEHMKUHL, KURT**: Dreiländermord • Nürburghölle • Raffgier **LEIX, BERND**: Fächergrün • Fächertraum • Waldstadt • Hackschnitzel • Zuckerblut • Bucheckern **LETSCHE, JULIAN**: Auf der Walz **LICHT, EMILIA**: Hotel Blaues Wunder **LIEBSCH, SONJA / MESTROVIC, NIVES**: Muttertier @n Rabenmutter **LIFKA, RICHARD**: Sonnenkönig **LOIBELSBERGER, GERHARD**: Reigen des Todes • Die Naschmarkt-Morde **MADER, RAIMUND A.**: Schindlerjüdin • Glasberg **MAINKA, MARTINA**: Satanszeichen **MISKO, MONA**: Winzertochter • Kindsblut **MORF, ISABEL**: Satzfetzen • Schrottreif **MOTHWURF, ONO**: Werbevoodoo • Taubendreck **MUCHA, MARTIN**: Seelenschacher • Papierkrieg **NAUMANN, STEPHAN**: Das Werk der Bücher **NEEB, URSULA**: Madame empfängt **ÖHRI, ARMIN / TSCHIRKY, VANESSA**: Sinfonie des Todes **OTT, PAUL**: Bodensee-Blues **PARADEISER, PETER**: Himmelreich und Höllental **PELTE, REINHARD**: Inselbeichte • Kielwasser • Inselkoller **PORATH, SILKE**: Klostergeist **PUHLFÜRST, CLAUDIA**: Dunkelhaft • Eiseskälte • Leichenstarre **PUNDT, HARDY**: Friesenwut • Deichbruch **PUSCHMANN, DOROTHEA**: Zwickmühle **ROSSBACHER, CLAUDIA**: Steirerblut **RUSCH, HANS-JÜRGEN**: Neptunopfer • Gegenwende **SCHAEWEN, OLIVER VON**: Räuberblut • Schillerhöhe **SCHMITZ, INGRID**: Mordsdeal • Sündenfälle **SCHMÖE, FRIEDERIKE**: Wernievergibt • Wieweitdugehst • Bisduvergisst • Fliehganzleis • Schweigfeinstill • Spinnefeind • Pfeilgift • Januskopf • Schockstarre • Käfersterben • Fratzenmond • Kirchweihmord • Maskenspiel **SCHNEIDER, BERNWARD**: Spittelmarkt **SCHNEIDER, HARALD**: Räuberbier • Wassergeld • Erfindergeist • Schwarzkittel • Ernteopfer **SCHNYDER, MARIJKE**: Matrjoschka-Jagd **SCHRÖDER, ANGELIKA**: Mordsgier • Mordswut • Mordsliebe **SCHÜTZ, ERICH**: Judengold **SCHUKER, KLAUS**: Brudernacht **SCHULZE, GINA**: Sintflut **SCHWAB, ELKE**: Angstfalle • Großeinsatz **SCHWARZ, MAREN**: Zwiespalt • Maienfrost • Dämonenspiel • Grabeskälte **SENF, JOCHEN**: Kindswut • Knochenspiel • Nichtwisser **SPATZ, WILLIBALD**: Alpenlust • Alpendöner **STAMMKÖTTER, ANDREAS**: Messewalzer **STEINHAUER, FRANZISKA**: Spielwiese • Gurkensaat • Wortlos • Menschenfänger • Narrenspiel • Seelenqual • Racheakt **SZRAMA, BETTINA**: Die Konkubine des Mörders • Die Giftmischerin **THIEL, SEBASTIAN**: Die Hexe vom Niederrhein **THADEWALDT, ASTRID / BAUER, CARSTEN**: Blutblume • Kreuzkönig **THÖMMES, GÜNTHER**: Der Fluch des Bierzauberers • Das Erbe des Bierzauberers • Der Bierzauberer **ULLRICH, SONJA**: Fummelbunker • Teppichporsche **VALDORF, LEO**: Großstadtsumpf **VERTACNIK, HANS-PETER**: Ultimo •Abfangjäger **WARK, PETER**: Epizentrum • Ballonglühen • Albtraum **WICKENHÄUSER, RUBEN PHILLIP**: Die Magie des Falken • Die Seele des Wolfes **WILKENLOH, WIMMER**: Eidernebel • Poppenspäl • Feuermal • Hätschelkind **WÖLM, DIETER**: Mainfall **WYSS, VERENA**: Blutrunen • Todesformel **ZANDER, WOLFGANG**: Hundeleben

GMEINER

*Wir machen's spannend*